中西 進 編

東アジアの知

― 文化研究の軌跡と展望 ―

東アジア比較文化国際会議日本支部
創立二十周年記念論集

新 典 社

巻頭言 —— 学会の過去と未来の夢

中西　進

わたしは大学院の修士論文でも博士論文でも、日本と中国の文学の比較研究を行ないながら、それまで中国に赴いて、そこから二国の関係を見たことはなかった。

しかし一九八七年、北京の日本学研究センターに赴任してみて、立場を日本から中国にかえてみることがいかに大切かを知った。何事にも相対化が必要なことは、いうまでもない。

そこで、この赴任をきっかけとして、以後は毎年一、二回必ず中国の学会に出かけた。行先で、いまはもう現役を退いている、当時の若手研究者と会い、大いに楽しかった。

ところが、この経験も比較研究にとってなお不十分であることが、すぐに解った。韓国をふくめた東アジアの文化全体の中に課題をおかなければ、二国間の文学交流一つさえ何も解明できないという、考えてみれば余りにも自明のことに気づいたのである。

一九九六年六月、韓国のソウルで山下駐韓大使とも会った帰りだった。韓国を加えて三国による研究母体を作るべきだと考えた。当時もっとも強力に、わたしたちを応援してくれていた国際交流基金にもこの話をしたところ「そうですよ。わたしもそう考えていました」といってくれた声を、その弾みまでふくめてよく覚えている。

帰国後すぐ、このことを韓国の友人、李栄九氏に相談したところ、彼も大賛成で、実務的なことまできびきびと案を出してくれた。

その後、熊本大学の金原理氏、國學院大學の辰巳正明氏らとはかり、一九九六年十月五、六日に設立総会を大阪の帝塚山学院大学で開催、規約などの採択、記念講演会も併せ開催できて、本学会が発足することとなった。

本学会のように、三国が対等の立場で支部となり、全体の国際会議を三国でもち廻りにするという構想は、今でも他にないのではないか。まさに画期的な学会の発足であった。

しかもこの設立総会は予想を大きく上廻るほどの参加者をえて盛会となり、いかに需要が大きかったかも知れた。その後、各国をめぐって国際会議が順調に進んだことは、「東アジア比較文化研究」創刊号に載せられているとおりである。以後も会議は継続されて、昨年は韓国で二十周年を記念した国際会議が開かれた。

日本における支部会誌も二〇〇七年六月の第一号以降毎年刊行され、二〇一六年までに十五冊を数えるに到った。この会誌についても誇りに思うべきことは、全号がそれぞれ、会員の責任編集によって刊行されていることだ。これほど民主的に、またこれほど意図的に会誌が発行されることも、珍しいのではないか。

この民主的という特色は、わたしも発足から祈念していたことで、上記三国の平等化に並んで、日本支部でも役員の一年任期を定めた。わたしも第一期会長として正規には一年で次の方に任を譲った。

会長は運営上の便・不便もあるので、今は国際会議を二期執行するていどがよいのかと考えている。独裁者は作りたくない。

さて、本学会はこのような過去をもち、その上に今日の活発な活動があるのだが、それでは未来はいかにあるべきか。もっとも大きな見通しをいえば、日・韓・中を総合するアジアが、いわば「陸のアジア」を想定しているのに対して、今後は「海のアジア」も視野に入れるべきではないか、と思う。

従来も台湾の研究者を招き入れようという話は少くない。こうした現在の「国」によって区別することの排除も、比較文化研究の本領なのだから、国の区域を外して東アジアを地域と考え、文化上関係する広域アジアを枠ぐみとした研究をとり入れることが、必要なのではないか。

他でもない。日本はユーラシア大陸の外にある、海洋国である。わたしの見るところ、日本文化が大陸圏に属したのはせいぜい三〇〇〇年ぐらい前のことではないか。

それ以前日本は太平洋圏にあった。現代の研究者でいえば、そのことは、マリノフスキーやモースが明らかにし、つづいて松岡静雄や石川栄吉、伊藤幹治といった人びとが、さらに明らかにしてきた。

松岡の兄、柳田国男の「海上の道」も、日本への文化の伝来がアジア大陸沿岸の道ばかりによるものではないことの証言だった。

この学会がさらに倍の年齢に達するころ、国際会議が台湾はもちろん、フィリピンのマニラで開かれるのもよい。会場にはミクロネシアやオセアニアの人びとが溢れかえっているかもしれない。

わたしはいま、そんな夢を楽しんでいる。

目　次

■東アジア比較文学

■東アジア仏教文化

■東アジア比較文化

融　合（Fusion）

――韓国文化をめぐる仮説――

中　西　進

一

紀元前一五〇〇年のころ中国に殷文明（Yin civilization）が栄えていた一方にインドではインダス文明が花開いた。

またインドの釈迦牟尼は紀元前五六六年（一説では四八三年）に生まれ、中国の哲人・孔子は踵を接するように五五一年に誕生した。これら類似の出来事は、はたして偶然なのか。

じつは同様の例は一、二にとどまらない。おそらく、地球は大きな呼吸をしているので、同じような現象が各地でおこるのだろうか。

これをわたしは大地呼吸（Earth breathing）とよんでおこう。

今の例はアジアの大地呼吸である。この呼吸によってアジア文化（Asian culture）の二大拠点もできたのにちがいない。

そして誕生した文化がそれぞれの地域で成長し、固有の性格をもつようになるのも、この大きな大地の地域的呼吸のせいであろう。

さて、このように誕生したアジア文化について、わたしはいくつかの論文を書いてきたが、それぞれ各地域は、そこに呼吸しつづける大地の性格によって、きわめて顕著な文化力をもつようになった。

そもそもインドは亜熱帯以南にあり、その中に熱い「文化の想像力」を見せつける。それは古い『リグ・ヴェーダ』の記述にも、仏教が描く宇宙図にも見られる。

そしてこの印象は多くの人びとも認めるところで、鈴木大拙が『日本的霊性』の中で述べ、中国人の宋雲彬も「仏教文学は最も想像力に富み」これを受けて中国の「想像力は自然に豊富にな」ったという（小田嶽夫・吉田厳邨訳『中国文学史』六四ページ　創元社）。

一方中国は、地平線に農夫が現れて地平線に農夫が消えるといわれるほど、延々と農地がつづき、果てに砂漠を迎える黄土の大陸である。

この偉大な大地はしかし荒々しい力にみちており、たやすく人間の依存を許さない。勢い人知を尽くし、論理《ロゴス》の秩序に依存する文化が育った。清の康熙帝が文字辞典を欽定する結果が、それを証明する。これを「文化の論理力」とよぶことができる。

反対に、海洋国日本は自然に恵まれ、潮風に吹かれて情感《パトス》を豊かにしてきた。感性が尊ばれ、「もののあわれ」の情感が生まれ、詩を感知する能力が熟成された。すなわち「文化の情感力（感傷力とも言える）」を日本に見ることができる。

もちろん文化の成長には国境は決定的な大きな区切りとはならない。たとえば華南の三星堆文化は、中国の典籍としては『山海経』などと同種であるにせよ、「怪力乱神を語らず」（論語）といった華北の孔子の思想とはことなる。むしろインド圏の想像力の文化に属するものであろう。

二

さてこの中で、韓国文化はどのような文化力をもってアジア文化形成史に参画するのか。この課題はつぎの三点において、きわめて重大だと思われる。

第一点は、韓国がほかに存在しない半島に位置することである。

半島の国は、大陸型文化と海洋型文化とのいずれをも生産し、受容する立場にあるだろう。すると両型の文化は別個に存在するのか、渾然と一体になるのか。別個の場合は地域を分かって併存し続けるのか、それぞれのジャンルを異にするのか。一体の場合はそこに独自の文化の誕生をみるのか。つぎはぎにすぎない文化をつくるのか。半島という単純ではない地盤をもつ文化は一歩誤ればあいまいな特色に終始するであろう。文化の成熟において極めて重要な対象となるはずである。

私見は後に述べたい。

そして第二点は、韓半島が背後に草原を負うことである。

中国という国家は江と河との二大巨川によって挟まれた地帯を中心として国家をいとなみ、つねに北モンゴロイド諸族と一線を画してきた。

農耕民族の漢族が北方に進出し、土地を農地にかえることとは、北方遊牧民が大切にする草原を破壊することに他ならない。北方の草原の民がそれを押し返すと、漢族は万里の長城を築いて対抗した。

このような華北の草原を、華中・華南と一つにしてロゴスの生産地というわけにはいかない。

北方アジアの文化はどのようにアジア文化の中に加えるべきか。そう考えるとこの北方モンゴロイドの文化力はまだ幾何も知られていないし、遊牧を主とする人びとが羊皮に書いたという文字は、そう多くを期待できない。さてその時、この草原性の文化力が、韓国文化の中に併せ保存されているのではないかという予測を、わたしは却けがたい。

ここでしばらくアジアの民族分布を見たい（図1、図2）。図1によるとアジア一帯のモンゴロイドは南・北二つに分かれ、両者は歴然と分離している。ただこれをもう少し本質的に遺伝子にかかわるＹ染色体でみると、図2でさらに南北が明瞭になり、日本と韓国以外、北アジアの一帯に定着型文化つまり文明の発展した痕跡は少ない。

そこでこれを担うべきだったのが韓国かという推測も可能である。他域の文化力に対抗しうる草原性の文化力が韓国文化の中に保存されているのではないか。

なぜならすでに五・六世紀の高句麗は北方の突厥との間にも、中国の北魏王朝との間にも外交をもち、片や高句麗からは日本にも使節がやってきた。

中央アジアのサマルカンドの古墳の壁画からは七世紀の高句麗の使者の像が発見されている。

彼らはアジア北辺の道、草原の道《ステップロード》を往復したのではないか。

そもそも韓半島の人たちの祖先の一部は現在の中国東北に住む人びとであった。高句麗ばかりか百済も「百済国は、その先は夫余より出づ」（魏書・百済伝）とあり、百済の王室が余を姓として名乗るのも、父祖の夫余の地によるのであろう。

また、百済は中国の晋の時代には「遼西・晋平二郡」を拠有していたという（「通典」）から、いまの渤海湾の沿岸あたりが、その領有地だった。

こうみると韓国文化を半島型というのは、じつはそう古い時代のことではなくなる。

その上、百済滅亡後は、渤海という国がまるで半島付け根の地域一帯、すなわち旧百済であったり旧高句麗であったりしたところを意図的に領有するようにおこる。扶余府は渤海国の一部であった。

渤海はまるで四世紀の高句麗の領土的ＤＮＡを継いだように見える。

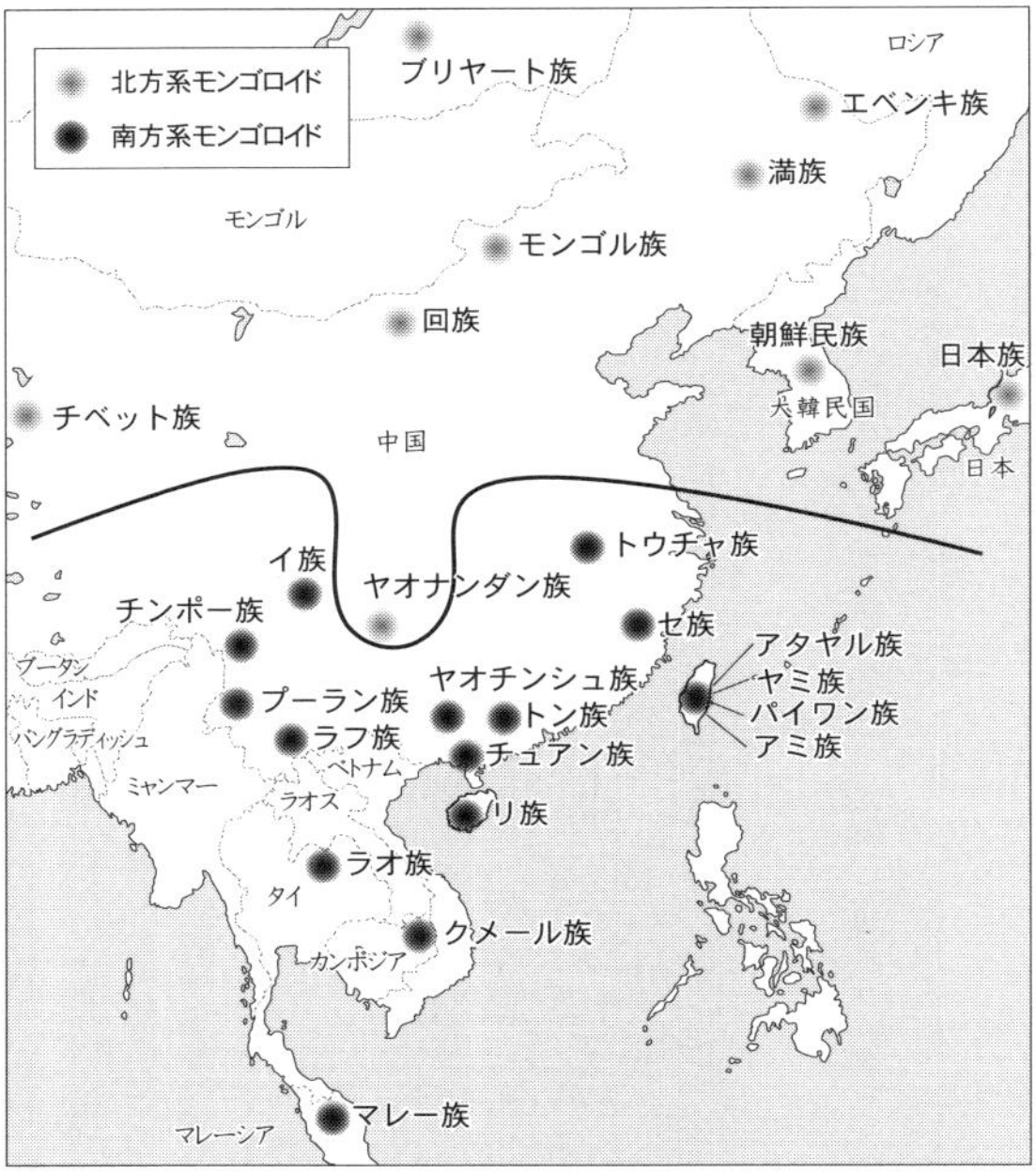

図１　東アジアの民族分布

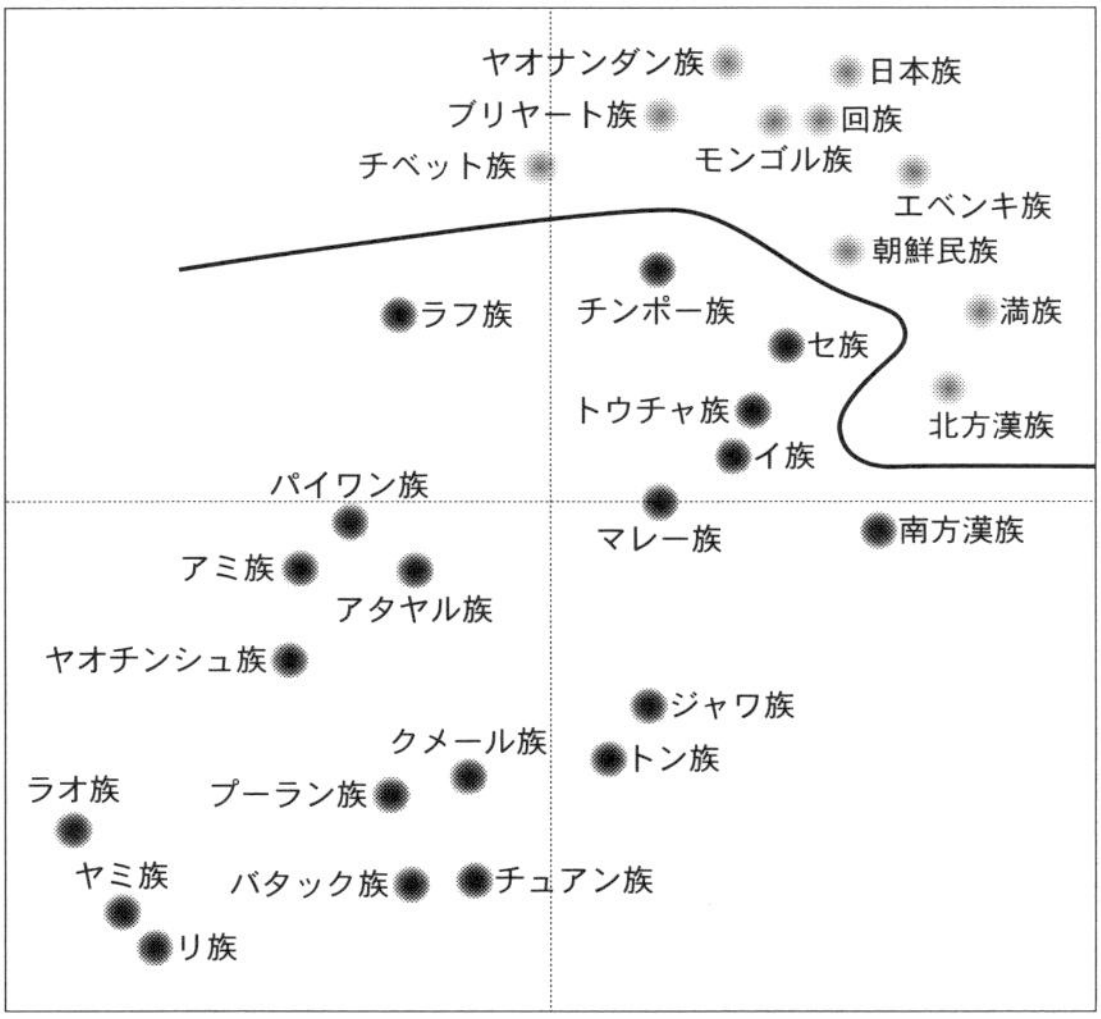

図２　Ｙ染色体によるアジア民族間の距離
（いずれも平凡社刊『韓国歴史地図』により作図）

その中に、華北の草原を地盤とする文化も血統を伝えていると見て、わたしは北アジア・半島型の韓文化を、アジア文化史の中に想定したいのである。

そこで第三点として述べるべきは、韓国が占めるアジア文化史の大きな流れの上での特色である。すなわち、インド以来の想像力＋論理力《ロゴス》の文化を受容し、また一方日本に手渡して、日本の情感力《パトス》をアジア文化の中に誕生せしめた文化力である。

この文化の様態を、河口のもつ汽水圏の力に例えることができる。

たとえば海水に育ったサケが淡水の川を遡上して産卵するためには、途中に淡・海水の混じった地域が必要となる。このように異質のものが交通可能になる、淡・海水のまざり合った区域の水を汽水とよぶ。だから汽水はサケばかりではない、同じように川と海を行き来するアユにも、ウナギにも不可欠である。

そしてもっとも重要な汽水は、文化流通におけるそれだといいたい。

すなわち韓半島が半陸海という淡・海水の性格をもつことで、大陸型の異質な文化が海洋型の文化圏に手渡されたのである。

三

では歴史的に実行されてきた韓国文化の手渡しはいかに行われたか。

じつは、文化の授受はそうたやすいものではない。

たとえば一世紀のころ、中国はインドから仏教の伝来をうけて、霊魂の滅不滅論をはげしく戦わせた。もちろん日本でも有名な蘇我物部の仏教をめぐる論争があったが、その中で韓国が仏教を排してしまえば、日本への流入はなかった。さらに伝え手も大切で、仏教を日本に伝えたのは、聖明王の志であった。

そもそも地球上の文明の流れを概観すると、つぎの三つの姿が見られる。以下のことをわたしは「対話の時代―衝突から超克へ」（「公明新聞」二〇〇二年一月一日）にすでに述べたが、

第一に、文明の地域侵犯

第二に、文明の衝突

第三に、文明の融合

が考えられる。

この中で一八、九世紀に欧米文明がアジア・アフリカの各地を侵犯していったような「文明」と「野蛮」の構造は、昨今すでに消滅しているだろう。もう侵犯はない。

今や多く行われるのは、衝突である。一時、アメリカのハンチントンの著述『文明の衝突』（邦訳・集英社）が、世界中の読書界にセンセーションを巻き起こしたほどである。

だが、安心なことに、文化は文明の衝突を回避させる力がある。

それこそが第三の文明の融合に働く文化力であろう。そこに至るまでの対話を尽くすべきだというのが、上掲の小文であった。

以下融合を中心に語りたい。

いま話題とする韓国から日本への、歴史的な文化の授受は、まさにここにいう衝突の超克、文明の融合を通して行われたと思われる。

この対話は異質な文明があたえられた時の、①他者を尊敬する文化力によって可能であろう。それに加わる②自国文化への誇りによってこそ、異質なものの長所を自国文明と融合させ、③新たな美を自国に生み出すことができる。

草原と半島が育む文化の中には、このような融合力を我々は期待することができる。

融合とは、創造された一個の固有の領域のことである。

先の新聞の小さい記述でも、わたしは「融合」について事物の相互性を尊重する精神とか、心を尊重する肌理《きめ》の細かさとかを述べ、今は音楽のフュージョン（複数のジャンルの音楽が融合した音楽）や、ベルギーの物理学者イリヤ・プリゴジンが説く散逸構造またゆらぎが大切とされる時代だと、書いた。融合力はきわめて現代的でもある。

ヨーロッパの実例をあげるなら、わたしは以前、ノルウェーにキリスト教が押しよせてきた時に出現した、スターブ教会とよばれる一二世紀の建物を見たことがある。とにかく異様な木の瓦を鱗のように重ねた建物だったが、バイキング文化と融合されたキリスト教の教会だった。

またアイルランド十字とよばれる円に十字のクルスも、世界中いたる所のキリスト教の墓地にある。これもまた融合の文化である。

ここでわたしのいう融合力について定義しておく必要がある。なぜなら今日fusionが原子核融合を指す場合があるからである。しかしこれとは全く異なる。そう細分化したfusionではなく、仏教でいう「極微」の原子核をすら融合せしめる、巨大なエネルギーを持つ他者間の合一を、いまわたしは理想として、この融合力を提案したい。

四

そこで韓国文化の融合主義について、融合の実例を二つ挙げたい。

第一は郷歌についてである。

周知のように『三国遺事』（第二）にのせる処容歌の物語は憲康大王（在位八七五―八八六）から妻をあたえられた処容が月明の夜家に帰ってみると、妻のベッドに四本の足があったという。

しかし、処容は、

東京の明るい月に、夜遅くまで遊んでから、
入って寝室を見たら、脚が四つだよ。
二つはわたしのであるが、
二つは誰の物であろう。
もとはわたしのものであったが、
奪われたものをどうしようか。

と歌うだけであった。じつは二本の足の男とは疫病神。疫病神は「少しも怒らないあなたがすばらしい。今後、あなたの姿の描いてある門には入らない」といった。

以後、処容の絵姿を人びとは門に貼って疫病除けにしたという、縁起譚である。

同様の厄除け話は日本の蘇民将来にもある。武塔の神が、先だって一泊を許された恩に感じ、特別な魔よけを施して家の娘だけ命を助け、他は全員殺してしまったという。残忍な話である。

また日本の『万葉集』（巻十一）には処容物語の一節らしい、月夜にわが妻の犯される歌がある。

長谷の　斎槻が下に　わが隠せる妻　茜さし　照れる月夜に　人見てむかも　（二三五三）
大夫の　思ひ乱れて　隠せるその妻　天地に　通り照るとも　顕れめやも　（二三五四）

一連、韓国からの渡来集団によって歌われていただろう第一首は、他の男がわが妻を犯すのかと恐れる歌であり、第二首は、いやそんなことはないと、あやしい月明に抗議する歌である。

いずれも処容歌と似ている。しかし、決定的に処容歌が違う点もある。

処容はなぜか黙っている。男をなぜとがめないのか。もし疫病神をひたすら恐れるとしたら、何かの心の葛藤があってもいい。だのに黙っている処容の姿を、わたしは長くふしぎに思ってきた。

このような場合、処容が怒って男に仕返しをするというのがふつうであろう。復讐《リベンジ》が常識的なパターンである。

のみならず、日本には「忠臣蔵」とよばれる一大復讐劇が、人びとを熱狂させ、歌舞伎の当たり狂言となって、五〇〇年後の今日まで、人気が絶えない。

浅野内匠頭という一人の大名が意地悪をされたことを遺恨として、吉良上野介に斬りつけた。これも復讐だが、このことによって死刑に処せられた浅野の恨みをはらすべく、部下の四七人の武士が吉良の邸に討ち入り、その首をあげる。これも復讐に重ねる復讐である。復讐は果てがない。しかし世間は、武士が復讐に到るまでに経験した困難に涙したばかりか、儒教を援用して復讐を「忠義」として賞賛した。

このような隣国日本の例をみると、処容の文化性は高い。

また寛容という美徳をこのドラマから窺うことができる。さらに、善と悪、正と邪という単純な二極論を越えた生き方がある。この生き方はきわめて宗教的道徳的で、中庸の精神とも等しい。

融合とはこの中庸の立場を代弁するものでもあろう。

そしておそらく、この寛容性や中庸は、精神と深くかかわっているだろう。神という審判役の第三者、絶対者を承認する説話が、いち早く郷歌に登場するのである。ところがこの人と神との関係を『三国遺事』の本文は、つぎのように描く。

時神現形、跪於前曰、吾羡公之妻、今犯之矣、公不見怒、感而美之

（時に神形を表し、前に跪きて曰く「吾《われ》公の妻を羨み、今犯す、公見て怒らず。感じてこれを美《うるは》しむ）

男は神である正体を現した。それでいて神は人間となって逆に跪いた。そしてもっとも人間らしく羨望し、犯したと告白する。ところが処容が人間らしく怒ることをしないと、神が感動し、美しとした、と語るのである。

すなわち『遺事』の文章の構造は、神にもかかわらず抱いた俗悪な人間的情欲と女犯という事実を、人間が神のごとき寛容の精神の下に否定するものであり、常識的な対立構造の入れかえに感動や賛美を認める構文となっている。このメタファにみちた物語を、わたしは、これは一つの文化論だ、と見る。

反対に、すでにあげた日本の武塔の神の説話も神は先立った恩に恩返しをしたという話でしかない。当然、実際に仇を死で返すという復讐譚が貼りついている。

もう一つ『万葉集』の二首も、恋愛劇に没入している生活の一部が語られるにとどまり、倫理感を窺うことはできない。

こうした類例を傍らにおいてみると、韓国のすぐれた文芸が何を語るかが、よく理解できるのではないか。郷歌は韓国において「その時代の人びとの高度な精神世界をのぞき見ることができる」といわれている（大槻健他邦訳　韓国国定教科書『韓国の世界』二一七ページ　明石書店）。

かくしてわたしは、中庸による判定、寛容性こそが郷歌の処容を誕生させたのだと思うようになった。一つの融合主義《フュジョニズム》なのである。

あわせてこの月夜の異変には、モンゴルオリジンだとされている月見の習慣も大事ではないか。

韓国ではカンカンスルレの月明の踊りが有名だし、中国でも日本でも、月明は忌む一方で、輝きを愛し、それを背景として恋愛が歌われる（拙稿「東アジア文学の中の郷歌」中西進・辰巳正明編『郷歌　注解と研究』新典社）。

この始原はモンゴルの草原の中にあるらしい。夜、草々のそよぎに散る月光への畏怖は深く夫余びとの中に伝えられ、郷歌の歌人たちを通ってカンカンスルレに達するのであろう。

それは黄土の大陸性からも、海洋性にひたされた島嶼性からも生まれるものではない、草原性のものではないか。揺らぎやまない融合性の一部は、草原性に包まれたものではないか。

すると誰もが口にする韓国文学の「恨《ハン》の文学性」が思い出される。わたしはこの「恨」を、たとえば中国、唐の白楽天が楊貴妃の悲劇を「長恨歌」と題する感傷詩に書いたのと、カテゴリーを同じくするものと見たい。

つまり恨の情念を感傷の一つとして理解すべきではないかと思う。

感傷については、たとえば日本近代の、すぐれた哲学者三木清が、「感傷とは固有の情念の入り口であり出口である」と説明する（『人生論ノート』創元社）。たとえば怒りとか絶望・歓喜といったものは固有の領域をもった情念だが、感傷はそのような領域を持たない。何となく心が落ち着かなかったり、何かしら気がかりなことがあって心が晴れない。そしてやがて対象と細部が明瞭になると激怒したり歓喜したりする情念に達するが、それも薄れかけると何となく感傷的になり、そのまま情念が失われていく、といった理解を三木は示した。

感傷の多重性、非固定性の状況とは、まさに融合（fusion）とよぶべきではないか。

融合と非情念の別個の状況である恨は、ほとんど同義語《シノニム》といってよいだろう。

第二に、仏像について見たい。

図3・4は二〇一六年六月二一日～七月一〇日に東京国立博物館で開かれた「ほほえみの御仏」展に出陳された二尊像である。

韓国中央博物館の半跏思惟像（国宝七八号）の仏像は、それ以前の北魏様式の中国仏に比べると①厳格さと鋭さがない。よほど衣装を簡略化し、かろうじて宝冠や髪飾りを着け、胸元にも瓔珞まがいの衣紋の飾りをみせる。

下半身の着衣は波紋の広がりのように同心円的に深く彫られ、②均整の美しさを保つ。

わずかに蓮台のようなものも一部にある。

このように、もうこれ以上様式化はできないだろうと思われるほどの体のたたずまいは、やはり③疑いのない思惟の豊かさを漂わせていて、人びとの心を荒だてたりはしない。

図３　日本国宝半跏思惟像（中宮寺）

図４　韓国国宝78号半跏思惟像
（いずれも東京国立博物館「ほほえみの御仏展」図録より）

そして、何といっても④ふくよかな面輪の柔和さがある。

おそらくは鋭い北魏様式を受容したであろう上でのこの柔和さこそが、韓国文化の寛容さと融合の独自の様式ではないか。

一方日本の半跏思惟像、あまりにも有名なこの仏像も、すでに釘でとめた飾り物が失われたという説があるが、現物を並べると本体は遺憾なく特徴を発揮させる。まずは韓仏以上に①ほとんどの物が剝ぎ取られている。頭に宝冠はなく、双髻のみ。上半身に着衣はなく装身具も一切ない。あるものといえば小波を立てるように肩に流れる垂髪ばかりである。

まさに水から上がったばかりの水溶型の御姿というべきか。この単純さは、わび・さびの前身としての真《まこと》。素《そ》であり直《なお》でもあろう。

それでいて下半身には韓仏とは別な、まとった衣装の躍動的な垂れ方があり、②みごとな立体感の、生きいきとした動きを見せる。

もうこの日仏を、元の北魏仏にも韓仏にも戻すことは困難だろう。しかし、韓仏の穏しさや豊かさのない日仏の面輪は、はっきりと思いつめた意志を示している。

この日仏はいま五六億七〇〇〇万年のちの下生のために脚をほどこうとするのか、左手がかすかに足から離され、足の指先は、すでに大地から浮いている。

反対にまだ深い思惟に沈む韓仏の沈静さは、下生救済の重大な自覚を如実に示す。

そのために韓仏は重いのであろう。大きく上体をまげておられる。そのために右肘を大きく張って頰に手を宛てがうことになった。深い瞑想のさ中である。

対して、日仏は背をほとんど曲げず、右肘を上体近くに引きよせて、手は前から頰にふれているにすぎない。

このように日韓の二尊を比較するだけでも韓仏の重大な融合性と、さらにそこから抜け出した日仏の真素性がまぎれもない。

そしてともに北魏仏の厳格性からは遠い。

五

広くアジア全域における文化交流の軌跡から見ると、この韓国文化の融合力は、大陸文化の厳格性から島嶼文化の真素性へと、アジア文化の旅を、よく達成せしめたといえるだろう。

今後、アジアばかりか広く地球文明の中で、わたしたちが求めるべき人類の福祉も、このような文明間の対話と、さらなる超克に向けての融合力によって生まれるはずである。今後、二項対立を超える韓国文化の融合主義《フュジョニズム》は、まことに大切である。

※この論考は二〇一六年八月七日、韓国ソウルの中央大学校における「第十三回東アジア比較文化国際会議」大会講演として報告されたものである。

漢文訓読は解釈・翻訳なのか？

——『論語』学而「有朋自遠方来」の訓読再考——

古田島洋介

今さら何を、と言われるかもしれないが、『論語』学而の冒頭に見える名高い一句「有朋自遠方来」の訓読について考え直してみよう。今、異文の問題には言及しない。冒頭の「有朋」を「友朋」に作る本文《テクスト》もある等々は、別席の論議にゆだねる。また、語義の問題も暫く放置しよう。「朋《とも》」は「友《とも》」とどう異なるのか、「方」を「並《なら》ぶ」意に解して「遠《とほ》きより方《なら》び来《き》たる」とも読めるではないか云々に関しても、ここでは論じない。現代中国語に訳せばどうの、韓国ではこのような読み方もするの等々も、他室での講義にまかせることとしよう。事は、もっぱら日本人が用いる訓読の問題に係る。

一

当該「有朋自遠方来」には、大きく分けて二種の訓法がある。それぞれを仮にA方式・B方式とし、念のため書き下し文も添えれば、次のようになる。

A　有下リ朋ノ自二リ遠方一来上タル　＝朋《とも》の遠方《ゑんぱう》より来《き》たる有《あ》り

B　有リレ朋自リ二遠方一来タル　＝朋《とも》有《あ》り 遠方《えんぽう》より来《き》たる

A方式を採っているのは吉田賢抗・原田種成・加地伸行などの諸氏、B方式を用いているのは金谷治・宮崎市定・吉川幸次郎などの諸氏である。(1)

訓法が二種に分かれる理由は、文法的に説明しやすい。英語でいう副詞句に当たる「自遠方」を取り除けば、この一句が動詞「有」に名詞「朋」と動詞「来」が下接する兼語式の存現文であることは明らかだ。一般形で示すと、左のごとくである（N＝名詞、V＝動詞）。

左右に傍線付きで書き込んだ構文要素（S＝主語、V＝動詞、O＝目的語）としての役割を見れば、一目瞭然、名詞「N」が上方の動詞「有」の目的語（意味上は主語）である（右傍直線）と同時に、下方の動詞「V」の主語にもなっている（左傍波線）。構文上、「N」が二つの機能を兼ねる語であればこそ、兼語式と呼ばれるわけだ。

こうした兼語式の構文は、日本語には存在しない。そこで、日本語として訓読するさいには、どうしても上方の〔VO〕関係か、下方の〔SV〕関係か、どちらかを優先して読まざるを得ない。すなわち、上方の〔VO〕関係＝「有朋」を先に読めばB方式、下方の〔SV〕関係＝「朋（自遠方）来」を先に読めばA方式となるわけだ。

歴史のうえでは、B方式よりもA方式のほうが旧《ふる》い。近時、B方式のほうが好まれているように見受けるのは、A方式よりも返り点が少なくてすむこと、中国人が朗読するとき一般に「有朋／自遠方来」のごとく息継ぎを入れることなどが主たる理由なのであろう。(2) 実際、現代中国語の感覚では、不特定名詞「N」を呈示する存現文の「有」は、ほぼ「或」（或《あ》る）に近く、ほとんど英語の不定冠詞〈a〉に等しい語感らしい。となれば、A方式よりもB方式のほうが、少なくとも現代中国語の感覚に適《かな》った訓法と考えられるのである。

ただし、「有朋自遠方来」は、あくまで古典中国語である。そのうえ、日本人がどう訓読しようと、この原文六字は微動だにしない。A・B両方式の優劣を論じるのは、あまり生産的ではないだろう。事実、加藤徹氏は、あっさり「訓読は〈朋《とも》有り、遠方より来《きた》る〉と、〈朋の遠方より来る有り〉の二通りが可能だが、どちらも意味は同じである」[3]と述べている。たしかに、意味が同じなのであれば、A方式にせよB方式にせよ、どちらかで読んでおきさえすれば、取り敢えず訓読としての用は足せるわけだ。

ただし、意識的にA方式を取ってB方式を捨てる向きもあることは、わきまえておいたほうがよいだろう。A方式について芳名を掲げた原田種成氏である。原田氏は、「有朋自遠方来」の構造を明確に「有〈朋自遠方来〉」と意識していたらしく、「〈有朋自遠方来〉を〈朋有り…〉と読むのがあるが賛成できない。古代の辞書の『説文《せつもん》解字』に「有、不レ宜レ有也」（有とは有るべからざるなり）と解しており、めったにないことがあった意である」と述べ、当該六字を「遠く離れて何年も会わない友達が珍らしく訪ねて来た」と訳している。[4]稀《まれ》にしかないはずの「朋自遠方来」という一事が「有」ったと解釈したがゆえのB方式排斥論にほかなるまい。これはこれで傾聴に値する見解だ。あわてて現代中国語の語感に飛びつき、問答無用に「有朋／自遠方来」と切って事足れりとする軽挙を防ぐには、なかなか効果的な防波堤の役目を果たすだろう。

二

とはいえ、ここで誰もがA・Bの二種についてあれこれ検討を加えようというわけではない。大学の教壇でこうした二種の訓法とその二種に分かれる理由を説明しつつも、実のところ常に内心びくびくものなのである。何を隠そう、私が怖《おそ》れるのは、もう一つの訓読、いわば第三の訓読だ。仮にC方式と名づければ、それは次のような読み方にほかならない。

C　有㆑リ朋㆘自㆓リ遠方㆒来㆖タル　＝遠方《ゑんぱう》より来《き》たる朋《とも》有《あ》り

返り点に不自然さはない。意味も十分に通じる。幸か不幸か、今のところ学生から右のC方式について「こう訓読してはいけないのでしょうか？」と質問された経験はない。しかし、実際問題として、もし学生が右のごとく訓読したならば、どのように対応すればよいのか。第一感、このC方式が何やら不自然な訓読であることは察しがつく。けれども、その不自然さをどう説明するかが問題だ。

単に「下から上に返りすぎ」では答えにならない。前掲のように、レ点と一二点だけのB方式に比べれば、上下点まで用いるA方式にしても「返りすぎ」だろう。A方式が認められるならば、さらにレ点が一つ増えただけのC方式をも許容するしかあるまい。万一C方式が「返りすぎ」だとすれば、同じく存現文たる「有美玉於斯」（『論語』子罕）の伝統的な訓法「有㆔リ美‐玉㆓於斯㆒ニ」（斯《ここ》に美玉《びぎよく》有《あ》り）もただちに修正を迫られるはずである。誰が見ても「返りすぎ」のうえ、何と名詞「美玉」に連読符号《ハイフン》が割り込むというややこしさだからだ。「有㆓リ美玉於斯㆒ニ」（美玉《びぎよく》斯《ここ》に有《あ》り）と訓ずるほうが、よほどすっきりするではないか、と。言うまでもなく、「有璞玉於此」（『孟子』梁恵王下）に関する旧来の訓法「有㆔リ璞‐玉㆓於此㆒ニ」（此《ここ》に璞玉《はくぎよく》有《あ》り）についても同様である。

役人もどきの台詞《せりふ》「前例がない」だの「そのような訓読は聞いたことがない」だのも答えにならない。例の理不尽な決め付け指導法「そう読むことになっているのだから、そう読んでおきなさい」と五十歩百歩だからだ。むろん、振り逃げ指導法「不自然だから、不自然なのです。なぜ不自然なのかは、漢文の大先生でなければわかりません」なぞ言語道断、学生からの信頼を裏切るだけだろう。

果たして、漢文に不慣れな学生たちにも納得できるよう、訓読としてどことなく胡散《うさん》臭さの漂うＣ方式を合理的に排斥するには、どう説明すればよいのだろうか。

三

私がＣ方式の可否に関する質問をことさら怖れるのは、自ら墓穴を掘っている面もあるからだ。漢文の授業では、現代中国語を学んでいない学生が大半を占めるため、現代中国語の文法用語「存現文」や「兼語式」こそ使わないものの、「有ＮＶ」型の一句について解釈に自信がないときは、「Ｎ」の直後に主格の関係代名詞〈who〉または〈that〉を補って意味を取ればよい[5]と指導している。つまり、次のように加工してしまえば、ただちに文意が理解できると教えているのだ。

有Ｎ〈who〉［that］Ｖ

ここまでは不安の種にならない。「漢文では〈Ｎ〉と〈Ｖ〉が直結しているのに、勝手に英単語の〈who〉や〈that〉を挿入してよいのか？」との質問に答えるのは容易なことである。なぜなら、英語の存在構文〈there is N who［that］V〉においても、主格の関係代名詞〈who〉または〈that〉を省略することが可能だからだ。目的格の関係代名詞を省くことは少なくないが、主格の関係代名詞を略す場面は珍しいため、強く印象に残る文法知識だろう。

There's somebody at the door (who) wants to see you.

戸口にあなたにお目にかかりたいという人がいます。

There's a shop across the street (that) sells shoes.

道の向かい側にに靴を売っている店がある。(6)

それぞれの英文で〈who〉〈that〉に付された（ ）が省略可能であることを表す。関係代名詞を取り外して、〈There's〉が「有」に、〈somebody〉〈a shop〉が「N」に、〈wants〉〈sells〉が「V」に相当すると考えれば、漢文の「有NV」型とまったく同じである。ということは、逆に、関係代名詞を挿入して「有N〈who〉[that] V」と変形しても、何ら差し支えは生じないはずだ。事実、この説明それ自体に対して学生から疑義が呈されたことはない。

ところが、である。改めて右に掲げた英文の訳文を見ると、甚だ不安がつのってくるのだ。というのも、いずれも関係節を先行詞の修飾語として訳しているからにほかならない。つまり、関係節〈(who) wants to see you〉を先行詞〈somebody〉に掛けて「あなたにお目にかかりたいという人」と訳し、また関係節〈(that) sells shoes〉を先行詞〈a shop〉に掛けて「靴を売っている店」と訳しているからである。

もし同じ方式で「有NV」型の漢文を訳せば、当然「VするNがいる〔ある〕」となろう。そして、「(漢文) 訓読とは翻訳なのである」「返り点・送り仮名というものは、文語文ではあっても、全文通釈というべきものである(7)」との立場に拠るかぎり、件《くだん》の「有朋自遠方来」を「有レリ朋下自ニリ遠方一来上タル」(遠方《ゑんぱう》より来《き》たる朋《とも》有《あ》り)と訓読するC方式が拒否される謂《い》われはない。いわば関係節「自ニリ遠方一来タル」を先行詞「朋」の修飾語として「Vする（＝〔自ニリ遠方一来タル）N（＝朋）がいる（＝有リ）」と訓読しているにすぎないからだ。

「教わったとおり〈N〉の直後に主格の関係代名詞を補って、英語と同じように訳せば、〈有レリ朋下自ニリ遠方一来上タル〉(遠方《ゑんぱう》より来《き》たる朋《とも》有《あ》り)となるはずです。こう訓読してはいけないのでしょうか？」と質問されたら、どう答えればよいのか。「有ＮＶ」型の漢文を〈there is N who［that］V〉型の英文とだけ対比してみせれば、「Ｎ」の直後に主格の関係代名詞を補う手法は、それなりに説得力を持つ。しかし、その種の英文の訳文まで持ち出されると、いささか厄介な事態に陥るのである。

四

前述のごとく、多少とも漢文訓読の心得があれば、Ｃ方式の訓読「有レリ朋下自二リ遠方一来上タル」（遠方《ゑんぱう》より来《き》たる朋《とも》有《あ》り）がまともな訓読でないことは瞬時に感得できる。問題は、その直感の内実をどのように筋道立てて説明するかだ。おそらく最も確実なのは、復文を用いた説明であろう。Ｃ方式の書き下し文「遠方《ゑんぱう》より来《き》たる朋《とも》有《あ》り」から原文「有朋自遠方来」が正確に復元できれば、その訓読は少なくとも文法的には誤りがないと判断できる。要するに、左のような復文問題を解くつもりでＣ方式の訓読の正誤を確認するわけだ。

◇「遠方《ゑんぱう》より来《き》たる朋《とも》有《あ》り」を復文せよ。　＊全六字／「より」＝「自」

最も着実な手続きを踏めば(8)――書き下し文の漢字は五字、指定された総字数は六字なので、漢字が一字だけ不足するが、所定の条件に従って仮名書き語「より」を漢字「自」に改めれば、指定の総字数は満たされる。「遠方より」は、英語と同じ要領で、前置詞「自」を名詞「遠方」に冠する。その「自遠方」が副詞句として動詞「来」を修飾するので、漢文の大原則〔修飾語＋被修飾語〕に基づき、「自遠方来」とする。さらに、「遠方より来たる」が名詞「朋」を修飾しているため、再び〔修飾語＋被修飾語〕により、「自遠方来朋」と復元する。また、「朋有り」は、「有益」「有力」などの漢語を参考にしつつ、動詞「有」に目的語「朋」（意味上は主語）を付け、「有朋」とする。

右で得られた「自遠方来朋」と「有朋」を合成するには、修飾語と被修飾語は直結するのが原則のため「自遠方来朋」にはそのままとし、「有朋」の二字を上下に切り離して、「有自遠方来朋」とするしかない。返り点・送り仮名を付けて確認すると「有下リ自二リ遠方一来タル朋上」となり、返り点に無理はなく、すんなり書き下し文と一致するので、復文の作業それ自体は正しかったと考えられる。

ところが、復文の結果「有自遠方来朋、」と原文「有朋、自遠方来」は語順が一致しない。C方式「有レリ朋下自二リ遠方一来上タル」（遠方《ゑんぱう》より来《き》たる朋《とも》有《あ》り）は、漢文の大原則（修飾語＋被修飾語）を踏みにじり、下方に位置する「自遠方来」が上方に位置する「朋」を修飾するかのように訓読したがゆえの誤りである。正しくは、前掲のA方式またはB方式のごとく訓読する。――

右のような復文作業による検証こそ、C方式の訓読が誤りであることを説明すべく、最も確実にして有効な方法ではなかろうか。事の性質としては、たとえば「花開」を、正しく「花開ク」（花《はな》 開《ひら》く）と訓ぜず、誤って「花レ開ク」（開《ひら》く花《はな》）と訓読するのと同様の文法違反にほかならない。果たして、復文以外にも何か有効な説明の仕方があるのかどうか。今のところ、私の学力では、復文を上回る説明方法には想い到らない。

もっとも、たとえ復文が説明方法として有効なはずだとしても、それがそのまま学生に対して十全な説得力を発揮するかどうかは別問題だ。少なくとも、二つの問題があるだろう。第一は、学生たちが復文という作業にほとんど馴染んでいないことである。一種の技術論だ。第二は、復文という作業が持つ意義をどう学生たちに納得させるかである。いわば本質論だ。以下、それぞれについて若干の考察を加えてみよう。

五

昭和二十年（一九四五）の敗戦後、漢文教育は衰退の一途をたどり、その趨勢のなかで、復文は、白文とともに、漢文学習の指導法として禁じ手になってしまった。昭和三十五年（一九六〇）に当時の文部省が告示した『高等学校学習指導要領』国語編「古典乙Ⅱ」漢文に、指導に当たって考慮すべき点として、「なお、白文の読解や復文の練習は原則として行なわないものとする」(9)と明記されている。その後、なおも復文を指導する教員がいたかもしれない。しかし、すでに大勢決す、復文は教育の現場から消えていった。事実、私自身、中学校・高等学校の六年間（昭和四十五〜五十〔一九七〇〜七五〕年度）を通じて、一度も復文の指導を受けた記憶がなく、復文の手続きはもちろんのこと、復文という言葉さえ知らずに過ごした。中等教育の現場から姿を消せば、当然、大学入試でも出題されず、それに伴い、参考書の類でも扱わなくなってしまう。現今、復文はまったく耳遠い語となり、「フクブン」と聞けば、英語の複文を想い起こしこそすれ、漢文の復文に思いを致す向きは皆無と言ってよいだろう。かつて鈴木直治氏は、その著書『中国語と漢文』のなかで、漢文の学習には「復文の練習」が不可欠であると力説した(10)が、当該書の性質上、復文の具体的な作業手順を示したわけではない。復文は、もはや失われた学習法と言ってよいのである。

近年、復文の具体的な手続きを説明する漢文関係の書物も刊行されるようにはなった(11)。稀とはいえ、復文を取り入れた漢文の独習書も出版されている(12)。けれども、実情は相も変わらず多勢に無勢、とうてい復文が漢文の学習法として復活したとまでは言えまい。

そのような状況のなか、復文の作業を踏まえてC方式の訓読「有《リ》レ朋下自《リ》二遠方一来《タル》上」（遠方《ゑんぱう》より来《き》たる朋《とも》有《あ》り）が誤りであることを説明しても、今日の大学生たちに対し、果たしてどれほどの説得力を持つか。遺憾ながら、大いに疑問の余地が残るだろう。復文という語すら初耳、ましてや復文の作業は一度たりとも経験なしとなれば、副詞句「自遠方」を組み立てることさえ難しいかもしれない。漢文の大原則〔修飾語＋被修飾語〕すら知識に入っていない可能性も高い。そのような学生たちに復文の手続きを示しても、一方的な決め付けのごとく響いてしまうのではないか。今になって、復文という学習法を失ったつけが回ってきたのである。

六

そもそも、復文という方法を持ち出す必要性そのものについても、大学生たちは大きな疑問を感じざるを得まい。たとえ現代中国語を学んだ経験があっても、いや、現代中国語を学習した経験があればこそ、かえって復文によってC方式の非を鳴らす説明が腑に落ちない可能性もある。なぜなら、前《さき》に見た英文の訳文と同じく、現代中国語の存現文・兼語式も、通例、後方の動詞句を前方の名詞の修飾語として訳したところで、何ら問題が生じないからだ。些少の例を挙げてみれば――

・唐朝有個詩人叫李賢。　＝唐代には李賢という詩人がいた。
・「有人找你。」　＝「誰だか、あなたを探している人がいるよ」。
・「没有人需要我。」　＝「あたしを必要とする人が誰もいないからよ」。

第一例は、辞書に見える例文と訳文である。(13)「李賢という詩人」のごとく、動詞句「叫李賢」を名詞「詩人」の修飾語として訳している。

第二例は、かつて台湾は台北に滞在していたとき、ほぼ毎日のように近所の大声で耳にしていた一文だ。むろん、「誰か、あなたを探しているよ」とも訳せる。しかし、拙訳「あなたを探している人」のごとく、動詞句「找你」を名詞「人」に掛けるように訳しても、決して誤りではあるまい。

第三例は、久しぶりに会った中国人の中年女性が未婚のまま過ごしているとわかって、旧知の仲であった気安さから、失礼を承知のうえで「なぜ結婚していないの？」と尋ねたときに返ってきた答えである。「誰もあたしを必要としないからよ」と訳してもよい。けれども、動詞句「需要我」を名詞「人」の修飾語とした拙訳「あたしを必要とする人」が間違いとは言えないだろう。

こうした現代中国語の兼語式の訳例を知っていればいるほど、なぜC方式「有レリ朋下自二リ遠方一来上タル」（遠方《ゑんぱう》より来《き》たる朋《とも》有《あ》り）が誤った訓読なのか、ますますわからなくなってしまうだろう。加藤徹氏が前掲のごとく説くように、A方式でもB方式でも「意味は同じ」ならば、C方式にしても、やはり原文「有朋自遠方来」は微動だにしないのだから、「意味は同じ」はずではないか、と。このように考える向きには、復文を持ち出した説明こそ胡散臭く感じられ、何やらごまかされているような心持ちになるのではなかろうか。

七

近ごろ、ますます強く思うよう――訓読を解釈または翻訳とする一般的な前提そのものが誤りなのではないか。「訓読は、漢文に日本語の音訓を当てはめて読む直訳式の解釈だ」「漢文訓読は、文語を用いた伝統的な翻訳方法である」のごとく説いているかぎり、C方式「有レリ朋下自二リ遠方一来上タル」（遠方《ゑんぱう》より来《き》たる朋《とも》有《あ》り）を排斥することは不可能なのではなかろうか。

もし前《さき》に示した復文による検証が最も有効な説明手段にとどまらず、唯一無二の説明方法であるとすれば、取りも直さず、訓読は復文という作業を前提としてこそ存在したと考えられるだろう。つまり、原文が正しく復元できるように、言い換えれば、とりわけ原文の語順を正確に記憶できるように、訓読していたということになる。

Ａ方式「とものヱンパウよりきたるあり」でもＢ方式「ともあり　ヱンパウよりきたる」でも差し支えないのは、それぞれの音列から原文「有朋自遠方来」が正しく復元できるからであり、Ｃ方式「ヱンパウよりきたるともあり」が非とされるのは、その音列から原文が正しく復元できず、復文すると「有自遠方来朋」になってしまうためではあるまいか。訓読は、第一義的には解釈でも翻訳でもない。復文作業を前提として、漢文を正確に暗記するための一種の記憶術だ。意味をわきまえていなければ暗記しづらいため、一見、解釈とも翻訳とも映るような読み方をしているにすぎない。言うまでもなく、音列を暗記する聴覚記憶のみならず、漢字の字面《じづら》に対する視覚記憶をも大いに動員していたはずである。「とも」は「朋」であって「友」ではなく、「より」は「従」でも「由」でもなく「自」だ、というふうに。(14) 中国や朝鮮半島の学者たちと同じく、日本の知識人たちも漢文をそのまま正確に暗記しようとしていたのだ。復文作業を当然の前提とする訓読という方法を用いて。

こうした考え方が正しいとすれば、復文を教えずに訓読を教えるのは、まさしく訓読という営為の核心を欠いた「仏造《つく》って魂入《い》れず」の漢文教育なのである。訓読の伝に従えば、原文の語順がはっきりするよう、正確に復文できるよう、必ず助詞を補って「仏を造って魂を入れず」（→造ツテ㆑仏ヲ〔而〕不㆑入レ㆑魂ヲ）と言うところだろうが。

もし復文以外にＣ方式「有リ㆑朋㆘自リ㆓遠方㆒来タル㆖」（遠方《ゑんぱう》より来《き》たる朋有《ともあ》り）が不可であることを確実に説明し得る有効な方法があれば、何とぞ御教示を賜りたい。

注

（１）Ａ方式＝吉田賢抗『論語』（明治書院《新釈漢文大系》、一九六〇年）一五頁「朋《とも》、遠方《ゑんぱう》より来《きた》る有《あ》り」。原田種成『私の漢文講義』（大修館書店、一九九五年）一四五頁「朋《とも》の遠方自《よ》り来たる有り」。加地伸行［全訳註］『論語』（講談社《講談社学術文庫》、二〇〇四年）一七頁「朋《とも》 遠方自《えんぽうよ》り来《き》たる有《あ》り」。Ａ方式において、「朋の」のごとく助詞「の」を補うのは、最近の訓読で好まれる読み方かと見受ける。／B方式＝金谷治［訳註］『論語』（岩波書店《岩波文庫》、一九六三年）一七頁「朋《とも》あり、遠方より来たる」。宮崎市定『論語の新研究』（岩波書店、一九七四年）一六〇頁「朋あり、遠方より来る」。吉川幸次郎『論語』上（朝日新聞社《中国古典選》、一九七八年）二二頁「朋《とも》有《あ》り遠方《えんぽう》より来《き》たる」。今、訓法の形式のみに着目し、諸書の訓読文および書き下し文の体裁や表記の異同は恣意に統一してA方式・B方式とした。

（2）石川洋子『近世における『論語』の訓読に関する研究』（《新典社研究叢書》268、新典社、二〇一五年）二二九～二三〇頁にA方式・B方式の新旧に関する詳しい説明があり、同じ趣旨の字句が二九九～三〇〇頁および三〇三頁にもある。ただし、A方式「朋ノ」の「ノ」は、石川氏の掲げる訓読例には見えない。

（3）加藤徹『白文攻略　漢文法ひとり学び』（白水社、二〇一三年）九六頁下。

（4）注（1）所掲の原田書一四七頁。ただし、同書は引用の冒頭に見える原文を「有朋自遠来」に作り、「方」一字を脱する。今、補った。

（5）注（3）所掲の加藤書九六頁上～下にも、「有ＮＶ」型の存現文について、「この語順は英語の関係代名詞を使った文と似ている」とある。おそらく私の「主格の関係代名詞〈who〉または〈that〉を補って」云々と同じ趣旨であろう。

（6）例文・訳文とも『ジーニアス英和辞典』第４版（大修館書店、二〇〇六年）〈who〉項（二一八六頁左）および〈that〉項（一九七二頁右）による。

（7）注（1）所掲の原田書二一・二三頁。

（8）以下の復文の手順については、拙共著『漢文訓読入門』（共著者＝湯城吉信／明治書院、二〇一一年）一一九頁以下を参照。

（9）文部省［告示］『高等学校学習指導要領』（昭和三十五年〔一九六〇〕十一月一日）三一頁。

（10）鈴木直治『中国語と漢文――訓読の原則と漢語の特徴』（《中国語研究・学習双書》12、光生館、一九七五年）三八七～三八九頁。

（11）注（8）所掲の拙共著一一八頁「第26講　復文の要領」以下。

（12）注（3）所掲の加藤書三三・九九頁などに復文の問題が見える。

(13)　伊地智善継［編］『現代中国語辞典』（白水社、二〇〇二年）「有」項（一八三三頁左）による。

(14)　これは、注（10）所掲の鈴木書三八五頁に「漢学の学習法は、古くから、口には反読していても、目にはその原文に即して直読し、その一字一字を、その語順の通りに暗記できるように努めていたものであった」と見えるのと同一の趣旨である。かつて拙文「漢文訓読の〈割引率〉——記憶術としての定位」（『【明星大学研究紀要】日本文化学部・言語文化学科』第五号、一九九七年三月）で、その趣旨を「記憶術」の一語にまとめた。

軽太子と衣通王

――『万葉集』の視点、周作人の視点――

井上さやか

一　はじめに

一般に「東アジア文化圏」といえば、漢字・儒教・仏教・律令など、東アジアに共通する文化現象を有する地域を指す。ただ、同一の文化圏といっても、それぞれの国や地域で固有の文化もある。たとえば、日本においては、唐代の律令を受容しつつも同姓不婚の条文は削除されたことが知られている。また、『万葉集』には個人的な感情をうたいあげた恋歌が大量に収載されているが、『詩経』や『文選』にほとんどみられないことも周知のとおりである。

そうした日中間の婚姻観やそれにまつわる文学の相違点を、中国人としてはじめて明確に捉え文章化したのは、周作人であったと指摘されている。(1)彼が『語絲』誌上に発表した「『古事記』中的恋愛故事」において取り上げ翻訳した日本古典文学作品が『古事記』であり、中でも「女鳥王と速総別王の反逆」と「軽太子と衣通王」であった。(2)周作人による選択と翻訳は、中国文化との比較の中で得られた視点であり、『古事記』の特徴を逆照射するものでもあると思われる。

一方、『万葉集』には、「古事記」と明記された記事が二例ある。「日本書紀」「日本紀」とある部分が一七例あり、

『万葉集』巻一・二に限られていて、巻の成立過程との関わりが想定されるのとは対照的に、「古事記」の記事は巻二と巻一三に各一例ずつしかみられない。しかも、いずれも軽太子と衣通王に関わる歌である。いうなれば、現行の『万葉集』テキストにおいて「古事記」とは、軽太子と衣通王の物語を記録した書物として登場するといっても過言ではない。

この特異な状況について考えるとき、『古事記』の軽太子と衣通王の物語が『万葉集』においてきわめて例外的な記事となった要因は何だったのか、という素朴な問いが浮かんでくる。そうした問い自体が無意味であるとの誇りを受けるかもしれないが、この現象は、奈良時代における『古事記』享受の一例を示しているといえるのではないか、そしてそれは、物語の魅力とは何かという文学にとって根源的な問いにもつながるのではないか、と考えている。

そこで本稿では、中国文化との比較からこの物語に着目した周作人を〈鏡〉として援用しつつ、『古事記』『日本書紀』の軽太子と衣通王の物語を対照した上で、『万葉集』の現象について考えてみたい。

二　『万葉集』中の「古事記」

はじめに述べたとおり、『万葉集』には、次のように「古事記」と記された例が二カ所にみられる。(3)

例①　巻2九〇番歌

難波高津宮御宇天皇代《なにはのたかつのみやにあめのしたしらしめしすめらみことのみよ》〔大鷦鷯天皇《おほさざきのすめらみこと》、諡曰仁徳天皇《おくりなしてにんとくてんわうといふ》〕

磐姫皇后《いはのひめのおほきさき》の、天皇を思《しの》ひて作りませる御歌四首

君が行き日《け》長くなりぬ山たづね迎へか行かむ待ちにか待たむ　（2八五）

右の一首の歌は、山上憶良臣《やまのうへのおくらのおみ》の類聚歌林《るいじうかりん》に載す。

かくばかり恋ひつつあらずは高山の磐根《いはね》し枕《ま》きて死なましものを　（2八六）

ありつつも君をば待たむ打ち靡《なび》くわが黒髪に霜の置くまでに　（二八七）

秋の田の穂の上《へ》に霧《き》らふ朝霞何処辺《いつへ》の方《かた》にわが恋ひ止まむ　（二八八）

或る本の歌に曰《い》はく

居明かして君をば待たむぬばたまのわが黒髪に霜は降るとも　（二八九）

右の一首は、古歌集の中に出づ。

古事記に曰はく、「軽 太子《かるのひつぎのみこ》、軽太郎女《かるのおほいらつめ》に奸《たは》く。故《かれ》、その太子を伊予の湯に流す。この時、衣通 王《そとほしのおほきみ》、恋慕に堪へずして追ひ往《ゆ》く時の歌に曰はく

君が行き日《け》長くなりぬ山たづの迎へを往かむ待つには待たじ〔ここに山たづと云ふは、今の造 木《みやつこぎ》なり〕　（二九〇）

といへり。右の一首の歌は、古事記と類聚歌林と説《い》ふ所同じからず。歌の主《ぬし》もまた異なれり。因りて日本紀を検《かむが》ふるに曰はく「難波高津宮に天の下知らしめしし大鷦鷯 天 皇《おほさざきのすめらみこと》の二十二年春正月、天皇、皇后《おほきさき》に語りて『八田皇女《やたのひめみこ》を納《めしい》れて将に妃となさむとす』といへり。時に皇后聴《ゆる》さず。ここに天皇歌よみして皇后に乞ひたまひしく云々。三十年秋九月乙卯《いつばう》の 朔《つきたち》 の乙丑《いつちう》、皇后紀伊国《きのくに》に遊行《ゆぎやう》して熊野の岬に到りて其処《そこ》の御綱《みつな》葉《がしは》を取りて還りたまひき。ここに天皇、皇后の在《おほ》しまさざるを伺ひて八田皇女を娶《ま》きて宮の中に納れたまひき。時に皇后、難波の済《わたり》に到りて、天皇の八田皇女を合《め》しつと聞かして大《いた》くこれを恨みたまひ云々。」といへり。また曰はく「遠飛鳥宮《とほつあすかのみや》に天の下知らしめしし雄朝嬬稚子宿祢《をあさづまわくごのすくね》天皇の二十三年春三月甲午《かふご》の朔の庚《かう》子《し》、木梨 軽 皇子《きなしのかるのみこ》を 太 子《ひつぎのみこ》としたまひき。容姿《かほ》佳麗《きらきら》しく、見る者自ら感《め》でき。同母妹《いろも》軽 太 娘 皇女《かるのおほいらつめのひめみこ》もまた艶妙《いみじ》。云々。遂に竊《ひそ》かに通《たは》け、すなはち悒《おぼほ》しき懐《こころ》少しく息《や》みぬ。二十四年夏六月、御 羹《みあつもの》 の汁《しる》凝《こ》りて氷《ひ》となりき。天皇異《あや》しびて、その所由《ゆゑ》を卜《うらな》へしむるに、卜者《うらへ》の曰《まを》さく『内の乱あり。けだし親々相奸《しんしんあひたは》けたる

か云々。』といへり。よりて太娘皇女《おほいらつめのひめみこ》を伊予に移す」といへり。今案《かむが》ふるに二代二時にこの歌を見ず。

例②　巻13三二六三番歌

隠口《こもりく》の　泊瀬《はつせ》の川の　上《かみ》つ瀬に　斎杭《いくひ》を打ち　下つ瀬に　真杭《まくひ》を打ち　斎杭には　鏡を懸《か》け　真杭には　真玉を懸け　真玉なす　わが思ふ妹《いも》も　鏡なす　わが思ふ妹も　ありと言はばこそ　国にも　家にも行かめ　誰《た》がゆゑか行かむ　（13三二六三）

古事記を検《かむが》ふるに曰はく、件《くだり》の歌は、木梨軽太子《きなしのかるのひつぎのみこ》のみづから身まかりし時に作る所といへり。

反歌

年わたるまでにも人はありといふを何時の間にそもわが恋ひにける　（13三二六四）

或る書《ふみ》の反歌に曰はく

世間《よのなか》を倦《う》しと思ひて家出《いへで》せしわれや何にか還《かへ》りて成らむ　（13三二六五）

右は三首

例①の「古事記に曰はく」以下については、従来、異質性が指摘されてきた。

北村季吟『萬葉拾穂抄』（一六八六年）は、「古事記に曰く」を削除し、「衣通王、恋慕に堪へずして追ひ往く時の歌に曰はく」とあるところを「恋慕に堪へずして追ひ往く時の歌一首」と修正して、現行テキストでは九〇番歌の左注としてある記紀の内容を紹介した部分も改編し歌順も変更している。

（※八五番歌→八六番歌→八七番歌→「一云」八九番歌→八八番歌）

輕太子《カルノミコノミヤ》［系図ニ云　木梨《キナシ》輕ノ皇子《ミコ》　允恭《インキャウ》天皇ノ太子　母ハ皇后忍《ヲシ》坂大中ッ姫　天皇二十三年ニ立テ為二太子一ト］　姦《タハクル》二輕太郎女《ノヲホイラツメ》一ニ　故ニ其太子ヲ流二ス於伊豫《ヨ》ノ湯一ニ也　此時不レ堪二戀慕《レンホ》一而追テ往ク時ノ歌一首　［古事記ト與二類聚歌林一所レ説不レ

同　作者モ亦異《コト》也　（略）」　　衣通王

（※九〇番歌）

当該の「古事記に曰はく」からの記述部分の異質さを、季吟なりに整理した結果、作者名を明示する形に書き直したとみられる。

また、賀茂真淵『萬葉考』（一七六〇年）では、八五番歌と左注を削除した上で、次のように述べた。

又こゝに君之行氣《キミガユキケ》長《ナガク》成奴《ナリヌ》てふ哥を擧しるしたるはひがことにて、そは古事記にある輕大郎女の御哥を此皇后の御哥と誤、其言どもゝ誤りて類聚歌林に載たるを、後人みだりにこゝに注せし物也、さるを又の後人本文とさへ書なしたり、故に委く別記にしるしてこゝには除きつ（中略）

△左の注に書し或本の哥は、右の頭に書つ

鹿持雅澄『万葉集古義』（一八〇六年頃）も、

此一首は下に引る古事記歌を誤り傳へたるべし、なほ下に載る古事記に就て云べし、

〔右一首歌。山上憶良臣類聚歌林載焉。（略）〕

古事記曰云々の文歌共に、舊本下の或本歌曰居《ヰ》明而《アカシテ》云々の下に、本文の列に載しは、誤れるものなるべし、故今改て此間に小書せり、さて此は彼記をあしく見て引しものなり

とした。

近代以降は、むやみに本文を否定はしないが、山田孝雄は、九〇番歌は八五番歌の注であるはずで、かく異説の歌の位置が、本文の歌の位置と前後せるは奇怪に見ゆることなり。按ずるにこは蓋し、もと裏書にせしものなるべきを後に表に移して書き添へしものなるべきがその巻のままに書きつづけしが故にかく前後するに至りしものなるべし。(4)

と、裏書が混入したとした。

現在のテキストでは当該部分を題詞として扱い、松下大三郎・渡辺文雄編『国歌大観　歌集部』（大日本図書出版・一九〇三年）で付された歌番号に従って「九〇番歌」とするが、澤瀉久孝『萬葉集注釋』や伊藤博『萬葉集釋注』は、「軽太子……」以下、九〇番歌も含めて連作四首八五〜八の校異として『古事記』の記事を引用したものであるとして、九〇番歌は万葉歌の数に入れるべきではないと言及している。(5)

しかし、当該箇所は、現存する『古事記』とは異なり、文章を要約した上、一字一音の音仮名表記だった歌謡が正訓字主体の表記となっている。(6)そのことから、現存する『古事記』よりも前の書からの引用である可能性も指摘されたが、(7)当該箇所から原古事記を推定することは不可能との反論もあり、「磐姫歌群の記述が、八九、九〇歌の引用をふくめて、注記的部分が全体として巻一、二のなかで特異であるということにつきる」とされた。(8)

確かに、これを題詞と捉えるにせよ左注と捉えるにせよ、巻一・二の中で異質である。(9)ただ、それをもって『古事記』あるいは『万葉集』の成立や当該部分の書き入れ時期等を特定することは困難でもあるだろうし、他にも左注中の歌が数えられた例もあることから、一概に万葉歌の数に入れないというのもあたらないだろう。なにより本稿の主旨としては、その特異性が「古事記」の内容に関連する例に他ならないことを確認すれば十分である。

次に例②は、左注に「古事記を検ふるに曰はく」とあり、例①とは異なり本文を引用注記はしないものの、「件の歌は、木梨軽太子のみづから身まかりし時に作る所といへり」とあって、書かれた「古事記」を参照したことは明らかである。ただし、こちらも当該の長歌と現存する『古事記』の歌謡とは、表記がまったく異なっており、後半部分の表現も若干異なっている。

『万葉集』においては「相聞」の部立に収載されているが、歌の内容は妻を亡くした男の嘆きであり、むしろ「挽歌」に相応しい。「右三首」としてひと組の歌とされている短歌二首とあわせた場合に「相聞」として享受し得る内容となり、巻一三にしばしばみられる、長歌と短歌との内容的関連性が薄い例のひとつとされる。(10) それ故に、長歌にだけ「古事記を検ふるに曰はく」との左注が記されることにもなったかと考えられる。

例①の特異性が目立つばかりに、例②は影に隠れがちであったが、例①・②ともに『万葉集』本文に対する注記であり、それぞれ「古事記」の「軽太子」「軽太郎女」「衣通王」（以上例①）、「木梨軽太子」（例②）について触れていることに注目しておきたい。

三　『万葉集』と『古事記』『日本書紀』との相違

次に、『万葉集』に引用された「古事記」に該当する部分を参照しておく。(11)

天皇《すめらみこと》崩《さ》りましし後《のち》に、木梨之軽太子《きなしのかるのおほみこ》の日継を知らすことを定めたるに、未だ位に即かぬ間に、其のいろ妹、軽大郎女を姦して、歌ひて曰はく、…（略）…是《ここ》を以《もち》て、百官《もものつかさ》と天《あめ》の下《した》の人等《ひとら》と、軽太子《かるのおほみこ》を背《そむ》きて、穴穂御子《あなほのみみこ》に帰《よ》りき。爾《しか》くして、軽太子、畏《かし》みて、大前小前宿禰大臣《おほまへをまへのすくねのおほおみ》が家《いへ》に逃《に》げ入《い》りて、兵器《つはもの》を備へ作りき。…（略）…其の太子《おほみこ》、捕《とら》へらえて歌ひて曰《い》はく、

82　天廻《あまだ》む　軽《かる》の嬢子《をとめ》　甚泣《いたな》かば　人知りぬべみ　波佐《はさ》の山の　鳩《はと》の　下泣《したな》きに泣く

…（略）…故(かれ)、其の軽太子《かるのおほみこ》は、伊余湯《いよのゆ》に流しき。…（略）…

其《そ》の衣通王《そとほりのみこ》、歌を献《たてまつ》りき。其の歌に曰はく、

86　夏草《なつくさ》の　阿比泥《あひね》の浜の　掻《か》き貝《かひ》に　足踏《あしふ》ますな　明《あか》して通《とほ》れ

故《かれ》、後《のち》に亦《また》、恋《こ》ひ慕《しの》ふに堪《た》へずして、追《お》ひ往《ゆ》きし時に、歌ひて曰はく、

87　君が往《ゆ》き　日長《けなが》くなりぬ　造木《やまたづ》の　迎《むか》へを行《ゆ》かむ　待つには待たじ〈此《こ》の、山たづと云《い》ふは、是《これ》今の造木《みやつこぎ》ぞ〉

（略）

又、歌ひて曰《い》はく、

89　隠《こも》り処《く》の　泊瀬《はつせ》の河《かは》の　上《かみ》つ瀬《せ》に　斎杙《いくひ》を打ち　下《しも》つ瀬《せ》に　真杙《まくひ》を打ち　斎杙には　鏡《かがみ》を懸《か》け　真杙には　真玉《またま》を懸け　真玉なす　吾《あ》が思《も》ふ妹《いも》　鏡なす　吾が思ふ妻《つま》　有《あ》りと言はばこそよ　家《いへ》にも行《ゆ》かめ　国をも偲《しの》はめ

如此《かく》歌ひて、即《すなは》ち共に自《みづか》ら死《し》にき。故《かれ》、此《こ》の二つの歌は、読歌《よみうた》ぞ。

（『古事記』下巻　允恭天皇）

『古事記』では「木梨之軽王」「木梨之軽太子」「軽太子」「太子」と表記されているが、前掲の『万葉集』では、例①部分で「軽太子」、例②部分で「木梨軽太子」と記されていた。同様に允恭記には「軽大郎女」「衣通王」とあるところ、『万葉集』では「軽太郎女」「衣通王」とあった。「太郎女」とは類例がなく意味をなさないことから、単純な書き間違いであろうが、「軽太子」に引っ張られて「軽太郎女」と表記した可能性はある。

「衣通王」とは、「軽大郎女《かるのおほいらつめ》、亦《また》の名は衣通郎女《そとほりのいらつめ》。〈御名《みな》に衣通王《そとほりのみこ》と負《お》ふ所以《ゆゑ》は、其《そ》の身《み》の光《ひかり》の衣《そ》より通《とほ》り出《い》づればぞ。〉」（『古事記』下巻　允恭天皇皇子女条）とあり、軽大郎女の別称であることが知られる。例①の短い引用中に、双方の呼称が並記されていることが注意され、何らかのテキストを傍らに置き、適宜要約しつつ書き写したような印象を受ける。

また、例①には、古事記だけでなく「因りて日本紀を検ふるに曰はく」として、『日本書紀』の当該箇所についても記されている点が留意される。

允恭紀では、「木梨軽皇子」は皇太子であったために処罰されず、「軽大娘皇女」が伊予に流されたとある。当然のことながら、木梨軽皇子を追いかけて行こうと決意する当該歌は登場せず、同母兄妹の婚姻という禁忌を犯したことにより皇位につけなかったのではなく、天皇崩御後に皇太子が暴虐を行ったために人心が離れたとして、軽皇子は穴

穂皇子に戦いをしかけた挙げ句に自害したとされている。(12)

二十三年の春三月の甲午の朔《かふごつきたち》にして庚子《かうし》に、木梨軽皇子《きなしのかるのみこ》を立てて太子《ひつぎのみこ》としたまふ。容姿佳麗《すがたうるは》しくして、見《み》る者《ひと》、自《おの》づからに感《め》づ。同母妹《いろも》軽大娘皇女《かるのおほいらつめのひめみこ》、亦艶妙《またえんべう》なり。太子、恒《つね》に大娘皇女に合《みあはし》せむと念《おもほ》し、罪有《つみあ》らむことを畏《おそ》りて、黙《もだ》したまふ。然《しか》るに、感情《めでたまふみこころ》既《すで》に盛《さかり》にして、殆《ほとほと》に死《みう》するに至《いた》りまさむとす。爰《ここ》に以為《おもほ》さく、「徒空《いたづら》に死《みう》せむよりは、罪有りと雖《いふと》も、何《なに》ぞ忍《しの》ぶること得《え》むや」とおもほし、遂《つひ》に竊《ひそか》に通《たは》け、乃ち悒懐《いきどほり》少《すこ》しく息《や》みたまふ。因《よ》りて歌《みうたよみ》して曰《のたま》はく、

69あしひきの　山田《やまだ》を作《つく》り　山高《やまだか》み　下樋《したび》を走《わ》せ　下泣《したな》きに　我が泣く妻《つま》　片泣《かたな》きに我が泣く妻　昨夜《こぞ》こ
そ　安《やす》く膚触《はだふ》れ

とのたまふ。

二十四年の夏六月に、御膳《みにへ》の羹《あつもの》汁、凝《こ》りて氷《ひ》に作《な》る。天皇《すめらみこと》、異《あや》しびたまひて、其《そ》の所由《ゆゑ》を卜《うら》へしめたまふ。卜者《うらへのひと》の曰《まを》さく、「内乱有《ないらんあ》り。蓋《けだ》し親親《はらからどち》相姧《あひたは》けたるか」とまをす。時《とき》に人有《ひとあ》りて曰さく、「木梨軽皇子《きなしのかるのみこ》、同母《いろ》妹《も》軽大娘皇女《かるのおほいらつめのひめみこ》に姧《たは》けたまへり」とまをす。因《よ》りて、推問《かむがへと》ひたまふ。辞既《ことすで》に実《まこと》なり。太子《ひつぎのみこ》は是《これ》儲君《まうけのきみ》為《た》り、罪《つみ》なふこと得《え》ず。則《すなは》ち軽大娘皇女を伊予《いよ》に流《なが》す。是《こ》の時に、太子、歌《みうたよみ》して曰はく、

70大君《おほきみ》を　島《しま》に放《はぶ》り　船余《ふなあま》り　い還《がへ》り来《こ》むぞ　我《わ》が畳斎《たたみゆ》め　言《こと》をこそ　畳《たたみ》と言《い》はめ　我《わ》が妻《つま》を斎《ゆ》め

とのたまふ。又歌して曰はく、

71天《あま》だむ　軽嬢子《かるをとめ》　甚泣《いたな》かば　人知《ひとし》りぬべみ　幡舎《はさ》の山の　鳩《はと》の　下泣《したな》きに泣く

（『日本書紀』巻第十三　允恭天皇二十三年〜二十四年）

傍線部が、『万葉集』例①において記されていた内容と合致する部分である。結末の相違は波線部に明記されており、記歌謡八二は、允恭紀では点線部（紀歌謡七二）のように物語の最後に位置を変えている。

従来、これらの箇所については、『古事記』の歌謡物語としての文芸性や、歌謡の成立時期について、また記紀の展開から見えるそれぞれの政治的な意図の相違や、『万葉集』研究の側としては巻二の八五番歌と九〇番歌の関係など、様々な観点から論じられてきた。近年の当該記歌謡に関する議論については、大浦誠士氏の論に詳しい[(13)]。

しかし、本稿の興味は、『万葉集』において「古事記」が登場する現象そのものにある。しかもそれは、「軽太子と衣通王」の歌に限られる。

澤瀉久孝や伊藤博がいうように、例①が万葉歌ではなく注記に過ぎないとしても、允恭紀の内容まで含めてことさらに大部の注を記した意図は、「軽太子と衣通王」に関する関心の高さを抜きにしては考え難い。しかも「衣通王」という美の形容を下敷きとした通称をも踏まえ、記紀の相違にも触れ、また軽太子が自ら死を選ぶ悲劇性に着目している。

似た歌があったから、という単純な理由に過ぎないのかもしれないが、『万葉集』における「日本書紀」の記事が、前述したとおり巻一・二に限定されており、歌ではなく歴史的な事柄のみであることと比較すると、「古事記」の記事の場合はまるで歌集のような扱いである。巻二と巻一三とでは、注記者もその時期も異なっていた可能性があるが、そうであったとしても『万葉集』の中の「古事記」は、類歌の紹介注というだけでなく、物語としての「軽太子と衣通王」との親和性が高かったと考えられる。

四　周作人にとっての「軽太子と衣通王」

『万葉集』の中の「古事記」のありようから、万葉歌と「軽太子と衣通王」の物語との関係についてみてきたが、ここで思考実験のひとつとして、時代も言語文化も異なる周作人が同じく「軽太子と衣通王」を取り上げていたことに着目してみたい。

潘秀蓉氏は、一九二五年に周作人が自らの意思で『古事記』の物語を選択し翻訳したことについて、次のように指摘している。

周作人は「女鳥王と速総別王の反逆」と「軽太子と衣通王」との二篇の恋愛物語から、中国には極めて少ない死の如く強い愛と美しい人情美を見出し、そして、この二篇の恋愛物語を彼が提唱する「人間の文学」として、中国語に翻訳して公表した。これは、二十世紀初頭の二十年代前後、周作人を始めとする中国の知識人が力を入れて婦人解放、自由恋愛を提唱したことと深く関連しているものと想像できよう。(14)

「人間の文学」とは、一九一八年に『新青年』に掲載された、霊肉一致の人間性を理想として提唱する、周作人の評論である。軽兄妹のことを「相姦」ではなく「恋愛」と言い換えていることや、衣通王（軽大郎女）の「君が往き長くなりぬ山たづの迎へを行かむ待つには待たじ」という歌について、自らの意思や判断力で運命を共にすることを決意する「霊肉一致の男女関係」が、当時の周作人が提唱したい究極的な恋愛であり、激しい反抗的な女性は女性解放運動にとって、絶好の女性像だったという。

また、潘氏は「軽太子と衣通王」に似た兄妹相姦の禁忌を犯した話として、『史記』の襄公と文姜のエピソードをあげている。『古事記』の軽太子が悲恋に泣く純情な人間として描かれているのに対して、『史記』では襄公が妹の文姜と私通した事実のみを語り、破滅に向かう重要な原因である悪徳のひとつとして否定的な態度で描かれていると指摘した。さらに『詩経』「齊風」の「南山」や「敝笱」などにおいても襄公は悪人として描かれており、『古事記』と『史記』『詩経』の表現が著しく異なることを述べている。それが日中文化の大きな相違点であり、それ故に、周作人は『古事記』の「軽太子と衣通王」を取り上げて、「愛の強さを強調する方向で翻訳」し、「翻訳を通じて自らの恋愛観、女性観を反映させる物語を創出した」と結論した。

「翻訳」という行為が、一種の創作ともいえる新たなテキストを生み出すことは、周知の通りである。周作人自身が、翻訳とは文章は自分の手を経たものだし、意味は自分の喜ぶところのものであって、しかも自分には思いつこうにも思いつけず、言いたくも言えなかったことを表現できるもの、と考えていたという。(15)

曹咏梅氏によれば、周作人は一九二六年に集中して「漢訳古事記神代巻」も発表しており、当時の中国人と日本人それぞれの神話への偏見を正す意味合いがあったという。(16) 先行して周作人が発表した論文に、「歌謡」（『晨報副鐫』一九二二年四月）や「神話与伝説」（同、一九二二年六月）などがあり、近代中国において荒唐無稽で価値がなく排斥すべきとされていた神話や、以前から収集していた歌謡の文学的価値を指摘したことに着目している。ことに、卑猥な歌謡も民俗研究資料として貴重であり、文人が修飾して収集することに警鐘を鳴らしていたという。当該の『古事記』中的恋愛故事」で歌謡を多く含むエピソードを選択し翻訳したのも、そうした周作人自身の歌謡への学術的な態度に拠るとしている。そして、古事記歌謡八七の翻訳について、『古事記』中的恋愛故事」の「附記」で「偶然古文に近い感じで訳し、あまり調和が取れていないかもしれないが、再び直すことはしない」とあり、次のように後年出版された周作人訳と対照して掲出している。(17)

【一九二五年訳】

自君之出矣　歳月已久長

観彼接骨木　葉葉自相当

不復能久待　儂自去迎将

【一九六三年訳】

你走了日子也很久了

如接骨木的枝葉相対

我将自己迎去上前

再也不能等待

前者は、古文の五言詩体に訳し押韻もされているのだが、後者では口語体散文詩に直しているのだが、「詩の形式が違うだけで、意味はあまり変わらない」としている。最も翻訳するのが困難とされるのが枕詞であるが、当該例の場合は「山たづの迎えか行かむ」を「接骨木」（ニワトコの木）と訳し、その対生する葉の様子を描くことで、「迎え」を導き出すという枕詞の機能を織り込むことに成功している。

いずれにせよ、周作人にとって『古事記』の「軽太子と衣通王」のエピソードは、古来中国にはなかった恋愛観を究極的に示すものであり、歌謡への関心とも相俟って、近代中国において翻訳し紹介すべき内容であったとみられる。

五　おわりに

『万葉集』の中に記された「古事記」が二例のみであり、それらはいずれも「軽太子と衣通王」に関わるという特異な現象についてみてきた。巻二と巻一三とでは、注記者も時期も異なっていたではあろうが、単に類歌の紹介というだけでなく、物語としての「軽太子と衣通王」に関心が寄せられていた可能性が考えられる。一方で、近代中国において周作人は、同じく物語としての「軽太子と衣通王」に並々ならぬ関心を寄せていた。

二つの全く異なる時代と言語文化の中で「軽太子と衣通王」がクローズアップされたことは、ただの偶然に過ぎないかも知れない。しかし、そうであればこそ、そこに普遍的な魅力が、物語の吸引力とでもいうべき要素があるといえるのではなかろうか。本稿で取り上げることはできなかったが、三島由紀夫もまた「軽王子と衣通姫」（『群像』一九四七年四月）を著している。それらの根幹にあるのは、「悲恋」と「歌」という文化であると考える。

注

（1）潘秀蓉『徒然草』と周作人―その特異な訳文をめぐって―」『和漢比較文学』二十九号、二〇〇二年八月、同「周作人と古事記―女鳥王と軽太子の二篇の翻訳を中心に―」『東アジア比較文化研究』第二号、東アジア比較文化国際会議日本支部、二〇〇三年九月

（2）潘秀蓉「周作人と古事記―女鳥王と軽太子の二篇の翻訳を中心に―」『東アジア比較文化研究』第二号、東アジア比較文化国際会議日本支部、二〇〇三年九月

（3）『万葉集』本文および書き下し文は、原則として、中西進校注『万葉集　全訳注原文付』一～四（講談社文庫、一九七八～一九八〇年）に拠る。

（4）山田孝雄『萬葉集講義　巻第二』寶文館、一九三二年

（5）澤瀉久孝『萬葉集注釋巻第二』中央公論社、一九五八年／伊藤博『萬葉集釋注　一』集英社、一九九五年

（6）在管裳　君乎者将待　打靡　吾黒髪尓　霜乃置萬代日　（『万葉集』巻二・八七）
岐美賀由岐　気那賀久那理奴　夜麻多豆能　牟加閉袁由加牟　麻都爾波麻多士　（『古事記』歌謡八七）

（7）西宮一民「古事記の成立」『論集古事記の成立』大和書房、一九七七年

（8）神野志隆光「『万葉集』に引用された『古事記』をめぐって」『論集上代文学　第十冊』笠間書院、一九八〇年

（9）巻一、二における「―曰」の例は次のとおり。
題詞：謚曰（1七）、尊号曰（1二八）、諱曰（2一〇一）、字曰（2一一〇）、母曰（2一二六）／或本歌曰（2八九、九四、二一三、二一七、二三三）、或本反歌曰（2一三四）、古事記曰～歌曰（2九〇）、一書曰（2一四八、一六〇）
左注：〈書名〉紀曰、日本紀曰、日本書紀曰、類聚歌林曰、古歌集曰／〈会話文〉諫曰（1四四）、亦曰（2九〇）、ト者曰（2九〇）、諮曰（2一二六）

（10）小島憲之・木下正俊・東野治之校注訳『新編日本古典文学全集8　萬葉集③』小学館、一九九五年など

（11）『古事記』書き下し文は、山口佳紀・神野志隆光校注訳『新編日本古典文学全集1　古事記』（小学館、一九九七年）に拠る。

（12）『日本書紀』書き下し文は、小島憲之・直木孝次郎・西宮一民・蔵中進・毛利正守校注訳『新編日本古典文学全集3　日本書紀②』（小学館、一九九六年）に拠る。

（13）大浦誠士『『古事記』軽太子歌謡物語の「読み」―テキスト構造の問題として―』『國語と國文學』第一〇七四号、東京大学、二〇一三年五月

（14）注2に同じ。

（15）松枝茂夫「周作人―伝記的素描―」『中国文学』第六十号、一九四〇年

（16）第五回万葉文化館主宰共同研究「海外における記紀万葉の受容に関する比較研究―翻訳にあらわれる日本文学の特色について―」での曹氏のご教示等に基づく（曹咏梅「周作人と『古事記』の翻訳」『万葉古代学研究年報』第一五号、二〇一七年三月）。

（17）周作人訳『古事記』人民文学出版社、一九六三年

『遊仙窟』の贈答詩
――中国少数民族の対歌習俗から考える――

曹　咏梅

一　はじめに

唐の張鷟（文成）作の『遊仙窟』は中国では早く散佚し、正史の書籍目録にも記載されていない書物である。しかし、奈良時代に遣唐使であった山上憶良によって日本にもたらされ(1)、日本では広く読まれ、日本文学に多くの影響を与えた。日本には現在写本と刊本が伝わっている(2)。中国人が再びこの書物を目にするのは清代になってからである。清の楊守敬によって発見され、『日本訪書志』で初めて『遊仙窟』を記載し紹介した。その後、魯迅が『中国小説史略』(3)で『遊仙窟』を伝奇小説とみなして文学史的意義を認めてから学界でも注目され、『遊仙窟』に関する論考が発表されるようになった。たとえば、陳寅恪氏は唐代に至ると「仙」が妖艶な婦人、風流放誕の女道士の代称として用いられていること、娼妓、妓女を指す例が多いことを指摘している(4)。この陳氏の説を踏まえて、劉開栄氏は作者張文成が神話の背景を借りて、遊里で遊んだ自分の経験を描いた作品であると述べている(5)。現在では、遊里の体験を仙境の物語として描いた作品として捉えるのが通説となっている(6)。

『遊仙窟』は散文の中に詩歌が挿入されているのが大きな特徴である。このような文体について、漢魏辞賦、六朝俗賦及び民間説唱文学（変文、民歌）の影響を受けたといわれているが、変文が起きた年代が確定できないので、『遊仙窟』と変文の影響関係は不明である。(7) 李鵬飛氏は「この小説は初唐の人がよく知る妓女との交遊生活から題材をとり、同時に嘲謔、詠物、酒令、詩歌競争などの社会風気及び前代の漢訳仏経と賦体文学の影響を深く受けて、長編に渡って詩歌が挿入された独特な文体が形成された」(8) と述べる。一方に、『遊仙窟』が敦煌遺書の「下女夫詞」と類似し、当時の民間の婚姻儀礼文化を吸収したという論もあり、(9) 当時の社会風気や婚姻儀礼なども作品創作の素材の一つとしてあったに違いない。たしかに、そのような社会性も認められ、『遊仙窟』に婚礼の攔門の名残が反映されていることについては以前に論じたところである。(10) しかし、張郎と十娘は詩を用いて恋の思いを伝えたり、相手の心を探ったりするのは別途に考えなければならない問題である。こうした詩の贈答について、鄭振鐸氏は「民間歌曲で最もよくみる男女問答の歌辞を想起させ、あたかも山の中で樵夫と茶摘み女、水辺で漁夫と船娘たちが歌を以て問答するのを見るようである」と、民間の対歌を想起させると述べている。(11) また、程毅中氏は「おそらく民間の対歌の習俗を模倣したのであろう」と述べ、(12) 石昌渝氏も「青年男女が対歌の方式で相手を探り、自分の愛慕を表すのは民間の古い習俗で、今は南方の少数民族に依然と保留され、『遊仙窟』の張鷟と十娘の戯れはまさにこの方式を用いた」と述べている。(13) 日本では、辰巳正明氏が、『遊仙窟』全体が歌掛けの方法により展開していることを指摘している。(14) 以上の論は、『遊仙窟』の詩の贈答と少数民族の対歌習俗との関連性について指摘しているものの、全体については詳しく論述されていない。中国少数民族の対歌には歌唱システムが存在し、それに基づいて対歌を持続させることが知られる。この対歌における持続の原理については、辰巳正明氏が「歌路」（あるいは「歌の路」）と呼んで対歌の流れを想定している。(15) そこで本稿では、『遊仙窟』にみえる贈答詩を取り上げて、その対詠が歌路の方法に基づくであろうことを想定し、それを中国少数民族の対歌習俗、いわばその歌唱システムの原理を参考として考察するのを目的とする。

二　『遊仙窟』の贈答詩

『遊仙窟』は、作者が河源に使して神仙の窟に迷いこみ、十娘と五嫂に出逢って、宴会に招かれて詩歌を以て贈答し、ついに十娘と結ばれて一夜を過ごしてから別れるという内容で構成されている。長田夏樹氏が、全文を一六二段に分け、内容から尋訪、思慕、問対、請酒、宴楽、定情、同声、合歓、別離に分け、(16)恋愛の段階を用いて分類していることは興味深い。実に散文を除いて詩の贈答を取り出して見ても、一連の恋愛の流れが見られるのではないかと思われる。

物語の最初は、日が暮れて馬も人も疲れて、張郎が神仙の岩屋に来たことを述べる。そこで彼は谷川の岸で洗濯している娘に出逢い、娘との会話から女主人である崔女郎のことを聞く。その後、奥から箏を奏でる音が聞こえて、張郎は、

自隠多姿則　いくらお綺麗だと思ったにしても、
欺他独自眠　よくも人がひとりで眠っているのを馬鹿になさいますね。
故故将繊手　しきりに、きれいな白い手を伸ばして、
時時弄小絃　たえず、絃をかきならしている。
耳聞猶気絶　絃の音がするだけで息が詰まるのです、
眼見若為憐　この眼で見たならどんなにいとしいことか。
従渠痛不肯　たとい憎まれてふられようとも、
人更別就天　まさか天上へ行って代わりが探せるもんですか。(17)

という詩を贈る。相手の容貌を褒めながら、直接逢いたいと訴える。これに対して十娘は桂心をよこして、

面非他舎面　顔はほかの人の顔ではないのよ、
心是自家心　心だって私の心です。
何処関天事　どこが天上に関わりがあるのかしら、
辛苦漫追尋　苦労して探しても空しいことだわ。

と答え、探しても無駄だと張郎を断る。そこで張郎は、

斂笑偸残靨　すました顔に靨のあとがちらりと見えて、
含羞露半脣　恥じらいながら朱い唇を半ば開いている。
一眉猶叵耐　片方の眉でさえやるせないのに、
双眼定傷人　両目なら、きっとうれしくて気が動顚するだろう。

と半分見えた十娘の容貌を褒めながら、逢ってくれることを懇願する。これに対して十娘は、「好是他家好、人非着意人、何須漫相弄、幾許費精神」（好きというのは他の方が好きなのね、私は意中の人ではないのに、つまらないからかいをして、むだな気苦労です）と返し、一旦彼を拒むのである。ここでの詩のやりとりは賛美、誘い、拒絶の方法で展開され、張郎は対面を果たすことができずにいるのである。

その後、張郎は長い書簡を贈り、さらに詩を作り贈って再三に渡り恋を告白し、ついに十娘の心を動かし、二人は対面することになる。そこに五嫂も加わり酒宴が開かれる。ここでは昔の詩句を用いて詩の贈答を行う酒令が行われ、以下のような詩が詠まれている。

十娘　関関雎鳩　在河之洲　みさごの鳴きて、川の洲にとまる。
　　窈窕淑女　君子好仇　たおやかな乙女は、若君のよき連れ合い。
張郎　南有樛木　不可休息　南に高き木あれど、そが下に休めず、

漢有遊女　不可求思　漢水に遊女おれど、求むるはいと難し。
五嫂　折薪如之何　匪斧不剋　薪を折るはどうしようぞ、斧がなくてはせんもなし。
娶妻如之何　匪媒不得　妻を娶るはどうしようぞ、仲人のうてはせんもなし。
五嫂　不見復関　涕泣漣漣　復関を見ざれば、涙しきりに流る。
既見復関　載笑載言　復関を見しからは、語り合い、笑いさざめく。
十娘　女也不爽　士二其行　女は心変わらねど、男は心移りぞする。
士也罔極　二三其徳　男の心は定めなく、たよりなげなる心ばせ。
張郎　穀則異室　死則同穴　生きては、室を別にし、死しては、墓を同じくせん。
謂余不信　有如皦日　わが言葉を疑えど、わが誓いは白日のごと。

この酒令は、詠む古詩がもしその場の趣旨に合わない場合は罰杯を受ける規則である。ここではいずれも『詩経』の国風歌謡から詩句を四句用いている。十娘は周南「関雎」を引用し、「窈窕淑女　君子好仇」と、張郎がよき連れ合いであることを詠み、積極的に恋へ誘う。これに対し、張郎は周南「漢広」の詩句を引用して答える。「漢広」は漢水の向こう側にいる女を恋い慕うが、なかなか近寄れない男の心情を詠んだ詩である。張郎は十娘を漢水の辺にいる遊女に喩えて、なかなか近づけないと回答する。ここで十娘を遊女に喩えるのは相手が得がたい女性であるという賛美の意を持つが、同時にすぐに応じてくれない恋の難渋さを相手に訴える方法でもある。これに対し、五嫂が斉風「南山」の詩句を引用して、張郎と十娘のために自分が仲人の役に出て、張郎の希望を叶えてあげたいといい、これは張郎に向けた詩である。さらに、五嫂はもう一首衛風「氓」の詩句を踏まえて詠む。この詩句の「復関」について、八木沢言氏は「ここでは十娘を指す」とし、「張郎が十娘の顔を見られないうちは悲しかったろうが、今や十娘と親しく対談できて、さぞ嬉しいであろうという意を示す」(18)と解釈する。しかし、出典詩の「氓」に現れる「復関」は

「男子之所居」(19)を指し、男性の代称として用いられている。物語の内容からすれば、八木沢氏の解釈も納得できるが、酒席でそれぞれが出典詩の意味を充分理解して引用したことを考えると、むしろ「復関」は張郎と解釈すべきであり、五嫂のこの詩句は十娘のことをからかって言ったのであろう。衛風「氓」は、男に誘惑されて結婚するが、後に男に浮気されて棄てられた女の不幸な境遇を詠む詩である。五嫂の詩に対して、十娘も同じく衛風「氓」の詩句を引いて、自分は一心一意であるが、あなたは世の一般男性のように浮気をするだろうと、自分も棄てられる運命を辿るのではないかと、張郎の本心をもう一度確かめようとする。これに対し、張郎は王風「大車」の詩句を用いて、偕老同穴を誓う。以上のように、『詩経』の詩句を用いながらも、張郎と十娘の関係は心を探り合う段階から徐徐に近づき、最後の張郎の誓いの言葉で二人はかなり接近していく。このように、ここには男女の恋物語を紡いでいることが読み取れる。

また『遊仙窟』には眼の前にある景物を題材にした詠物詩が多く詠まれている。たとえば、一匹の蜂が十娘の顔に飛んできた時に十娘が、

問蜂子　　蜂よ、
蜂子太無情　お前はあんまりな、わけ知らずね、
飛来蹈人面　人の顔に飛んできてふみつけるなんて、
欲似意相軽　軽蔑しているらしいのね。

と詠むと、張郎が、

触処尋芳樹　香りのよい樹をいたるところ探したが、
都盧少物花　飛び抜けた花は全くなかった。
試従香処覓　香りのするところから探してみたら、

正値可憐花　すばらしい花がそこにあった。

と返し、自分を蜂、十娘を花に喩えて、ここでも繰り返し恋の思いを伝える。詠物詩の贈答では物を借りて常に恋情を伝え、十娘も次第に張郎の愛を受け入れていく。十娘が弓を題として「平生好須弩、得挽即低頭、聞君把提快、更乞五三籌」（つねづね、いし弓が好きなのです、挽けたなら、頭をさげましょう、あなたは手練れだそうですね、どうか四、五本射てください）と詠むと、張郎は「縮幹全不到、抬頭則太過、若令臍下入、百放故籌多」（やがらを縮めると届かないし、頭をあげれば外れ過ぎる、臍の下に入れるなら、百発射てもあたる数は多かろう）と返す。「臍下」は十娘の臍の下を指し、十娘を共寝へ誘う表現であるが、こうした露骨な表現は周囲の笑いを誘うためでもある。それを受けて場面は寝室に変わり、張郎が「薬草倶嘗遍、並悉不相宜、惟須一箇物、不道亦応知」（薬草は残らず試してみたが、どれも適当でなかった、ただ一つ入用の物がある、いわなくても気がついている筈）と詠むと、十娘は「素手曾経捉、繊腰又被将、即今輸口子、餘事可平章」（手は握られてしまったし、腰も引きよせられている、いまは口まで奪われたんだもの、ほかのこともお好きなようにして）と答え、身も心も相手に委ねることを詠み、二人の関係はついに共寝の段階へと発展するのである。

張郎と十娘が一夜を過ごし、十娘が「元来不相識、判自断知聞、天公強多事、今遣若為分」（初めからお会いしたこともなく、もともとお友達の間はきれていたのに、お天道さまが余計なことをして、いま何とかして間を裂くのね）と、別れを惜しむ詩を詠むと、張郎も「積愁腸已断、懸望眼応穿、今宵莫閉戸、夢裏向渠辺」（つもった愁いに腸はきれ、あてもなく眺めて眼はうつろになるだろう。今宵は戸を閉めないでくれ、夢のなか、あの人のもとへ向かうから）と詠む。そして別れる前に、張郎が、

南国伝椰子　南の国から椰子を伝え、
東家賦石榴　東の家から石榴をささげる。
聊将代左腕　これを左の手首に代えましょう、

長夜枕渠頭　長い夜、君の頭を支えて下さい。

と相思の枕を形見として十娘に贈ると、十娘も、

双鳧乍失伴　一つがいの鳧が、つれにはぐれたが、
両燕還相屬　二羽の燕は、まだ連なっている。
聊以当児心　これをわたしの心のしるしに致します、
竟日承君足　ひねもす、あなたの足をうけていいたいのです。

と、お返しとして一足の靴を贈る。張郎は、さらに揚州の青銅鏡を形見として十娘に残し、「若道人心変、従渠照膽看」（もし人の心が変わるというなら、胆が照るまま見てみなさい）と、形見を交換しながら永遠に変わらぬ愛を誓う。そして、二人はついに別れることになり、張郎が「縦使身遊萬里外、終帰意在十娘辺」（たといこの身が万里の外に遊ぼうと、わが心は常に十娘のもとにある）と別れても変わらぬ愛を誓うと、十娘も「但令翅羽為人生、会些高飛共君去」（なんとか羽翼が生えてくれないでしょうか、きっと高く飛んであなたと一緒になれる筈）と、ずっと一緒にいたい心情を伝える。

以上のように、『遊仙窟』の詩の贈答を中心にみてきたが、これらの詩の贈答によって恋物語が展開し、そのように構成されていることが知られる。張郎と十娘は出逢いから知り合いへ、さらに互いに心を探りながら徐徐に近づき、共寝の関係へと発展するが、最終的に別れることで物語の幕を閉じる。散文を除いた詩の贈答の部分には、二人の愛の物語が紡がれているのである。またここでは、詩を以て相手に恋情を伝えたり拒絶したりしながら、常に相手の本心を探り合う方法が展開されており、恋愛関係の成立を目指して詩の贈答が行われていることが知られ、詩は常に二人が交流するための手段としてある。こうした方法は、すでに指摘されているように、対歌習俗の中で展開されているものであり、対歌の場では歌が愛情を説く言葉の代わりとなり、自己の心情を表すものとしてある。

三　中国少数民族の対歌と歌唱システム

このような『遊仙窟』の詩の贈答形式は、対歌の方法を原初とするものであったと推測される。中国西南、西北の少数民族地域には対歌習俗がいまなお残されている。男女の対歌は即興で行われるが、そこには歌唱システムが存在し、それに基づいて対歌を持続させることが知られる。この持続の原理について辰巳正明氏は「歌路」（前掲書）によって説明している。歌路は恋愛の過程を踏む道筋のことであり、歌は歌路に沿うことを原則とする。なお、辰巳氏は、「歌路」を少数民族の歌唱システムを基本とする詩学用語だけではなく、『詩経』国風歌謡から「楽府」の恋歌、『玉台新詠』の恋愛詩、日本では『万葉集』から現代の奄美の歌遊びに及ぶ、東アジアの詩歌の起源を説明する原理としての詩学的専用語として捉えている。(20)

そのような歌路を具体的にみると、壮族には「歌圩」という習俗があり、この歌圩に歌唱される恋歌には一定の定式があり、それを民間では「歌路」と呼んでいる。(21)壮族の歌圩とは、壮族の人々が特定の時間、特定の場所に行われる対歌を主体とする祝日性の集会活動である。(22)中国で内部資料として刊行された資料集『広西歌圩的歌』によれば、野の歌圩があり、そこでは引唱、初会、大話、初問、賛美、追求、初恋、拒絶、埋怨、重歓、定情、相思、熱恋、分別、雑嘆の順で収録されていて、これは男女の恋の展開を示すものであることが知られる。ここではその一部分について触れてみたい。

最初に歌う「引唱」は相手と初めて出会い、相手を歌に誘う歌である。

あなたの名前を聞き、高い山で銅鑼を打つように遠く響きます。あなたは劉三姐だと聞きましたのに、なぜ声を出さないでしょうか。(23)

劉三姐は壮族の伝説上の歌手で「歌仙」と呼ばれる人物である。相手を歌仙に喩えて褒め称えて歌を引き出そうとしている。引唱が唱われてから、「初会」の歌が歌われる。これは互いに譲り合いながら相手の心を探る挨拶の歌である。また「初問」は、

男　両手を揺らし何処に行きますか、両手を揺らしどこの村へ行きますか。妹はどこの村に住むか言ってください、兄は食物を持って後ろについていきます。

女　両手を揺らしここを通り、両手を揺らしここの村に行きます。妹は無名の村に住み、海に落ちた針のようですが探してみてください。

と歌われ、互いに住まいや名前を尋ね、互いの素姓を確かめるのである。こうした初問を経て、相手を褒め称える「賛美」の歌は次のように歌われる。

男　妹は色白で、園にある花のようです。胡蝶が見ると離れようとせず、蜜蜂が見ると離れようとしません。

女　あなたに比べものになりません、あなたこそ花のようです。川辺に行くと鯉が跳ね、山辺に行くと百鳥が鳴きます。

対歌ではよく女性を花に、男性を蜜蜂に喩えて歌い、たとえば「妹は青山の一枝の梅で、兄は蜜蜂で山の隅々まで飛びます、蜜蜂は梅の枝に止まり、羽を揺らしながら飛んで行こうとしません」と歌われる。それは『遊仙窟』にも見られた。こうした賛美の歌が歌われてから、相手の心を探る「追求」の歌が歌われる。

女　馬に乗っては洞窟に入りにくく、灯籠で海の底までは照らせません、糯米ごはんを炊くのに水を量るのが難しく、妹は兄の心が分かりません。

男　苦連連、苦い野菜は油がないと塩に頼り、ひよこは母がいないと米に頼り、兄は今独りで妹に頼って一緒になりたいものです。

追求の歌では相手が妻や恋人がいるのではないかなど、常に相手の本心を探る内容が歌われている。この段階の歌

によって男女の関係が定まるので、普通このような対歌は長く行われる。もしここで女性が男性の愛を受け入れると、男女は初恋の段階に入る。そしてさらに恋しい思いの感情を深めていき、拒絶や相手を咎めるなどの対歌を経て関係がさらに深まると、次には「定情」の段階の歌が歌われる。

女　妹は靴作りを学んだがまだうまく作れません、兄は靴を永遠に捨てないでください。靴を受け取ったら結婚の契りを結んだことになり、私たちは契りを結び百年過ごします。

男　橋の下の河水は清く、腕輪を妹に贈ります。腕輪は結婚の契りを結ぶための贈り物で、河水は兄の仲人です。

このような定情の歌では、互いに形見を交換して結婚の契りを結ぶことを内容とする。さらに展開を求めて「熱恋」の歌が歌われる。

男　私たちは一緒になり愛は深く、涙が落ちると石山も溶かします、兄の肋骨がほしいなら兄は妹にあげます、どれを選んでもあなた次第です。

女　私たちは一緒になり愛は深く、竜を画いても鳳凰を画いてもあなたに従います、妹の心肝がほしいなら妹は兄にあげます、妹の心肝は花のように赤いです。

ここでは身も心も相手に捧げるような熱烈な恋を歌う。しかし、対歌において男女が別れがたい恋人関係へ発展しても、最後は「分別」の歌で歌の場を閉じることになる。

女　別れましょう、死別は容易ですが生別は辛いです。ただ月が早く出ることを怨み、太陽が早く山に落ちることを怨みます。

男　別れましょう、死別は容易ですが生別は辛いです。来る時の足は紙のように軽く、帰る時の足は山のように重いです。

男女の恋が最後は別離にあるということは、別れが恋の重要なテーマであることを示唆していよう。このように、男女が対唱を行う時には、まず相手を歌に誘い、それから住まいや名前を問い、さらに結婚しているか否かを探り、続いて賛美の歌を歌い、それから男性が女性に求愛し、意気投合した時には熱愛を訴え、それが発展すれば契りを結び贈り物を交換し、最後は別れへと向かうという基本的な流れがあるということである。こうした歌路の存在が認められる民族としては、壮族のほかに布依族、京族、仏佬族、毛南族、水族、羌族、苗族、侗族などがある。(24)

そのなかでも中国西南の南部方言地区に住む侗族には、「行歌坐夜」という妻問い習俗があり、これは室内で対歌を行う習俗である。最初の関門が「門」である。女性たちは家の中、つまり門の内側にあり、男性たちは門の外側にあって、男女が対面する前に門を境にして歌を掛け合うことから始める。その門前で歌われるのが「喊門歌」であり、まず男性が門を開けてくださいと歌うと、女性たちは暖を取る柴が多くないことや、男性の家には奥さんがいるだろうことを口実に男性を帰そうとする。これに対して男性は妻がいないことや、妹の家に柴が多いことを歌い返すと、女性は年老いた親のあることを歌い、男の訪れを断る理由を探す。(25)このように女性たちはすぐには門を開けず、一旦はいろいろな口実で断り続けるのである。そのような門前の対歌によって、男性がうまく返すことができたら、部屋に入ることができる。この「行歌坐夜」には歌唱システムが存在し、恋愛の過程を踏む歌路に沿って対歌が行われていることが知られるのである。筆者が実際に見た「行歌坐夜」は、歌唱システムに沿って説明すると、喊門（門を開けてもらう）―探望（訪ねた目的を歌う）―探情（相手の心を探る）―相愛（愛し合う）―定情（結婚の約束）―盟誓（誓約）―想念（相手を思い続ける）―拆婚（相手を恋人と別れさせる）―分散（別れ）という定式で男女の掛け合いが展開した。(26)要するに、対歌は歌路に沿うことを原則とし、見知らぬ男女が出逢い、心を探りながら徐徐に近づき、愛し合う仲になり、結婚の約束をし愛の誓いを立てるが、最後は別れへと向かうという、一連の恋愛物語を紡いでいることが知られる。もちろん、歌の場で毎回恋人関係が成立するとは限らない。どのような物語を紡ぐか、どこで終わるかは毎回異なるのである。

四　おわりに

ここで、『遊仙窟』に戻ってみると、そこには中国少数民族の対歌の歌唱システムと等しい詩歌の流れが見られることである。張郎と十娘の詩の内容を見ると、たとえば張郎が詠んだ一番最初の詩は相手を褒めながら歌に誘う「引唱」という方法にあたるが、ここはまた侗族の「行歌坐夜」のような妻問い習俗の最初の場面とも類似し、逢いたいと懇願する張郎の歌い方は、門を開けてくれることを願う「喊門歌」の方法であることが知られるはずである。張郎と十娘は対面する前に詩の贈答を行い、張郎は一旦断られる。そのようにして、張郎と十娘が対面してから、酒席で『詩経』の詩句を引用して行う酒令や、目の前の物を題材にして詠む詠物詩においては、恋情を伝える、相手の心情を探る、恋を受け入れる、愛情を確かめる、熱烈な愛を告げるなどの過程が見られる。

このように、『遊仙窟』が展開する詩の贈答を見渡すと、引唱、賛美、拒絶、追求（または探情）、定情、熱恋、分別などをテーマにした詩が見られ、これらが恋愛の道筋を踏む歌路に沿って詩の贈答が行われていることが確認できる。張郎と十娘は詩の贈答とともに、見知らぬ同士から知り合いへ、さらに共寝の関係へと発展するが、最終的に別れを迎えるという一連の恋愛物語を作っていることが知られる。

以上のように、『遊仙窟』の贈答詩は対歌習俗にみられる歌路の方法をもって展開していることが知られ、そこでは恋物語の流れを作っていることが確かめられよう。これはまた前掲の辰巳氏のいう詩学用語としての歌路（前掲書）が、『遊仙窟』の詩の贈答にも及んでいることを説明していると思われる。ただ、『遊仙窟』の共寝と男女交接の場面は、まさに遊里における世界を髣髴とさせるものであり、そこでは少数民族の歌路の上に新たな歌路を加えた娯楽性を露出しているように思われるのである。

注

（1）山田孝雄「解題」、醍醐寺本『遊仙窟』（古典保存会、一九二七年）、のち山田孝雄『典籍説稿』（西東書房、一九五四年）に所収。
（2）八木沢元『遊仙窟全講』（明治書院、一九六七年）の解題、および今村与志雄訳『遊仙窟』（岩波書店、一九九〇年）の参考文献を参照した。
（3）魯迅著、今村与志雄訳『中国小説史略（上）』（筑摩書房、一九九七年）。
（4）陳寅恪「読鶯鶯伝」中央研究院歴史語言研究所『集刊』第十本、『陳寅恪史学論文選集』（上海古籍出版社、一九九二年）に所収。
（5）劉開栄『唐代小説研究』（商務印書館、一九四七年）。
（6）前野直彬、尾上兼英他訳『幽明録・遊仙窟他』（平凡社、一九六五年）、および八木沢元『遊仙窟全講』注2など。
（7）八木沢元『遊仙窟全講』注2参照。李鵬飛「『遊仙窟』的創作背景及文体成因新探」『山西師大学報』（社会科学版）第二八巻第一期、二〇〇一年一月。なお、変文との関係について論じたのは、劉開栄『唐代小説研究』注5、張鴻勛『敦煌俗文学研究』（甘粛教育出版社、二〇〇二年）などがある。
（8）李鵬飛「『遊仙窟』的創作背景及文体成因新探」注7参照。
（9）張鴻勛「『遊仙窟』与敦煌民間文学」『関隴文学』第一集（甘粛人民出版社、一九八二年）、のち『敦煌俗文学研究』（甘粛教育出版社、二〇〇二年）に所収。
（10）拙稿「万葉集と門前の歌―欄門の習俗との関わりから―」『國學院雑誌』第一一六巻第一号、二〇一五年一月。
（11）鄭振鐸「関于遊仙窟」『文学週報』第八巻第二期、一九二八年。のち『鄭振鐸文集（第五巻）』に（人民文学出版社、一九八八年）所収。
（12）程毅中『唐代小説史話』（文化芸術出版社、一九九〇年）。
（13）石昌渝『中国小説源流論』（三聯書店、一九九四年）。
（14）辰巳正明『折口信夫　東アジア文化と日本学の成立』（笠間書院、二〇〇七年）。

(15) 辰巳正明『万葉集と比較詩学』(おうふう、一九九七年)。
(16) 長田夏樹「『遊仙窟』の成立に関する一考察──遊仙窟研究 その一──」『神戸外大論叢』五(二)、一九五四年。
(17) 詩と現代語訳は、今村与志雄訳『遊仙窟』から引用したが、訳は部分的に直した。注2参照。
(18) 八木沢元『遊仙窟全講』注2参照。
(19) 『詩集伝・楚辞章句』(楽麓書社、一九八九年)。
(20) 辰巳正明『詩の起原 東アジア文化圏の恋愛詩』(笠間書院、二〇〇〇年)。
(21) 『中国歌謡集成・広西巻(上)』(中国社会科学出版社、一九九二年)。
(22) 韋蘇文、周燕屏著『千年流韵中国壮族歌圩』(黒竜江人民出版社、二〇〇八年)。
(23) 黄勇刹、陸里、藍鴻恩主編『広西歌圩的歌』(広西壮族自治区民間文学研究会編印、一九八〇年)による。
(24) 辰巳正明『詩の起原 東アジア文化圏の恋愛詩』注20、呉定国「中国貴州省侗族の婚姻習俗と行歌坐夜─対面歌唱システムを中心に─」平成一七年度國學院大學特別推進研究助成金研究成果報告書『東アジア圏における対面歌唱システムに関する形成過程の研究』(國學院大學)。
(25) 拙稿「万葉集と門前の歌─攔門の習俗との関わりから─」注10参照。
(26) 拙稿「侗族の妻問い習俗と掛け歌」『東アジア比較文化研究 12』(東アジア比較文化国際会議日本支部刊行、二〇一三年六月)。

人心を見守る目
——吉備真備の学んだ兵法——

西地貴子

はじめに

吉備真備の生涯は、たとえば孫子の説く「智者之慮、必雜於利害。」（『孫子』「九変篇」）そのものだったとはいえまいか。つまり、普遍性に富む『孫子』を通して、真備を東アジアにおいて捉え直してみると、そこには、政治家・吉備真備による、儒教だけでは領有できない治政のあり方、ひいては極東日本の奈良時代が見えてくるのである。

一　一介の留学生から遣唐副使へ

吉備真備は、下級武官の子弟として出身法によって大学寮に入り、省試を受け、従八位下を授けられ、霊亀二年（七一六）八月第八次遣唐使船に乗り込むことを許される。唐の文化に精通した留学生および留学僧は、日本の律令国家を整備する上で不可欠な存在となる。その意味で、遣唐使は律令国家を支えていたのである。遣唐使は、唐朝への朝貢のかたちをとるものの、しだいに文化使節に比重を移していく。単なる知識欲や流行りへの興味で何でも持ち帰っていた初期の遣唐使とは異なり、回を重ねるごとに日本の国益にかなうものか否かの選択眼が、しだいに厳しさを増していったのである。

この頃の海彼中国は、文化の爛熟の反面、武韋時代より租税負担に耐えかねた下層の均田農民が大量に逃亡する「逃戸」が起こり、これに対して開元九年（七二一）に宇文融の括戸政策がとられたが、効果はなかった。府兵制もまた、折衝府の偏在によって他州に逃亡するものが多く、傭兵による募兵制が徐々に行われ、天宝八年（七四九）には廃止されている。なにより玄宗は、天宝年間（七四二～七五六）に入ると政治に倦み、楊貴妃に溺れて奢侈に流れる。

この律令体制の動揺は、周辺諸民族の統治の失敗に始まる。北辺防備には、膨大な兵力を擁する駐屯司令官の節度使が要地に配された。この節度使は、後に軍権以外にも民政権・財政権を持つほどに力を強め、天宝十四年（七五五）に三つの節度使を兼ねていた安禄山が反乱を起こし、広徳元年（七六三）まで続く大乱となるのである。天平宝字三年（七五九）の藤原清河のための迎入唐使は、安史の乱によって成功していない。その後の遣唐使がほぼ迎入唐使となるのは、すでに唐の治政が弛緩していたことも、その一因だろう。

ここで、宮田俊彦氏の言を聞こう。(1) 真備は、玄宗皇帝の儒士に経の教を請う。玄宗は四門助教直国子監で、かつ秘書省の典籍を分部撰次に携わっていた趙玄默に命じる。つまり、四門学・国子学に入学したのではなく、詔によって九寺のひとつである鴻臚寺を教場とし、趙玄默を師として学んだのである。周知のように、この鴻臚寺とは外国使節の応接を司る官庁で、儀礼を取り仕切る場所であるから、東アジアに限らず遥か遠くシルクロードを経たペルシャの国々の使者たちも集っていたかと思われる。また、渤海と唐・新羅の対立によって、緊迫した東アジアの国際情勢をいち早く耳にすることができただろう。なによりも異国の使者たちから語られる唐の内情、とりわけ律令制が制度的疲労を起こし始めていた長安の政をも、静観することができたと考えられる。

当時の日本は、新羅との外交関係に対立問題をかかえていた。実際、天平四年（七三二）八月十七日には、軍を統括・指揮する臨時の官職である節度使が任命されている。対新羅に備えて東海・東山・山陰・西海の各道に配置されるも、天平六年四月には廃されている。したがって、天平八年（七三六）四月に遣新羅使が派遣されるが、帰国した使節から新羅で不当な扱いを受けたことの報告がなされ、新羅への不信感がくすぶり続けるのである。

　このような状況の中、天平七年（七三五）四月に真備が帰国。彼が習得したものとは、当時の最先端の学問にちがいないが、聖武天皇に献上された品々から類推するに、君子のたしなみである礼・楽・射・御（馬術）・書・数の六芸であったことが知られる。なかでも絃纏漆角弓、馬上飲水漆角弓、露面漆四節角弓の、角弓とは、『大唐六典』（巻十六）「南京武庫」に「弓之制有四、…二曰角弓、…角弓以筋角騎兵用之」とあり、騎馬用で漆塗りの角弓だろうか。射甲箭についても、同著に「箭之制有四、…三曰兵箭、…兵箭剛鏃而長、用之射甲」と記され、甲を貫通するほどの長堅で鋭い矢という。平射箭については、『大唐六典』には見当たらない。ただし、『和名類聚抄』（巻十三）に「平題箭」と記されており、どうやら先の丸い練習用の矢のようである。このように、真備はさまざまな武具を将来している。

　後述するが、兵法も学んでいたことは間違いない。格下の日本といえども、大国の唐が当時の最先端の武具を持ち帰ることは許すまい。そういう意味では、時代遅れのものか、あるいは装飾的要素が強いものだったのかもしれない。それでも真備が武具や兵法に関心を寄せたのは、戦争という一事象が当時の優れた英知と科学技術の粋を集めて行われるからである。つまり、真備は新しい文化を漫然と評価の目も持たずに持ち帰ったわけではなく、自国の文化との同化という日本文化の特性、いわば日本の伝統的文化力を高めるためだったと思われる。

　それゆえに真備は朝廷に重用され、加えて聖武天皇や光明皇后の寵愛を得、順調に昇叙していく。なかでも橘諸兄が右大臣になると、玄昉とともに厚遇され、諸兄のブレーンとして治政に関わるようになる。そのためか、『続日本紀』（以下、『続紀』と記す。）天平十二年（七四〇）八月二十九日の条によると、藤原広嗣の上表文で玄昉と真備との排斥を進言されてしまう。そして九月三日に、広嗣は九州の兵士を招集して反乱を起こすのである。この戦いにおいて、兵学に長けた真備の具体的な指示は記録にないが、おそらく何かしらの働きかけがあったのではないだろうか。

やはり真備を重用せんとする朝廷の動きに変化はない。ゆえに真備は、反乱後の天平十二年（七四〇）十月二十九日の伊勢行幸に従い、十一月二十一日には昇叙され、後々東宮学士（天平十三年七月任命）兼春宮大夫（天平十五年六月任命）まで任せられている。このことから、阿倍内親王（後の孝謙・称徳天皇）と真備の信頼関係は強固なものとなり、より親密になっていくのである。加えて天平十八年十月十九日、下道朝臣真備は、吉備朝臣の姓を賜わる。下道という一郡の名からより包括的な吉備という名を賜わったことになる。これは、真備が名実ともに吉備地方全域を領有する大豪族たることを天下に知らしめたのではないだろうか。

しかしながら、翌年三月には春宮大夫を解任されるのである。後任の石川年足は藤原仲麻呂に近い人物で、ここには仲麻呂による真備排除の意図がうかがえる。その後も、『続紀』天平勝宝二年（七五〇）一月十日の条に、「左降従四位上吉備朝臣真備為筑前守。」と記されるのみで、左降の理由はわからない。宝亀六年（七七五）十月二日の条の真備薨伝に注目してみると、「式部少輔従五位下藤原朝臣広嗣、与玄昉法師有隙。出為大宰少弐、到任、即起兵反。以討玄昉及真備為名。雖兵敗伏誅、逆魂未息。勝宝二年、左降筑前守、俄遷肥前守。」と、左降の記述の直前に広嗣事件が記されている。左降地の筑前はもとより肥後も、真備が国司となった国は、みな広嗣の乱に深く関係している。(2)「逆魂未息」とは、いまだ残る広嗣派による再乱勃発の雰囲気があったのだろう。そこで、乱の事後処理のために真備が派遣されたのである。あるいは、玄昉同様に呪殺されることを期待したのかもしれない。(3)

あらためて左降の理由を問えば、当時の政権の主軸が、右大臣橘諸兄から藤原仲麻呂へと移りつつあったことに伴うことから、孝謙天皇（天平勝宝元年七月二日即位）が私淑していた真備の勢力拡大を恐れた仲麻呂が、広嗣の怨霊を口実に真備を天皇から遠ざけるための一計か。仲麻呂にとって、真備は平城京で顕職を与えるには疎ましく、かといって北部九州の鎮圧には、軍才のある真備以外には考えられなかったのだろう。

さらに、天平勝宝三年（七五一）十一月七日、遣唐大使藤原清河（北家）の補佐として、入唐副使に真備が追任される（前年九月二十四日遣唐使任命、翌閏三月九日節刀・入唐）。この追任は、対唐外交における才を高く評価しているからだろう。とはいえ、筑前守左降から時を経ずしてのこの追任に、うがった見方をすれば、仲麻呂による真備の海外追放だったやもしれない。遣唐使として海の藻屑と消えることを望んだのか。なぜなら追任後の、他の遣唐使たちの昇叙がまるで帳尻を合わせるように行われる中、真備には叙位がなされていないからである。なにより確定人事をねじ曲げての追任自体が不可解だからである。

ところで、真備の渡唐中に日本の対外的立場を表す事件が起こる。『続紀』天平勝宝六年（七五四）一月三十日の条に載る、蓬萊宮含元殿での朝賀における新羅と日本との「席次争い」である。結果、日本の国際的地位の確立を成し得ているのだが、真備の関与を示す史料は残されていない。ただ十八年にも及ぶ在唐経験のある真備ゆえに、唐の朝堂に広がる人脈も少なからずあるはずだろうから、何かしらの外交術がなされたと見てよいだろう。

二　遠の朝廷の真備による対外政策

真備は、天平勝宝五年（七五三）十二月七日に屋久島に漂着する（『続紀』天平勝宝六年一月十七日）。かねてから念願だった鑑真の来日を果たしたにもかかわらず、翌六年（七五四）四月五日大宰大弐として、またもや九州に再赴任を強いられてしまう。それは、対新羅問題で大宰府の防備を堅固にしようとしたためか。このことは、在唐時の新羅の対日態度を知る真備の、その任命同日に、新羅通の小野田守（天平勝宝五年二月九日遣新羅使任命、翌年帰国。）が少弐になっていることからもうかがい知れる。

ところが、真備にとって、この左遷人事はかえって幸いしたようで、たとえば天平宝字元年（七五七）七月の橘奈良麻呂の乱にも、全く関与することはなかった。そして、真備は完成を神護景雲二年（七六八）二月、建設期間が十二年にも及ぶ怡土城の築城に取りかかるのである（『続紀』天平勝宝八歳六月二十二日）。このような大事を真備に任せるのは、真備の軍事的能力、いわば兵学の知識が高く評価され、適任者と判断されたからだろう[4]。

天平宝字二年（七五八）十二月十日、遣渤海使小野田守が、安史の乱などの状況を報告する。同日淳仁天皇は大宰府（帥船王・大弐真備）に対して、安禄山の軍への対応に「奇謀を設けよ」と、大宰府防備の策を献ずる。おそらく孫子や諸葛亮の兵学が講じられたか。この勅で船王と真備を当代の碩学と呼んでいる。

すると、天平宝字三年（七五九）三月二十四日に、大宰府によって四つの不安なことがあると進書されるのである。

大宰府言、府官所見、方有不安者四。拠警固式、於博多大津及壱伎・対馬等要害之処、可置船一百隻以上以備不虞。而今無船可用。交闕機要。不安一也。大宰府者、三面帯海、諸蕃是待。而自罷東国防人、辺戍日以荒散。如不慮之表、万一有変、何以応卒、何以示威。不安二也。管内防人、一停作城、勤赴武藝、習其戦陳。而大弐吉備朝臣真備論曰、且耕且戦、古人称善。乞五十日教習而十日役于築城。所請雖可行、府僚或不同。不安三也。天平四年八月廿二日有勅、所有兵士全免調庸、其白丁者免調輸庸。当時民息兵強、可謂辺鎮。今管内百姓乏絶者衆。不有優復無以自贍。不安四也。

まず、第一に有事に備えて定められた船数の不足を指摘する。政府の返答は、「船者宜給公粮、以雑徭造。」と。また、「造船五百艘。北陸道諸国八十九艘、山陰道諸国一百卌五艘、山陽道諸国一百六十一艘、南海道諸国一百五艘。並逐閑月営造、三年之内成功。為征新羅也。」と、同年九月十九日には実行に移され、三年を目途に軍船五百艘を造船しようという。当時造船技術の高かった安芸国を含む山陽道に最も多く課す。船の調達が全国に広がるのは、それから二年後の天平宝字五年（七六二）十一月で、大宰府はおおいに活気を呈する。

第二は防人についてであるが、『続紀』天平宝字元年（七五七）閏八月二十七日の条に、「大宰府防人、頃年、差坂東諸国兵士発遣。由是、路次之国、皆苦供給、防人産業、亦難弁済。自今已後、宣差西海道七国兵士合一千人充防人司、依式鎮戍。其集府之日、便習五教。事具別式。」と、坂東諸国の兵士を差発すると路次の国々に負担がかかるので、西海道七国の兵士を防人にしようと、同年東国の防人を廃止している。このことから大宰府の防備が荒散していたのだろう、事が起きたら対応できないと、防人の充実を訴えているのである。しかしながら、陸奥国桃生城や出羽国雄勝城の築城も始まっており、東国人を九州にばかり派遣できない状況にあったようで、「東国防人者衆議不允。仍不依請。」と答えている。

つづく第三は、防人が築城をしないで武芸の教習ばかりしていること。真備は「且耕且戦」という「古人称善」を持ち出し、五十日は武芸を訓練し、十日は築城に参加させたいという。五十日間の教習には、天平宝字元年八月の勅にあった五教が含まれていると思われる。怡土城の完成なしには、征討計画もあったものではない。よって、真備の言に従うよう、「管内防人十日役者依真備之議。」と返答している。注目すべきは、大宰府の中で意思統一がなされていないこと、つまり、真備の軍略に異を唱える者がいるということである。やはり真備の学んだ兵法を理解するには難しすぎたのだろうか。そして第四は、真備らしい提言で、兵士のみならず大宰府管内の百姓にも「優復」を与えてほしいというもの。新羅征討には管内の百姓の協力が必然であることを理解している発言で、大宰府の行政面からの施策といえる。これに対して政府は、「優復者。政得其理民自富強。所勉所職以副朝委。」と。

このように、第一から第三までは徹底した軍備論だが、第四にいたっては、『孫子』の思想を支える仁愛による人心掌握といえよう。つまり、この四箇条は、『孫子』に学んだ真備の、仲麻呂政権における新羅征討の対策、いわば国防上の重要な示唆に他ならない。だが、実は、大宰府から発信される真備の治政そのものなのである。

さらに、天平宝字三年（七五九）六月十八日には、新羅がわが国への貢進をとどめたことを改めるため、政府は大宰府に新羅討伐の行軍式を作成するように指示している。先の四箇条とともにこの行軍式も、おそらく真備によって作成されたものと考えられる。注視すべきは、『続紀』翌年十一月十日の条の「遣授刀舎人春日部三関、中衛舎人土師宿禰関成等六人於大宰府、就大弐吉備朝臣真備、令習諸葛亮八陳、孫子九地及結営向背。」なる記事である。真備から諸葛亮の八つの軍隊の形態、孫子の九種の地勢に応じた戦術および軍営の造り方を学ぶために、朝廷から授刀舎人・中衛舎人等六人が大宰府へ派遣されている。たとえば「諸葛亮八陳」とは、『三国志』（巻三十五）「蜀書五」の「諸葛亮伝　第五」に「推演兵法作八陳図、咸得其要云。」とあり、古来の兵法から推理演繹して新たに作った八陳図で、ことごとく兵法の要を得ていると評された戦術である。

また、天平宝字五年（七六一）一月、美濃と武蔵の二国の少年を、国ごとに二十人を選抜して新羅語を習わせたのは、新羅の情報を集めるためと考えられる。これこそまさに『孫子』「用間篇」に他ならない。そして同年十一月十七日には、新羅征討の軍事物資調達のための節度使任命があり、真備を西海道の節度使に任じる。その配下に付属した軍備は、船舶一二一隻、兵士一二五〇〇人、子弟六二人、水手四九二〇人という錚々たるもので、これに従軍した兵士には三年の田租を免じ、悉く弓馬の教練に当たらせ、五行の陣を調習させた。その他の兵には、兵器の製造に従事させたという。この「五行の陣」とは攻撃法のことで、鼓笛を使って方・円・曲・折・鋭の五形に兵を動かす。諸葛亮や孫子の兵法も五行の陣も、集団戦に対応するもので、渡海戦を想定したこれらの軍備は、まさに対新羅戦を意識してのことだろう。

翌天平宝字六年（七六二）二月、朝廷は大宰府をして、綿襖ならびに冑を各二〇二五〇具造らせ、三道（東海・南海・西海）節度使の所用に当てた。ついで、四月には太宰府に弩師を置き、真備の配下を補強している。万全の準備こそ『孫子』「作戦篇」の説くところである。そしていよいよ十一月には、伊勢大神宮と天下の神祇に奉幣を捧げ、筑前の香椎廟宮に奉幣して後、今まさに征新羅軍の発動を告げる。しかしながら、結局のところ、その後の新羅の朝貢によって軍旗を解くことになり、白村江の戦い以来の危機は避けられたのである。

めまぐるしく変わっていく政情に対し、兵学の才を十分に活かしながら、仲麻呂政権のもとに計画された新羅征討策を担った真備は、長安と平城京を結ぶ遠の朝廷・大宰府において、東シナ海を見据える威風堂々とした存在だった。

三　辺鄙の伝子・真備の内政

朝廷は、新たに真備の兵学の才を別の所で必要とする。天平宝字八年（七六四）一月二十一日、真備は大宰大弐から造東大寺長官として帰京を果たすも、強い辞意をもって病を理由に家に引きこもる。この時の事情について、『続紀』宝亀元年（七七〇）十月八日の条では、

去九月七日、右大臣従二位兼中衛大将勲二等吉備朝臣真備上啓、乞骸骨曰、側聞、力不任而強者則廃、心不逮而極者必惛。真備自観、信足為験。去天平宝字八年、真備生年数満七十。其年正月、進致事表於大宰府訖。未奏之間、即有官符、補造東大寺長官。因此入京、以病帰家、息仕進之心。忽有兵動、急召入内、参謀軍務。

他にも、『続紀』宝亀六年（七七五）十月二日の条には、「宝字七年、功夫略畢、遷造東大寺長官。八年、仲満謀反。大臣、計其必走、分兵遮之。指麾部分、甚有籌略。賊遂陥謀中、旬日悉平。」と記している。「功夫略畢」とは、国家のために尽力したというのだが、真備は軍務参謀として呼び戻されてしまうのである。天平宝字六年（七六二）六月、孝謙太上天皇により淳仁天皇は「小事」を行い、国家の「大事」と賞罰は太上天皇が行うという詔が出され、翌七年九月、道鏡が少僧都となるなど、仲麻呂政権に陰りが見え始める。仲麻呂は、孝謙太上天皇が道鏡と組むことで対立する立場になり、重ねて彼を支える淳仁天皇の権限の大部分を孝謙太上天皇に奪われてしまったからである。

そのような中、天平宝字七年（七六三）八月十八日、国家の大事として孝謙太上天皇が暦の改定を行う。儀鳳暦を廃して、天平七年（七三五）に真備が将来した大衍暦を用いることで、真備と孝謙太上天皇の関係はむしろより親密さを深め、信頼は強固なものになったといえよう。そして、ついに翌八年九月十一日、仲麻呂は反乱を起こすのである。すぐさま孝謙太上天皇は山村王に中宮院の玉璽と駅鈴を押さえさせるが、仲麻呂の息男訓儒麻呂に奪われてしま

う。これは、『孫子』「九地篇」の「先奪其所愛則聴矣。兵之情主速。」で、まず相手の最も大事なものを奪うことによって、自分の軍が望むとおりになる、という教えに拠るのだろう。結局は、授刀少尉坂上苅田麻呂や将曹牡鹿嶋足らによって、奪回されてしまう。

そして、仲麻呂一族の官位を解免、藤原の姓字を除いて三関を守らせる。乱の同日、孝謙・道鏡側の者にはもちろんのこと、どちらにつくか迷っている者へも昇叙したのは、孝謙・道鏡派として固めようという意図の表れだろう。真備ももれなく従三位に叙せられ、参議兼中衛大将にも任じられている（『公卿補任』）。

そこで、真備が軍務参謀として行ったのは、賊徒逃亡に備えて兵を二手に分ける挟み撃ちの策である。実際仲麻呂は近江に逃げるも、すでに討伐軍が瀬田橋を落としていることから、琵琶湖の西から愛発の関を越えようとする。時すでに遅く、もう一方の討伐軍によって仲麻呂の頼る越前国守は押さえられており、愛発の関も越えられない。戻ろうにも討伐軍は北上してきている。する術なく琵琶湖を船で逃げようとするが、捕えられ妻子ともども一族郎党三十四名が斬首されてしまう。いわば真備の先見性、それに伴う迅速かつ正確な行動力によって、旬日にして鎮圧することができたのである。

真備が仲麻呂を近江に逃げるようにしむけたことは、『孫子』のいう「善動敵者、形之敵必従之…以卒待之。」（「勢篇」）。つまり、相手の意のままにさせるのではなく、こちらの作戦に載せるように計り、兵を二分して二面から戦い（「謀攻篇」）、敵より先に戦地に到着すること（「虚実篇」）を実践し、呉越同舟（「九地篇」）だった仲麻呂と袂を分かつのである。このように、兵法に沿って戦争という一事象を詳細に検討していけば、本来の兵法の思想、いわば東アジア文化圏に共通の思想が具体的に見えてくる。それこそが、真備の学んだ兵法なのである。ただし、この辺りについては、さらに別稿を用意したい。

道鏡の政権掌握のために軍事参謀を務め、仲麻呂の乱という実戦において勝利をおさめたことは、その軍事的能力をあますところなく発揮したといえるだろう。その功あってか、天平神護元年（七六五）一月七日、真備は白壁王・藤原永手らと共に勲二等を授けられる。たとえば和気王と山村王は淳仁天皇を幽閉した者であり、真楯は授刀衛を押さえ、蔵下麻呂は兵を率いて仲麻呂を攻め、日下部子麻呂と佐伯伊多智は仲麻呂が近江に逃走しようとしたのを先回りして阻み、坂上苅田麻呂・牡鹿嶋足は中宮院の鈴印を奪回した人物である。

翌天平神護二年（七六六）一月八日、大納言藤原永手は右大臣に、中納言白壁王、真楯は大納言に、参議真備は中納言に、石上宅嗣は参議に任官される。さらに十月二十日には、隅寺より仏舎利が出現したことを祝っての昇任が行われ、弓削道鏡は法王に、永手は左大臣に、そして真備は右大臣になるとともに、真備の故郷である下道郡の大領をも兼ねたのである。大宰大弐の左降から一転、思いがけぬ栄光の到来だったといえよう。

『続紀』には異例ともいえる長さの薨伝によると、軍略・建築・儒教の知識などが称揚され、重職に就いていく中、天平神護二年五月四日、真備は新施策を打ち出していたことを知る。中壬生門の西に新しい二柱を立て、柱に訴状を入れる箱を置く。一つに「凡被官司抑屈者。宜至此下申訴。」、もう一方に「百姓有冤枉者。宜至此下申訴。」と題し、官司に圧迫されている者や無実の罪に苦しむ人民の救済策を行っている。ともに弾正台に命じて事に当たらせた。これは、前漢の劉安の『淮南子』（巻九・主術訓）に、「尭置敢諫之鼓、舜立誹謗之木」の故事に基づくもので、真備の漢籍の深い蓄積に裏づけられていることを知る。

さらに神護景雲元年（七六七）九月には、真備は対島（対馬）の墾田三町一段・陸田五町二段ならびに雑穀二万束を献じて、島の儲蔵としている。貧困な対島に対する、真備の救済事業である。あるいはまた、大蔵省の双倉が出火で炎上した際には私財を投げ打ち、その復旧に努め、そこに勤める職員で雑色以上の者には、身分相応の糸綿を与えている。真備の経世の才をうかがい知ることができよう。付け加えると、儒教の聖人を祭る朝廷儀礼の釈奠の整備にも当たり、『私教類聚』[5]や『道璿和上伝纂』（『寧楽遺文』）なども著している。

さて、重祚した称徳天皇を廻って、平城京は混迷を深めていく。道鏡政権でも重きをなした真備だったが、神護景雲四年（七七〇）八月四日に称徳女帝が崩御すると、十月一日に白壁王（光仁天皇）が即位。皇嗣問題に敗れた真備は朝堂での後ろ盾を失い、藤原氏が主導権を再び握ることで、事実上の失脚に追い込まれてしまうのである。(6)(7)

それにしても政務の枢機に参画した真備の、中壬生門に柱を建てた事由に着目すると、孫子が人間主義を標榜することに等しい。だが、あくまで彼の行う民政とは、〈仁〉ばかりではない。だからこそ、仲麻呂による対外政策のひとつだった軍事拡張にもかかわらず、その軍によって彼自身を捕えることができたのである。つまり、緊迫した外交においても、高官の反乱においてもなお、常に孫子の言葉が真備の身近にあった。ここから、東アジアの政治家・吉備真備による、国家の安寧と秩序とを具現化することを目的とした、「経史」による執政ではなく、兵法による真備らしい民政のあり方が見えてくるのである。

結びにかえて

真備留学中の東アジアは、渤海と唐・新羅の対立によって、緊迫した状況にあった。かの趙玄黙に師事した真備は、これら国際情勢をいち早く耳にし、かつ律令制が制度的疲労を起こし始めていた長安の政をも静観することで、多くを学んだだろう。なにより真備によって、東シナ海を越えて本邦にもたらされた文物、たとえば音楽と暦とは、東アジア文化圏において、国家の規矩、いわゆる国家をつき動かす文化力であり、儒家の賞賛する古代賢王の権威そのものだった。同時に持ち帰った武具もまた、やはりこの地上を占有する為政者が、天に認証された正統な為政者であることを位置づけるものとして、国家の安寧と秩序とを具現化するための〈六芸〉のひとつと捉えたのだろう。(8)(9)

そして、真備から諸葛亮や孫子の兵法を学ぶために、朝廷から人材が大宰府へと派遣されていること、対新羅関係が緊迫する北部九州が真備をして建てさせた怡土城、あるいはまた恵美押勝の乱の鎮圧にいたるまで、真備が兵法を学び得てきたことを具に物語る。

ならば、真備が学んだ兵法とは、何か。当然、正統的な国家の確立を目的として努める上で、軍事力がそのまま権力と直結するものであることから、儒教だけでは領有できない治政の一側面であることは、間違いない。その一方で、彼自身の生き方の好個なる指南書として、いや指南書というよりも、むしろ生き方そのものだったといえよう。真備まさに塞翁が馬。つまり、「福之為禍、禍之為福、化不可極、深不可測也。」（『淮南子』巻十八・人間訓）なのである。

孫子の説く「智者之慮、必雑於利害。」、いわば真備は大きく揺らぐ世相を感覚的に見通せる目を持っていた。それは、まさしく地上の賢王の治政の根本ともいえる、人心を思い見守る目が備わっていたといいかえることもできるだろう。

注

（1）宮田俊彦氏『吉備真備』昭和三六年。

（2）この辺りについては、北山茂夫氏（『日本古代政治史の研究』昭和三四年）に詳しい。

（3）玄昉は、天平十七年（七四五）十一月十七日大宰府に左遷され、翌年六月十八日に急死。『続紀』は、広嗣の霊が玄昉を呪殺したと世間の噂を伝えている。一方で、『今昔物語集』（本朝仏法部巻11）「玄昉僧正、亘唐伝法相語　第六」には、陰陽道をよくした真備は、玄昉を殺害した広嗣の霊を調伏したという話が載せられている。

（4）記録こそないが、兵学の一環としておそらく築城学も学び、隋の大興城（唐の長安城）や洛陽城を造った、建築家宇文愷の功績にふれたことだろう。怡土城の建築とは趣旨や規模は異なるが、恭仁新京の都城制は長安ではなく洛陽に拠っていることから、真備を中心に唐に学んだ洛陽を知る者の知識の結実と考えられる。

（5）『私教類聚』（五十巻）は、神護景雲三年（七六九）頃には著されていたようで、儒仏・忠孝を説き、医方・飲食・性行為など、三箇条がある（『政事要略』八十四）ようだが、現在逸文が伝わるのみ。『拾芥抄』（下巻）の「第十六　諸教誡部」に、その三十八の篇目が収められており、その一部分を知ることができる。たとえば、第三「仙道不用事」は、『唐大和上東征伝』「日本君王不崇道士諸」に符合し、最末の第三十八「可知弓射事」は、真備が天平七年（七三五）の帰朝に際し、唐から持ち帰った武具に適す。

（6）この時、称徳女帝が真備の娘・由利のみを枕元に召すほど信頼関係があったということは、翻って内廷からも真備を支える存在があったことを物語る。

（7）『日本紀略』「光仁天皇」の「藤原百川伝」によれば、右大臣真備は、文屋浄三を皇太子に立てようとするが、雄田麻呂（後の藤原百川）と左大臣永手・内大臣良継に反対され、結局浄三の固辞に終わり、次に立てた参議文屋大市にも辞退されてしまう。百川・永手・良継によって偽遺言の宣命が作られ、白壁王が立つことになる。『水鏡』には、大市立太子の宣命が起草されたが、百川らの偽宣命のすり替えが謀られたと記している。

（8）拙稿「天の声を聞く耳―吉備真備覚書　其ノ一―」『史聚』第四一号　平成二〇年三月。
拙稿「天の声を聞く耳のために―日本古代音楽の間隙―」『万葉古代学研究所年報』第六号　平成二〇年三月。

（9）拙稿「時を刻み変えた手―吉備真備覚書―」『第10次東アジア比較文化国際会議　東アジアの人文伝統と文化力学』平成二〇年一〇月。

『源氏物語』桐壺巻「あやしきわざ」考

毛利美穂

はじめに

『源氏物語』桐壺巻は、桐壺帝の桐壺更衣に対する、宮廷世界のルールを逸脱した過度な寵愛が巻き起こす混乱・非難の語りから始まる。そして、主人公である光り輝く皇子「光る君」の誕生、母更衣との死別、高麗人の予言、臣籍降下による皇位継承からの排除と、それによって生じる父帝との物理的心理的な距離感、母更衣の面影を持つ藤壺の宮への思慕が続く。阿部秋生氏によると、当該巻は、物語が進む過程で加えられたものであり(1)、主人公・光源氏の誕生以前から丁寧に描くことで、その特異な人生を暗示させる伏線を用意したものと考えられる。

『源氏物語』研究における構造論・王権論は、光源氏の特異な要素(「罪」「犯し」)を、物語の外から導き出し、明らかにしようという研究手法である。例えば、藤井貞和氏は、須磨・明石巻における光源氏の流離を折口信夫の「貴種流離譚」にあてはめ(2)、

高貴な主人公の、庇護なくして流離するという神話類型は広く承認されている。神話類型を問題に立てるのではない。作品のなかに神話類型を取りくみ、創造的に神話類型を新しい神話へと、たかめてゆくことが物語文学の

物語文学であるゆえんだといったら言い過ぎであろうか。

と述べており、(3)日向一雅氏は、藤壺との密通を、光源氏が王権を獲得するための「聖婚」と位置づけている。(4)また、河添房江氏の、「世になく清らなる、玉のをのこ御子」「光る君」（桐壺巻）という超越した美を体現する光源氏に、「高照らす日の御子」など神話的理想的な王の輝きを見出す読みは、藤壺との「聖婚」をはじめとする光源氏の聖性を描き出し、(5)小嶋菜温子氏による「聖なる暴威の光」、すなわち、聖なる光は暴力性を有するがゆえに、罪を抱え込まざるをえないという王権の自己否定的な側面を提示する光の喩えの読解へと受け継がれた。(6)

このような、『源氏物語』における古代伝承譚的話型を含めた上代文学研究からのアプローチは、その背景にある中国文学との比較研究とともに広がりを見せたが、表面に現れる「長恨歌」や『史記』「呂后本紀」の他に、さらにもう一歩、作者が生きた平安貴族文化における知の世界に踏み込むことにより、物語世界を多元的に見つめることができるだろう。

そこで本稿では、中国文学、特に道教思想に着目する。文学への道教思想（神仙・老荘思想）の影響に関する研究は、中西進氏が提唱する比較文学的手法によって発展し、議論が進められてきた。(7)薬会氏の論は、具体的な経典の検討を通して『古事記』の道教的影響を明確にしたものとして示唆に富むものである。(8)本稿は、このような比較文学的研究の成果を受けつつ、『源氏物語』桐壺巻「あやしきわざ」について、道教思想、特に医書を中心とする道教医療思想からテキストを読み解くことを目指し、新たに医療人文学的考察を試みるものである。(9)

一　『源氏物語』桐壺巻「あやしきわざ」

桐壺巻では、皇子を生んだ桐壺更衣に対する人々の憎悪や嫉妬が記されている。

御局は桐壺なり。あまたの御方々《かたがた》を過ぎさせたまひて隙《ひま》なき御前渡《おほむまへわた》りに、人の御心《みこころ》を尽くしたまふもげにことわりと見えたり。参上《まうのぼ》りたまふにも、あまりうちしきるをりをりは、打橋《うちはし》、渡殿《わたどの》のここかしこの道にあやしきわざをしつつ、御送り迎への人の衣《きぬ》の裾たへがたくまさなきこともあり、また、ある時には、え避《さ》らぬ馬道《めだう》の戸を鎖《さ》しこめ、こなたかなた心を合はせてはしたなめわづらはせたまふ時も多かり。(10)　（傍線引用者、以下同）

桐壺帝は、父の故大納言の遺志によって後宮にあがった桐壺更衣ただひとりを寵愛し、その様子に周囲は、「唐土にも、かかる事の起りにこそ、世も乱れあしかりけれ」と楊貴妃の例を出しかねない状態であった。桐壺更衣は周囲の非難にさらされ「恨みを負ふつもりにやありけん、いとあつしくなりゆき」と病がちになるが、帝との前世からの宿縁が深かったのか、「世になくきよらなる、玉の男御子」が生まれる。第二皇子にあたる御子が生まれたことで、帝の更衣に対する扱いは重くなっていった。

更衣のいる桐壺は、帝の居所である清涼殿からもっとも遠い東北隅に位置しており、帝が更衣の元に通うときは多くの女御・更衣の部屋の前を素通りするため、更衣への憎悪や嫉妬は否応なく増すことになる。一方、更衣が帝の元に通うときも女御・更衣たちの部屋の前を通らなければならず、更衣の行動を阻止する者も出てくる。

更衣は「あやしきわざ」を仕掛けられたのである。その「あやし」を生じさせた具体的な行動について、全集本頭注は「汚物などをまき散らすことらしい」と解す。打橋・渡橋のあちこちの通り道に仕掛けられた、送り迎えの女房たちの衣の裾がどうにもがまんしかねるくらい不都合なこと、とは、いったいどのような状況か確認する必要がある。

衣を汚すもの、しかも、「たへがたくまさなきこと」とかなり耐え難い、その、まかれたものについては、『落窪物語』巻一の少将の状況が参考になるだろう。

「盗人《ぬすびと》にはあらぬなめり」といへば、「まことの小盗人《こぬすびと》は足白《あししろ》くこそ侍らめ」と、往《い》きすぐるまゝに、「かく立てるはなぞ。居《ゐ》侍れ」とて、かさをほうほうと打《う》てば、屎《くそ》のいと多かる上にかゞまり居ぬ。又《また》、うちはやりたる人《ひと》、「強《し》ひてこの笠《かさ》をさしかくして、顔を隠すはなぞ」とて、行《い》き過ぐる侭《まゝ》に、おほがさを引《ひ》き傾《かたぶ》けて、笠につきて屎の上にをゐたる。火《ひ》をうちふきて見て、「さしぬき著《き》たりけり。身貧《まづ》しき人の、思ふ女《め》のがりいくにこそ」など口々にいひて、おはしぬれば、起《た》ちて、「衛門督《ゑもんのかみ》のおはするなめり。我を嫌疑《けんぎ》の物とて、はや捕《とら》ふると思ひつるにこそ死《し》にたりつれ。我を足白《あししろ》き盗人《ぬすびと》とつけたりつるこそをかしかりつれ」など、たゞ二人《ふたり》語らひて笑ひ給ふ。「あはれ、これよりかへりなん。屎つきにたり。いと臭くて往《い》きたらば、中々《なかなか》うとまれなん」との給へば、帯刀《たちはき》笑ふ笑ふ、「かゝ雨に、かくておはしましたらば、御心ざしをおぼさん人は、麝香《ざかう》の香《かう》にも嗅《か》ぎなし奉《たてまつ》り給ひてん。殿はいとゞ遠《とほ》くなり侍りぬ。行《ゆ》く先《さき》はいと近《ちか》し。猶《なほ》おはしましなむ」といへば、かばかり心ざし深き様《さま》にて、おりたちて、いたづらにやなさんとおぼして、おはしぬ。門《かど》からうじてあけさせて入《い》給ひぬ。(11)

落窪君の元に通って三日目の夜、(12)激しい雨の中を少将は出かける。その道中、衛門督に怪しまれ、土下座をさせられた少将は、糞が多くあるところに座ってしまう。衣に糞がついた状態では、その臭いのひどさで落窪君に嫌われてしまうと少将は懸念して自分の屋敷に戻ろうとするが、行き先の方が近いという帯刀のことばに、そのまま落窪君の元に通うことになる。「いと臭くて往きたらば、中々うとまれなん」とは、少将の衣に糞がついた状態であり、落窪君との婚姻関係が整う大切な日であるにも関わらず屋敷に戻ろうと考えるほどのその耐え難さは、桐壺更衣の行く手を阻んだ状態と同様であったと推察できる。

「あやしきわざ」を仕掛けられた更衣は、その後「はかなき心地にわづらひて」と病を患い、そのままはかなくこの世を去る。その「あやし」を生じさせた方法が糞をまかれたことだとすると、一方、糞をつけた少将は、中納言北の方の妨害を受けつつも落窪君を二条殿に迎え末永く暮らした。両者の違いは、その糞が、悪意をもってまかれたか否かという点にある。

更衣は「いとあつしくなりゆき」と常に病がちであったことが記されている。しかし、「あやし」という特異な方法を仕掛けられた更衣の病状は、それ以降、急激に悪化する。

年ごろ、常のあつしさになりたまへれば、御目馴《めな》れて、「なほしばしこころみよ」とのみのたまはするに、日々に重りたまひて、ただ五六日のほどにいと弱うなれば、母君泣く泣く奏してまかでさせたてまつりたまふ。

たった五〜六日の間で更衣の病状が悪化したことに関して、「かしこき御蔭《かげ》をば頼みきこえながら、おとしめ疵を求めたまふ人は多く、わが身はか弱くものはかなきありさまにて、なかなかなるもの思ひをぞしたまふ」「後涼殿《こうらうでん》にもとよりさぶらひたまふ更衣の曹司《ざうし》をほかに移させたまひて、上局《うへつぼね》に賜す。その恨みましてやらむ方なし」と、皇子を生み、帝の寵愛を一身に受ける心労に求めることは可能であろう。桐壺帝の後宮では、母后の「あな恐ろしや、春宮の女御のいとさがなくて、桐壺更衣のあらはにはかなくもてなされし例《ためし》もゆゆしう」のことばにあらわれているように、中宮の不在、東宮の不在が、第一皇子を生んだ弘徽殿女御の警戒心を増長させ、更衣への迫害を過熱させていると見ることもできる。

一方で、更衣に、帝への政治的駆け引きを見ることも可能である。『岷江入楚』は、『漢書』「外戚伝」の呂后を弘徽殿女御に、戚夫人を桐壺更衣になぞらえて、

呂后は高祖のわかき時よりの妃なり。此弘徽殿も人よりさきにまいりたまふ也。高祖戚夫人を寵してその腹の趙王如意を位につけたく思ひたまひしを呂后の張良などに云合て四皓をよび出して終に恵帝をくらゐにつけ給ひし事も相似たる歟。[13]

と注釈している。また、藤井貞和氏は桐壺巻と『漢書』「李夫人外戚伝」との関係を指摘し[14]、吉海直人氏はさらに、桐壺更衣が光る君立坊の悲願を達成するために、桐壺帝の寵愛を勝ち取るしたたかな女性であると解釈した[15]。

更衣がしたたかな女性であるか否かはともかく、その実情は、「いとやむごとなき際にはあらぬが、すぐれて時めきたまふありけり」と女御のような重々しい身分ではないが、かといって「はじめよりおしなべての上宮仕《うへみやづか》したまふべき際《きは》にはあらざりき。おぼえいとやむごとなく、上衆《じょうず》めかしけれど、わりなくまつはさせたまふあまりに、（略）

あながちに御前《おまへ》さらずもてなさせたまひしほどに、おのづから軽き方にも見えしを」と、帝に近侍して身の回りの世話をするような身分の低い女官でもない。更衣自身は、貴人の風格を備えているのだが、帝がむやみにそばから放さないことで、身分の軽い者のように見えてしまっていたに過ぎないとの説明が付される。また、

故大納言、いまはとなるまで、ただ、「この人の宮仕の本意《ほい》、かならず遂《と》げさせたてまつれ。我亡くなりぬとて、口惜しう思ひくづほるな」と、かへすがへす諫めおかれはべりしかば、はかばかしう後見《うしろみ》思ふ人なきまじらひは、なかなかなるべきことと、思ひたまへながら、ただかの遺言を違へじとばかりに出だし立てはべりしを

と、更衣の死後、その母君によって明らかになった故大納言の遺言を遂行する芯の強さも併せ持っているのである。その更衣が、病を悪化させ死に至る理由を考えたとき、その前段階にある仕掛けられた「あやしきわざ」の解釈が重要となる。

二　『日本書紀』神代紀第七段一書第二「送糞」と日本紀講

『日本書紀』神代紀第七段におけるスサノヲの「送糞」の行為は、次のように記される。

日神の新嘗《にひなへきこ》しめす時に及至《およ》びて、素戔鳴尊、則ち新宮《にひなへのみや》の御席《みまし》の下《した》に、陰《ひそか》に自《みづか》ら送糞《くそま》る（陰自送糞）。日神知《しろ》しめさずして、徑《ただ》に席《みまし》の上《うへ》に坐《ゐ》たまふ。是《これ》に由《よ》りて、日神、体挙《みみこぞ》りて不平《やくさ》みたまふ。[16]

スサノヲの行為は、『延喜式』[17]に「天津罪止畔放。溝埋。樋放。頻蒔。串刺。生剝。逆剝。屎戸」とあり、天津罪のひとつとして挙げられている。スサノヲの排泄した糞によって、「新嘗」の「新宮」という聖域の「御席」が穢され、その上に座ってしまったアマテラス（日神）は「体挙りて不平みたまふ」と病気になる。その糞はただそこに置かれたのではない。『日本書紀』における「陰に」の用例からは、相手を不利な状況へと陥れる意図的な行為であることが確認できるのであり、それによってスサノヲの「送糞」行為も、アマテラスを害そうとする意図的な行為とみ

ることが可能となる。(18)

紫式部が『日本書紀』に造詣が深いことは、『源氏物語』蛍巻に記される「日本紀」や、『紫式部日記』で式部が「日本紀の御局」(19)と称されることから夙に指摘されている。山崎正之氏は、作者・紫式部の知をふまえた『源氏物語』の読みについて次のように述べる。

主人公の性格づけや場面設定の位相、巻々の構想および展開などについて、先行作品からの影響・投影が大きくかかわっていることも認められる。そうした表現技術の素材は、作者の育った環境と作者自身の才能・教養によってもたらされた成果といわなければならないが、同時にそこに取材された直接・間接の素材群に関しては、読者の側の理解にも相応のものが求められている、とみてよいのではないか。(20)

また、「日本紀」は、『日本書紀』のみでなく、『日本書紀』以下の漢文の正史「六国史」ととらえ、「日本紀の御局」の呼称については「漢学の才を含んだ上での、作者の歴史への傾倒を呈示した呼び名と解するむきが多い」との見解を示す。岡一男氏もまた、「この物語全体に関することで、その延喜・天慶・天暦・安和の四朝に仮り、半世紀以上にもわたる源一家の壮麗な歴史が天皇をして『日本紀』以下の国史を連想させ申したと解すべきであらう」とし、例えば、明石巻・松風巻とヒルコ神話、行幸巻と天岩戸神話、手習巻と黄泉国訪問神話など、『源氏物語』と神話の影響関係を挙げている。(21)

これに対し、中尾瑞樹氏は、『日本書紀』完成翌年から平安中期まで行われた『日本書紀』講書、特にその神話の注釈と再編集を意図とした「日本紀講」の知の世界を明らかにしている。(22)すなわち、日本紀講は、養老五年（七二一）、弘仁三年（八一二）、承和十年（八四三）、元慶二年（八七八）、延喜四年（九〇四）、承平六年（九三六）、康保二年（九六五）の計七回にわたって行われているが、特に延喜度の博士・藤原春海について、

祭儀や呪術の深奥なる「知」の世界にまで踏み込み、その知的世界の側から書紀神代紀神話に新たな「深度」を

与えつつ、その全体について再構築＝再編纂していったのだ。（略）藤原春海の「神話」注釈＋再編纂の営為はもはや呪術についての「神学」とでも呼び得るような、そのような「知」の領域にまで到達したのである。

と、日本紀講による神話の再構築が行われ、それが、『源氏物語』を含む平安期以降の氏文、物語、歌論などに影響していった状況を論に内包させた。この中尾氏の論から出発して、斎藤英喜氏は「日本紀」に集約された『源氏物語』および式部の知の世界を日本紀講まで広げている。[23]

『源氏物語』が書かれた時代における「日本紀」とは、たんなる漢文で書かれた官選国史の通称といったものではなく、平安時代中期まで繰り広げられた「日本紀講」の世界を踏まえて理解しなければならない。

すなわち、『源氏物語』における「日本紀」の影響について考える場合、『日本書紀』単体ではなく、日本紀講での解釈もふまえることが必要となるのだ。では、スサノヲの「送糞」に関する日本紀講の解釈を確認していこう。

挙体不平。〔私記に曰く。問ふ。若し糞上に坐さば、是其の身汚穢たるべし。何の故に挙体して病の因たる哉。答ふ。凡そ人を詛はんと欲し時、必ず糞を其の坐に送ること有り。若し其の糞に染まらば、必ず憂病有り。故に日の神、糞に染まる。即ち病苦有り。是古の遺法也。今の代の人の人を詛はんと欲ば、亦放矢すること有るは、此に倣うのみ。〕

（『釈日本紀』巻七、述義三、神代上）[24]

石崎正雄氏によれば、当該記事は「私記に曰く。問ふ……。答ふ……。」という書式によっており、これは「延喜公望私記」が「延喜講記」すなわち延喜講書の際の講義録を引くときの書式であることから、当該記事は延喜度の日本紀講における問答の場面であるということになる。[25]またこの時の博士は大学頭・藤原春海である。[26]

アマテラスの病の原因が、糞の上に座ったことであることについて、博士は「人を呪詛しようとする時には、糞をその人の座るところに送るというやり方があるのだ。もしも、そのような糞に染まったならば、必ず重い病に陥る。この場合、天照大神は、そのような糞に染まってしまったのだ。だから病の苦しみに陥ったのだ」と答える。つまり、スサノヲの「糞」は呪詛のために特別に仕掛けられた「糞」であり、糞を「送る」という表現も、呪物としての糞をある場所からある場所へ「送る」ことが重要となる。スサノヲの「送糞」行為は呪詛の方法として解釈されているのである。

三 医書にみる「送糞」

「送糞」が呪詛の機能を持つ前提として、「送糞」行為が「白虎病」という病を治療するための医療行為として医書に記されていることはすでに論じた。[27] 唐代の『本草拾遺』に「白虎病」の治療方法として、次のような記述がある。

呪願し、糞を送るに之を頭上に堆し、反顧する勿れ。（『本草拾遺』[28]）

宋代の『仁斎直指』にも、「白虎風走注癢痛方」として「鶏子揩患処呪三遍願送糞堆頭蓋白虎是糞神愛喫鶏子患者下飯用黄脚鶏為妙亦可抱鶏来壓之其癢自止」という処方が紹介されている。[29] 清代の『医方類聚』では「呪参遍し、送糞堆頭して願う」とあり、[30]「送糞」の際に「呪」を三度唱えるという行為を伴うことが記される。同様の療法は、時代は下るが、明代の『普済方』にもみえる。[31]『本草拾遺』「白虎病」項にはまた、「江東人呼びて歴節風となすは是なり。此を病者の前に置くに自ずから愈ゆ、亦厭伏の意なり」とある。「厭伏」とは、まじないをもって病をもたらす気（ここでは「風」）を調伏させる意であり、医療行為とまじない＝呪的行為との関わりが確認できる。すなわち「送糞」とは、具体的には「呪」すなわち呪的行為と密接な関わりをもつ方法であることがわかる。

糞が薬として扱われていたことは、医書にさまざまな動物の糞が紹介されていることからも明らかである。[32] 例えば、宋代の『証類本草』には「五霊脂」として「味甘。温。無毒。主療心腹冷気。小児五疳。辟疫。治腸風。通利気脉。女子月閉。出北地。此是寒業虫糞也」とあり、[33] 虫の糞は、甘みがあり、毒がなく、五臓（肝臓・心臓・脾臓・肺臓・腎臓）のバランスの乱れによって、精神的症状や肉体的症状を起こすという子ども特有の病や、疫病、婦人病に効果があると記す。同様の記述は、明代の『神農本草経疏』にもあり、宋代の『婦人大全良方』には「必效療産後痢日五十行者方」として、「取木裏蠹虫糞炒令黄急以水沃之稀稠得所服之差止独孤祭酒訥方」と、産後の病の処方薬として虫の糞が紹介されている。[34] この「虫糞」とは、「以水沃之稀稠得所服之」と水とともに服すことから、現在でも高級茶として飲まれている「虫糞茶（虫屎茶）」の原型を指すと考えられる。「虫糞茶」は、葉を食べる蛾の幼虫の糞を乾燥させたもので、幼虫が食する葉の種類によって「化香蛾茶」「三葉虫茶」など名称が変わる。葉が幼虫によって分解されることで、うまみ成分である必須アミノ酸、特にリジンを多く含み、また善玉菌が多く含まれ、香りが高く甘みもあり、健胃作用、整腸作用、止瀉作用、止血作用があるといわれている。[35] 薬効があるのは動物の糞だけではない。『神農本草経』には、熱を癒す薬として「人屎」を挙げている。[36] このように、糞は薬であり、「送糞」という行為は呪的な治療方法なのである。

しかし薬は、使用する者によって良い結果をもたらす場合もあれば、悪い結果をもたらす場合もある。宋代の『事物紀原』巻七「百薬」は、「神農始嘗百草、之滋味当、此之時一日而七十毒」と神農が百草（たくさんの植物）を嘗めることで、その薬効や毒性の有無を確認したことを紹介する。[37] 清代の『医学源流論』巻下には、医者は薬を誤って処方することで患者を死に至らしめる場合もあるが、そもそも医者を「殺人の罪」で咎めることはできないと説く「医者誤人無罪論」があり、[38] 薬の効果の二面性を確認することができる。

スサノヲは呪的治療法である「送糞」を、アマテラスを害するために意図的（「陰に」）に用いる。『日本書紀』には「呪」が持つ二面性についても記している。

時に天神、其の矢を見して曰はく、「此は昔我が天稚彦に賜ひし矢なり。今何の故にか来つらむ」とのたまひて、乃ち矢を取りて、呪きて曰はく、「若し悪き心を以て射ば、天稚彦は、必ず遭害れなむ。若し平き心を以て射ば、無恙くあらむ」とのたまふ。因りて還し投てたまふ。即ち其の矢落ち下りて、天稚彦が高胸に中ちぬ。因りて立に死れぬ。此、世人の所謂る、返矢畏るべしといふ縁なり。

（第九段一書第一）

天神は、天稚彦が射た矢に「もし邪心をもってこの矢を射たのなら、天稚彦は必ず災いに遭うだろう。もし正しい心をもって射たのなら、無事であろう」と「呪」をかける。天神の「呪」は、天稚彦の心次第で結果（生死）が決まる。天稚彦は「悪き心」をもってこの矢を射たために、天神が放った矢に胸を射られて死ぬこととなる。

このように、「呪」とは、その技術と過程の如何によって導かれる結果は異なる。スサノヲの「送糞」行為は、医書では「白虎病」という病を治療する医療行為であるが、「陰に」という過程によって、病をもたらす呪的行為として解釈できる。このような医書のいくつかは、『医心方』などに引用される他、医書として、あるいは史書や類書などに含まれる形で日本にもたらされており、日本紀講の知を形成する資料となったと考えられる。そして桐壺巻では、更衣に悪意を持つ者が「あやしきわざ」を仕掛け、それによって更衣の病は悪化し、死に至る。すなわち、「あやしきわざ」とは更衣を害そうとする呪的行為であり、具体的な行為として、更衣が通う打橋・渡殿に糞をまいたと解釈することができるのである。

おわりに

アマテラスを病に陥らせ、やがて天岩戸に隠れる状態（＝死）に至らしめる糞の存在を、式部はどのように受け取ったのだろうか。日本紀講と式部をつなぐ資料は管見ながらいまだ見出せていないが、「日本紀の御局」と称されることをもって『日本書紀』および日本紀講の知に対する式部の造詣が深かったと結論付ける前に、日本紀講を今一度確認しておく。

日本紀講の受講者は、元慶度前後で大きく変わる。例えば、弘仁度の日本紀講については、『日本後紀』弘仁三年六月二日条に「是日。始令参議従四位下紀朝臣広浜。陰陽頭正五位下阿倍朝臣真勝等十余人読日本紀。散位従五位下多朝臣人長執講」とあり、参議の紀広浜以外は、五位以下の者が受講しているが、(39)元慶度は、『三代実録』元慶二年二月二十五日条に「於宜陽殿東廂、令従五位下行助教善淵朝臣愛成、始読日本紀従五位下行大外記嶋田朝臣良臣為都講。右大臣已下参議已上、聴受其説」と大臣の姿が登場する。[40] 顧姍姍氏はその理由を、陽成天皇の摂政・藤原基経（元慶二年時点の右大臣）が、従来の朝廷の秩序を破り、自らを中心とした高級官吏（公卿）、下級官吏（弁・少納言・外記・史・内記など）および官吏予備軍（大学寮の学生）から構成した新たな政治世界の形成を目指したことと関連づけている。[41] 基経は、道長の高祖父に当たる人物である。『源氏物語』が執筆されたころ、すでに日本紀講は行われなくなっていたが、『御堂関白記』寛弘七年八月二十九日条には「三史・八代史・文選・文集・御覧・道々書・日本紀具書等、令・律・式等具、併二千余巻」とあり、[42] 元慶度以降の日本紀講を主導した藤原一族の元に、『日本書紀』と共に講書の講義ノートである『日本紀私記』なども伝わっていると考えるのは可能であろう。

桐壺更衣は、「あやしきわざ」を受けたことで病を悪化させ死に至る。アマテラスは、スサノヲの「送糞」によって天岩戸に隠れる。従来、光源氏とアマテラスを関連付ける論はみられるが、[43] 更衣の死を「あやしきわざ」から読み解くことで、その基底にアマテラスを苦しめた「送糞」の呪的医療行為を認めることができるのである。そしてそのことは、更衣亡き後の光源氏の造形を考える上で有用に働く。長谷川政春氏は、桐壺巻を光源氏が「光」の存在として成長する巻としてとらえている。

> 光源氏は、竹の子が一皮ずつむけながら大きく成長してゆくように、三歳の袴着、七歳の読書始と人生儀礼を経て成長してゆく。しかし、その成長のイメージは、現代の私たちが抱くイメージとは少し違うものだと言えよう。人生儀礼のモチーフから言えば、死と再生のモチーフを根底にもつゆえに、変身あるいは変心しながら「成人の光源氏」へと突き進んでゆくのである。[44]

誕生の時に「世になくきよらなる玉の男御子」と称された皇子は、更衣亡き後、「いとどこの世のものならずきよらにおよすけたまへれば、いとゆゆしう思したり」とこの世ならぬ美しさは恐ろしささえ含み、ついに「うつくしげなるを、世の人光る君と聞こゆ」と光の皇子へと成長する。それはあたかも、アマテラスが天岩戸から出ることで、「日神の光、六合《くにのうち》に満《いは》みにき」と圧倒的な光の存在として再生する様に通じるものがある。すなわち、更衣が「死」によって物語から退場し、その属性が皇子に継承（内包）されることで、皇子は「光る君」として物語に君臨することになるのだ。そのために更衣の死は、アマテラスと同様に呪的医療行為によって引き起こされなければならないという必然性の装置として桐壺巻の「あやしきわざ」を位置づけることが可能となってくるのだ。なぜ更衣は死ななければならなかったのか。残された皇子はいかにして「光」の皇子になったのか。その造形解釈において医療人文学考察を加えることで、物語の新たな読みを示すことができるのである。

【付記】本稿は平成二十八年度科学研究費助成事業による研究成果の一部である。

注

※引用文の旧字体は新字体に改めた。

（1）阿部秋生「源氏物語の執筆の順序——若紫の巻前後の諸帖について——」（『国語と国文学』第一六巻第八号・第九号、一九三九・八〜九）。『源氏物語』は、「若菜」「紅葉賀」「花宴」「葵」「榊」「花散里」「須磨」「明石」の順で執筆され、「桐壺」は「少女」前後に書かれて冒頭に据えられたとする。光源氏の誕生以前を丁寧に描くことにより、光源氏の造形が行われたといえる。

（2）折口信夫「日本文学の発生」（『折口信夫全集　四』中央公論社、一九九五）。

（3）藤井貞和「神話の論理と物語の論理——源氏物語遡行——」（『日本文学』二二、一九七三・一〇）。

（4）日向一雅「光源氏の王権をめぐって——その系譜と位相——」（『日本文学』三三、一九八四・五）。同論で、氏は、王権論の先行研究を整理しており、王権論について、「物語の散文を神話の散文表現に連続させる場合、そこに表現構造の断絶と飛躍を確認してゆく必要があろう。（略）物語論は王権論の視点を対置し媒介することで、物語の固有の位相や表現を確認してきているといえよう。王権論の視点が物語論にとって有効と思われる理由である」との見解を示している。

（5）河添房江『源氏物語の喩と王権』（有精堂、一九九二）など。

（6）小嶋菜温子「荒らぶる光」（『史層を掘るⅢ　王権の基層へ』新曜社、一九九二）など。

（7）中西進『万葉集の比較文学的研究』（講談社、一九九五）他、氏の一連の論を参照。なお、上代文学において、神仙思想の中でも特に仙女伝説に関心が寄せられたことは、津田左右吉『文学に現はれたる我が国民思想の研究』（岩波書店、一九七七〜一九七八）や下出積與『古代神仙思想の研究』（吉川弘文館、一九八六）などで指摘されている。

（8）薬会「太安万侶の道教認識についての一考察――序文の「混元既凝」を中心に――」（『古事記論集』おうふう、二〇〇三）。道教と『古事記』の関係についての先行研究も整理されている。

（9）医療人文学とは、二〇一六年度科学研究費助成事業採択課題「アジアの薬草メディスンマンにおける医療表象文化と神話・歌謡文学の発生理論の研究」（研究代表者　毛利美穂）において提唱した研究領域である。

（10）引用する本文は、日本古典文学全集『源氏物語』（小学館）による。以下同様。

（11）引用する本文は、日本古典文学大系『落窪物語』（岩波書店）による。以下同様。

（12）平安時代の婚姻儀式のひとつ。女の元に通って三日目の夜に餅を婿に供し、婚姻関係を明らかにする。落窪君の後見・あこきも「この餅を箱の蓋にをかしう取りなして参りて」と、餅を用意して少将を待っていた。

（13）『岷江入楚』（桜楓社、一九八〇）。

（14）藤井貞和「神話の論理と物語の論理」（『源氏物語の始原と現在―定本』冬樹社、一九八〇）。桐壺更衣を李夫人に見立てたものとしては、他に、新間一美「李夫人と桐壺巻」（『源氏物語と白居易の文学』和泉書院、二〇〇三）などがある。

（15）吉海直人「桐壺更衣の再検討」（『源氏物語の視覚』翰林書房、一九九二）。

（16）引用する本文は、日本古典文学大系『日本書紀』（岩波書店）による。以下同様。

（17）国史大系『延喜式』（吉川弘文館）。

（18）『日本書紀』神代紀第七段一書第二の「送糞」行為の呪的要素については、拙稿『『日本書紀』神代紀第七段一書第二における素戔嗚尊の「送糞」行為の解釈をめぐって」(『解釈』第五一巻三・四号、二〇〇五・四)を参照。

(19) 日本古典文学大系『枕草子』(岩波書店、一九五八)所収「紫式部日記」。

(20) 山崎正之「『源氏物語』と「記紀神話」」(『二松学舎大学　東洋学研究所集刊』第一八集、一九八八・三)。

(21) 岡一男「『源氏物語』の世界・素材・体験」(『源氏物語の基礎的研究』東京堂、一九五四)。

(22) 中尾瑞樹「「見る者」たちの集い――日本紀講の注釈と編集――」(『古代文学』三九、二〇〇〇・三)。なお、養老度の講書を認めるものとして、水口幹記「奈良時代の日本書紀講書――養老講書をめぐって――」(『史料としての日本書紀――津田左右吉を読みなおす』、勉誠出版、二〇一一)がある。

(23) 斎藤英喜「「物のあはれ」の神話学――〈源氏的なもの〉〈古事記的なもの〉をめぐって――」(『日本文学』五七、二〇〇八・五)。なお、『源氏物語』と「日本紀」「日本紀講」との関係については、神野志隆光「「日本紀」と『源氏物語』」(『古代天皇神話論』若草書房、一九九九)、吉森佳奈子「『源氏物語』と「日本紀」」(『国語国文』第六七巻第4号、一九九八・四)、斎藤英喜「摂関期の日本紀享受」(『国文学　解釈と鑑賞』第六四巻第三号、一九九九・三)、稲生知子「哀れなるヒルコへ――神話生成の現場としての日本紀竟宴――」(『日本文学』四九、二〇〇〇・六)、津田博幸「日本紀講からみた『源氏物語』」(津田博幸編『〈源氏物語〉の生成』武蔵野書院、二〇〇四)、梅村玲美「「日本紀」という名称とその意味」(『上代文学』第九二号、二〇〇四・四)などがある。

(24) 神道大系『釈日本紀』(神道大系編纂会、一九八六)。

(25) 石崎正雄「釈日本紀に引く日本書紀私記(一)～(八)」(『日本文化』三九～四六、一九六一・三～一九六七・三)。

(26) 『康保二年外記勘申』「日本紀講例」に「従五位下大学頭、藤原春海」とある。当該問答の答者については、中尾瑞樹氏(注22)によれば、博士である藤原春海であったとみてよい。

(27) 注18参照。

(28) 『本草拾遺』(安徽科学技出版社版、二〇〇二)。引用文は稿者が私に書き下した。以下同様。

(29) 『四庫全書珍本　五集』(台湾商務印書館、一九七四)。

(30) 『医方類聚』(中華世界資料供應出版社版、一九七八)。引用文は稿者が私に書き下した。

(31)『景印文淵閣四庫全書』（台湾商務印書館、一九八三）。

(32)日本に将来した中国の医書のみならず、平安期前期までに日本で編纂された『大同類聚方』（安倍真直、出雲広貞ほか）や『医心方』（丹波康頼）にも「糞」の記述を確認することができる。

(33)『経史証類大観本草』（国立中国意訳研究所、一九七一）。

(34)『婦人大全良方』（エンタプライズ、一九八九）。

(35)沈培和「虫屎茶」（陳宗懋主編『中国茶経』、上海文化出版社、一九九二）。

(36)『神農本草経』（中華書局、一九八五）。

(37)『事物紀原』（中華書局、一九八五）。

(38)『四庫全書珍本　八集』（台湾商務印書館、一九七七）所収「医学源流論」。

(39)国史大系『日本後紀』（吉川弘文館）。『日本書紀私記』（国史大系・吉川弘文館）には、「刑部少輔従五位下多朝臣人長」を筆頭に、「課大外記正六位上大春日朝臣穎雄、民部少丞正六位上藤原朝臣菊地麻呂、兵部少丞正六位上安倍朝臣蔵継、文章生従八位上滋野朝臣貞主、無位嶋田臣清田、無位美努清庭等」と六位以下の下級官吏の受講となっている。承和度についても、関晃氏が「承和度の開講は中務省の実務官僚に故事を知らしめるため」と指摘しており、受講者は下級官吏が中心あったことがわかる（関晃「上代に於ける日本書紀講読の研究」、『日本古代の政治と文化』吉川弘文館、一九九七）。

(40)国史大系『三代実録』（吉川弘文館）。

(41)顧姍姍「平安初期における日本紀講書——中国三史の講書との関わりから——」（『総合文化研究　特集　ことばと空間』第一四・一五号（東京外国語大学総合文化研究所、二〇一二）。

(42)『御堂関白記』（思文閣出版、一九八三〜一九八四）。

(43)久富木原玲「『源氏物語』とアマテラス」（『アマテラス神話の変身譜』森話社、二〇〇〇）。氏は、追放されるも皇祖神として神の頂点に立つ「聖なる暴威の光」に包まれたアマテラスに、皇位継承から疎外されるも栄華を極める「世になく清らなる、玉のをのこ御子」である光源氏を重ねる。

(44)長谷川政春「源氏物語における〈沈黙〉の言説・〈光〉の言説」（『清泉女子大学紀要』第四一号、一九九三・一二）。

『三国遺事』に探る弥勒像の成立
――「新羅花郎」を媒介として――

山田直巳

はじめに

朝鮮半島では弥勒が篤く信仰された。(1) それには朝鮮半島における時代的、あるいは例えば三韓に見られる政治的、軍事的、また地政学的といった様々な意味での複雑さが係わっていると思われる。そこにおいて半島の統一といったテーマが生じれば、それを妨げる政治・軍事的混沌、あるいは分裂をもたらす要素はそのままには放置できず、何らかの対処が求められる。その混沌・分裂の起因を問えば、三品彰英(2)が力説するように朝鮮半島自らに内在する北方的文化要素と南方的(あるいは海洋的)文化要素の対立に基づくのかもしれないが、単純一義的には要因を指定できない。しかしいずれにしても、統一に向けて整理・調整する力として、仏教思想(3)(弥勒仏の持つ救済の力)が期待されていたことは間違いない。とりわけ、弥勒仏は将来仏であり、五十六億七千万年後にこの世に出現し、大衆を救済してくれる、と信じられた。つまり宮田登・高取正男等が指摘するメシアとしての弥勒信仰に特化したテーマ(4)がここでは問題になっていたのではないか、と考える。

また、筆者も弥勒信仰は東アジア世界に広く分布し、布袋、ミルクと呼び名を変えつつ、中国南部、朝鮮半島、日本列島と還流[5]した信仰であったことを論じてきた。以下、それらを前提に弥勒像の成立を『三国遺事』の中に探っていくこととしたい。

一　弥勒像の誕生

いきなりであるが、弥勒の誕生をテーマとしたい。『三国遺事』巻三、塔像第四は、「努肹夫得《ノブトリ》・担担朴朴《タルタルバクバク》」二人の話を載せる。『三国遺事』巻三は、興法と塔像の二部からなるが、塔像は仏法東流の事実を新羅中心に叙述したもので、三十七編が収められている。そこに見られる弥勒誕生の経過を、以下に整理・端折りながら辿ってみたい。まず、その努肹夫得と担担朴朴の物語を見る。以下本文は、金思華氏の『完訳　三国遺事』（一九九七年・明石書店・二七六頁以降）による。

　二人は仙川村の出身で努肹夫得の父は月蔵、母は味勝といった。担担朴朴の父は修梵、母は梵摩といった。二人は見かけからして非凡で俗世間に染まらず高尚な考えの持ち主で、しかも互いに良い友であった。二人は村の東北の嶺の外にある法積房へ行き、剃髪して僧になった。その後、夫得は懐真庵に、朴朴は瑠璃光寺に妻帯の僧として、お互い身を修め心を安らかにし、俗世を離れようとする心を維持した。さらに後、白豪の光が西から差した夢を二人ながら見て、思いを深め白月山に入った。(A)朴朴は北嶺の獅子岩を占め、板房を作った。夫得は磊石の下の水のあるところに方丈を作って磊房と称した。夫得は弥勒に勤求し、朴朴は弥陀に礼念した。

　それから三年も経たない聖徳王即位八年（七〇九）のある夕暮れに、「年のころ二十、妙やかな姿をした少女」が「吐く息から蘭麝の香を匂わせながら」やってきて、泊らせて欲しいとたのみ、次のような歌を作って献じた。

　旅路に日は落ち千山暮れたり。道遠く城もはるかに四隣たえぬ。今日庵《いおり》子に投宿せんと欲す。慈悲の和尚よ、嗔るなかれ。

しかし朴朴は、寺は清浄を護ることを務めとしているので、そなたが近づくところではない。ぐずぐずせずに行きなさいといって門を閉じ、中に入ってしまった。

少女が夫得Ⓑの庵に訪ねていって、やはり先と同じように頼んだ。夫得Ⓒが「そなたはどこから夜をおかして来たのか」と尋ねると、少女は「(あなたの)落ちついて静かなことは、太虚(大空)と同じであるから、どうして(外界との)往来などありましょうか(外界との接触を絶って悟りの境地に達しています)。(しかし私がここへやってきたのは)、ただ賢士(夫得)の(浄土へ行こうとする)志が深く重く、(それに)徳行が高くて堅いということを聞き、これから(私があなたを)助けて菩提を成就させてあげようとして来たのであります」といい、一つの偈《ゲ》を与えていった。

「日は千山の路に暮れ、行けども行けども四隣絶えたり。松竹のかげ、転《うたた》邃《おくぶか》く、洞口に響く渓流の音なお新し。宿を乞うは路に迷いしにあらず、尊師を指津(引導)せんがためなり。願わくはただわが請いに従い、われの何びとなるかは問うなかれ。

夫得Ⓓが聞いて驚き、「この地は婦女が汚すところではない。しかし衆生に随順するのもまた菩薩の行の一つである。まして谷間は深く夜が暗いから、おろそかにすることはできない」といって、揖(会釈)し、庵のなかに迎え入れた。

ここまでの記述で興味深いのは、少女に対する朴朴と夫得の拒否と受諾という対応の違いである。そしてまた、夫得が受容に当たり、その信仰的理由・背景としたのは、「衆生に随順するのもまた菩薩の行の一つ」ということであり、夫得の思考のしなやかさである。夫得の志操の確かで清浄なことは、夜になると、(夫得は)心を清くし、志操を礪《みが》き、壁のあかりを小さくして念仏を唱えてやまなかった。

とあることで明らかである。それを試した上でのことであるかは、定かではないが、それを踏まえていよいよ秘事・奇跡が展開する。

だいぶんたって夜がふけてきたとき、少女が(夫得を)呼び、「私はちょうど不幸にも産気づいております。どうか和尚は苫を用意してくれませんか」といった。(E)夫得は大変かわいそうに思い、しずかに明りをともすと、もはや生んでいた。また沐浴させてくれるようにたのまれたので、(F)夫得は恥しさと恐れが心にからみついたけれども、それよりもあわれに思う心が先だって、槽を準備して少女をそのなかに坐らせ、熱いお湯で沐浴させてやった。すると槽の湯から香りが漂い、(湯が)金液に変った。

ここでは夫得の慈悲・慈愛に満ちた行動が丁寧に描かれる。主題が女性の穢れを逃れることよりも、慈悲に満ちた行動をとることの方が重要だと主張していたのである。

(G)努肹がびっくりすると、少女が、「わが師もここで沐浴なさい」というので、(H)努肹は仕方なくそのとおりにした。(すると)突然、精神がさわやかになり肌が金色に変った。そのそばを見ると、にわかに一つの蓮華台ができあがっていた。少女が(そこに)坐るよう勧めながら、「私は観音菩薩であります。ここにきて大師を助け、大菩提を成就させました」といいおわると姿を消して見えなくなってしまった。

「弥勒像への変身」（弥勒像の誕生）という奇跡の生ずる瞬間。その前後を分けて重要なのが、「努肸夫得」の呼称の変化である。奇跡が起こる前、すなわち傍線（B）～（F）は「夫得」と呼ばれ、奇跡の後は（G）（H）「努肸」とある。要するに、前後で呼称が変更されているわけで、劇的な変化を明確に示していた。奇跡の前と後で異質なものに変化していたのであり、したがって、呼び方も変えたのだ。

朴朴が、夫得は今夜きっと染戒（戒を汚す）したはずだから、いって听ってやろうと、そこへいくと、努肸が蓮華台に坐っており、弥勒尊像になって、光明を放ちながら身は金色に彩られていた。思わず扣頭（ぬかずく）し礼をして「どうしてこうなったのか」というと、夫得がわけをつぶさに話してくれた。朴朴はためいきをついて「私は心に障があったから、大聖に逢う幸いをえたのに、反対に冷遇してしまった。（それなのに、君は）私よりさきに大徳至仁になったのである。願わくは、昔の契《まじわり》を忘れないで、仕事をいっしょにしよう」といった。努肸が、「槽にまだ残った液があるから、そなたも沐浴しなさい」といった。朴朴が沐浴すると、また前（努肸の場合）と同じく無量寿（仏）になって、二尊が儼然としてあい対した。山のふもとの村人たちがこのことを聞きつけ、先をあらそってやってきては仰ぎみ、感嘆しながら「珍しいことだ、珍しいことだ」といった。二聖は法要（仏法の要義）を説いてから、全身雲にのっていってしまった。

弥勒への変身（弥勒の成立）の結果は、僚友朴朴によって確認され、その姿は「思わず扣頭し礼をして」しまうほどに尊かった。「弥勒尊像になって、光明を放ちながら身は金色に彩られていた」と。ここまで読んできて、先に波線（A）をうっておいた「夫得は弥勒に勤求し、朴朴は弥陀に礼念した」が深く関係していたことがわかる。

以上、『三国遺事』の著者、一然の弥勒信仰に対する考え方、思想というものがここにはっきりと見てとれ、弥勒の誕生という奇跡が確認されるのである。上に「もはや生んでいた」「槽の湯から香りが漂い（湯）が金液に変った」「わが師もここで沐浴なさい」などとあり、少女の沐浴の場に夫得がいるということは、単純に言えば仏教の基本ルールを遥かに逸脱した破戒行為であった。本来許されざる行為内容であるが、奇跡の場では別な意味を持つのであった。少女は実は、観音菩薩であったからだ。要するに、一然の仏教思想によれば、弥勒像は朝鮮半島のこの地で誕生したのである。

二　弥勒と花郎

さて金思華『完訳　三国遺事』（二七〇頁）巻三「塔像第四」の「弥勒仙花・未尸《みり》郎・眞慈師」の条を開いてみよう。この条は、弥勒と花郎の本質的な意味での関わり（脈絡）を示して興味深い。いささか長いが検討を加えることとする。

（新羅）第二十四代眞興王の姓は金氏、名は彡麦宗《サムメクマロ》といい、あるいは深麦宗《シムメクマロ》ともいう。梁の大同（武帝の年号）六年庚申（五四〇年）に即位した。王は伯父の法興王の志を慕って、一心に仏を奉じ広く仏寺をおこし、（人びとに）度牒（新に僧尼になったものに、政府から渡す免許証）を与えて僧尼になるようにさせた。王はまた天性温雅であるうえに、大いに神仙を崇尚して、人の家の少女のうち、美しいものを選んで原花に任じた。その目的は、衆徒を集めて（そのなかから）人物を選抜し、（彼女らを）孝悌忠信の徳目にのっとって教育しようとするところにあったが、これはまた国を治める大要でもあった。

花郎の始まりは、眞興王の時代であり、仏教を国治の基本原理に定め、美しい女性を選抜し、それを原花[6]として任命した。その影響力によって孝悌忠信の徳目を浸透させようとし、その徳目の徹底によって国を安定的に治めようとしたのである。

ところで南毛娘と姣（俊）貞娘の二人の原花を選出すると、（彼女らのもとへ）集まってきた徒が三、四百にもなった。姣（俊）貞娘は南毛娘に嫉妬して酒宴を設け、南毛娘を酔うまでに飲ませてから、ひそかに北川（慶州北側の川）につれて行き、石で殴りつけ地中に埋めて殺した。その（南毛の）徒らは南毛娘の行方がわからないので、悲しみ泣きながら解散してしまった。その陰謀を知っているものがいて、歌を作り街の子供たちを誘って歌わせたところ、彼女（南毛）の徒らがそれを聞いて、南毛の死体を北川の中からさがし出し、それから姣（俊）貞娘を殺してしまった。そこで大王が命令を下して原花を廃止した。

「原花制度」を作ったのはよいが選抜されたその二人の原花娘が嫉妬で相争うことになった。その結果、殺人事件にまで発展し、またその報復もあって、大王は原花制度を廃止せざるをえなくなった。

その後数年たって、王はふたたび考えた。国の勢いを盛んにするためには、かならず風月道（花郎道）を何よりもまずおこさなければならない。（そこで）命令を下し、良家の男子で徳行のあるものを選んで、（こんどは）花娘（郎）と改称したのである。

ここは、あたかも日本の野郎歌舞伎の発祥譚に類似し興味深い。

最初、薛《ソル》原郎を奉じて国仙（花郎）にした。これが花郎国仙のはじまりである。それで彼の（記念）碑を溟州

（今の江原道江陵）に建てた。それからというものは、人びとがみな悪を改めて善に向い、上の人を敬う一方、下のものには温順に当り、（その結果）五常・六芸と三師・六正が広く王の時代に行われるようになった『国史』に眞智王の大建八年庚（丙）申（五七六年）にはじめて花郎を奉じたとあるが、おそらく史伝の間違いであろう」。

しかし、思い直してみると、国の勢いを盛んにするには、風月道、すなわち道教的な要素に満ちた、花郎道が必要だと考えるようになった。で、同じ轍を踏むわけにいかないので、良家の男子から選抜し、花郎と改称した。まず薛原郎を最初の国仙（花郎）に任じた。その碑を建てたところ人倫道徳が整い、社会が安定したというのである。五常すなわち、仁・義・礼・知・信が守られ、六芸すなわち、礼・楽・射・御（馬術）・書・数に通じるという。三師すなわち、太師・太鋪・太保をきちっと敬い、六正すなわち、人が守るべき聖・良・忠・智・眞・直をきちっと守ること。つまり仏教を柱とする文化道徳主義を体現するものとして、花郎が象徴的に存在するとしたのである。つまり行政的あるいは国家の規律・運営をどういう枠組みで組織立てたらよいか、をここでは語っていたことになる。

さて、塔像第四の記述は次のように展開する。

眞智王時代、興輪寺に僧の真慈という人がいたが、いつも堂主（寺の主尊）の弥勒像の前にゆき、つぎのように願をかけた。「わが大聖よ。花郎に化身してこの世に現れ、私がつねにおん前に親しく近づき、お仕えできますようにしてくださいませ」。そのねんごろな誠と切々と祈る情は日にまして篤くなっていったが、ある夜の夢に一人の僧が現れ、「そなたが熊川の水源寺に行けば、弥勒仙花（弥勒が化身した花郎）に会えるであろう」といった。眞慈は夢から醒めると、驚きかつ喜び、その寺を訪ねて十日の道程を行くのに、一歩ごとに一礼しながらその寺に着いた。（寺の）門のそとに、目鼻立ちの整った一人の少年が立っていて、笑顔で迎え、小門から客室に案内してくれたので、眞慈があがっていって、会釈しながら尋ねた。「郎君は今まで私とは面識がないのに、どうしてこんなにもていねいに私をもてなしてくれるのか」。（すると）郎は、「私もまたみやこのものでございます。大師が遠方からおいでになったので、その労をお慰め申しあげたまでです。」と答え、それから門のそとに出ていったが、行方はわからなかった。

眞慈という僧の物語から始まる。眞慈は、弥勒像を熱心に崇拝し、願懸けをする。花郎に化身してこの世に顕現してください、と。その後、「水源寺に行けば、弥勒が化身した花郎にあえる」という不思議な夢の告げを得る。眞慈は、「一歩ごとに一礼しながらその寺に着い」たという。つまり五体投地ほどではないが、修行に近い礼を尽したのである。着いてみると「門のそとに、目鼻立ちの整った一人の少年が立っていて、笑顔で迎え」「郎君は私とは面識がないのに、どうしてこんなにもていねいに私をもてなしてくれるのか」「私もまたみやこのものでございます。大師が遠方からおいでになったので、その労をお慰め申したまで」ですと。ここには不思議な交流体験が二つ語られる。一つは夢あわせで、もう一つは夢と現実の一致である。夢は想像力の世界であり、現実ではないが、ここでは一致が語られる。

そして、話は次のように展開する。

眞慈は単なる偶然の出来事として、あまり不思議にも思わず、寺の僧に、先夜の夢と、こちらへ来たわけを説明し、また「しばらく下榻《げとう》（末席）で弥勒仙花を待っていたいのですがどうでしょう」といった。寺の僧は、話があまりにもとりとめないので、あなどりながらも、彼のねんごろで慎み深い様子を見て、「ここから南の方に向って行くと千山があり、昔から賢人や哲人が留まっていて、冥感（神仏に信心が通じること）が多いといわれていますから、そこへいかれたらどうでしょう」といった。眞慈がいわれたとおりその山のふもとにいくと、山の神霊が老人に化けて出て来て、「ここに来てなにをしようとするのか」と尋ねた。眞慈が、「弥勒仙花にお会いしたいのです」と答えると、老人が「さきほど水源寺の門のそとですでに弥勒仙花を見たのに、今さらどうしょうというのか」といったので、眞慈は驚いて、急ぎ本寺にもどってきた。

眞慈は不思議体験をあまり重視しないで、つぎの行動に移る。水源寺に来た理由を説明し、弥勒仙花を待つという。水源寺の僧が「冥感」優れた千山を訪ねたらどうか、と教えてくれる。千山に着くと、山の神霊が、あなたはすでに水源寺の門前で眉目秀麗な少年を見たでしょう。まさにあれが弥勒仙花だったのだと語る。眞慈が気付か（自覚）なかっただけで、すでに弥勒仙花との出会いを体験していたのだった。

さらに話は展開する。

一ヶ月あまりたって、眞智王が（その噂を）聞きつけて、（眞慈師を）呼び寄せ、その様子を聞いてからいった。「（そなたの会った）少年は自分でみやこのものといった。聖人は嘘をいわないものだ。どうして城の中をさがしてみないのか」。眞慈は王の旨を奉じて大勢の徒を集め、閭閻《りょえん》（村里・民間）のあいだをあまねく物色して、花やかに装い、眉目麗しい一人の少年をさがし求めた。（その少年は）霊妙寺の東北にある街路樹の下で、あちこち歩きまわりながら遊んでいた。眞慈は見て驚き「これが弥勒仙花だ」といいながら近寄っていって、「郎の家はどこで、名前はなんというのか知りたい」というと、「私の名前は未戸《ミリ》ですが、幼いとき両親を亡くしたので姓はわかりません」と答えた。そこで輿にのせて（宮中に）連れて入り王にまみえさせた。王は敬愛し、奉じて国仙にした。すると、彼は子弟（花郎の仲間）らとむつみ合い、礼儀や風教も尋常のものとは異なっていた。（こうして）彼の風流が世にかがやくこと七年、突然、行方がわからなくなってしまった。

一ヶ月の後、眞智王から眞慈師に問い合わせがあった。話しているうちに、少年は自分が都の者だと言っていたと、報告した。そういったのなら、聖人が嘘をつくなど考えられないから、きっと城内にいるに違いない、探しなさいとなった。そして遂に、霊妙寺の東北にある街路樹の下で弥勒仙花を発見した。王は奉じて「国仙」に任じ、当の弥勒仙花も「礼儀・風教」において尋常でなく優れ、風流が世に輝くこと七年に至り、ある日突然消えうせたと。

ここに弥勒と花郎が深い脈絡を持っていたことを知るわけで、一然の仏教思想の中で、なぜ両者が結びつくのかを説き切ったことになる。眞智王の時代に興輪寺の僧眞慈が、弥勒仙花を発見するという構想で説明したわけだ。僧眞慈は弥勒像に熱心に祈るところから出発していた。いわば願懸けで、一種の仏に対する脅迫でもあろう。そして、夢の告げを経て、弥勒仙花の登場に繋がったわけである。仏教（弥勒信仰）と花郎とが僧眞慈の祈りによってもたらされた、ということとなったのである。

三　花郎の生態

そもそも花郎の宗教・社会的生態は『三国遺事』にどのように描かれたであろうか。以下、その在り様を検討してみたい。

巻一紀異第一の金庾信の条に、

庾信は眞平王一七年乙卯（五九五年）に生れたが、七曜の精気を受けたので、背中に七曜の紋様があり、また不可思議なことが多かった。十八歳になる壬申年（六一二年）に剣術を修めて国仙（花郎、新羅時代の武士）になった。

とある。神の思し召しを受けて誕生した者、という定義で、不可思議なことが多い人物である。しかも武術に長けた人物である。

あるいは、巻二　紀異第二の孝昭王代、竹旨郎の条に、

第三十二代、孝昭王の時代、竹旨郎の部下に、得烏級干というものがいた。風流（花郎。新羅時代の武士）の黄巻（人名録）に（彼の）名前が載っていて、毎日（花郎の訓練に）出勤していたが、（あるとき）十日余りも（姿が）見えなかった。

とあり、花郎は「風流」をこととし、花郎の人名録（黄巻）に掲載されるのを常としたようである。

また巻二　紀異第二　第四十八代景文大王の条に、

王の諱は膺廉《オンリョム》、十八歳にして国仙（花郎の別称、新羅の武士）になった。弱冠（成人、二十歳）に達したとき、憲安大王が郎を呼んで殿中で宴をはった。そのとき王が「郎は国仙となって、四方を遊覧するうち、なにか変ったことを見なかったか」と尋ねると、郎は「美しい行いをする三人を見ました」と答えた。王が「その話を聞きたいものだ」というので、郎がその話をした。「人の上に立つほどの（身分の）もので、へり下って人の下にいる人、それがその一つであります。富豪でありながら、倹素な着物をきている人、それがその二であります。もともと高貴な勢力家でありながら、その威厳を示そうとはしない人、それがその三であります」。王はその話を聞いて郎の賢さを知り、思わず（感激の）涙を流しながら、「私に二人の娘がいる。郎の世話をさせたい」といっ

た。郎が席を下りて、長らく頭を地につけて礼をしてからそこを下がった。（家に戻って）父母にそのことを告げると、両親が驚喜し、子供たちを呼びよせて相談した。「王の上の王女は器量があまりよくなく、下の王女は大変美しいから、この王女を娶れば幸せだろう」といいあった。

郎の仲間の頭に範教師というものがいて、この話を聞きつけてから郎のところにやってきていった。「大王が王女を公に嫁がせるという話だが、それはまことか」。郎がそうだと答えると、範教師が「どの王女を娶るつもりか」という。郎が「両親は妹を娶れといわれる」というと、師は「もし公が妹を娶るなら、私は公の面前で死んでしまう。姉を娶ったら、きっと三つのよいことがあるはずだ。よく注意しなさいよ。」というので、郎は「ご意見どおりにやりましょう。」と答えた。そののち王は吉日を選んで使者を郎のところにやり、「二人の娘は公の意向にまかせる」ということであった。使者が（宮中に）もどって、公の意志は上の王女にある、と申し上げた。

とあり、範教師の指示通りに行動した花郎は、無事に王位を得る事ができ、さらに王女の妹を手にいれ、景文王と王妃を喜ばせた。三つのよいこととはこれであった。つまり花郎は王族に連なり、ついには王位さえも叶える立場であった事がわかる。なお、この記事の続きに、

国仙の邀元郎・誉昕郎・桂元・叔宗郎らが金蘭を遊覧した。心ひそかに王を助けて国を治めようとする気持があって、歌三首を作った。それを心弼（人名）舎知《マルチ》（職名）にたのんで、（歌を書いた）針巻（雑記帳）を大炬和尚に送り、三首を改作させた。その歌の一は琴抱曲、二は大道曲、三は問群曲であった。宮中に入って王に（その歌を）申し上げると、王は大変喜んで賞を与えた。

とある。これらの記述によれば遊覧が大事な要素である事がわかる。遊覧とは、単に物見遊山をすることではない。だから上文に傍線を引いたように、王が次のような応対をするのである。

「郎は国仙となって、四方を遊覧するうち、なにか変ったことを見なかったか」と尋ねると、郎は「美しい行いをする三人を見ました」と答えた。王が「その話を聞きたいものだ」と（下略）。

つまり王は、国仙が遊覧によって収集してきた「変ったこと」、この場合は「美しい行いをする三人」の情報によって国政の行く末の暗示を知る事ができたわけで、その結果の褒美を花郎に与え、要するに後継王に引き当てたわけである。つまり王たるものは、社会の状況をよく観察し、この国に何が欠けているのかを知らなければならない。しかしそれは容易になしえない。そこで、王の手となり足となる配下、さらには慧眼を備えた部下を必要とする。花郎はそのような存在であった。

次に、巻三　塔像第四の「栢栗寺」の条を見る。

鶏林の北山を金剛嶺という。山の南に栢栗寺《ペクユル》があり、そのお寺に大悲（大悲菩薩・観音菩薩）の像一軀がある。それを作った最初のことは分らないけれども、すこぶる霊験が著わなものである。あるいは、これは中国の神匠が衆生寺の塑像を作るとき、いっしょに作ったともいわれている。世間の言い伝えには、この大聖が、あるとき忉利天に上っていってからもどって、法堂に入るとき踏んだ足跡が今まで刓られずに残っているともいい、あるいは（この菩薩が）夫礼郎を救出して帰ってきたとき、示してくれた跡だともいっている。

天授（唐の則天武后の年号）三年壬辰（六九二年）九月七日に、孝昭王が、大玄薩喰《サチャン》の子、夫礼郎を国仙（花郎）にした。（彼のもとには）珠履（珠で飾った靴。花郎徒がはく）を履いた徒が千名もいたが、そのうち安常というものと、もっとも親しかった。

さて、話を少し端折ろう。夫礼郎が仲間とともに金蘭に遊んだ折、狄賊に拉致された。門客（花郎仲間）の安常だけが跡を追った。時は三月十一日であった。そしてその後、瑞雲が天尊庫を覆い、国の宝の神笛と玄琴が紛失していた。王は、前日に国仙の夫礼郎を拉致され、今日は国宝の笛と琴がなくなったと嘆いた。五月十五日に、夫礼郎の両親が栢栗寺《ベクユル》の大悲菩薩像の前に行き、幾晩も祈禱をあげ続けたところ、忽然と香卓の上に琴と笛が現れ、大悲菩薩像の後ろに夫礼郎と安常の二人が立っていた。

夫礼郎に経過を聞くと、拉致され敵国の大都仇羅《テトクラ》で放牧に従事していると、突然容姿端正な一人の僧が手に琴と笛を持って現れ、故郷を思っているかと尋ねられたので、王と父母を強く恋しく思っていますと答えた。するとその僧が案内してくれ、海辺まで来るとあの安常に出会った。そして僧は琴に乗り、夫礼郎と安常は笛を割って渡され、それに乗ると、たちまちの内に帰り着いた、と。

ここでは、大悲菩薩あるいは観音菩薩のすこぶる霊験あらたかなことが強調され、夫礼郎の両親の熱心な祈禱とも相俟って、夫礼郎は不思議体験とともに救済される。国の宝庫（天尊庫）から消えた琴と笛は、夫礼郎を救済する霊妙な力を発揮した。その機能を果たすものとして使われたといえよう。

次に、巻五　感通第七「月明師兜率歌」の条を見よう。

景徳王十九年庚子（七六〇年）四月一日に、太陽が二つ現れて、十日間もなくならなかった。日官（天文を司る役人）は、（王に）「縁僧（因縁のある僧）を招いて、散花の功徳（供養）を行えば禳うことができましょう」と申し上げた。そこで（王は）朝元殿に潔めた壇を設けておいて、青陽楼にお出ましになり、縁僧を待っていた。そのとき月明師が丘の南がわの道を通っていくので、王が使者をやって呼び寄せ、壇を開いて祈禱文を作らせた。月明は、「僧は国仙（花郎）の徒でありますから、ただ郷歌を知っているだけでありまして、梵声（梵語でつくった歌）は馴れておりません」と申しあげたが、王は「もはや縁僧として選ばれたのであるから、郷歌でも差支えない」といった。それで月明は兜率歌を作って差しあげた。その歌は、

　今日はかく散花歌唱うとき、
　選び出でし花よ、汝は直き心もて、命ぜられしままに、
　弥勒座主に仕えよかし。

この歌を解釈すると次のとおりである。

「龍楼（宮中の高楼）にて今日散花歌を歌い、青雲に一片の花を送る。ねんごろなる直き心の命じるところなれば、遠く兜率の大仙歌を迎うなり」（中略）。

（そのとき）突然、外見がこざっぱりした一人の子供が現れ、跪いて（月明師の）茶と念珠をもらい受けてから、宮殿の西がわの小さい門から出て行った。（中略）王はとても不思議に思い、人をつかわして後を追わせると、子供は王宮内の塔のなかに入って隠れてしまった。茶と念珠は、南の壁にある弥勒の画のまえにおいてあった。月明師のこの上ない徳と誠とが、このように至聖（仏）を感動させたのであった（下略）。

郷歌、弥勒座主、兜率歌、弥勒画と連続するわけで、『郷歌―注解と研究―』(7)も一説としてあげるように、「花郎と

仏教歌謡との結合」（八三頁）を強く感じるものである。同著は続けて、「作者の月明師が花郎集団である国仙の群に属していたので、郷歌のみを知っているという記録に基づいた、花郎と仏教思想との融合の歌」だと記している。諾うべきものと思う。

このほかにも、「巻五　感通第七」融天師彗星歌に「居烈郎、実処郎、宝同郎」たちの事跡を記し、そこで彼らの師の融天師が郷歌を歌って「怪星」を追い払ったとある。

以上、要するに花郎と弥勒信仰は様々な事象を通して、緊密に結んでいたというべきで、花郎の生態を見ていくことで、弥勒の像がくっきり顕わになるといえるであろう。

結び

「一、弥勒像の誕生」「二、弥勒と花郎」「三、花郎の生態」と見てきたが、朝鮮半島における仏教思想―とりわけ弥勒信仰の圧倒的な支配と『三国遺事』に見られる花郎とはきわめて緊密に結びついたものといえるだろう。東アジア世界に広がる弥勒、布袋、ミルク世といった微妙に変異しながら浸透している信仰形態は、『三国遺事』に集約的に見てとることができる。そしてこの広がりは、南アジアへも展開している興味深いアジア的土着信仰世界という側面を指摘できるのではないか。実は日本に齎された著名な広隆寺の弥勒半跏思惟像の遠い由来もここにあるのではないかと考えるところである。

注

（1）中西進・辰巳正明『郷歌―注解と研究』（二〇〇八年・新典社）五一頁に「弥勒浄土信仰は、東アジアで古くから盛んであった。韓国での漢詩体の賛歌（漢賛といってもよかろう）といえば、『東文選《とうもんぜん》』に収めた崔致遠の「華厳寺如来像幡賛」、朴仁範の「梵日国師影賛」、李圭報の「達磨大士像賛」、「観音像賛」、「布袋和尚賛」などが挙げられるが、内容は多岐にわたる。」とある。

（2）三品彰英『新羅花郎の研究』（一九七四年・三品彰英論文集第六巻・平凡社）。三品氏は、南朝鮮の海洋的気候と北朝鮮の山岳的、大陸的気候を比較し、文化の違いもこれに伴うと言っている。気候風土の違いは、まさに地政学そのもので、人々の気風に直接響く。神話伝説にも当然のことながら大きく影を落すことになると記していた。

（3）仏教立国の考え方は、例えば『三国遺事』巻四義解第五の「円光西学」に次のようにある（『三国遺事』三二九頁）。

「（円）光が数年目（『三国史記』によれば十二年目）に（中国留学より）帰国すると、老幼がみな喜びあった。新羅の王、金氏（眞平王）も彼に会い、あたかも聖人のように敬い仰いだ。円光は天性、悠揚としたところがあり、情深く博愛心に富み、ものをいうときは（顔に）笑みを浮かべ、怒りを表わさなかった。牋表や啓書（ともに中国の天子に奉る書）、往復する国書類はみな（彼の）胸襟から出たものであった。一隅（国全体）が（彼に）傾倒し敬い、国を治める方法も彼（の意見）に任せ、道化（道によって人を導き化すこと）の方法も彼に諮問した。錦衣（錦衣玉帯の略。高官を指す）（の身分）ではなかったけれども国をいっしょに治めましょうとたのむと、折りにつけ訓戒を述べ、今日に至るまで範を垂れたのである。」。

（4）宮田登『ミロク信仰の研究』（一九七〇年・未来社　三六頁〜三八頁）
高取正男「日本におけるメシア運動」（一九五五年・『日本史研究』二四）

（5）拙稿「安南の《ミロク》―民間信仰のアジア還流―」（東アジア比較文化研究1・二〇〇二年・東アジア比較文化国際会議日本支部）、「南島歌謡の弥勒―布袋信仰の伝播と拡散―」（東アジア比較文化研究12・二〇一三年）を参照。前者では、弥勒下生信仰が中国江南で布袋信仰として展開し、朝鮮半島では花郎とかかわり、沖縄ではミルクとして種取り祭に関わっていくことを論じた。そして、この布袋、花郎、ミルクは下生信仰のいわば展開として、民間に新たに生じてきたものと指摘した。後者では、ミルクを含む種取り祭が、実はベトナムの安南から将来されたものだ、との石垣島の伝承（牧野清『登野城村の歴史と民俗』私家版・一九八七年）を踏まえ、考察した。つまり東アジアに止まらない、南アジアにまで及ぶ、大きなパースペクティブで捉えなければならない民間信仰現象であったのだ。

（6） 金思華氏は、以下のように注する（『完訳　三国遺事』一九九七年・明石書店　二七三頁）。

原花＝源花（『三国史記』巻四・羅紀四・眞興王）。「花」は龍を表すとともに弥勒をも意味する語である。（中略）李丙濤氏は、原花制の始まりは、眞興王時代ではなく、もっと古い時代にその起源を求むべきであり、女性団長である原花制が、男性団長である花郎制へと交替した年代が眞興王の初期だとしている（『韓国史』古代篇）。

（7） 注（1）著の当該ページを参照。

常世は何処か
――古代中国の江南地方を仮説として――

王　凱

一　はじめに

「常世」という言葉は『記紀』、『万葉集』そして『風土記』などの日本古代文献に散在し、古代日本人の思想を理解する鍵の一つであり、彼らの古代東アジア世界に対する認識が反映されている部分もある。本居宣長が『古事記伝』で「常世」について系統的に論じられて以来、歴史学、文学、民俗学といった多様な角度から考証と解読が行われ、多くの成果が得られたが、尚課題も残されている。「常世（国）」の所在問題がその一つである。本稿は諸分野における先学の研究成果を整理・帰納することによって、東アジア域内で古代中国の江南地方を仮説として見解を述べたいと思う。

二　中日典籍における「常世」とその構造

中国の古籍にも「常世」という言葉が見える。『毛詩正義』の「国風・柏舟」に、「母也天只、不諒人只」という言葉がある。それに対し、孔穎達の疏でわかるように、鄭玄云「文王之為世子也、比礼之制、故不与常世子同也[1]」と云っている（傍線は筆者によるもの）。また、『文選』第五十三巻に収録されている三国・魏・稽康の『養生論』にも「薫辛害目、豚魚不養、常世所識也[2]」の「常世」という言葉が見える。二例における「常世」はともに「世俗、世間」の意味をする。

一方、日本の古代文献における「常世」の意味は「世俗、世間」から大きく乖離するものである。「常世」という言葉はしばしば漢字で表記されているが、ヤマト言葉では「トコヨ」と訓まれている。日本の典籍では主に以下の用例がある。

『古事記』：常世長鳴鳥（1）、常世思金神（1）、常世国（3）、常世等（1）

『日本書紀』：常世之長鳴鳥（1）、常世郷（3）、常世之浪（1）、常世国（3）、常世等（1）、常世神（2）、常世虫（1）

『風土記』：常世之国（1）、常世浪（1）、常世辺（2）、常世之浜（1）、常世国（1）、常世祠（1）

『万葉集』：常世（6）、常世之国（2）、常世辺（3）、常世物（1）[3]

（　）用例の回数

これらの用例の基本的な構造は「常世＋（之）＋名詞」である。つまり、「常世長鳴鳥」は常世の長鳴鳥であり、「常世神」は常世の神であるということになる。「常世」は修飾語として、時には空間、時には時間、そして時には具体的な人物を表している。空間を表す事が多いが、時間と人物について以下の数例でその特徴を見てみたい。

「常世」は「常世に」という形で副詞として使用される場合、「永久不変」という時間的な概念を表す。『古事記』によれば、雄略天皇が吉野宮に行幸し、二度も美しく、舞踊の上手な女性（仙女）に出会うが、天皇が琴を奏でて以下のように褒めたという。

呉床居の　神の御手もち　弾く琴に　儛する女　常世にもがも[4]

雄略天皇は自分を神としたうえで、時間を永遠に女性が神の琴のリズムによって舞をする瞬間に止めたいと歌われている。ここに、「常世」は「永遠」という時間的な概念を表すことになっている。

『万葉集』第三巻に収録されている柿本朝臣人麻呂が新田部皇子に献上した下記の歌においても、「常世」は同じく「永遠」の意味を表す。

やすみしし　我が大君　高光る　日の皇子　敷きいます　大殿の上に　ひさかたの　天伝ひ来る　雪じもの　行き通ひつつ　いや常世まで[5]（三・261）

ここには、人麻呂は自分が新田部皇子を慕っていることを言い、天から舞い降ってきた雪のように「永遠」（＝常世）に宮殿へ参上すると歌う。

また、「常世」は時には特定の人々を指す。『日本書紀』顕宗天皇即位前紀白髪天皇二年冬十一月条によれば、安康天皇の時、顕宗天皇と億計王の父親である市辺押磐皇子が雄略天皇に殺害されたため、二人が播磨国赤石郡まで逃亡し、名前を隠して縮見屯倉首に侍した。それで、ちょうど縮見屯倉首の新居が完成し、お祝いしたとき、顕宗天皇が祝辞（室寿）を要求され、そのお祝いの言葉の最後に、下記のように述べられている。

（前略）手掌も　憀亮に　拍ち上げ賜へ　吾が常世等。[6]

自分も舞うから、「常世等」も拍子を取るように、という意味である。ここの「常世」は宴会にいる「長老たち」のことを指している。

このように、「常世」は時間、空間、そして人物を表すことができるが、その意味は一律的なものではない。雄略記の歌謡に歌われている永遠の時間は吉野という神仙境に依存している。つまり、吉野＝神仙境という空間によって保証されてはじめて、「常世」という永遠の時間が成立するものであり、更に「常世」という時空において、雄略天皇と女性が神になる可能性を手に入れることができることになる。『万葉集』においても、新田部皇子の宮殿という空間が「常世」という時間を保証している。永遠に聳え立つ宮殿が柿本人麻呂が参上する場所になるわけである。『日本書紀』の例もまたそうであって、長老たち（常世等）は縮見屯倉首の新しい邸宅によって保証されるものである。従って、「常世」は古代日本人の独特な空間的観念とそれによって展開する時間的観念及びその延長線にある思想信仰（常世虫、常世神）を表す概念であることが言えるのではないかと考える。そのような空間的観念としての「常世」は「常世国」や「常世郷」などといった地理的な特徴がより明確な言葉に置き換えることができる。

古代日本人が想像力を豊かにして、「常世」を「異界」として作り出し、その特殊な空間において「永遠の時間」を育ませ、更に一種の精神的信仰まで進化させた。従って、「常世」という概念は空間的な観念が最も核心を占めていると言えよう。

三　折口民俗学の「常世」

ところで、「常世」の研究において民俗学者折口信夫は大きな足跡を残している。折口民俗学の角度から「常世」の空間、時間そして信仰との関係について以下の三段階で分析されている。折口は最初段階の「常世」を「常夜」とし、つまり「死の国」であり、そこはこの世での生活を終えた人々の魂が集中的に生活している場所で、祖霊の駐屯地である。それらの「祖霊」たちが「常世人」と呼ばれ、冬と春の間、年に一度村に訪れる。そして、それが「まれびと」の原型である。多く祖霊が一斉に来て、土地、生産や建物を祝福し、家長が長寿になる呪文をもたらす。村人は彼らをもてなし、気持ちよく「海の彼方」に帰ってもらわねばならない。島伝いに日本列島に来た人々にとって、故郷を懐かしく思う心理から、「常世」を祖霊が駐屯する「死の国」として海の南の海上にある世界だと認識したのである。

しばらくして、「常世」の観念に変化が起きる。日本列島に来た人々が東へ移動・発展しているうちに、以前のような「来た所を顧みる」ことより、人々は「未知の国」をより期待し、そこから「新のエキゾチックな情緒」が生まれる。そのような心理は「死の国」に対する畏怖と祖霊たちがもたらす祝福への期待と交差しながら、畏怖の感覚がだんだん薄まり、空想の楽園という心理が徐々に強くなる。その過程において、「死の国」が「根之国」へ変化するとともに、「常世」も「理想郷」の代名詞へ変身していく。その時、「常世」の「ヨ」には、年齢、穀物の豊穣、男女の交情といった意味が含まれるようになり、「常世」は人々が不死、豊穣、恋愛の国の代名詞に変身した。

その後、「常世」は龍宮及び中国南方から伝わってきた蓬莱観念と結合しはじめると同時に、上述した列島内にいる人々の東方への移動による「常世」観念の変化もあり、元々海辺に住んでいて海の彼方を他界とする人々が平野や山間部へ移動することによって、海から離れ、次第に山の頂上や天上が他界とし、常世神も山神や天神として考えられるようになったという(7)。

折口説から分かるように、古代日本人の空間的観念、時間的観念や思想信仰など多重な要素を織り交ぜた「常世」は長く、複雑な変化を遂げてきた歴史を有している。客観的にみれば、常世は諸民族が所有しているさまざまな他界観の一つにすぎない。しかし常世は死後の魂のおもむくところというばかりではない。亡き母の在す国として思慕の対象である。また万物根源の国として崇敬の対象である。さらには五穀や果物の常熟している場所として渇望の対象である。このように、常世という言葉には客観的認識を超えた現世の日本人の複雑な憧憬がこめられているのである。ここに、常世が他民族の他界観に比べてまぎれもない特徴をもつ点を指摘することができる。(8)

では、古代日本人が憧憬していた異界の空間「常世」の根源を一体何処に求めればよろしいであろうか。折口説を整理すれば、「常世」の観念の変化とその位置関係が比較的にはっきり見えてくる。

常夜（死の国）：海の彼方、南方の海上世界
未知の国、異郷→不老不死、豊穣、恋愛の理想郷：東方
他界：山頂、天空

折口説では、「常世」は最初に南の海上にあり、その後東へ、最後山の頂上もしくは天空に移っていく。折口は「常世」の方向性を指摘したものの、明確な場所まではたどり着かなかった。折口説はその後、沖縄乃至東南アジアなどの南方諸島に常世の所在を求める説に多くの影響を与えている。(9)

四　文学的な「常世」の世界

一方、古代文学研究においては常世を明確な場所に比定しようとする傾向があるように考える。三浦佑之氏がその一人として「常世」を精確に位置決めしようと試みた。『日本書紀』雄略天皇二十二年秋七月条の所謂「水江浦嶋子」伝説によって、三浦氏は「常世」を「蓬萊」に比定した。(10)そこの「蓬萊」は「トコヨノクニ」と訓まれ、つまり「常世国」のことである。類似した「水江浦嶋子」伝説は風土記逸文『丹後風土記』与謝郡日置里の内容と『万葉集』第

九巻1740番歌「詠水江浦嶋子一首　并短歌」にも記されている。前者では「蓬萊山」が「蓬山」と表記され、同じく「トコヨノクニ」と訓まれており、後者には「常世辺」という「常世」の周辺地域を指す言葉として使われている。しかし、「蓬萊」自体も中国神話における神仙世界であり、想像された空間として具体的な位置がわからない。

また、『風土記』研究においては「常世」が東方にあり、『常陸国風土記』の総記において日本列島の東方にある国「常陸国」を「常世国」に比定している。それはまず地理的な位置を考えたからであろう。常陸国は大和朝廷の政治権威が及ぶ東限であり、古代日本人が東方へ移住しているうち、他界への入口として認識されるようになった。[11]次に、常陸国には豊富な自然資源と富があるだけでなく、大和朝廷の辺境として自然に立ち向かうフロンティア精神も満ちており、実に野性的と現実的世界がそこで一体となっている。[12]更に、『常陸国風土記』の最終的な完成者とされている藤原朝臣宇合は漢詩で吉野から神仙思想を抽出するように、常陸国と常世国を結合させることでそこからも神仙思想を探そうとした。そのことは藤原宇合にとって、天皇と関わりの土地でさえあれば、そこに神仙思想を探す場所になるという思想が背景にある。常陸国の豊穣と天皇への賛美を一緒にすることで、神仙境のように描かれた土地の背後に想起されるのは間違いなく「神」であり、即ち「天皇」である。そして、それが宇合の「常世国」にもなる。最後に、東方にある常陸国の神仙境は天皇が追求するものでもある。そのことは秦の始皇帝が徐福を派遣し、仙薬を求めた内容と合致する。常陸国に派遣された宇合は天皇のために「常世国」を探す露ばらい的な存在となり、常陸国は天皇という神によって「常世国」となる一方、「常世国」としての常陸国もまた天皇によって豊穣が保証されるのである。[13]しかし、「常世国」を「常陸国」に比定する場合、あくまでも『風土記』の世界に限定されており、その他の文献における広義での「常世」の観念を解釈するのにいささか無力に考えられる。

そのほか、記紀などの日本古代文献には少なくない「常世」の位置に関する手がかりが残っている。『古事記』には少名毘古那神が出雲の海上から渡来し、そこから常世国に渡っている。『日本書紀』には少彦名が「熊野之御碕」

へ行ってから「常世郷」へ行った、あるいは「淡島」へ行ってから、粟の茎で弾みを付け「常世郷」へ行ったとも伝えられている。また、神武東征の時、その兄弟である三毛入野命が「常世之浪重浪帰国」の伊勢国に近くある「熊野神邑」の海上で波を踏んで常世郷へ渡ったという。しかし、それらの手がかりは暫く「常世」の位置を確定することができなさそうである。

古代文学研究者の三浦氏は「常世」問題の解決について、「ほんとうなら、常世国の用例を検証するなり、古代文学における神仙思想の痕跡を探って別のところに展開していくなりの作業をしなければならないのだが果たせなかった。責任転嫁のようだが、それが可能なのは、古代文学というような狭い殻に閉じこもっていない人だろう」と指摘している。(14)

五　本居宣長説の矛盾

ところで、「常世」問題は特に古代学研究の新しい課題ではない。かの本居宣長が『古事記伝』において詳細に展開された「常世論」が、より「現実的」に「国際的な」見解を述べている。本居宣長は「常世」を三種類に分類し、其の一が「常世」、其の二が「不変」、其の三が「常世国」であると論じている。其の三の「常世国」については、「底依国」（ソコヨリグニ）と定義し、皇国（日本）から遥かに離れ、往来し難い「絶遠の国」と解釈する。また、人が死んだ後に行く場所をも「常世国」としている。(15)続いて、宣長がその理論の核心部分である「常世国」については、皇国以外の万国はみんな常世国であると主張し、更に「外国」とは「三韓及漢天竺其余亦四方万国」と補足されている。(16)

宣長が古代日本人の考える「常世」における幸福の桃源郷の心理を表す「常」＝永遠、不変、「世」＝豊穣、長寿の意味を徹底的に封じ込め、「常世国」を「底依国」に解釈することによって、「常世」を何らの神聖性もない言葉に変え、劣等の外国の呼び名にした。それだけでなく、宣長は「常世」の本来の意味、即ち古代日本人が宗教的な願望と畏怖から生まれた幻想的な世界をも「忘却」し、それを地球上のある地域を占める現実的な世界である外国に仕立て上げたのである。[17] つまり、本居宣長の常世論に元来神秘的な「常世」を「現実化、具現化」する処理を施し、古代東アジアの現実的な世界の一部として作り出したのである。

さて、前述したように、本居宣長が「常世」を「外国」とし、「外国」を古代朝鮮、中国、インドなどの国々に比定する。これらの国々において、宣長は更に新羅が「常世」であることを論じる。本居宣長は『古事記』によって「天津日高日子波限建鵜葺草不合命、娶其姨玉依毘売命、生御子」の「御毛沼命」が『新撰姓氏録』の「稲飯命」であるとし、『姓氏録』右京皇別に稲飯命が新羅国王之祖であるという記載を根拠に、御毛沼命が浪を踏んで行った「常世国」が新羅であると主張するが、[18] 垂仁天皇が多遅摩毛理を常世国に派遣し、橘を探させたことから、自分の論説に不安を感じる。多遅摩毛理が常世国へ橘を求めたことは『古事記』においては、下記のように記載されている。

又、天皇、以三宅連等之祖、名多遅摩毛理、遣常世国、令求登岐士玖能迦玖能木実。自登下八字以音。故、多遅摩毛理、遂到其国、採其木実、以縵八縵・矛八矛将来之間、天皇、既崩。爾、多遅摩毛理、分縵四縵・矛四矛、献于大后、以縵四縵・矛四矛、献置天皇之御陵戸而、擎其木実、叫哭以白。常世国之登岐士玖能迦玖能木実持、参上侍、遂叫哭死也。其登岐士玖能迦玖能木実者、是今橘者也。

その伝説に対し、本居宣長は「常世国」が新羅であると肯定的な意見を示し、新羅人の後裔である多遅摩毛理が新羅に実の美味しい橘があることを知り、それを天皇に奏聞し、取りに行ったとしつつも、新羅には本当に橘が成長するかと素朴な疑問も投げている。橘の生息地と絡んで、本居宣長は問題の可能性を細かく分析する。彼は漢国（中国）

においても橘は寒い北方にはないことを指摘し、三韓には果たして橘が育つかどうかに疑問を呈しながらも、新羅に橘がなければ、「常世国」は「漢国」になると一歩を譲った上、当面はまず今の朝鮮国に橘があるかどうか、確認してから判断すべきだと具体的な解決手順を示す。しかし、そのような分析は自分自身の「常世＝新羅」論を動揺させるものであるため、最後に、宣長が仮に「漢国」に橘があったとしても、新羅から伝わっていったものであり、古来の例はみんなそうであるといささか強引に結論づけたのである。[19]

本居宣長の葛藤からも分かるように、新羅に橘が生長するかどうか、それは「常世」が新羅であるかどうかという問題に直結するのである。それに答えるには、やはり橘に答えを求めるしかなさそうである。

橘の起源について、『日本書紀』にも上記の『古事記』と類似した記載がある。

九十年春二月庚子朔、天皇命田道間守遣常世国、令求非時香菓。 香菓、此云箇倶能未。 今謂橘是也。

……

明年春三月辛未朔壬午、田道間守至自常世国。則齎物也、非時香菓八竿八縵焉。田道間守於是泣悲歎之曰、受命天朝、遠往絶域、万里蹈浪、遥度弱水。是常世国則神仙秘区、俗非所臻。是以往来之間、自経十年。豈期、独凌峻瀾、更向本土乎。然頼聖帝之神霊、僅得還来。今天皇既崩、不得復命。臣雖生之、亦何益矣。乃向天皇之陵、叫哭而自死之。群臣聞皆流涙也。田道間守、是三宅連之始祖也。

記紀のストーリーがほぼ同じ内容であるが、書紀のほうがより描写が細かい。田道間守の自白から、「万里踏浪、遥度弱水」と「往来之間、自経十年」という常世国と倭国を往復する時間と苦労が伺い知れる。もちろん、この記述には誇張の文学的修辞法が使用されているが、ぼんやりとした方角より、「万里」と「十年」という具体的な数字によって、「常世」を現実世界との距離を縮められた感も否めない。『古事記』に比べて、『日本書紀』における橘のほうが神話伝説の世界から脱離し、より多くの古代日本人の現実生活要素が溶け込んでいるようになる気がする。

そのことは『万葉集』第十八巻に収録されている橘を題材とする歌も証左されるのである。四〇六三と四〇六四番歌においては、歌人大伴家持は橘は常世の果実ではあるが、「大君」である元正太上天皇が橘を享受することにより、長寿を得ることができると歌う。また、四一一一と四一一二番歌においては家持が『日本書紀』の表現を借用しつつ、作歌されている。いずも橘の伝説を踏まえつつも、現実的、即景的な歌である。また、万葉歌のみならず、前述した『風土記』においても、常陸国が「常世」に比定される理由の一つとして当地の名物産が橘であり[20]、そして、常陸国香島郡の郡家の前に実の美味しい橘の木が植えられているという。更に、後述する『日本書紀』に出る「常世虫」も「常生于橘樹」であるという記載がある。古代日本人から見れば、橘は完全に異界にある「常世物」ではなく、客観的に存在する実物でもある。つまり、橘は「常世」と「現世」との二つの世界の性格を持ち合わせ、繋ぐものである。

もし橘の現実的な性格を重視するならば、「常世」が新羅である論説に一考を加える必要が出てくる。其の一、本居宣長が系譜の伝来に誤りありを理由とし、『新撰姓氏録』の「稲飯命」を『古事記』の「御毛沼命」に比定し、その行き先の「常世」を新羅とする一方、垂仁天皇が常世へ派遣し、橘を探させた多遅摩毛理の祖先も新羅王子である伝説と一緒に、自説の理由としている。しかし、これらの理由は明らかに証拠性に欠如しており、「常世」が新羅であることの証明にならない。宣長が最後に、乱暴とも言えるほど、漢国に橘があったとしても、それは新羅から伝わっていったものと断言し、「常世国」を新羅に比定することに必死になるのは、恐らく彼が国学者として極力「漢意」を排除しようとする心理が働いているためであろう。其の二、本居宣長が葛藤を覚えるように、新羅が朝鮮半島にあり、寒くて橘が生長しない。しかし、多遅摩毛理が「常世国」から齎した橘は「縵四縵、矛四矛」といった実に茂っていて美味しそうに思われる。そのような橘は新羅産ではあるまい。其の三、書紀の記載によれば、「常世」まで本当に往復するのに十年もかかるとすれば、その位置を倭国から見て遥かに新羅、そして朝鮮半島を遥かに超えていたはずである。『日本書紀』の新羅王子天日槍の渡来にせよ、神功皇后の新羅征伐にせよ、新羅という国は古代日本人にとって何らの神秘感もなく、ただ現実的に存在し、そして到達可能な外国に過ぎず、もはや「遠往絶域、万里踏浪、遥度弱水」といった誇張的な手法まで用いて神秘感を演出する必要がなかろう。

六　常世の原型＝古代中国の江南地方

本居宣長が「常世＝新羅」論は俄かに成立しにくいようであるが、彼が提起したもう一つの仮説、即ち「常世」が「漢国」（中国）であるという仮説には偶然にも魅力を感じずにはいられない。本稿では、ここの「漢国」は古代中国の江南地方をさすものではないかと考えている。

其の一、当時の交通手段では日本列島と中国大陸を往復することは容易いことではあるまい。従って、書紀の「常世」までの道のりはある程度、現実を反映し、「常世」の神秘感も醸し出されている。また、田道間守が橘を倭国に持ち帰った時、垂仁天皇が既に崩御されていた。田道間守が悲しみ、忠実を表明するため、自殺するわけであるが、その君臣倫理観も中国の儒教思想に合致する。それは田道間守が「常世」即ち中国へ行ってきたことをほのめかすエピソードにも考えられる。

其の二、橘の現実的な性質に話を戻すと、常識であるが、「橘生淮南則橘、生于淮北則為枳」という元々環境が人の品行に影響を与える比喩である『晏子春秋・内篇雑下』の名言の通り、気候の寒い北方には橘が生長しないのである。古代中国の江南地方は気候が暖かく、水資源も豊富で、橘の名産地であったことが中国の古籍の記録によって証左される。(21)

其の三、記紀の記載も一側面から「常世」と古代中国の江南地方との関連を示している。『古事記』によれば、少名毘古那神は「独神」であり、「別天神」の神産巣日神の子でもある。大国主神を助け、「作堅其国」するため、登場する。しかし、大国主神との仕事を終えないまま、少名毘古那神がまた海を渡り、「常世国」へ行ってしまったという。ここで注意すべきは、少名毘古那神は神秘感に満ちている神であり、海から渡来したとき、鵝の毛皮を羽織って服としていた非常に珍しい格好をしていることである。『日本書紀』雄略天皇十年九月乙酉作戊子条によれば、倭国の鵝は中国南朝の宋、つまり、古代中国の江南地方の「呉」にあたるところから齎されたものである。『日本書紀』雄略天皇八年春二月条の記載によれば、身狭村主青と桧隈民使博徳とともに使者として呉国に赴いた、その二年後、帰国した身狭村主青が宋から鵝を倭国に持ち帰ったという。『古事記』における鵝の毛皮を羽織り、海から渡来した少名毘古那神はもしかしたら呉、つまり古代中国の江南地方より来たものかそれと由縁のある者かもしれない。それだけでなく、大国主神は最初少名毘古那神の名前を知らなかった。それを教えたのが久延毘古であり、カカシである。久延毘古が象徴するのは稲作文化であり、その登場は「常世」である古代中国の江南地方の稲作文化が日本列島における伝播を象徴するものにも読み取れそうである。本居宣長が言うように、少名毘古那神は「外国」、つまり江南地方へ帰ったことになろう。

其の四、久延毘古が稲作文化から古代中国の江南地方と日本列島との繋がりを反映したのであれば、『日本書紀』皇極天皇三年秋七月条の常世神事件は養蚕の列島における伝播を示す事件である。常世神事件とは、大生部多が「養蚕」を「常世虫」として奉じられ、所謂「常世神信仰」を広げたことでたくさんの富を集めた。経済収入に影響を受けた中央政府が秦造河勝を派遣し、鎮圧させた事件である。[22] 中国の江南地方は古来養蚕が盛んであり、この記事にある「常世」から来た「常生于橘樹」の「常世虫」は古代中国の江南地方から伝来したものかもしれない。そして、養蚕とともに、信仰としても日本へ渡来したのではなかろうか。

最後に、古代東アジアの地理位置から考えた場合、折口信夫をはじめ、多くの研究によって示されたように、「常世」は南方にある。また、古来、江南地方と日本列島の間の交流が盛んであり、日本文化にも大きな影響を及ぼしただけでなく、[23]日本古代文化の根源を中国の江南地方に求める説さえある。[24]「水江浦嶋子」の伝説の原型を中国の長江の下流地域に求める研究があり、『万葉集』などの浦嶋子が行った「常世」もまた古代中国の江南地方である可能性が大きくなろう。

以上述べてきたように、古代日本人が想像し、創出した異界「常世」は古代東アジアの現実世界において、古代中国の江南地方に比定するのは妥当ではないかと考える。

七　終わりに

しかし、「常世」が古代中国の江南地方であることを認めるならば、なぜ古代日本人がまだ「常世」の所在について、「蓬萊」、「常陸」もしくは「朝鮮」にあるような混乱が起きるのであろうか。それは当時の人的往来、つまり「東亜交往民」に関係するかと考えられる。[25]

紙幅の関係で詳述することを別稿に譲るとして、簡単に数例を上げると、記紀の記載のごとく、多遅摩毛理と三宅連の祖先である田道間守、いずれも新羅系の移民氏族の出自であることに注目したい。また、常世神事件に登場する秦氏と鶏を持ち帰った身狭村主青、いずれも中国系の移民氏族である。それだけではなく、「常世」に比定された常陸国の開発は移民氏族の活動と密接に関係していることも証明されている。[26]もしかしたら、少名毘古那神もまた江南地方と列島の間における漂流民であったかもしれない。

長い歳月に渡り、古代東アジア各国の移民を受け入れてきた日本列島がこの地域の文化的なルツボとなり、東亜交往民たちによって持ち込まれたそれぞれの異界観がここで融合され、最終的に古代日本人の重層的、多元的な常世観が形成されたのではなかろうか。

付記1

本稿は二〇一五年、清華大学にて行われた「歴史と文化：アジア史における日本の古代」国際学術シンポジウムにて口頭発表後、南開大学にて行われた「第二回　南開大学・國學院大学院生フォーラム　東アジア文化研究国際シンポジウム」若手研究者発表セッションにおける発表内容に基づき、修正・加筆したものです。席上にご指導を頂きました先生方に衷心より御礼申し上げます。

付記2

本稿は二〇一六年度国家社会科学基金項目「日本古代木簡の文学的研究」（課題番号：16CWW007）による成果の一部です。

注

（1）阮元校刻：《十三経注疏毛詩正義》、北京：中華書局、一九八〇年九月第一版、第313頁。

（2）蕭統編、李善注：《文選》、北京：中華書局、一九七七年一一月第一版、第728頁。

（3）記紀歌謡や万葉集における「トコヨ」は「登許余」、「常呼」、「等己与」などの万葉仮名によって表記されることが多い。

（4）呉床に座る　神のお手で　弾くかと思う琴に合わせて　舞を舞う乙女　永遠にとどめたい姿よ。
『古事記』は小学館本から引用する：山口佳紀、神野志隆光校注・訳：『新編日本古典文学全集1　古事記』、東京：小学館、一九九七年。

（5）わが大君の　日の御子　新田部皇子がお住まいになっている　宮殿の上に　天から流れ来る　雪のように　行き通い続けましょう。いつまでも長くおわしませ。
『万葉集』は小学館本から引用する：小島憲之、木下正俊、東野治之　校注・訳：『新編日本古典文学全集6-9　万葉集①～④』、東京：小学館、一九九四年～一九九六年。

（6）（前略）手を打つ音もさやかに　拍子をとってください　長老たちよ。

『日本書紀』は小学館本から引用する：小島憲之、直木孝次郎、西宮一民、蔵中進、毛利正守：『新編日本古典文学全集2-4　日本書紀①～③』、東京：小学館、一九九四年～一九九八年。

（7）主要な参考文献：折口信夫：「国文学の発生（第一稿～第四稿）」、折口博士記念古代研究所編：『折口信夫全集　第一巻』、東京：中央公論社、一九七二年／折口信夫：「妣が国へ・常世へ」、折口博士記念古代研究所編：『折口信夫全集　第二巻』、東京：中央公論社、一九七二年／折口信夫：「常世浪」、折口博士記念古代研究所編：『折口信夫全集　第十六巻』、東京：中央公論社、一九七三年。

（8）谷川健一：『常世論』、東京：講談社、一九八九年、第4頁。

（9）丸山林平：「上代人と常世の国」、『上代文学』13号、一九六二年一一月、第7-12頁／谷川健一：『常世論』、東京：講談社、一九八九年、など。

（10）三浦佑之：「神仙譚の展開—蓬莱山から常世国へ—」、『文学』、東京：岩波書店、二〇〇八年、第84頁。

（11）尾崎暢殃：「常世にあれど」、古代文学会編集：『古代文学』18、東京：武蔵野書院、一九七八年、第43頁。

（12）永藤靖：『常陸風土記』の〈常世〉」、明治大学文学部紀要：『文芸研究』103号、二〇〇七年、第56-57頁。

（13）田中俊江：「常陸国風土記と「常世之国」」、古代文学会編：『古代文学』38、東京：武蔵野書院、一九九九年、第84-92頁。

（14）三浦佑之：「神仙譚の展開—蓬莱山から常世国へ—」、『文学』、東京：岩波書店、二〇〇八年、第85頁。

（15）本居宣長：『古事記伝』、大野晋編：『本居宣長全集第十巻』、東京：筑摩書房、一九六八年、第8頁。

（16）本居宣長：『古事記伝』、大野晋編：『本居宣長全集第十巻』、東京：筑摩書房、一九六八年、第10頁。

（17）平野豊雄：『『古事記伝』の方法—宣長の「常世」論について—」、『文学』、東京：岩波書店、一九七八年六月、第747-749頁。

（18）本居宣長：『古事記伝』、大野晋編：『本居宣長全集第十巻』、東京：筑摩書房、一九六八年、第295頁。

（19）本居宣長：『古事記伝』、大野晋編：『本居宣長全集第十一巻』、東京：筑摩書房、一九六九年、第143頁。

(20)　田中俊江：「常陸国風土記と「常世之国」」、古代文学会編：『古代文学』38、東京：武蔵野書院、一九九九年、第87頁。
(21)　欧陽詢：《藝文類聚》、上海：上海古籍出版社、二〇〇七年、第1476-1479頁。
(22)　武智功：「皇極紀にみえる常世神事件の再検討」、『日本歴史』、二〇一四年五月、第8-12頁。
(23)　王勇編：《中国江南：尋繹日本文化的源流》、北京：当代中国出版社、一九九六年。
(24)　千田稔：『古事記の宇宙—神と自然—』、東京：中公新書、二〇一三年、第76-87頁。
(25)　「東亜交往民」は古代東アジアを舞台とし、互いに往来し、交流する移民のことである。(王凱：『万葉集』と日本古代大陸移民—「東亜交往民」の概念提起について—」、『國學院雑誌』、二〇一五年一月)
(26)　田中俊江：「常陸国風土記と「常世之国」」、古代文学会編：『古代文学』38、東京：武蔵野書院、一九九九年、第89頁。

■東アジア比較文学

『毛詩』課本劇謡曲「周南」考述

王　暁平
曹　咏梅　訳

謡曲「葛覃」などの四番は、もともと福王流宗家（宗家は一門の核心となる家）福王茂十郎が所蔵したものである。日本近世後期の写本で、節付も句点もなく、役柄のみが不完全ながら記されていることから、明らかに草稿本であることが窺える。「国風十五篇之中第一周南之部」（以下謡曲「周南」と簡称する）と題し、「一関雎・二葛覃・三巻耳・四樛木」と外題があり、この四番の本文がそれぞれ内題には振仮名付でまとめられている。写本は「周南」の十五篇で構成されているが、上述した四篇だけ謡曲に編成され、ほかはただ原詩を収録しているだけである。しかもこの四番も完全な謡曲の形態に整備されておらず、最後の「樛木」は一頁が欠落している。筆者が目にしたのは『古典文庫』に収録された田中允編『未刊謡曲集・続七』(1)である。

『古典文庫』に収録されている作品は殆どいまだ整理、研究されていない資料であり、本稿で取り上げる『詩経』と関わる四番の謡曲も今まであまり注意されてこなかったのである。

われわれが見られるこの四番の謡曲は、能の四つの曲目である。しかし、作品が生まれた時期や作者については何も記述されておらず、われわれはただ謡曲の内容と形式に基づいて大まかに推測するしかない。

作品の作者や、上演したか否か及び上演の情況については、大変考証し難いようである。しかし、作者が「周南」

の詩篇を能に編成し さらに上演させることを思いついたことは、明らかに『詩経』を愛好しまた謡曲も愛好する作者であることが分かる。彼は『詩経』を儒家の経典として研究することに満足せず、『詩経』を書斎から出して学校に通ったことのない山村の人々までに伝播させようとしたのである。あるいはこれは単なる一種の筆舌の遊戯に過ぎないかもしれないが、しかしこのような発想は頗る独特であり、経典を普及させようとする意識が反映されている。中国の戯曲には『詩経』の佳句を引用、借用するのも少なくないが、しかしこのように一つの演目で一首の詩を以て演じる形式はないようである。つまり、作者は中国の文人も試みたことのないことをやり遂げたのである。

この四本の脚本はすべて毛伝の詩篇の内容に対する解釈に従って、原詩を戯曲化したのである。作者の主旨は非常に明確で、それは人物の歌唱を通して教化を行うためである。この四番の謡曲はみな詩序の解釈をめぐって教化の内容を展開させようとするが、一方で作者はまたそれらを日本の神道思想や仏教の伝統と極力融合させている。

能は文学と音楽舞踊演技の総合芸術である。作者が「周南」の詩篇を謡曲に編成する時には多種の演技形式を十分に利用することを考慮なければならない。歌詞には自然と日本詩歌にある景物を見て情を興す、寂寥とした抒情を詠む特徴が現れている。「樛木」の中の隠士は「山里は物の淋しきことこそあれ、よのうきよりはすみよけり、山路耳に満てるものは樵歌牧笛の声、眼に遮者は竹煙松霧の色、あら物静のけしきやな」と賛美する。「巻耳」も山野の趣を浮かび上がらせて表現したのに過ぎない。

狂言は能劇の中で雰囲気を盛り上げたり調節したりする重要な部分である。能の演技において、歌唱の役はみな無表情であり、ただ狂言の役者が戯けた台詞と大げさな表情で次々と観客を笑わせるのである。上述した四つの相当「主題が先行する」演目の中に、作者も滑稽かつ人を笑わせる台詞を構想しようとした。たとえば「樛木」で隠士と田夫が対話をしている最中に、猟師に扮した二人の狂言の役者が走って来て、この奥山は本来人跡のないところなのに彼らは狐の化け物か、という。これは作者が説教の重苦しい雰囲気を打ち破り、観客をリラックスさせようとしたのである。

今後の研究に便利なように、ここでは『未刊謡曲集・続七』の四本の脚本の全文を引用し、並びに簡単な注釈を加えた。底本の編者校勘の箇所は括弧で示し、また底本には虫食いのところが多くあり、原本に従って□で闕字を示す。原文中の俗字、誤字については改めず、注を入れて説明し、なるべく元の様相を保つようにした。また原文の括弧内の注釈については、もし意見が違う場合は注を入れて提示した。歌詞には繰り返しの語句が多くあり、原文は縦書きで、二字以上の繰り返しの部分は〱或いは〲で記したが、ここではこの繰り返しの部分をすべて文字で記した。

一「葛覃」

「葛覃」は、ある放浪の僧が木陰でしばらく休憩する時に女子たちが葛かづらをとるのを見て、村の翁に尋ねて、「周南」の第二篇の「葛覃」を引いて婦人への教えを述べたという内容である。

僧：此葛覃の詩といふは、周の文王后妃の作、尊き身にしあるなれど、
翁：女は女の業あるとの、後の世までのおしへ草、
僧：富（み）さかへたる家なれど、
翁：其振舞は倹やか、
僧：后妃は年の積れども、
翁：家の老女を敬ひて、
僧：とひ尋ねつる心の中、

翁：今文王にかしづけども、
僧：古郷の父母を愛しむ、
翁：皆其徳の厚きこと、人の及ばぬことならめ。

詩序に「葛覃、后妃之本也。后妃在父母家、則志在於女功之事也。躬倹節用、服浣濯之衣、尊敬師傅、則可以帰安父母、化天下以婦道也。」とあり、謡曲の以上の部分は「毛伝」の説を僧と翁の歌詞に変えたのである。

ワキ「是は諸国一見の僧にて候、我此ほど何国ともなくめぐり候所に、所々の人機不同なること区々なり、あるひは仏縁厚き所もあり、又は悪業になをも馴（れ）し所もありて、更に定（ま）る事なし、けふは此所に休らひ、国民の機辺をはかりみうずると思ひ候

女（次第）〽花ちるあとの青葉山、青葉山、若葉すゞしき峯の雲、（サシ）〽いかにかたがた聞（き）給へ、此晴晴しき四方の空、野辺にいでたる有様は、わざ（濁点底本にあり）有様にさへあるべきに、わらはが業を此中に、いとなむことも何故ぞ、（下歌）〽身にあまりあるうれしさを、ともに悦ぶけふの業、（上歌）〽葛かづら、長き日影にかりとらん、らん、生しげりたる時ならば、いざともどもにかりとらん、山の麓の野辺に今、皆うちつれて急ぐ（傍訓のグは不要）なり、なり、（下歌）〽いでいで葛を刈（り）とらん、らん、たぐりたぐりに葛かづら、こなたをかりてつたひゆき、又はあなたの葛かづら、引（き）よせたぐり取取に、束束て肩にかけ、いざや家路に帰らん、帰らん

ワキ「あらふしぎや、是なる女の所作を見れば、唯一すじに葛かづらを刈（り）とり（「とり」は「とるは」とあるべき所）、何の故にてあるやらん、猶々此所に休らひ、里人に尋（ね）ばやと思ひ候、シテ「年久しくも住（み）

なれし甲斐あり、明の月ならで最中過（ぎ）ぬる老が身の、明暮野べに立出（で）て、此里人の業をのみ見（る）に、引受（け）し老がたのしみ、ワキ「いかに是なる翁に尋（ね）申（す）べきことの候、シテ「何事にて候ぞ、ワキ「我此木陰に休らふうちに、いとなまめける女打（ち）つれ来り、ともども歌をうたひて葛かづらを刈（り）とる業、いとしほらしく見えけるは、いか成ことにて有（る）やらん、シテ〽めづらしからぬ問（ひ）事哉、布に織（る）べき女の業、ワキ「いとしほらしき此里の、女のみちやみちのくの、細布絡といふものか、シテ「はやくもしろしめされたり、葛かづらにて織（る）ならば、葛布とこそいふべきなり、此葛布を織（り）なして、絺とし給とし年年の、あつさをしのぐ衣手に、かゝる業こそ女の道、ふしんははらし給へかしかし（「かし」不審）、ワキ（かかる）〽此里人の俗（傍訓ナラハシの訛り）は、世のつねならぬ事なりと、シテ「さとし給へる御聖、あふぐも中々おろかなれど、（カカル〽）我此里に年をへて、今迄ながら老（い）ぬれど、此ならはせは何故と、（同下歌〽？）問（ふ）人もなき此里の、けふめづらしく御僧に、こたふることも此年迄、すみながらへし徳ならん（上歌〽？）翁がむかし紅顔の、いとけなかりしころまでは、此一里に道もなし、おのれおのれに生（ひ）しげる、茨かやはらあしはらの、まじる荒野のごとくなるを、たゞ、かりこめし此里に、道をひらきしまつりごと、今葛かづらを刈（る）ことの、謂をしばし語るべし、よき折なれば御僧も、しばらく待（た）せ給へかし、里のおのこも聞（か）まほし、生残りたる老が身の、後のかたみにならば坂の、この手がしはのふた表、里も道たち我もたち、立（ち）ならびたる物ごとは、直なればこそ、立（ち）もこそすれ、いざ里人をいざなはんと、賤がいほりに入（り）にけり、けり　　中入

狂言二三人（狂言オモ）「是は此里の百姓にて候、さて皆皆早く御出（で）候もの哉、（アド）「なふなふ誰殿、只今は里の翁より申され候ゆへ、是まで参りて候が、例の教訓にて候か、（オモ）「いかにも其通（り）にてヲリヤル、そなたはとかく教訓のことを嘲給ふは、よからぬことにてヲリヤルぞ、（アド）「みどもは何もあざけりは

致さぬ、（オモ）「まだ其やうにいわるゝか、今すでに例の教訓と例の字をいわるゝじやもの、（アド）「はて例の字を申（す）が何ぞ（「何かで」とも読める）嘲ごとでヲリヤルか、（オモ）「例の字があざけりごとではなけれども、例の教訓といわるゝ音声があざけりに聞（こ）ゆ（「る」脱か）、（アド）「さてもむつかしきことをいわるゝものかな、（オモ）「いやなふかたがた左やうのことを論ぜばつくることは有（る）まじ、[2]早竟翁が教訓の通（り）にさへ致さば、何の子細もあるまじ、今朝かたがたを始（め）、みどもが女どもまで打（ち）つれて葛かづら（濁点底本にあり）を刈（り）、女事を互におこたらず、男分の我々どもは、それぞれの所作をいたす時は、翁のいわるゝおしへに少しも違ふまじ、なんとさふではあるまいか、（アド）「其通り通り、（オモ）「時にけふは旅僧がおはしまして、葛をとることを問（は）るゝゆへに、葛覃の詩を申（す）べし、旅僧にむかふて申（す）事故、翁が申（す）事（「と」脱か）違へば、旅僧も聞（い）てゐられふ筈はなきゆへ、かねがね翁が申（す）所違はぬ証拠に、我々共に出（で）て聞（く）といわるゝことじやが、なんと親切なことではあるまひか、（アド）「さればのこと隣里の人々のいふには、そちの翁は聖人の生れかはりと申（す）ことでヲリヤル、（オモ）「いやはや我々の親々に聞（け）ば、此里五六十年以前までは、隣里郷党どもわけもなき事にてありしが、此翁此里へ生ま出（で）てより、年わかな時より此里をしめされしより、今かくの通（り）の[3]風義と成（り）たりとうけ給（は）る、（アド）「何れも其義は[4]承（り）及（び）たることじや、（オモ）「なんと翁のおしへ通りを、末永くつたわるやうにありたい事でヲリヤル、（アド）「いや何かと申（す）中に、翁が見えた、いざこなたへ座をいたさふ

　ワキ（上歌）〽夏木立、しげりあひたる木のもとに、もとに、しばし休らふ旅衣、ひとへに今の物語、聞（か）まほしくも待（ち）居たり、居たり

　後シテ（サシ）〽あら待久しく有（る）らんと、心は急ぐ老が身の、足よは車の力なく、よろめき出（づ）る此姿

ワキ（カカル）〽先にみゝえし衣手を、あらため衣の其すがた、老をいとわぬ有様は、いか成事にてあるやらん、シテ（サシ？）〽此一里の道びきは、聖の文を敷ならべ、其物語を謂とて、しばし衣裳をかりにきて、すでに詩経をひらきけり、（同中ノリ的平ノリ？）〽、葛之覃兮、中谷に施、維葉萋々たり、黄鳥于飛（び）て、灌木に集る、其鳴こゑ喈々たり、葛之覃兮、中谷に施、是を刈（り）是を濩、絺と爲綌と爲、之を服て斁こと無、言に師氏に告て、言に帰んと言ことを告、薄我私ぎぬを汚、薄我衣ぎぬを澣む、害か澣害をか否ん、父母に帰寧せんと(5)、此詩国風周南の、其二めにおきつらね、葛覃といふ詩なるべし、是をおしへてなす業の、其九牛が一毛の、とゝきしことをみそなはし、老を楽しむことならめ、我はよりくる年の浪、庶幾は御僧の、しめしを猶もたのむなり、なり

ワキ（カカル？）〽此葛覃の詩といふは、周の文王后妃の作、尊き身にしあるなれど、シテ〽女は女の業あるとの、後の世までのおしへ草、ワキ「富（み）さかへたる家なれど、シテ〽其振舞は倹やか、ワキ〽后妃は年の積れども、シテ〽家の老女を敬ひて、ワキ〽とひ尋ねつる心の中、シテ〽今文王にかしづけども、ワキ〽古郷(6)の父母を愛しむ、シテ〽皆其徳の厚きこと、人の及ばぬことならめ、（同中ノリ的ノリ？）〽月日を送るけふことは（「は」は「に」の誤りで、「ごとに」か）唯つゞまやか（濁点底本にあり）なるべしや、老をうやまひ礼をなし、我なす業はおこたらず、勉ことの其本を、おしへんために葛覃を、もろこし人はうたふなり、いでいでさらば里人よ、翁が申（す）も御僧の、こたへ給ふもひとつなり、いよいよ道をかたむべし、いでや御僧もつかれなむ、しばらく休み給へかし、賤が庵へ伴はん、伴はん

主役は「葛覃」の詩を解釈した後、この詩は『詩経』国風の「周南」の第二篇であると紹介し、詩を教えて為す業は九牛の一毛に過ぎないという。脇役の歌詞の大意は次のようである。この詩を創作した周の文王の后妃を賛美し、

后妃は尊い身分でありながら依然と女の業に励み、後世の師表と言うことができ、后妃は富み栄える家に生まれたが、倹約することをよく知り、自分が年を取っても家の老女を敬い、文王はすぐれた行いで、故郷の父母を愛しみ、その徳は厚く、人の及ばぬところであるという。ゆえに、この昔の詩篇を今の人に教えたいという。ここで作者は宗教劇としての謡曲の演技に合わせて、一人の僧を構想し彼に儒教の経典を教化する者を担当させる。これは一種枝を借りて花を生ける手法で、したがって「葛覃」の詩にも一層仏教的な色彩を塗りつけたのである。

二　「関雎」

「関雎」は伊勢の海上から伊勢神宮の天照大神の参拝に行く人と舟頭との対話から始まり、主要な場面である伊勢神宮を引き出す。伊勢神宮は今三重県伊勢市にあり、皇室の宗廟で、皇大神宮（内宮）と豊受大神宮（外宮）の総称である。皇大神宮には天照大神を祀っており、天照大神は伝説の中の高天原の祖神で、皇室の祖神でもある。中世の伊勢神宮の神主度会氏はかつて神道を創立し、いわゆる「伊勢神道」であるが、その中で神道は儒仏二教を摂取していることを主張している。

作者が『詩経』の最初の詩「関雎」の内容をここに配置するのは明らかに深い意味がある。参拝者はここで夫婦の道や文王后妃の徳を大いに語り、さらにそこに祀ってある鏡を借りて、鏡は善悪を照らし神霊も感応するという主題を歌う。「詩序」には「関雎、后妃之徳也。風之始也。所以風天下而正夫婦也。故用之郷人焉、用之邦国焉。」とある。作者は伊勢神宮のようなところでこの「郷人邦国」の詩篇を説いてからこそ、はじめてその根本的な意義を示すことができると考えたようである。内容は、伊勢神宮の参拝者が船上から海の浪や青空を眺め、豊かな日本国土、麗しい山川、広々とした海空、穏やかな波に帆を上げる美景を賛嘆することから始まっているが、このねらいは満ち足りている本土の色を作り出すことにある。

ワキ（次第）〽すぐなる道をしたひ行、行、神の御前に参らん、詞「我此程志願あるにより、天照大神へ一七日参籠申さばやと思ひ候、船路行（上歌）〽日の本の、国も豊にすみなして、して、民の里里うるはしく、みえわたりたる浦のなみ、静けき空に帆をあげて、伊勢の海にそ（「そ」は「も」とあるべき所）着（き）にけり、にけり

舟頭狂言「舟が着（き）て候御上り候へ、ワキ（サシ）〽伝へ聞（く）伊勢の海辺を詠むれば、出（づ）る朝日そ（「そ」は「も」とあるべき所）曇りなく（「き」を消して「く」と改む）、長閑に照るやあまてらす、神の宮居に参らんと、道行（上歌）〽いそぐ心は一筋に、一筋に、二見の浦をあとにして、浜辺をつたひ行（く）程に、神の御前に着（き）にけり、にけり、詞「先急（い）で参らふずるにて候、あら有難や候、まことに天照大神の宮居さこそ有（る）べけれ、先々此所に休らひ、宮人を相待（ち）、参籠のやうす尋（ね）ばやと思ひ候

宮人（次第）〽千早振、神のみまへに仕（へ）こし、神のみまへに仕（へ）こし、朝夕清き小忌衣

ワキ「いかに宮人に申（す）べき事の候、宮人「何事にて候ぞ、ワキ「我志願ありて一七日参籠申（し）たき間、神拝の様子御おしへ候へ、宮人「あら奇特なる事かな、こなたへ渡り候へ、ワキ「心得申（し）候、宮人「是にて終夜を申され候へ、ワキ（カカル）〽既に更（け）行（く）夜あらしの。音もしづけき宮ばしら、立（ち）ならびたる其中に、（地上歌？〽）しばしまどろむかりまくら、まくら、シテ〽生（き）とし生（け）る物ごとに、あまてるめぐみもれざらん、（地〽？）中にも人は長なれば、ことにめぐみも浅からぬ、汝儒業をむねとして、夫婦の道を学ばんとて、年月こゝろをつくせしに、思ふねがひも渚の千鳥、声ばかりにて其鳥を、心のうちにとり得んとて、いのる心ぞしほらしき

ワキ「夢とも見えずうつゝともなく、しばしまどろむ其隙に、さもうづ高き姿にて、我心願をしろしめすは、いかなる事にて有（る）やらん、（シテ）「嗚呼おろかなるかな我こそは、汝に道を教へんとて、是まであらわれ

出（で）たるなり、ワキ（カカル）〽あら嬉しやと座を立（ち）て、シテ〽恭敬あつく、ワキ〽叩首（傍訓はコウシュの誤りであろう）百拝、シテ〽よく聞よ、（同音クリ？）〽あめつちの、ひらけしはじめ神の代に、あまの浮橋のもとにして、伊弉諾(7)、伊弉冊の尊、とつぎおしへ(8)鳥をみて、陰陽和合の道はじまりし、（シテサシ〽？）穴嬉哉遇、可美乙女子と、よみ給ひしは是和歌の、はじめと申（す）なり、（同〽？）それより此かた日をかさね、年を（「を」は「の」とあるべき所）積りて、人代にいたれり、礼義こまかにそなわれり、（クセ〽？）汝は儒業を、むねとすること、何か替りのなきゆゑに、儒教をもつて教ゆべし、周の文王后妃の、まじわりを、世々の夫婦の鏡とす、関雎は、たのしむで淫せず、かなしみて傷らずとは、聖の言葉よに広し、文王后妃の徳澤は、いひも尽せぬことぞかし、関々たる雎鳩は、河の洲にあり、是を思ふに今まさに、窈窕たる淑女は、君子の好逑なりと、聖人聖女のまじはりゆゑ、夫婦の道のますかゞみ(9)、すがたをうつすよのならひ、后妃は内のまつりごと、おこたりもなく折々は、あさゞ（「ゞ」の濁点底本にあり）の草の長短、水の流れにしたがひて、あふさきるさも定めなく、（シテ上〽？）とりどり取（る）やそなへもの、（同〽？）ねてもさめても是のみを、もとむる心一すじに、わするゝ隙もなきゆゑに、これをもとめて得ざらねば、ねてもさめてもわすられぬ、悠なる哉悠なる哉、転でんとして反則(10)す、又取（り）得ての悦びは、窈窕たる淑女は、琴瑟これを友にて、（シテ上〽？）参差たる、行菜(11)、（同〽？）左右これを芼（「芼」虫喰のため詩経原典による判読、傍訓もモウらしく、ウ虫喰のため読めず）す、窈窕たる叔女(12)、鐘鼓これをたのしむ(13)と、世の人ごとの言の葉も、今に残りしをしへ草、生そだてつる人の道、今日のもとまで伝へ来る

（ロンギ地）〽今ぞ委しく此道を、聞（こ）へしことの嬉しさは、闇きやみぢにともし火を、照らされ給ふごとくなり、（シテ）〽夫婦の道をきかましと、思ふ心も我ならず、めぐみとゞきしるしなり、（地）〽実人間の生たちは、あしからざらん物ごとに、馴（れ）て半はあしけれど、あまてるめぐみ深きゆゑ、きゝう（「う」は「た」

の誤りか）る今の嬉しさよ、いざ帰らんとあゆみ□□（□□虫喰、「ゆく」か）、たもとをとゞめ名残なを、おしめどつきぬ物語、いまは御名をきかまほしと、いへどもいはぬくちなしの、色にもみえぬ神心、さらば我名をかたるべし、頓て神楽を奏しつゝ、其時名をもたのるべし、暫（く）待（た）せ給ふべしと、いひすてゝこそ入（り）にけり（「けれ」とあるべき所）、けり（中入）

間狂言宮守二三人（狂言オモ）「是は当社の宮守にて候ひし（「ひし」はない方がよい）が、俄に神楽を奏せらるゝとて、用意を致すべきよし仰（せ）候程に、□ケ敷（□難読。イソガシキと読むか）ことにて候、夫に付（き）唯今かたわらにて承（り）候へば、夫婦の道を御物語（り）候程に、我らどももはじめて承りて候、（ワキ）「いや尋ね度事の候、只今承（り）候夫婦の道とやらに、関々たる雎鳩は河の洲に有（り）とは、何のことにて候ぞ、（オモ）「みどもが承（り）及（び）たるは、みさごとりといふ水鳥は、おし鳥のごとく夫婦のつがひたる鳥なりしが、なくこゑもいとゞやわらかにして、中よく日々を送る。又くれがたには別々になりて宿り木に帰る、又此雎鳩といふ鳥は、つがひあひおろれたる姿を見たる人もなきゆゑに、夫婦の情□□もそなはりたる鳥なればとて、周の文王后妃の間も、其ごとくといふことにて、関々たる雎鳩は河の洲にありと、はじめにたとへかけていふたる（「いひたる」とあるべきか）言葉と聞（え）たり、（狂言アド）「フ、□□□漸々合点が参り（「り」は「つ」とあるべきか）た、（オモ）「これこれかやうの咄しを致して居ては時尅[14]うつるべし、はやはや神楽の用意をいたすべし、（アド）「いやなふいやなふ、此神楽は何の為にて候ひけるぞや、（オモ）「人間の道を聞（き）学ばんと思ふ人の志が尊さに、□□ひの神楽にて候、（アド）「さてさてたのしき神楽にて候ぞ、皆々いそひで用意いたすべく候

ワキ（サシ）〽宮守達はとりどりに、神の広前きよめして、（上歌）〽頓て神楽を奏すなり、奏すなり、今の御名を聞（く）まじと、心をすまし待（ち）居たり、居たり

後シテ（サシ）〽鏡（「鏡」虫喰あり難読）は正直の本源一物を蓄ざれば、私の心なく万像[15]を（ら）すに、是非

善悪の心顕はれずといふことなし、向ふに随（つ）て更に私なし、汝人道の極意をしらんと思ふ志ざし、八百よろづの神達、何れか感応せざるはなし、こゝによつて悦びの舞の袖、すでに拍子にかゝりけり（神楽？）（地中ノリ的平ノリ？）〳〵あらあら尊や人として、人の道□□求（む）るに、心をこらすまれ人を、あふぐもつきぬ事ぞかし、いざ我こそは日の本に、天照（る）神と唱へつゝ、□□神体を顕すなりと、いふかと思へばかりねせし、宮居に夢はさめにけり、けり

日本文学者は日中両国で共鳴を引き起こした作品を同列に論じがちであり、よって両者の趣や筋道の共通点を強調している。たとえ中国にあって日本になくても、それに近いのを探したり或いはほかに言い分を作ったりし、このようなやり方は江戸時代に特に多く見られた。「関雎」は『詩経』の巻頭の詩で、「中国一番初めの歌」と言うことができ、よく中国の詩歌の源と見なされている。一方、『古事記』の始めの部分で記述されている神代の伊弉諾と伊弉冊が結合した時に詠んだ和歌も、日本和歌の初めと見なされている。「関雎」は雎鳩の鳥を以て興を起しているが、『古事記』のこの物語には鳥類は登場しない。しかし、『日本書紀』の一書にはある鳥類の役が加えられている。

一書曰、陰神先唱曰、美哉、善少男。時以陰神先言故、為不祥、更復改巡。則陽神先唱曰、美哉、善少女。遂将合交。而不知其術。時有鶺鴒、飛來搖其首尾。二神見而学之、即得交道。

一書に曰はく、陰神先づ唱へて曰はく、「美哉、善少男を」とのたまふ。時に、陰神の言先つるを以ての故に、不祥しとして、更に復改め巡る。則ち陽神先づ唱へて曰はく、「美哉、善少女を」とのたまふ。遂に合交せむとす。而も其の術を知らず。時に鶺鴒有りて、飛び来りて其の首尾を揺す。二の神、見して学ひて、即ち交の道を得つ。(16)

謡曲「関雎」には以上の物語に触れており、歌詞に「あめつちの、ひらけしはじめ神の代に、あまの浮橋のもとにして、伊弉諾、伊弉冊の尊、とつぎおしへ鳥をみて、陰陽和合の道はじまりし、穴嬉哉遇、可美乙女子と、よみ給ひしは是和歌の、はじめと申（す）なり、それより此かた日をかさね、年を積りて、人代にいたれり、礼義こまかにそなわれり、汝は儒業を、むねとすること、何か替りのなきゆゑに、儒教をもつて教ゆべし、周の文王后妃の、まじわりを、世々の夫婦の鏡とす、関雎は、たのしむで淫せず、かなしみて傷らずとは、聖の言葉よに広し、文王后妃の徳澤は、いひも尽せぬことぞかし」とある。ここには特に『論語』八佾の「子曰、関雎、楽而不淫、哀而不傷」を引用し、明らかに儒家の夫婦の道を以て教化することを強調している。劇中には「関雎」の詩が現れるだけではなく、また相当の部分を用いて詩歌に反映されている夫婦の道を説く物語を講釈し、また神楽で荘厳な楽教の雰囲気を際立たせている。最後の一節と始まりの部分は呼応し、再び正直の本源一物を蓄ざれば、私の心なく万象を照らし、是否善悪の心顕ないことはない鏡の意象と、八百よろづの神達が感応しないものはない歌舞を以て、日本文化の本土の色を強化している。

三　「樛木」

謡曲「樛木」は、ある入山者が田夫に出逢い、木に纏う蔦かづらを見て、二人が修身、斉家、治国の道理を語り合うことを描いている。田夫は「我ら田ぷに此かづら、木々にまとひし有様は、臣と君とのしたしみや、親子の中のむつましさは、今此かづらのごとくなり」という。しかし、入山者が登場して吟じる詩句（「谷静にして纔に山鳥の語を聞、梯危して斜に峡猿の声を踏、勝地は本来定まる主なし、大都山は山を愛する人に属する」）から見ると、入山者は隠士のようである。劇中にはまた狩人も狂言の役として登場する。これらの人物の登場はみな「賤しきしづの身なれども、正しき道をさとりしこと、天地も感応あるべきなり」の観念を反映するためである。

ワキ（次第）〽けふも山路にきこりせむ、せむ、賤が業こそ物うけれ、「是は此山里に住（む）者にて候が、けふもまた山に入（り）、賤が業をもいとなまばやと思ひ候、（サシ）〽ふもとの野べの花ずゝき、ほのかにみゆる秋の色、二人（上歌）〽わび（濁点底本にあり）しらす、ましらなきそあし曳の、曳の、山路をふかく行（く）空の、峯もふもとも秋ぎりの、さほの山べを立（ち）かくし、見る人もなき奥山の、もみぢのにしき色いろに、染（め）なす秋のけしきかな、かな

ワキ詞「暫（く）此所に休らひ、山のけしきを詠めばやと思ひ候、ワキツレ（サシ）〽谷静にして纔に山鳥の語を聞、梯危して斜に峡猿の声を踏、ワキ〽勝地は本来定（ま）る主なし、大都山は山を愛する人に、属すると伝へ聞（き）しも是ならん、同（下歌？）〽山の姿谷の流れ、此山川の秋のいろ、我身ひとつにあらねども、我身のためと詠めけり、けり

ツレ「あれにみえたるまがり木に、蔦のまとひしけしき、蔦に心ありてまとひしや、又上なる樛木（ギの濁点底本にあり）の蔦をとらんとさがりたるや、いかなることにて有（る）やらん、ワキ「上なる木々のこがらしに馴（れ）て枝たるものなるに、折からすその蔦かづら、風になびきてまとふ也、ツレ「仰（せ）は尤（も）道理なれど、草木国土悉皆成仏と聞（く）時は、草木とても心あり、彼樛木と蔦かづら、思ひあふたる有様は、何か謂の有（る）べきなり、ワキ「物になぞらへ見るならば、面白かりしことならん、ツレ「我ら田ぷに此かづら、木々にまとひし有様は、臣と君とのしたしみや、親子の中のむつましさは、今此かづらのごとくなりと、（カカル〽？）思ふ計の問ひごと也、（同下歌〽？）実頼もしきことならめ、よろづの物を見るにつけ、聞（く）につけてもなぞらへて、人の道をもさとらしむ、此うへもなきみさほかな、かな

シテ（サシ）〽山里は物の淋しきことこそあれ、よのうきよりはすみよけり、山路耳に満てるものは樵歌牧笛の声、眼に遮者は竹煙松霧の色、あら物静のけしきやな

「いかにあれなる人々、木々にかつらのまとひしに、我も心のあるなれば、申さんために来りたり、ワキ「いさ老人の謂れとは、ツレ（カカル?）〽いかなることにて有（る）やらん、ワキ「其ことの葉をきかまほし、（シテカカル?）〽いにしへ周の文王の后妃官女を使ふに隔（て）なく、君にすゝむるいつくしみ、（地下歌〽?）こゝによつて官女達、彼樛木のかづらを見て、其ことの葉を詠じたり、南に樛木あり、葛藟これを纍り、楽しひかな君子、福履これを綏ず、南に樛木あり、葛藟これに荒へり、楽しひかな君子、福履これを将ん、南に樛木あり、葛藟これを縈り、楽しひかな君子、福履これを成せりと、[17]三章にいふ官女が詩、今に残りし此言葉、よの弄びと成（り）にけり

ワキ「我らごときの山賤の、義理をわきまぅ力なし、ツレ「とてものことに其言葉（「を」があった方がよい）やわらげ聞（か）せて給ふべし、シテ「しる人多（き）樛木を、家に帰りてよの人に委しくとはせ給ふべし、ワキ二人「あら力なき仰やな、家にかへりし道芝に、もしや死しても有（る）ならば、後のうらみと成（り）ぬらん、シテ「実しほらしき山がつの、朝に道を聞（き）とりて、夕に死すとも可なるべしと、（地下歌〽?）聖のことば捨（て）られし、さほどに慕ふ此義理を、何かおしまん申（す）べし、暫（く）こゝに待給へ、我も姿をあらはして、此物がたりを申（す）べし、べし中入

狂言狩人「さてさてよき物を見つけて候あいだ、二つ玉をもて打（ち）とらんと思ひしに、けうがるものに出（で）あひたをされて候、是は何たることにて候や、けふは仕合もなく候程に、家にかへり出直さうと存（ず）る、や、これに里人のましますは、何の為にて候ぞ、みれば[18]威義を正しくなされ候事ふしんに存（じ）候、ワキ「我らは待人の候あいだ、是にたゝずみて候、（狂言）「あら笑止や、此をく山に人のあることなし、これはまさ

しく狐狸にわうわくせらるゝならん、いざ我につゞひて帰り給へ、まことに今我を打（ち）たおせしものゝ候が、もしやその者にて候か、それならばあやしき事にて候ぞ、ワキ「然らば其様子語つて聞（か）せ候へ、（狂言）「こゝろへ申（し）候

「我よきものを見付（け）しより、二つ玉をもて打（ち）とらんと思ひし所、うしろより老人来り、けふはめづらしき吉日にて候間、殺生をとゞむべしといふ、何者なれば我所作をとゞむるぞ、さきがけ（「がけ」難読）せられしことの無念さよと、老人を手ごめにせん思ひしに、かへりて我をおひたおす、命をひろふ計にて、是までにげさりて候、もしさやうの人にて候か、いやいや此物がたり申（す）も中々身ぶるひがいたして候、みどもは先々（「先に」誤りか）かへるべし、やがておかへりあらうずるにて候

ワキ「ふしぎや今の老人の、姿をあらはしまみへんとは、（カカル）〽実唯人とは思はれず、（上歌）〽さらば木かげに休らひて、ひて、猶物がたりを聞（か）まし（「し」に濁点あるは誤りであろう）と、[19]威義を正しく（「く」は「て」の誤りか）礼をなし、かの老人を待（ち）居たり、たり

後シテ（一声）〽ぬれてほす、山路の菊の露のまに、いかでか我は、ちよをへぬらん、（サシ）〽頼もしや賤しきしづの身なれども、正しき道をさとりしこと、天地も感応あるべきなり

ワキ「かの老人を待つるに、さもけしからぬ有様にて、見えつる人は誰やらん、猶もふしんに思ふ也、シテ「さきにまみえし老人の、姿を顕し参りたり、いざ物がたりを申（す）べし

（クリ地）〽夫文王の官女達、后妃の徳を嘆じつるに、まじはり給ふ君と君、いともかしこく立（ち）ならぶ、みすのうちこそゆかしけれ、（シテサシ？）〽女はしたのねたみな□、（同〽？）みもとまぢかくより添ふる、はしたしたに至る迄、恵を□ふ嬉しさを、唯たのしめるよそほひは、いひも尽せぬことぞかし、（クセ〽？）あの南なる木々のうち、まがりてさがる枝ごとに、まとひかゝりし此葛、おんむつましさめうがなや

（「冥加無や」の意）、あの南なるまがり木を、おゝひふさげしゐだごとに、めぐませ給ふ此かづら、おんむつましさ冥加なや、（シテ上〳〵？）このむつましさを楽しめる、君のみさほにもよふされ、（同〳〵？）今まで、しらぬ人の道、たゞおのづから身になれて、ともに正しき宮づかへ、此うれしさをなにゝ、たとへんといふときは、樛木の詩を和解て（ヤハラゲテ？　ワカイシテ？）い□この、日のもとの言葉也、あらあらいへばかくならめ、猶奥ふかき山中の、ことの葉草もしをるれど、時刻うつりて力なし、すでに嵐に吹（き）おつる、木の葉ごろもの舞の袖

（ワカ）〳〵ことのねに、峯の（以下落丁）

この劇には二人の脇役が先に登場し、彼らは山里に住む人だと自称し、山路に沿って奥山に入りながら紅葉を鑑賞し、「谷静にして纔に山鳥の語を聞、梯危して斜に峡猿の声を踏」という美景を賛嘆する。樛木の蔦かづらを見て、草木国土悉皆成仏の道理を思い起こし、「我ら田ぷに此かづら、木々にまとひし有様は、臣と君とのしたしみや、親子の中のむつましさは、今此かづらのごとくなり」と悟る。主役は登場し、寂寥たる山里を感嘆し、「山路耳に満てるものは樵歌牧笛の声、眼に遮者は竹煙松霧の色」といい、「いにしへ周の文王の后妃官女を使ふに隔（て）なく、君にすゝむるいつくしみ、こゝによつて官女達、彼樛木のかづらを見て、其ことの葉を詠じたり」と述べる。「葛覃」を吟誦してから、さらに「三章にいふ官女が詩、今に残りし此言葉、よの弄びと成（り）にけり」と紹介する。主役は「朝に道を聞（き）とりて、夕に死すとも可なるべし」を引用し、賤しい身であってもこの義理を知るべしという。主役合唱の歌詞は「文王の官女達、后妃の徳を嘆じつるに、彼文王と后妃との、まじはり給ふ君と君、いともかしこく立（ち）ならぶ」という主題を際立たせている。四つの演目の中で「葛覃」は一頁が欠落しているものの、内容は基本的に整っており、歌詞や台詞も比較的文彩がある。

四 「巻耳」

「巻耳」について、「詩序」には「后妃之志也。又当輔佐君子、求賢審官、知臣下之勤労、内有進賢之志、而無険波私謁之心、朝夕思念、至於憂勤也。」とある。作品の主役、すわなち「シテ」は周の文王の后妃である。主役の演技を引き立てる「ワキ」、すなわち脇役は周の文王の女官と臣下である。劇の粗筋は次のようである。文王が南国に下ると、后妃は恋しさに辛い思いをし、女官たちは后妃の憂さを晴らすために一緒に巻耳を採集する。そこで后妃は「巻耳」の詩を詠み、君王の徳や夫婦の道の議論を引き出す。女官たちは「実うへもなき御作なり、後の世までも、御言葉、つたへのこさん君の徳、夫婦の道の本ならめ」と賞賛する。そこで音楽が響きはじめるが、これは王の帰りをいい、官人たちは朱門に出て迎える。

シテ女「是は周の文王の后妃にて候、扨て我君文王は、月をかさねて南国にくだり、ほとりはいづくいかなるらん、唯面影を慕なりとはいふものゝ、いかゞせん女心のおろかさよ、ツレ女二人（かかル？）〽いでいで后妃の御心慰めんとて、賤が業いざいとなまんと、（上歌）〽野辺にいで、ともにとりとるはゝこ草、草、我も我もととりとどりに、取（り）集（め）たる籠の中、此道すじやあのほとり、皆手をそろへとりどりに、すそやたもとやつま結び、后妃のうさをはらさむと、女女の今の業、野べのながめもつきすまじ、すまじ

ツレ女「いかに后妃に申（す）べき事の候、君を思ひの御操、よの常ならぬ御事なん共、やがて帰国は有（る）べきなり、尊慮を安くおはしませ、シテ女（かかル？）〽あらやさしの人々や、我をなぐさむことの葉の、（同下歌〽？）さかへをまつのこのもとに、ちとせをこめて結びにし、深きゐにしの中[20]なるを、わするゝこともなかりけり、けり

ワキ「是は周の文王の臣下にて候、今日は四方のけしきも長閑にて、后妃は野べへ遊覧あり、時剋(21)うつりし程なるに、唯今御迎（へ）に参らばやと思ひ候、(下歌？)〽春霞、遠山もとの夕煙、立出（で）見れば花鳥の、けしきは実も常ならぬ、時のめぐみぞゆたかなる

詞「やああれにまします人々こそ、御内の女官なるべしや、御迎に参りたり、后妃へ申（し）給へかし、シテ女「あら頼もしの御事や、さらば帰館をいたすべし、皆々こなたへ来り候へ、ワキ「いかに申（し）上（げ）候、今日の御遊覧尊慮に叶ひ候か、時刻うつりて候間、卒度御迎に参りては候へども、末日も高く候へば、暫（く）ひかへ申（す）べし、シテ女「いや限りなき我思ひ、帰館の時剋(22)もあるなれば、いざ帰らんと立（ち）出（づ）る、ワキ「こたへ申（す）は恐（れ）あれど、今限りなき我思ひと、仰（せ）下さる御ことは、何の思ひに有（る）やらん、シテ女「はやくも咎（め）給ふ物かな、はづかしながら申（す）べし、(カカル〽？)けふ此野べにはゝこ草、摘（み）とる事にいひよせて、たゞ君をのみこひ慕ひ、そなたの空を峯の雲、山にのぼりてみまくほしく思へど、つらき此道を伴ふ人もあるらんと、せんかたなくも唯うつゝなき有様ゆゑ、思ひがけなき今の言葉、とがめ給ふもはづかしや、(地下歌？)〽女心のおろかさを、とがめ給ふな人々よ、夫のつかれくるしむを、思ひやるこそ道ならめ、是につきても我思ひ、一首の詩作あるべきなり、はづかしながら聞（き）給へ、いひてうさをもはらすべし、べし

ワキ「あら尊き御事かな、感涙肝にめいじて候、厚き尊慮のお詠吟、はやくもあそばされ候へ、是にて拝聴申（す）べし、(地クリ)〽夫けふごとのそなへ物とゝのふことは女の義、其折からに我君を思ひ慕へる心より、つたなき一首を口ずさむ、(シテサシ)〽巻耳を采とる頃筐にも盈ず、(同)〽嗟我人を懐ふて彼周行に寘、彼崔虺(「虺」は「嵬」とあるべきか)陟ば、我馬虺隤たり、我姑彼金罍を酌で維以て永懐不、彼高岡に陟ば我馬玄黄たり、(クセ〽？)我姑、彼兕觥を酌で、維以て永（く）傷不、彼砠に陟（れ）ば、我馬瘏ぬ、我僕痛ぬらん、云か何と

吁たり、[23]（シテ上）〽実うへもなき御作なり、（同〽?）後の世までも、御言葉、つたへのこさん君の徳、夫婦の道の本ならめ

シテ（ロンギ?）〽かくいふことも我君を、思ひ煩ふせつなさゆゑ、唯一すじにしたふなり、（地）〽いともかしこきみこゝろの、思ひはつきぬことぞかし、（シテ）〽はや時うつる此野べに、（同）〽さらば、御車すゝめけり、付（き）そふ女官もさきをおひ、朱門にむかふ楽の声（楽?）

（シテワカ?）〽いと竹の、すぐなる御代に大君の、めぐみを受（け）し嬉しさよ、（同中ノリ的平ノリ?）〽いざ還御の声声に、官人朱門に出（で）むかひ、かひ、還御の列をうちそろへ、御簾の中にぞ入（り）にける、ける

この謡曲は前の三番とは違い、中国の周代を背景としている。「巻耳」は劇中で周王を思い慕う后妃の口から直接詠み出され、原作を表すことにおいては課本劇とさらに接近している。劇中には「春霞、遠山もとの夕煙、立出（で）見れば花鳥の、けしきは実も常ならぬ」と詩情の描写、或いは瞑色起愁、春景傷心の意が入り交じっている。「巻耳」の詩篇が現れてから粗筋は一転し、朱門の迎えの音楽が鳴り、官人が出て迎え、后妃は宮に帰る。これは作者が「巻耳」のために構想した「喜劇版」である。

五　謡曲「周南」の課本劇特徴

国語教育において、多くの優秀な教師はよく課本劇の形式を用い、授業を生き生きと面白くさせる。課本劇とは、教科書にある叙事的な文章を戯劇の形に改編し、戯劇の言葉で主題を表すことである。改編する時には原意を保つことに注意するので、教科書の内容がすっかり変わってしまうことはない。目下国語教育において、ある学者は課本劇の形式を授業に取り入れることを主張し、課本劇を一つの手段として国語教育の品質を高めようとしている。

以上の四番の謡曲は課本劇の特徴を鮮明に持っており、日本の古い「毛詩」課本劇ということができる。「葛覃」「関雎」「樛木」「巻耳」は周南の中では最初の四篇であり、作者が詩篇の順に従って改編しようとしたかどうかは、われわれは知るよしがない。だが、作者が周南を選択して改編したのは、決してそれらが『詩経』の巻頭に置かれているからだけではないだろう。おそらく「周南」「召南」は儒家の詩教において特殊な地位を占めているからではないだろうか。『論語』陽貨篇には「子謂伯魚曰、女為周南召南矣乎、人而不為周南召南、其猶正牆面而立也與」とあり、『詩経』を研究する歴代の学者はみな「周南」「召南」を最も重要な解釈の対象としている。謡曲の作者はこの四篇を通して、儒家が唱える君臣、夫婦、男女関係の倫理道徳観を表現している。ここには日本を背景としながら周王朝の文化を紹介するのもあれば、また周代の宮廷を背景とするのもあり、作者は明らかに異なる場面を通してこうした道徳観の適応性を表現しようとし、同時にまたそれぞれの脚本の粗筋が重複しないように見せようとしている。

では、この四本の脚本はいつの時代に生まれたのだろうか。

加藤周一氏の見解によれば、十七世紀以後、「能」と「狂言」は次のような点でちがっていたという。「能」は主役が仮面を用い、歌舞と科白の部分とをつり合わせ（いずれに重点をおくかは曲による）、楽隊（笛と鼓）と合唱隊（地謡）を伴う豪華な仮面歌劇であり、「狂言」は、仮面を用いず（例外はある）、いくらか歌舞を含むこともあるが、早い対話と「ものまね」の動作を主とし、伴奏も合唱隊も伴わない（例外はある）小人数の笑劇である。十四～五世紀の「能」の脚本は、同時代の写本があることからみても、かなり固定したものであったにちがいないが、「狂言」は、口承の荒すじがあたえられて、他はすべて役者の即興によったらしい。現存の脚本にみる用語は、「能」が高度に様式化された文学的言語を用い、和歌・経典などの引用や、掛け言葉を駆使して、独特の複雑な文体をつくり出しているのに対し、「狂言」は同時代の口語を用い、単純で、明晰で、活気にみちた言葉使いにすぐれる。登場人物は、「能」では超自然的な存在（神、鬼、天狗、亡霊など）と過去の伝説的な人物（平安時代の有名な男女、『平家物語』の武将、その後の時代の伝説的人物など）であり、「狂言」では、主として同時代の地方名主層（大名、小名）、その従者（太郎冠者、次郎冠者）、盲人、盗人、法師、農夫、職人などと、彼らと関係のあった女たちである。超自然的な存在は出ない。伝説的な人物もあらわれない。同時代の支配層（武士の最上層部、貴族、高僧）も登場せず、従者数人の「大名」を最高として、人物はそれ以下の階層のほとんどすべてである。「能」の世界の背景が支配層にあり、「狂言」のそれが大衆にあったろう。(24)

以上の四本の脚本は十七世紀以後に生まれたと思われる。謡曲「葛覃」の僧は登場するとすぐ自分の出自を語り、仏縁悪事の類のことをいう。翁も紅顔の少年から衰えた翁になった無常を嘆く。「樛木」の「ワキツレ」（脇役）は樹木を見て「草木国土悉成仏」といい、これらは儒家の詩説と神仏観念が入り交じっている特徴を表している。作者はこの三つの要素を全部取り入れている。それぞれ全部用途があり、少しもそれぞれの差異を深く追究しようとしない。内容から見ると、神仏の内容であるが、ただしそこには明らかに儒家思想が表れている。江戸初期には儒教を提唱しはじめ、この「汝は儒業を、むねとすること、何か替りのなきゆゑに、儒教をもつて教ゆべし、周の文王后妃の、まじわりを、世々の夫婦の鏡とす、関雎は、たのしむで淫せず、かなしみて傷らずとは、聖の言葉よに広し、文王后妃の徳沢は、いひも尽せぬことぞかし」という言論が生まれたのも何ら珍しくない。

『詩経』の説明と解釈からみると、基本的に「毛詩序」を出ることはないが、その解釈は相当平易であり、これは儒家経典の普及工作がすでに一部の儒者に重視されていたことを説明している。江戸後期には、儒者は訓詁の慣例を打ち破ることを試み始めるだけではなく、『詩経』を分かりやすい日本語に翻訳することを試み始め、すなわち「国字解」の名義の下で現代の翻訳に近い言葉文化の転換作業を行い、しかも工夫を凝らし、『詩経』の伝授を面白くさせたのである。たとえば、『詩経』の詩句を謎々に編成したり、俳句にしたり、川柳にも『詩経』の影響を受けた内容を反映するのがあり、これらはみな経学を受け入れた儒者の創造性を反映している。また『詩経』の国風の詩篇はすべてとても短く、さらに多くの情感と生活内容があるため、それを伝える形式もさらに大きな融通性があったのである。謡曲と周代の短詩は大きな差があるように見えるが、しかし両者の詩性の特徴には共通点があり、作者が両者を結びつけたのは、十分に新鮮さを感じさせている。

能と狂言は脚本が短く、舞台も小さく、伴奏音楽も一管の笛と大小の鼓を用い、登場人物も少なく、しかも演技もあまり複雑ではない。筆者が箱根と奈良の興福寺で鑑賞した能は、たとえ殺陣の場面であっても、精彩を放つとんぼ返りや回転は見られなく、難度の高い技巧もなく、武士が必死で闘う場面さえ、闘う双方の刀が接触することはなく、そこで空中に向かって揺り動かすだけである。このような経済的な形式は、課本劇の演技に適応している。『詩経』は物語ではないものの、しかし「毛詩序」はすべての詩を歴史と関係付け、詩は歴史物語の中の人物が吟唱するものとなり、したがって詩篇にも物語性、現場観を与えたのである。以上に述べた四番の謡曲は詩序に基づきながら、物語に対しては謡曲の演技規範に相応しい処理を行ったのである。

それぞれの演目は一首の詩を中心として、まず詩書の分からない下層人物に触れ、彼らが詩の意味について尋ねると、学問のある人が彼らに対して解答する。「関雎」では宮中の宮守が「関雎」の説く夫婦の道を尋ね、すなわち「夫婦の道を御物語（り）候程に、我らどももはじめて承りて候」、「いや尋ね度事の候、只今承（り）候夫婦の道とやらに、関々たる雎鳩は河の洲に有（り）とは、何の事にて候ぞ」と尋ねる。劇中では人物を借りて「みどもが承（り）及（び）たるは、みさごとりといふ水鳥は、おし鳥のごとく夫婦のつがひたる鳥なりしが、なくこゑもいとゞやわらかにして、中よく日々を送る。又くれがたには別々になりて宿り木に帰る、又此雎鳩といふ鳥は、つがひあひおろれたる姿を見たる人もなきゆゑに、夫婦の情□□もそなはりたる鳥なればとて、周の文王后妃の間も、其ごとくといふことにて、関々たる雎鳩は河の洲にありと、はじめにたとへかけていふたる[25]」と解釈する。ここでは詩句の用いる比興の手法まで合わせて解釈している。詩の意味を説明してから、しばしば劇中の人物の口ぶりを以てその教訓的意義を指摘することを忘れない。「巻耳」では当該詩を「実うへもなき御作なり、後の世までも、御言葉、つたへのこさん君の徳、夫婦の道の本ならめ」と称賛し、「関雎」では「窈窕たる淑女は、君子の好逑なり」、「聖人聖女のまじはりゆゑ、夫婦の道のますかゞみ、すがたをうつすよのならひ」と称賛し、みな講評の如くである。

短詩は東アジア各民族の文学系譜の中で最も愛されている文体である。東アジア文化圏において詩歌はこれまでずっと異なる民族の心霊を連結させる懸け橋であった。千年以上続いた文化交流の歴史の中で、詩歌は特に重要な役割を果たしている。当今、各国の文化交流の規模と深さはすべて昔とは比べられないが、しかし文化の孤立主義と保護主義には依然とまだ空間があり、「共通点を知り、差異を明らかにし、互いに理解し、共に評価する」宗旨通りに実行し、相互理解を深め、詩歌の様々な窓を通して、我々は世界に立って東アジアの文学を見ることができ、同時に東アジアに立って世界の文学を見ることができる。以上のように、四番の謡曲を振り返ってみたが、まだ豊富な内容が残されている。

注

（1）田中允編『未刊謡曲集・続七』（古典文庫、一九九〇年）、第四三一―五六二頁。

（2）𠦝は、畢の日本略字である。『異体字解読字典』（柏書房、二〇〇八年）には〝𠦝〟を〝畢〟の略字の一つとして並べており、即ち広く使用された簡略字である。

（3）風義：風儀。

（4）義：儀。

（5）原詩は「葛之覃兮、施于中谷、維葉萋萋。黄鳥于飛、集於灌木、其鳴喈喈。葛之覃兮、施于中谷、維葉莫莫。是刈是濩、爲絺爲綌、服之無斁。言告師氏、言告言歸。薄汙我私、薄澣我衣。害澣害否、歸寧父母。」とある。

（6）古郷：故郷。

(7)　[illegible]、[illegible]の異体字。
(8)　とつぎおしへ鳥、とつぎおしえどり（嫁教鳥）、鶺鴒。
(9)　ますかゞみ：ますかがみ（真澄鏡）、澄み切って透明な鏡。
(10)　反則：反側。
(11)　行菜：荇菜。
(12)　叔女：淑女。
(13)　原詩は「關關雎鳩、在河之洲。窈窕淑女、君子好逑。參差荇菜、左右流之。窈窕淑女、寤寐求之。求之不得、寤寐思服。悠哉悠哉、輾轉反側。參差荇菜、左右采之。窈窕淑女、琴瑟友之。參差荇菜、左右芼之。窈窕淑女、鐘鼓樂之。」とある。
(14)　尅：刻。
(15)　万像：万象。
(16)　坂本太郎、家永三郎、井上光貞、大野晋校注『日本書紀』上（岩波書店、二〇〇〇年）、第八五頁。
(17)　原詩は「南有樛木、葛藟纍之。樂只君子、福履綏之。南有樛木、葛藟荒之。樂只君子、福履將之。南有樛木、葛藟縈之。樂只君子、福履成之。」とある。
(18)　威義：威儀。
(19)　威義：威儀。
(20)　中：仲。
(21)　時尅：時刻。
(22)　時尅：時刻。
(23)　原詩は「采采卷耳、不盈頃筐。嗟我懷人、寘彼周行。陟彼崔嵬、我馬虺隤。我姑酌彼金罍、維以不永懷。陟彼高岡、我馬玄黃。我姑酌彼兕觥、維以不永傷。陟彼砠矣、我馬瘏矣。我僕痡矣、云何籲矣！」とある。
(24)　加藤周一『日本文学史序説』上（筑摩書房、一九八〇年）、第二九七頁。
(25)　田中允編『未刊謡曲集・続七』（古典文庫、一九九〇年）、第四四六—四四七頁。

日中韓国文学における王献之「青氈」逸話の受容

丹羽博之

要旨

本稿の一〜三は、一海知義先生主催の「読游会」（南宋の詩人陸游の詩を詳しく読む会）発表後の研究報告である。発表の際、議論になった「青氈」の語について調べると、「青氈」には、王子敬（王献之の字：王羲之の子。三四四〜三八八）の逸話がある。その逸話が白楽天や陸游の詩にも見える。更にこの逸話が日本文学にも利用されていることが判明した。本稿では、その経緯を述べる。会でのやりとりの詳細は『続・一海知義の漢詩道場』（岩波書店〇八年八月刊行）を参照されたい。四は、その後この逸話が朝鮮半島でも詠まれていたことに気づき、日本文学の「青氈」逸話受容との比較を行った。

一

読游会で担当した詩を挙げる。

睡郷　　睡郷

1 有酒君勿啜　酒有るも　君啜《すす》ること勿れ
2 入腸作戈矛　腸に入らば　戈矛と作る
3 有書君勿観　書有るも　君観ること勿れ
4 到眼生君愁　眼に到らば　君が愁を生ぜしめん
5 不如睡郷去　如《し》かず　睡郷に去り
6 万事風馬牛　万事　風馬牛ならむには
7 郊墟無来客　郊墟　来客無く
8 風雨送暮秋　風雨　暮秋を送る
9 苔甃虫唧唧　苔甃《たいしゅう》　虫唧唧《しょくしょく》
10 霜林葉颼颼　霜林　葉颼颼《しゅうしゅう》
11 是時一枕睡　是の時　一枕の睡
12 不博万戸侯　万戸の侯に博《か》えず
13 斗帳裁青氈　斗帳　青氈《せいせん》を裁ち
14 重衾擁黄紬　重衾　黄紬《こうちゅう》を擁す
15 華山希夷翁　華山の希夷翁
16 千載可与遊　千載与《とも》に遊ぶべし

〔通釈〕

居眠り天国

1 酒があっても口にしてはならぬ、

2　はらに入ると刺す矛となるから。
3　書があっても眺めてはならぬ、
4　眺めていると愁いを生じさせるから。
5　居眠り天国へ行き、
6　全てのことと無関係でいるのが一番だ。
7　田舎の家には来客もなく、
8　風雨の中で秋の終わりを送る。
9　苔むした壁で、虫がか細い声で鳴き、
10　霜降りた林で、葉がかすかな音を立てる。
11　こうしたときのひと眠りは、
12　大名の身分にも替えられぬ。
13　青い毛氈で小さき帳を作り、
14　黄色い紬のふとんを重ねてかぶる。
15　眠りの世界で、あの華山の希夷の翁と
16　千年もの間、仲間として暮らそう。

【出典】
『剣南詩稿』巻二十三
『校注題解』此詩紹熙二年（一一九一）年秋作山陰。陸游六十七歳
〔詩型〕五言古詩

〔押韻〕矛・愁・牛・秋・颼・侯・紬・遊　下平声十一「尤」韻

この詩の一四、五句目の「青氈」も「黄紬」も余り上等のものではなかろう、と安易な注をした。

「紙閣《しかく》午睡」（『剣南詩稿』巻三十一）

黄紬被暖青氈穏　黄紬《こうちゅう》の被暖く　青氈穏かなり
紙閣油窗晩更妍　紙閣油窓《しかくゆうそう》　晩更に妍《けん》なり

等の詩からなんとなく、粗末なものを想像していた。一海先生は、推測だけではだめで、そう思う根拠を示すべきとして、黄紬に関して、以下の逸話を紹介された（用例のみを挙げてあると考えた発表者の不注意、実は深い意味があった）。『剣南稿校注』（巻六）「自嘲」詩の注に、蘇東坡「和孫同年卞山龍洞祈晴（孫同年の卞山龍洞《べんざんりゅうどう》にて晴を祈るに和す）」の詩に「看君擁黄紬、高臥放晩衙（看る君が黄紬を擁し、高臥晩衙を放《ほしいまま》にするを）」とあり、程繹注に「世伝太祖謂一県令曰、謹勿於黄紬被底放衙（世に伝う太祖一県令に謂いて曰わく、謹みて黄紬被底《ひてい》して放衙《ほうが》すること勿かれ）」が引かれている。

この逸話が何と江戸時代の漢詩人中島棕隠の「偶成」詩の「小楼過雨売花声、似警黄紬被底情（小楼過雨　売花の声、警《いま》しむるに似たり　黄紬被底の情を）」にも引用されていること、江戸詩人の素養の深さを紹介された。しかも、内容を理解して自家薬籠中のものにしてる。この棕隠の詩は陸游の詩をも踏まえていることも軽く紹介される。(1)これらの例から、ぜいたくな「黄紬」のふとんにくるまれて、ぬくぬくと寝ているの意味になろう、と。

更に、筧文生先生からは『被』をふとんと訳すと、誤解が生じる。「被」はどてら、かぶりもの。日本でもふとんは江戸時代になってからできたもの。との教示を得た。

二

一海先生の「黄紬」「青氈」をもう少し詳しく調べるようにという指示で調べ直すと「病中絶句六首（其四）」（『剣南詩稿校注』巻十三）に「青氈」について次の注があった（これも発表前に見ていたが、用例のみの提示と誤解していた）。

『晋書』（巻八〇）王献之伝

夜臥斎中，而有偸人入其室，盗物都尽，献之徐曰：偸児，青氈我家旧物，可特置之。

（夜斎中《さいちゅう》に臥す，而して偸人《とうじん》有り其の室に入り，物を盗みて都《す》べて尽くす，献之徐《おも》ろに曰ふ：偸児，青氈は我が家の旧物，特《た》だ之を置くべし，と。）

青氈は我が家の旧い家宝であるからそれだけは置いて行け、と盗人に語りかけた逸話が残っている。更に調べると、『北堂書鈔』（巻・一九四・魏武青氈）に、

魏武与楊彪書云、令贈足下青氈牀褥三具。魏武、楊彪《ようひょう》に書を与えて云く、足下に青氈、牀、褥《じょく》の三具を贈らしむ。

の例があり、魏の武帝が重臣に高価な青氈を贈った例があった。

先の王献之の逸話は、唐詩にも詠まれている。全唐詩の索引で調べた限りでの[2]、初例は、白楽天「青氈帳二十韻」（三〇九六）である。その末尾に、

貧僧応歎羨　貧僧　応に歎羨《たんせん》すべし
寒士定留連　寒士　定めて留連せん
賓客於中接　賓客　中に於て接し
児孫向後伝　児孫　後に向ひて伝ふ

王家誇旧物　王家　旧物を誇るも
未及此青氈　未だ此の青氈に及ばず
＊『白氏文集』は那波道円本。詩番号は花房英樹氏『白氏文集の批判的研究』による。

とあり、『白香山詩集』には、「王子敬語偸兒。青氈我家旧物。（王子敬偸兒に語る。青氈は我が家の旧物。）」の自注がある。後世、王献之の「青氈我家旧物」の逸話がよく用いられ、青氈といえば、旧物で家宝の性格を有するようになる。

一箇月後、その「青氈」のイメージが江戸時代にも広く流布していたことを、会員の青山由紀子さんの報告で知った。「青氈」の項目が、『広辞苑』にもあり、そこには、

青色の毛氈。転じて、その家に古くからあるもの。また、その家の宝物。新花つみ「子が家、長物なし。ただこのふみをもつて青氈とす」

とある。あの与謝蕪村も利用している。『日本国語大辞典』（二版）を見ると、更に、『浮世草子』（近代艶隠者）の「時は花咲く比。樽に青氈かつがせ、ささへに席を付けて、男女老少あらそひこぞり」の用例や、前掲「新花摘み」に加えて、妻木〈松木青々〉冬「寒菊や青氈ふるき光悦寺」の和文とともに、『嘯月楼漫稿』（上「偶成」）の、

操琴歌白雪、酌酒坐青氈（琴を操りて白雪を歌い、酒を酌みて青氈に座す）

の例が挙げてあった。青氈には、単に青い色の氈の意味で用いる場合と白詩に見えたように王献之の故事を背景とするものがあるようだ。

三

更に調べると、「六如庵詩鈔二篇」（一七九七）にも青氈は詠まれている。

所養払菻狗、一旦失之。踰年復還。感紀其事

（養ふ所の払菻狗《ふつりんく》、一旦之を失ふ。年を踰《こ》えて復た還る。感じて其の事を記《しる》す）

（十二句略）

愛恚未形聖先知　愛恚《あいい》の未だ形《あらわ》れざるに聖《さと》くも先づ知り
搐耳掉尾毫不差　耳を搐《ひ》き尾を掉《ふ》ること毫《ごう》も差《たが》わず
寒夜被底当湯媼、　寒夜　被底《ひてい》　湯媼《とうおう》に当て
青氈斎中備偸児　青氈　斎中《さいちゅう》　偸児《とうじ》に備う
失汝已来意龍鍾　汝を失いて　已来　意《い》龍鍾《りゅうしょう》
憊者亡几跛思笻　憊《つか》るる者の几《き》を亡い　跛《ひ》の笻《きょう》を思うが如し
鬼籙記日猶祝望　鬼籙《きろく》　日を記して猶ほ祝望《しゅくぼう》す
万一健在或再逢　万一　健在ならば或いは再び逢はん

とあり、飼っていた犬が行方不明になったとき、王献之の故事を用いて番犬をしていたころをユーモラスに追憶している。

なお、この詩は黒川洋一氏の『江戸詩人選集　菅茶山　六如』（岩波書店）にも収められている。しかし、「〇青氈　青いもうせん、じゅうたん。〇偸児　ぬすびと」とあるだけで、王献之の逸話への言及が無い。「青氈」の逸話は、この他にも詠まれている。

山居　同沖子温韻　　山梨治憲

幽居在壑谷　幽居　壑谷《かくこく》に在り
門外唯雲木　門外　唯《た》だ雲木のみ
窓暗冷藤蘿　窓暗くして　藤蘿《とうら》冷に

庭閑見麋鹿　庭閑にして　麋鹿《びろく》を見る
笑披初服衣　笑ひて披《と》る　初服の衣
聊抱無名樸　聊か抱く　無名の樸《ぼく》
子敬且青氈　子敬　且《か》つは青氈
蕉先自黄犢　蕉先　自ら黄犢《こうとく》

王献之（子敬）の逸話は、このように日本漢詩や和文にも脈々と受け継がれている。先の中島棕隠の「黄紬」の例といい、江戸時代の人は実に漢文をよく理解していた。

次に「黄紬」の項目を調べた。『広辞苑』には無かったが『日本国語大辞典』（二版）には、

　黄色のつむぎ。夜具をいう。＊四河入海（17c前）一八・三「黄紬被を擁して、高臥安眠すべき也」

とある。蘇東坡の詩を講述した『四河入海』の成立は天文三（一五三四）年という。用例の箇所も、前掲「和孫同年卞山龍洞祈晴」詩の講述である。中島棕隠（一七七九～一八五五）よりも約三〇〇年前の室町時代に、すでに「黄紬」の語は高臥安眠と結びつき、蘇東坡の詩とともに日本でも語られていた。

まとめ

読游会の発表が契機となり、「黄紬」の詩語は已に室町時代に日本で語られ、「青氈」の詩語も江戸漢詩に詠まれていることがわかった。しかも、漢文作品に限らず、与謝蕪村等の和文にも利用されていた。

六如の詩に於いては、中国文学の専家が日本の漢詩の注を行い、それを日本文学者が補うことができた。江戸時代になると、六如のほかにの詩人も「青氈」は詠まれているが、例はそれほど多くはない。

四　朝鮮半島の「青氈」

『晋書』（巻八〇）王献之の青氈逸話は、「王献之が盗人に入られたとき、青氈は旧物で家宝だからぬすむなといった」というものである。「青氈・旧物」といえば、この王献之の逸話を指すようになった。

この逸話が、白楽天や陸游の詩に詠まれ、さらに、日本漢詩でも、江戸時代には六如や山梨治憲の詩に詠まれ、さらには、与謝蕪村など和文の世界にも使われたことは、「王献之「青氈」逸話と唐宋詩と日本文学」（大手前大学論集第8号）において述べた。

その後、この逸話は、朝鮮半島でも詠まれていることに気づいた。李氏朝鮮時代の朴元亨（一四〇一〜一四四四）の七絶の詩、「示子」にも「旧物」（青氈）は詠まれている。その詩は、

　今夜樽前酒数巡　今夜樽前　酒数巡
　汝年三十二青春　汝は　年三十二の青春
　吾家旧物惟清白　吾が家の旧物は　惟だ清白のみ
　好把相伝無限人　好し把りて相伝へん　無限の人に
　　　　　　　　上平十一真韻　『韓国歴代名詩全書』

というもの。

白楽天も「青氈帳二十韻」（三〇九六）の詩の末尾において、

　賓客於中接　賓客　中に於いて接し
　児孫向後伝　児孫後に向かひて伝ふ
　王家誇旧物　王家　旧物を誇るも
　未及此青氈　未だ此の青氈に及ばず

自注には「王子敬語偸児。青氈我家旧物。」とあり、王献之の故事を詠んでいる。また、白楽天は、楊汝士の妹を娶る際の「贈内」（〇〇三二）の詩において、新妻に対して

君家有貽訓　君が家に　貽訓有り
清白遺子孫　清白　子孫に遺す

と贈っている。白楽天は「贈内」において、後漢楊震の「震畏四知」（『蒙求』）の逸話を用いて、その子孫たる新妻に清白の後裔だからと持ち上げている。一方、朴元亨はこの白詩の「清白」と青氈逸話の両方を利用して、家宝財産は残せないが、せめて清白の人の子孫という名誉だけが、吾が家の家宝だと戒めていると思われる。子に示すにはまことにふさわしい詩であり、李氏朝鮮時代の儒教的価値観が読みとれる。白が妻に「清白」であろうと呼びかけたのに倣い、朴元亨は子に示している。

この白詩は二首とも、それほど著名な作ではないが、李氏朝鮮時代にも白詩がかなり幅広く読まれ、享受されていたこと示す一例であろう。残念ながら、朴元亨の詩を原文で理解できる大韓民国の人は少ないであろう。ところが、二十一世紀の日本人は、朴元亨の詩を原文で理解でき、白詩と青氈逸話の利用も原文でほぼわかる。

朝鮮半島の詩では、「青氈」の逸話が清白と結び付き、その家の家風・伝統とされるようになった。徐居正の、

送姪李判官之任安州四首（其四）『四佳詩集』（巻四十四）
先君遺政至今伝、回首五十有六年、願汝家声期不墜、我家清白是青氈

『筆苑雑記』序
而凡所著述、我一家子孫世守之青氈也。

等はその一例で、この他多くの詩人に「青氈」は清白と一家の伝統と結びつけて詠まれている。一方、日本の漢詩・和文の「青氈」の例は単なるレトリックとして詠まれるに過ぎない。この他、ハングルの作品にも「青氈」が登場す

るかも知れないが、今後調査したい。

注

（1）陸游の人口に膾炙した「臨安春雨初霽（臨安《りんあん》春雨初めて霽《は》る）」詩の、

小楼一夜聴春雨　小楼一夜　春雨を聴く
深巷明朝売杏花　深巷《しんこう》明朝　杏花《きょうか》を売らん

を利用している。

（2）全唐詩の索引には、「青氈」の用例は一五例。但し、杜甫の「与任城許主簿游南池（任城の許主簿の南池に游ぶに与ふ）」の、

晨朝降白露　晨朝　白露降り
遙憶旧青氈　遙かに憶ふ　旧青氈

の例に見られるように、王献之の逸話の明確な利用は認めがたい。前掲の白詩を除く全ての「青氈」も同様である。宋詩では、陸游の詩が王献之の逸話を詠み込んだ初例のようである。

＊一〜三は、「王献之「青氈」逸話と唐宋詩と日本文学」（「大手前大学論集」第八号　二〇一〇年三月）の題目で発表した。

＊本稿は、第十二回東アジア国際シンポジウム「東アジア文化交流―古代文学の共生」（浙江工商大学・二〇一四年十月二十六日）に於いて、同題で研究発表したものに基づく。席上有益な助言を得た。記して御礼申し上げます。

大伴家持と漢詩文

——安積皇子挽歌と「反対《はんつい》」——

塩沢一平

一　はじめに

万葉歌人の殆どは、官僚であり、東アジアから圧倒的な影響を受けていた。『大宝令』や『養老令』には、大学寮での必読書を「凡経、周易、尚書、周礼、儀礼、毛詩、春秋左氏伝、各為二一経一。孝経、論語、学者兼習レ之」（「学令5」）と規定している。[1]「大宝令」の注釈『古記』には、『文選』『爾雅』も必読ではないものの、修得すべきものと記されている。従八位下や大初位の微官に登用される場合でも、「取下明閑二時務一、并読二文選爾雅一者上」（「選叙令29」）とあるように『文選』『爾雅』が読めることを求められた。このように、万葉官僚歌人は、具体的な東アジアとの「交渉」というよりむしろ、東アジアの文化に万葉歌をどう「連関」させるかに腐心していた。別の言い方をするならば、漢詩文の作者や作品との仮想的な交渉関係の中で、どのように新たな万葉歌を制作するかに苦心していたかに他ならない。

さて、今回扱う大伴家持も、作歌の初発から中国漢詩文を摂取したものとなっている。作歌年代が明かな最も早い作は、「大伴宿禰《おほとものすくね》家持の初月《みかづき》の歌一首」と題された天平五年作「振仰《ふりさ》けて若月《みかづき》見れば一目見し人の眉引《まよびき》思ほゆるかも

（6・九九四）[2]」である。この歌は、つとに言われるように「娟娟《けんけん》として蛾眉《がび》に似たり（＝三日月があでやかで女性の眉のようだ）」（鮑昭「翫月城西門解中一首」『文選』第三十）といった三日月を眉に喩えた漢詩文を摂取して制作されたものである。橋本達雄氏がこの歌について指摘するように、「月」を「ふりさけ見る」のは、人麻呂歌集歌（11・二四六〇）とその類歌（11・二六六九）に見られ、「眉引き」を「思ほゆるかも」と歌うのは作者未詳歌に二例見られる（11・二五四六、12・二九〇〇）。家持は、単に万葉歌に漢詩文を摂取するのではなく、人麻呂歌集や作者未詳歌に見られた表現の組み合わせを漢詩文的な彩りで装い、その上で独自の境地（―この歌では、三日月を女性の眉に喩えるのではなく、三日月を見たことで、実際に見た魅力的な女性の眉が思われると歌っている―）を開こうとしているのである。[3]家持は、東アジアの文化に「連関」した万葉歌制作を、このような形でスタートしたことになる。

二　安積皇子挽歌と石見相聞歌・高市皇子挽歌

その家持の歌の中から、今回は、巻三に収められた「安積皇子挽歌」（四七五～四八〇）を取り上げることとする。安積皇子は、聖武天皇の皇子である。当時皇太子は、阿倍内親王（後の孝謙天皇）であり、藤原仲麻呂が勢力を持つ中での藤原氏出身の異例の女性皇太子であった。安積皇子は、県犬養広刀自《あがたいぬかいのひろとじ》（従五位下県犬養唐《もろこし》の娘）腹で、薨したのは、天平十六年（七四四）閏一月十三日。当時の都である久邇《くに》京から難波宮への行幸に従っていた時に、脚の病によって引き返し、二日後に急死している。皇位から外れるものの、唯一の皇子であることから、藤原氏による暗殺ではないかとする説もある[4]ほどの皇子であった。

その皇子への挽歌は、「十六年甲申《かふしん》。春二月に安積皇子《あさかのみこ》の薨《かむさ》りましし時に、内舎人大伴宿禰家持《うどねりおほとものすくね》の作れる歌六首」という題詞にもあるように、六首により構成されている。この当該歌群は、第一長反歌（Ⓐ）と第二長反歌（Ⓑ）とが対応する構成を持つ。ⒶとⒷと上下に分けると、次の表のようになる。長歌のそれぞれの対応する内容を簡潔に示すと、「主格の提示（1・1′）、場所の提示（2・2′）、自然描写（3・3′）、感歎の挿入句（4・4′）、薨去後の様子（5・5′）、詠嘆的な結び（6・6′）」のようになる。

Ⓐ

1（主格の提示）
懸けまくも　あやにかしこし
言はまくも　ゆゆしきかも
わご王《おほきみ》　皇子の命

2（場所の提示）
万代に　食《め》したまはまし
大日本《おほやまと》　久邇の都は

3（自然描写）
うちなびく　春さりぬれば
山辺には　花咲きををり
川瀬には　年魚子《あゆこ》さ走り
いや日異《ひけ》に　栄ゆる時に

Ⓑ

1′（主格の提示）
懸けまくも　あやにかしこし
わご王《おほきみ》　皇子の命

2′（場所の提示）
もののふの　八十伴《やそとも》の男《を》を
召し集へ　率《あども》ひ賜ひ
朝猟に　鹿猪《しし》ふみ起し
暮猟《ゆふかり》に　鶉雉《とり》ふみ立て
大御馬《おほみま》の　口抑へ駐《と》め
御心を　見《め》し明らめし
活道《いくぢ》山　木立の繁に

3′（自然描写）
咲く花も　移ろひにけり

4（感歎の挿入句）
逆言《およづれ》の　狂言《たはごと》とかも

5（薨去後の様子）
白栲《しろたへ》に　舎人装《よそ》ひて
和豆香山《わづかやま》　御輿立たして
ひさかたの　天《あめ》知らしぬれ

6（詠嘆的な結び）
こいまろび　ひづち泣けども
せむすべも無し　（3・四七五）

反歌

7
わご王《おほきみ》　天知らさむと思はねば
凡《おほ》にぞ見ける和豆香《わづか》そま山　（四七六）

4′（感歎の挿入句）
世の中は　かくのみならし

5′（薨去後の様子）
大夫《ますらを》の　心振り起し
剣刀《つるぎたち》　腰に取り佩《は》き
梓弓　靫《ゆぎ》取り負ひて
天地と　いや遠長に
万代に　かくしもがもと
憑《たの》めりし　皇子の御門の
五月蠅《さばへ》なす　騒く舎人は
白栲に　服《ころも》取り着て

6′（詠嘆的な結び）
常なりし　咲《ゑま》ひ振舞ひ
いや日異《け》に　変らふ見れば
悲しきろかも　（四七八）

反歌

7′
愛《は》しきかも皇子の命のあり通ひ
見《め》しし活道《いくぢ》の路《みち》は荒れにけり　（四七九）

8
あしひきの山さへ光り咲く花の
散りぬるごときわご王《おほきみ》かも
右の三首は二月三日に作れる歌なり。　（四七七）

8′
大伴の名に負ふ靫《ゆぎ》負ひて万代に
憑《たの》みし心何処《いづく》か寄せむ
右の三首は、三月二十四日に作れる歌なり。　（四八〇）

この六首は、見てのとおり、第一長反歌（Ⓐ）から第二長反歌（Ⓑ）へと時間が推移する。のみならず、歌い出しの「主格の提示」Ⓐ（1）が「懸《か》けまくも　あやにかしこし　言はまくも　ゆゆしきかも　わご王《おほきみ》　皇子《みこ》の命《みこと》」、Ⓑ（1′）が「懸けまくも　あやにかしこし　わご王《おほきみ》　皇子の命」と殆ど同じくする正対《せいつい》的な対応となっている。六首の構成を、対となった二組の長反歌として理解することを求めている。とすると「1′」は、「1」で詳述した内容を、承認済みのものとして簡潔にしているようにも思われる。

同種の構成が、既に柿本人麻呂の石見相聞歌（巻2・一三一～三三、一三五～一三七）に見られることは橋本達雄氏による指摘がある。(5) 二組の長反歌からなる石見相聞歌は、二組の冒頭が石見の海岸を描写する内容となっている。第一長歌（一三一）が「石見の海　角《つの》の浦廻《うらみ》を　浦なしと　人こそ見らめ　潟《かた》なしと　人こそ見らめ　よしゑやし　浦は無くとも　よしゑやし　潟は無くとも　鯨魚《いさな》取り　海辺を指して　和多津《にきたづ》の　荒磯《ありそ》の上に　か青なる　玉藻沖つ藻　朝はふる　風こそ寄せめ　夕はふる　浪こそ来寄せ　浪の共《むた》　か寄りかく寄る」のように二十二句をかけて丁寧に描写している。一方第二長歌（一三三）では、「角《つの》さはふ　石見の海の　言《こと》さへく　韓《から》の崎なる　海石《いくり》にそ　深海松《ふかみる》生《お》ふる　荒磯にそ　玉藻は生ふる」のように、第一長歌で委曲を尽くした内容を、承認済みのこととして省略しているとする。また冒頭は、第一長歌が「石見の海　角《つの》の浦廻《うらみ》を」と「石」―「角」のとなっているが、第二長歌では「角《つの》さはふ　石見の海の」と、続きを逆に「角」―「石」としたものであるとも指摘している。当該「1」「1′」も続きが逆になっているならば、更に石見相聞歌との関係の深さを感ぜられようが、続き方は同じである。

実は同じ人麻呂の高市皇子挽歌（巻2・一九九〜二〇二）の冒頭にも「懸けまくも　ゆゆしきかも　言はまくも　あやにかしこき　明日香の　真神が原に……」とあるように、当該歌群と似通った表現が見られる。「1」は、まるで石見相聞歌冒頭の関係を取り込みながら、「ゆゆしきかも」と「あやにかしこし（き）」の続きを逆にして高市皇子挽歌冒頭と対《つい》そうとしているかのように見える。だが当該歌は家持が人麻呂を直接典拠とするだけではないものと考えられる（――二組の長反歌がⒶⒷよりも更に精緻な「反対《はんつい》」という対構造を持ち、時間空間をも十全に対応させる「六合《りくごう》」の考えをも取り入れた万葉歌という漢詩文の世界をくぐり抜けたものと考えられる――）が、このことは後述することとする。

ところで「1」と類同する四句を持つ歌は、巻六の散禁於授刀寮時作歌（＝正月に諸王子や君臣たちが蹴鞠に興じ、天皇の近習や警護のものがいなくなっていたことを咎められ、宮中警護の役所である授刀寮から外出を禁じられた時の歌）にも見られる（「懸けまくも　あやにかしこし　言はまくも　ゆゆしくあらむと　あらかじめ　かねて知りせば……」九四六　笠金村歌集）。また二句ならば巻十三の作者未詳の挽歌（「懸けまくも　あやにかしこし　藤原の　都しみみに……」三三二四　作者未詳）や巻五の山上憶良の鎮懐石の歌にも用いられている（「懸けまくも　あやにかしこし　足日女《たらしひめ》　神の命……」八一四）。しかし九四六は、冒頭ではなく、長歌の中盤に用いられており、またその意味するところも、謹慎を受けたことを大袈裟に表現した部分である。歌われた部分も歌柄も内容も異なる。一方当該ⒶⒷ両群と高市皇子挽歌との関係は、つとに指摘されている。青木生子氏は、当該両群と先行する類句・類歌を細かく表にまとめながら、冒頭四句以外にも高市皇子挽歌との類句関係を、Ⓐでは四箇所、Ⓑでは三箇所の計七箇所指摘している[6]。また神野志隆光氏は、冒頭四句「1」を含めたⒶの四箇所について、その構成が柿本人麻呂の皇子挽歌、特に高市皇子挽歌に依拠することを、次のような対照の形で示している[7]。

歌い起こし――「懸けまくも　ゆゆしきかも　言はまくも　あやにかしこき」（一九九）＝「懸けまくも　あやにかしこし　言はまくも　ゆゆしきかも」（Ⓐ）、「万代」という期待のなかにあった――「万代に　然《しか》もあらむと」「万代と　思ほしめして」（一九九）＝「万代に　食したまはまし」Ⓐ、しかし、思わざる死がもたらされた――「使はしし　御門《みかど》の人も　白栲の　麻衣《あさごろも》着《き》て」（一九九）＝「狂言とかも　白栲に　舎人装ひて」Ⓐ、その死にとまどい、なげきにくれる――「ひさかたの天《あめ》知らしぬる君ゆゑに日月《ひつき》も知らに恋ひ渡るかも」（二〇〇）＝「ひさかたの　天知らしぬれ　こいまろび　ひづち泣けども　せむすべも無し」Ⓐ

さらに鉄野昌弘氏は、前の青木氏が指摘したもう一つの部分である「木綿花《ゆふはな》の　栄ゆる時に」（一九九）と「いや日異《ひけ》に　栄ゆる時に」Ⓐとについて、盛りの極において死がもたらされ一気に事態が暗転する表現として、「思わざる死」の部分として共通するとする。(8) このように高市皇子挽歌とは類句のみならず構成も近似しているようにも思われる。しかし、高市皇子挽歌は、百四十九句に及ぶ万葉集中最大の長歌で、その中には壬申の乱での奮闘の様子も述べられている。長大な挽歌の中から対応する部分のみを抜き出して、当該Ⓐが高市皇子挽歌に拠っていると即断するには、少しく躊躇いがある。例えば高市皇子挽歌の構成を、斎藤茂吉は以下のように四段構成とし、壬申の乱の叙述にその一段をあてている。(9) その構成は、（Ⅰ）「全体の冒頭、天武天皇の御登極から崩御までを数句であらはした。十二句」、（Ⅱ）「壬申の変の叙述　a天武天皇の御行動から戦争の序曲、二十四句。b高市皇子の御奮戦の有様から戦争の終局に到る、五十一句」、（Ⅲ）「高市皇子殯宮の叙述　a壬申平安後の新帝都から、皇子の奏政。十一句。b皇子の薨去のこと。殯宮、万民悲歎のこと。三十八句。客観的叙述の部分」、（Ⅳ）「作者の感慨。全体の結び。十三句。以上主観的部分」。合計百四十九句となっている。茂吉が示すように、高市皇子挽歌には、天武が高市に対して平定を命じ、それに応じた高市の奮闘に全体の三分の一が充てられているのである。ただしこの部分を内容に細かく立ち入らず、概括してまとめるならば、構成要素としては、生前の皇子を叙述した部分であるとすることは不可能ではない。ただ、神野志氏が四段構成とした二段目には頷かれない点がある。『万代』という期待の中にあった」とする高市皇子挽歌の対応部分の一つである「万代と　思ほしめして」は、長歌の最終部の叙述となる。「城上《きのへ》の宮を　常

宮と　高くしまつりて　神ながら　鎮まりましぬ」という、高市が薨去して殯宮に鎮まってしまったという内容に続く最終部に位置する。皇子自らが永遠に続くものと考えていた宮が、主亡き後も、その宮だけは永遠であって欲しいという「然れども　わご大君の　万代と　思ほしめして　作らしし　香具山の宮　万代に　過ぎむと思へや」という最終部の叙述の中にある。「万代に　然《しか》もあらむと」やⒶの「万代に　食したまはまし」のように、「万代」を作者が願うものとは、構成する場所も主体も異なる。さらにその「万代に　然《しか》もあらむと」の方も、Ⓑ長歌の「万代に　かくしもがもと」の方が、より強い類句関係をなしていると言えるのではないか。

ところで、阿蘇瑞枝氏は、日並皇子挽歌・高市皇子・明日香皇女挽歌の三つの人麻呂殯宮挽歌の構成を、「(一)堂々たる格調の高い歌いだし、(二)生前の皇子・皇女の叙述、(三)皇子・皇女の薨去と残された者の悲しむ姿の叙述、(四)永遠に死者を偲ぶことを誓う」のように四段で示している。高市皇子挽歌もこの構成をとり、日並皇子挽歌(2・一六七)が(四)を欠くことを除けば、高市皇子挽歌を含む人麻呂殯宮挽歌に共通すると論じる。[10] 前の「万代と　思ほしめして」は、正に(四)の部分(＝「然れども」以下の部分)に含まれ、当該Ⓐと対応しない構成部分となっている。最終部「詠嘆的な結び」は、Ⓐ「6」が「こいまろび　ひづち泣けども　せむすべも無し」、Ⓑ「6′」が「悲しきろかも」のように、悲歎の叙述で歌い納められ、永遠の偲びを欠いている。とするならば、むしろ構成は日並皇子挽歌に近い形と言えそうである。もちろん日並皇子挽歌は、天地開闢や高天原の神話的な叙述から始まる。このような叙述は当該歌には含まれないものである。ただ前の高市皇子挽歌での壬申の乱の叙述と同様に、内容ではなく構成に注目するならば、これは考慮の外に置くこともできよう。さらに日並皇子挽歌は、阿蘇氏の構成をひとまず借りて述べるならば、(二)の直後に「いかさまに　思ほしめせか」という口説き文句が挿入されている。「表」にも示したように当該Ⓐ「4」にも同様に「逆言の　狂言とかも」という口説き文句が挿入句として差し挟まれている。対応するⒷ「4′」にも「世の中は　かくのみならし」の二句が挿入されており、当該歌の構成は、より日並皇子挽歌に近いと考えられる。これもひとまず阿蘇氏の構成分類を借り、(三)を「皇子・皇女の薨去」と「残された者のかなしむ姿の叙述」に分けるならば、神野志氏が分けた当該歌の構成と日並皇子挽歌の構成は対応するものとなるのである。

　先に述べたように、当該長反歌Ⓐと人麻呂の高市皇子挽歌とは、冒頭を含む四箇所の類句関係にある表現が見出される。これは高市皇子挽歌の表現を摸倣するというよりも、積極的に表現を摂取したものと考えられる。それは、当該Ⓐ「1」四句が、高市皇子挽歌冒頭と類句関係にありながら、「ゆゆしきかも」と「あやにかしこし(き)」の続きを逆にしていることからも理解される。これは既述したように、二組の長反歌が対関係をなす人麻呂の石見相聞歌の冒頭を援用したものであった。家持は、冒頭で当該Ⓐ長歌が、高市皇子挽歌と対をなすものであると宣しようとしていたことからも明らかであろう。冒頭やそれに続く部分に波状的に登場する高市皇子挽歌との類句は、高市皇子挽歌と対し、安積皇子を高市に重ね合わせて理解させようとする意図と考えられないだろうか。

　その高市は、天武の長子に相当する。母は卑姓の胸形君徳善《むなかたのきみとくぜん》の女尼子娘《むすめあまこのいらつめ》であり、出自は安積皇子と類同する。持統四年に太政大臣となり、国政の中枢を掌った。持統十年七月に薨去するが、『紀』では、これを「後皇子尊薨」と記している。皇太子日並(草壁)亡き後、皇太子に準じて理解されていたという表現である。万葉にも日並皇子挽歌の反歌(2・一六九)を高市皇子挽歌の反歌とするものがあることを注した部分にも「或る本に件の歌を以ちて後皇子尊の殯宮の時の歌の反と為せり」と登場しており、同様の注され方となっている。ただ、高市皇子挽歌の本文で人麻呂は、「やすみしし　わご大君の　天の下　申し給へば　万代に　然しもあらむと」(＝隅々まで統治なさるわが大君高市皇子が、天下のことを奏上なさるので、万代の後までそのようであるだろうと)と歌っている。長反歌Ⓐは、薨去した高市を「永続的に補弼者たるべき皇子と扱い」「即位の可能性のない皇子として歌う」ことを引き受けたものである(11)との考えもある。テクストとしてはそう読み取れよう。だが大切なのは、高市皇子挽歌制作時の高市の評価ではなく、後に高市がどう理解され、家持もどう安積皇子と重ね合わせようとしていたかということであろう。

「後皇子尊」という名称については、記紀編纂段階に、さかのぼって天武・持統朝のものとして記載されたものであり、『万葉集』も同様であるとの考えがある。この名称について本間満氏は、その背景には、高市自身に加えて、その子長屋王とその弟鈴鹿王の政治的な力があったとする。(12)氏のいうように、長屋王は文部・元正の姉妹にあたる吉備内親王を妻とし、藤原不比等と共に元明・元正・聖武の初期まで有力な皇親政治家として活躍し、不比等の死後は右大臣として台閣に列している。また、弟の鈴鹿王も天平九年九月に知太政官事として、聖武政治の後半に重要な役割を果たしている。従うべき指摘と考えられる。

家持も記紀編纂以降の「後皇子尊」としての高市という理解を引き継いで、これに安積皇子と重ね合わせていたのと考えるのが穏当であろう。一方安積皇子も、前述のように皇太子ではないものの唯一の皇子であった。家持や市原王・藤原八束らは、左大臣橘諸兄を中心に安積皇子を盛り立てる一つのグループを作っていたとも考えられている。(13)安積皇子薨去の前年には、藤原八束邸において安積皇子を主賓とする宴が開かれ家持も臨席していた。ここで家持は、安積皇子に近侍する内舎人として「安積親王の、左小弁藤原八束朝臣の家に宴せし日に、内舎人大伴宿禰家持の作れる歌一首」という題詞を持つ歌を残している（6・一〇四〇）。また皇子薨去約一ヶ月前の天平十六年正月十一日に、「活道の岡」に集宴した際にも家持は歌を残している（同・一〇四三）。「活道の岡」は当該Ⓑ長歌では「活道山」とも呼ばれ安積皇子馴染みの場所であったらしく、この集宴には安積皇子も同席していたと考える説も少なくない。(14)安積皇子は、長屋王と同じ皇親政治家橘諸兄が期待を寄せる存在でもあった。家持は、これらの複合したシンパシーを以て、安積皇子と高市を重ね合わせようとしていたのではないだろうか。

三　安積皇子挽歌と日並皇子挽歌

では構成上、より類同する日並皇子挽歌との関係はいかがであろうか。日並皇子（草壁）は、いうまでもなく天武と持統の皇子であり、吉野の盟約（天武八年）により諸皇子に上し、天武十年には立太子している。天武亡き持統称制において、将来を期待する皇太子であった。日並皇子挽歌は、冒頭の神話的叙述からはじまり、続いて天武崩御と草壁が二重写しのようになった叙述となっていく。次にはっきりと草壁を主格とする「わご王《おほきみ》　皇子《みこ》の命《みこと》の　天の下　知らしめしせば」（2・一六七）という、主格の提示部が据えられている。当該Ⓐ長歌にも、この「わご王《おほきみ》　皇子《みこ》の命《みこと》」は用いられており、この表現は万葉集中、日並皇子挽歌と当該歌群にのみ用いられる表現である。さらに、当該歌でも日並皇子挽歌と同様に、冒頭に続く同じ主格の提示部に「わご王《おほきみ》　皇子《みこ》の命《みこと》」という表現が続いているのである。加えて「皇子《みこ》の命《みこと》」という表現だけをとっても、集中六例で、日並皇子挽歌と当該歌群以外の作者判明歌では、安騎野遊猟歌の「日並《ひなみしの》　皇子の命の馬並《な》めて御猟《みかり》立たしし時は来《き》向かふ」（1・四九）という、同じく草壁を指す一例に限られている[15]。大伴家持は、日並皇子挽歌と全体の構成を合わせるのみならず、主格部にほぼ皇太子草壁にのみ用いられた表現を配置することによって、安積皇子を皇太子草壁に重ね合わせていると考えられる。

如上のことを総合すると、次のようにまとめられよう。大伴家持は、高市皇子挽歌の冒頭と類句の重畳、日並皇子挽歌との構成や主格部への皇太子草壁を指す表現を配置するという二つの挽歌の立体的な組込によって、表現上も構成上も皇太子足るべき者の死を悼む挽歌として、安積皇子挽歌を作り出そうとしたのではないだろうか。

四　安積皇子挽歌の構成

ところで、当該歌群は、既述のように、高市皇子挽歌の冒頭に対するのみならず、ⒶとⒷとが対応する構成を持つ。

「表」の対応を細かくみていくと、次のことが言えよう。

冒頭の「主格の提示」については、「二」で過述したとおり、「1」が高市皇子挽歌の歌い出しを継承し、丁寧に皇位継承も期待された人の死を傷む歌であると宣言する。「1′」は、「1」を前提に、詳述した内容を承認済みのものとして「言はまくも　ゆゆしきかも」を省略し簡潔にしているものと考えられる。

次の「場所の提示」では、「2」は四句によって反実仮想を用いながら、将来永続的に天皇として統治したであろうにと広く久邇京を提示し、時間軸が未来に向かっている。対する「2′」では、安積皇子が遊猟において、文武百官を統率していた活道山の木立での過去の回想が、十四句にわたって詳細に語られる。「2」と「2′」とは、「広く日本の宮都久邇京」と「焦点化された活道山の木立」、四句（簡素）と十四句（詳細）、「反実」と「事実」、「仮想」と「回想」というように、立体的に「反対《はんつい》」の関係を作り出している。またこの部分には、「2」で簡素に示されていた将来の天皇としての統治が、文武百官を統率していた事績を十四句で丁寧に語ることによって保証されるようにも思われる。お互いが補う関係となっていることも理解されよう。

続く「自然描写」の部分では、「3」が春の山川における植物・動物の繁栄を通して、多角的に久邇京の繁栄を語るのに対して、「3′」は春の自然の移ろいに重ねて、あっけなく亡くなった皇子の死を暗示している。

「感歎の挿入句」部では、「4」では、石田王卒時の丹生王による挽歌に「逆言《およづれ》か」（3・四二〇）・「逆言《およづれ》の狂言《たはごと》」（四二一）と述べられていた、死を信じがたいものとする表現を取り入れている。また人麻呂の近江荒都歌（1・二九）や日並皇子挽歌（一六七）にも「いかさまに　思ほしめせか」という挿入句としての口説き文句が見られ、この点も摂取した部分となっている。「4′」は、同じく挿入句の形を用いながら、皇子の死を、自然にあらがえない無常の摂理として納得しようとしている。挿入句の前後に意識に大きな差があり、やはり「反対《はんつい》」の関係を家持は作り出そうとしている。

続いて「薨去後の様子」を語る「5」では、「御輿立たして」「天知らしぬれ」（両句の「し」は尊敬の助動詞「す」の連用形）のように、皇子を主語立てて、舎人に白栲の喪服を着せ、和束山の陵墓を治めることとなったと、六句で簡潔に述べる。一方「5′」では、舎人を主語として、日々に憔悴する様子を描く。「5」の「白栲《しろたへ》に　舎人装《よそ》ひて」と類同する表現を含む「五月蝿《さばへ》なす　騒く舎人は　白栲に　服《ころも》取り着て」を用いつつ、その上に「大夫の　心振り起こし……」という、十数句に亘る大伴家持を暗示する武門を中心とする臣下の様子が冠されている。

最終の「詠嘆的な結び」部は、「6」では、皇子の死を前に悶絶してもどうする術もない現状を嘆いている。「5」が簡潔であるために、死の現実を受け止められず悶絶するという動作が加わり、嘆きの感情も「せむすべも無し」と行動するにも八方塞がりな状態を表すことばが用いられている。対する「6′」では、「5′」で舎人達の叙述が詳しくなされているので、内面を表現する表現のみとなっているものと考えられる。「悲しきろかも」の「悲し」は、日並皇子挽歌に続く皇子の舎人達の中でも「わが御門《みかど》千代《ちよ》永久《とことは》に栄えむと思ひてありしわれし悲しも」（2・一八二）・「朝日照る島の御門におほほしく人音《ひとと》もせねばまうら悲しも」（同・一八八）のような表現がすでに見られた。Ⓑ長歌後半は、草壁薨去における舎人の心情も引き込みながら作られていると思われる。その「悲し」は不可能を意味する補助動詞「かぬ」と同根であると言われ、「自分の力では如何ともしがたい情動が心に湧き起こってくる状態をいう語である」[16]。如何ともしがたい状態を、「6」では外面としての行動から、「6′」では内面から表出した「正対《せいつい》」で対応させて歌い納めていると考えられる。

五　安積皇子挽歌と久邇京讃歌

このように、当該長歌ⒶⒷは、表示できるようなはっきりとした六つの対応する部分を持ち、それらが対構造を持ち、しかもその多くが「反対《はんつい》」をなしていることが理解できた。二組の長歌が表示できるほどしっかりとした対応をなしている淵源は、前述のように人麻呂の石見相聞歌にあった。しかし、石見相聞歌は、冒頭に続く玉藻を序として妻との共寝を描き、別れて来たことを述べる部分は「玉藻なす　寄り寝し妹を　露霜の　置きてし来れば」（2・一三一）に対して「玉藻なす　靡き寐し児を　深海松の　深めて思へど　さ寝し夜は　いくだもあらず　這ふ蔦の　別れし来れば」（同・一三五）となっており、これに続く妻に対する顧みも「この道の　八十隈毎に　万たび　かへりみすれど」（一三一）に対して「肝向かふ　心を痛み　思ひつつ　かへりみすれど」というように、それぞれ「正対」構造となっている。家持は、石見相聞歌の構造を直接摂取したものとはすることはできないのではないか。むしろ家持は、同じ久邇京時代に作られた二組の長反歌による久邇京讃歌（6・一〇五〇～一〇五二＝ⓐとする、一〇五三～一〇五八＝ⓑとする）から多くを摂取していると考えられる。

久邇京讃歌は、巻六最終部に納められた二十一首からなる「田辺福麻呂歌集」に含まれ、一般に家持によって後に追補されたものと考えられており、編纂は当該歌群作歌時よりも下るものである。しかし久邇京讃歌の作歌は、当該歌群に先立つと考えられる。ⓐの第一反歌（一〇五一）異伝に「ここと標《しめ》さし定めけらしも」とあり、この「標さす」は久邇京遷都に先立ち、右大臣橘諸兄が恭仁《くに》郷の地勢を測定して候補地を選定・整備した『続紀』の記事と対応していると考えられる（天平十二年十二月六日）。久邇京讃歌の初案は、久邇京遷都後、あまり時を置かずに発表されたと考えられる。また、この反歌には異伝があるように、ⓐは繰り返し披露されていたと考えられる。[17] またⓐ第二反歌の久邇京の永遠普遍性を予祝した「百世まで神しみ行かむ大宮所」（一〇五二）部分とⓑの第二反歌の「百代にも易るましじき大宮所」は、ほとんど同じ表現をなしており、難波や紫香楽への遷都に揺れる以前の作と考えられる。久邇京で最後に朝賀を受けたのは、天平十六年正月であり、久邇京讃歌の両群は、当該歌に先立つものと考えられる。また、家持は久邇京に居し、[18] 内舎人として繰り返し披露された久邇京讃歌を当然知る立場にあった。

さて、その久邇京讃歌は、長歌のそれぞれの対応する内容を簡潔に示すと「主格の提示」「宮の提示」「空間に関わる自然描写」「時間に関わる自然描写」「予祝の結び」に分けられる。[19] 冒頭の「主格の提示」部は、ⓐ「現つ神　わご大君の」・ⓑ「わご大君　神の命の」と当該歌「主格の提示」部と同様に同格の主格となっている。また、「わご大君」と「神」の位置に入れ替えは、当該歌に先立ち石見相聞歌に負っている。「宮の提示」部は、ⓐⓑは「高知らす　布当の宮は」を全く同じくする。ⓐで宮選定の経緯を述べた十四句をⓑでは、承認済みのものとして省略した形となっている。しかもこの十四句は、ⓐ（四一句）ⓑ（二七句）という長歌の句数の差に等しく、ⓐの十四句をそのまま組み込むことを想定してⓑが作られていると考えられる。「二」で既述した石見相聞歌における海岸の描写に比して、より精緻な対応となっているのである。続く「空間に関わる自然描写」部では、ⓐ「川近み　瀬の音ぞ清き　山近み　鳥が音とよむ」・ⓑ「百樹なし　山は木高し　落ち激つ　瀬の音も清し」のように「川山」と「山川」とが「反対」の対となっている。同様に「時間に関わる自然描写」部でも「秋されば　山もとどろに……春されば　岡辺もしじに」・「鶯の　来鳴く春べは……さ男鹿の　妻呼ぶ秋は」というように「秋春」と「春秋」とが「反対《はんつい》」の対となっている。のみならず、いずれもⓐの五音部とⓑの七音部が「反対《はんつい》」となっており、仮に当該歌の表のようにⓐを上にⓑを下に並べて折り返すと、重なり合い「反対《はんつい》」をなす構造となっている。

この重なり方は福麻呂が「六合」の考え方を取り入れたからではないかと考えられる。「六合」は、一般に天地四方の対応を表すが、『淮南子』にも「六合。孟春与孟秋為合、仲春与仲秋為合、季春与季秋為合、孟夏与孟冬為合、仲夏与仲冬為合、季夏与季冬為合」（「時則訓」）とあるように、季節の調和した組み合わせをも「六合」と呼んでいる。「春」「秋」の対は、福麻呂に先立つ宮廷歌人が吉野讃歌などで、既に用いているが、福麻呂は、「六合」を取り入れながらⓐⓑ長歌どうしで対しているのである。[20]

家持は、冒頭の対や承認済みのものを第二長歌には省略する形を石見相聞歌から直接取り込んだものではなかろう。同じ久邇時代歌われた久邇京讃歌も同様な摂取がなされていた。のみならず当該歌の対応する部分に多くみられた

「反対《はんつい》」は、久邇京讃歌が「六合」の概念により時間も空間も整然と対応させた「反対《はんつい》」を重畳させたものと類同する。やはり久邇京讃歌から学んだものと考えるべきなのではないだろうか。

六　むすび

当該歌群は、「二」で示したように、構成について述べるならば、人麻呂の日並皇子挽歌と類同した構成をなしていた。加えて「三」で叙述したように、「主格の提示」というキーポジションに、皇太子を意味する「わご王《おほきみ》　皇《み》子《こ》の命《みこと》」を配置するなど、安積皇子を日並皇子にも重ね合わせていた。また、「二」で詳述することによって明らかになった当該歌の構成と、長歌Ⓐと Ⓑとの関係からは、漢詩文の概念である「反対《はんつい》」などの対《つい》が幾つも見られた。これは、大伴家持が直接六朝漢詩文などから摂取したものではなかった。二組で対応する人麻呂の石見相聞歌を淵源としつつ、重層的で精緻な対応をなす福麻呂の久邇京讃歌から学んだものと考えられる。大伴家持は久邇京讃歌をただ摂取しただけではなかった。冒頭の言葉を順序を入れ替え対応させる対《つい》し方を同一歌群内部だけのものとしなかった。「二」で述べたように、大伴家持は、他の歌人の長歌と対するという新たな試みとして発展させているのである。高市皇子挽歌の冒頭と順序を入れ替え対応させることにより、当該歌群を高市皇子挽歌と対し、高市皇子挽歌との類句を重ねることによって、皇太子に準ずる高市の姿を呼び込み、重ね合わせることに成功しているといえるのではないか。

漢詩文の世界で度々見られる語句の入れ替えは、一作の内部で行われているものが散見する。例えば『詩経』「鄘風」には、

鶉之奔奔　鵲之彊彊　人之無良　我以為兄
鵲之彊彊　鶉之奔奔　人之無良　我以為君　（「鶉之奔奔」）

のように、「鶉之奔奔」と「鵲之彊彊」とが順序を逆にしながら対していた。万葉では、人麻呂が石見相聞歌の二組

の長反歌の中でこれを実践し、福麻呂が二組の久邇京讃歌で精緻なものとしつつ、「反対《はんつい》」を重畳させた作品とした。大伴家持は、直接的には久邇京讃歌からこれを摂取したと考えられる。家持は二組の長反歌という自らの挽歌の内部でこれを摂取するだけではなく、過去の挽歌と対《つい》しその挽歌で悼まれる準皇太子や皇太子と安積皇子を重ね合わせようとした。安積皇子挽歌からは、万葉歌における東アジアの「反対《はんつい》」を中心とした対形式の「連関」の一つのありようが見てとれたのではないだろうか。

注

（1）令の算用数字番号は、井上光貞・関晃・土田直鎮・青木和夫 校注『律令』（日本思想大系、岩波書店、一九七六年）による。

（2）万葉集の本文は、中西進『万葉集　全訳注』（講談社文庫）に従い、私見により改めた部分もある。

（3）橋本達雄「若き日の志向」（『大伴家持作品論攷』笠間書院　一九八五年　初出一九七七年）。

（4）横田健一「安積親王の死とその前後」（『白鳳天平の世界』創元社　一九七三年）。

（5）橋本達雄「石見相聞歌の構造」（『万葉集の作品と歌風』笠間書院　一九九一年　初出一九八〇年六月）。

（6）青木生子「安積皇子挽歌の表現」（『青木生子著作集第四巻　万葉挽歌論』おうふう　一九九八年　初出一九七五年三月）。

（7）神野志隆光「安積皇子挽歌」（『セミナー万葉の歌人と作品8』和泉書院　二〇〇二年）。

（8）鉄野昌弘「安積皇子挽歌論——家持作歌の政治性——」（『万葉』第二二九号　二〇一五年四月）。

（9）斎藤茂吉『柿本人麿　評釈編巻之上』（岩波書店　一九三七年）。

（10）阿蘇瑞枝「誄と人麻呂殯宮歌の問題」（『柿本人麻呂論考』桜楓社　一九七二年　初出一九六二年六月）。なお、明日香皇女挽歌の（四）にあたる叙述は、最終部の「音のみも　名のみも絶えず　天地《あめつち》の　いや遠長《とほなが》く　思《しの》ひ行かむ　み名に懸《か》かせる　明日香河《あすかがは》　万代《よろづよ》までに　愛《は》しきやし　わご大君の　形見がここを」である。

（11）橋本達雄「活道の岡の宴歌」（『大伴家持作品論攷』笠間書院　一九八五年　初出一九七八年三月）。

（12）本間満「草壁皇子の立太子について」（『日本古代皇太子制度の研究』雄山閣　二〇一四年　初出一九九九年）。
（13）前掲橋本（11）
（14）川崎庸之「大伴家持」（『記紀万葉の世界』川崎庸之歴史著作選集第一巻　東京大学出版会　一九八二年　初出一九四二年一月）、山本謙吉「寿は知らず」（『大伴家持』筑摩書房　一九七一年）、前掲橋本（11）、吉井巌『万葉集全注』巻第六（有斐閣　一九八四年）、多田一臣「安積皇子への挽歌」（『大伴家持』至文堂　一九九四年）など。
（15）他に作者未詳の長歌に一例見られる。「……何時《いつ》しかも　日足《ひた》らしまして　十五月《もちづき》の　満《たた》はしけむと　わが思《も》へる　皇子の命は……」（13・三三二四）というように、成人を前にして亡くなった皇子を指し、「皇位に就くべく亡くなった皇子を指す」前掲注（8）。
（16）大浦誠士「かなし」（多田一臣編『万葉語誌』筑摩書房　二〇一四年）。
（17）拙稿「『久邇京讃歌』の淵源」（『万葉歌人田辺福麻呂論』笠間書院　二〇一〇年）。なお『続紀』の記事は以下の通り。「是の日、右大臣橘宿禰諸兄、在前《さき》に発ち、山背《やましろ》国相楽《さがらか》郡恭仁《くに》郷を経略す。遷都を擬《はか》ることを以《もち》ての故なり」。
（18）巻六に「十五年癸未の秋八月十六日に内舎人大伴宿禰家持の、久邇の京を讃めて作れる歌一首」と題された「今造る久邇の都は山川の清《さや》けき見ればうべ知らすらし」（一〇三七）という歌も残っている。
（19）詳しい対応については拙稿「久邇京讃歌」（『万葉歌人田辺福麻呂論』笠間書院　二〇一〇年）。
（20）詳しくは、拙稿「田辺福麻呂の『久邇京讃歌』と『六合』」（『万葉歌人田辺福麻呂論』笠間書院　二〇一〇年）。

立山二賦の成立
――家持と池主の越中賦をめぐって――

鈴木道代

一　はじめに

越中の国司であった大伴家持と掾の大伴池主は、天平十九（七四七）年の春から夏にかけて、集中的に「賦」と題した長短歌を作歌する。その賦とは、「二上山賦一首」「遊覧布勢水海賦一首并短歌」「敬和遊覧布勢水海賦并一絶」「立山賦一首并短歌」「敬和立山賦一首并二絶」である。これらの賦は、山田孝雄氏が「萬葉五賦(1)」と称し、通称「越中五賦（または家持のみの賦を越中三賦とする）」として一つのまとまりとみなされている。『万葉集』において、「賦」と題されるのは、これらの作品以外に見ることはできない。「賦」は、中国韻文のジャンルの一つであり、「毛詩大序」に、「詩有六義焉。一曰風、二曰賦、三曰比、四曰興、五曰雅、六曰頌。(2)」とあり、六義の一つに数えられている。鄭玄の「毛詩正義」には、「賦比興者、詩文之異辞耳。(3)」とあり、また「賦比興是詩之所用」（同上）とあるように、「賦比興」は表現内容を指す修辞法である。また『文選』の「文賦」では「賦」の特徴について、「賦體物而瀏亮(4)」というように、「構成的に部分ごとに描写」して明瞭であると説明している。また李善注では、「賦以陳事、故曰體物。綺靡、精妙之言。瀏亮、清明之稱。(5)」といい、物事の形を明瞭に描くこと、つまり具体的に物事を陳述することであるという。さらに『文心雕龍』では、「詩有六義、其二曰賦。賦者鋪也。鋪采摛文、體物寫志也」(6)とあり、文を敷き述べ、志を述べることであるという。このように、「賦」は中国詩学において、基本的には譬喩を使わずに物事を述べる方法を指し、韻文の代表的な文体の一つとして位置付けられているのである。家持と池主とがこれら「萬葉五賦」を「賦」と呼んだのは、このような中国賦の方法を和歌に取り入れて、越中の風光を表現しようとしたからに外ならない。

本稿では、その「萬葉五賦」の中から、家持の「立山賦」と池主の「敬和立山賦」を取り上げて、二人が制作した賦がいかなる方法によって成立したかという点について考えて見たい。従来家持と池主の立山賦は、『万葉集』中の類句が多数指摘されているが(7)、それのみに留まらない重層的な構成が認められる。二人は越中国を代表する壮大な立山を、賦の形式を用いてどのように描くのか、この点について考察する。

二　立山賦における神山としての造形

立山の賦一首并せて短歌　この立山は新川郡にあり

天離る　鄙に名懸かす　越の中　国内ことごと　山はしも　繁にあれども　川はしも　多に行けども　皇神の
領きいます　新川の　その立山に　常夏に　雪降りしきて　帯ばせる　片貝川の　清き瀬に　朝夕ごとに　立つ
霧の　思ひ過ぎめや　あり通ひ　いや年のはに　外のみも　振り放け見つつ　万代の　語らひ草と　いまだ見
ぬ　人にも告げむ　音のみも　名のみも聞きて　羨しぶるがね　（巻十七・四〇〇〇）

立山に降り置ける雪を常夏に見れども飽かず神からならし　（同・四〇〇一）

片貝の川の瀬清く行く水の絶ゆることなくあり通ひ見む　（同・四〇〇二）

四月二十七日に、大伴宿禰家持作れり。

立山の賦に敬しみて和へたる一首并せて二絶

朝日さし　背向に見ゆる　神ながら　御名に帯ばせる　白雲の　千重を押し別け　天そそり　高き立山　冬夏と　分くこともなく　白栲に　雪は降り置きて　古ゆ　あり来にければ　こごしかも　巌の神さび　たまきはる　幾代経にけむ　立ちて居て　見れどもあやし　峰高み　谷を深みと　落ち激つ　清き河内に　朝去らず　霧立ち渡り　夕されば　雲居たなびき　雲居なす　心もしのに　立つ霧の　思ひ過さず　行く水の　音も清けく万代に　言ひ続ぎ行かむ　川し絶えずは　（同・四〇〇三）

立山に降り置ける雪の常夏に消ずてわたるは神ながらとそ　（同・四〇〇四）

落ち激つ片貝川の絶えぬ如今見る人も止まず通はむ　（同・四〇〇五）

右は、掾大伴宿禰池主和へたり。　四月二十八日[8]

この二賦について山田孝雄氏は、「都人士に語らひ草として見せむの下心もありしならむ」[9]と述べるように、越中の風土に触れたことのない者への歌であるという。このことは、立山賦で「万代の　語らひ草と　いまだ見ぬ　人にも告げむ」ということからも知られよう。まずは、そのような立山がどのような語り口で述べられようとしていたかということについて考えてみたい。この家持の歌に対応して、池主歌では「万代に　言ひ続ぎ行かむ　川し絶えずは」という。この「言ひ（語り）継ぐ」という形は、『万葉集』の中では、

①鶏が鳴く　東の国に　高山は　多にあれども　明つ神の　貴き山の　並立ちの　見が欲し山と　神代より　人の言ひ継ぎ　国見する　筑羽の山を…　（巻三・三八二）

②山の名と言ひ継げとかも佐用姫がこの山の上に領布を振りけむ　（巻五・八七二）

③万代に語り継げとしこの岳に領布振りけらし松浦佐用姫　（巻五・八七三）

④古の　ますら壮士の　相競ひ　妻問しけむ　葦屋の　うなひ処女の　奥津城を　わが立ち見れば　永き世の　語

りにしつつ　後人の　思ひにせむと　玉桙の　道の辺近く　磐構へ　作れる塚を　天雲の　そくへの限り　この道を　行く人ごとに　行き寄りて　い立ち嘆かひ　ある人は　哭にも泣きつつ　語り継ぎ　思ひ継ぎ来る　処女らが　奥津城どころ　われさへに　見れば悲しも　古思へば　（巻九・一八〇一）

⑤鶏が鳴く　東の国に　古に　ありける事と　今までに　絶えず言ひ来る　勝鹿の　真間の手児奈が　麻衣に　青衿着け　直さ麻を　裳には織り着て　髪だにも　搔きは梳らず　履をだに　穿かず行けども　錦綾の　中につつめる　斎児も　妹に如かめや…　（巻九・一八〇七）

⑥…親族どち　い行き集ひ　永き代に　標にせむと　遠き代に　語り継がむと　処女墓　中に造り置き　壮士墓　此方彼方に　造り置ける　故縁聞きて　知らねども　新喪の如も　哭泣きつるかも　（巻九・一八〇九）

のように見られる。①は、丹比真人国人が筑波山に登った時の長歌で、筑波山が神代から人が言い継いで国見する山であるという。②③は、大伴佐提比古の郎子と松浦佐用比売の悲別の物語を描いた歌で、②は「肥前国風土記」にも載る「褶振峯」の地名起原を詠んだもので、③は佐用比売が自分の悲しみを万代まで語り継いで欲しいと領布を振ったという内容である。④⑥は、菟原処女の墓を見たときの歌で、④では末永き代の語りとして後人の偲ぶよすがとしようといい、ここにくる人は墓を見て泣き、語り伝え偲び継いできたというのである。⑥では菟原処女をめぐる血沼壮士とうなひ壮士の悲恋を親族たちが後世に伝えようとして墓を作ったという。また⑤は勝鹿の真間の手児奈を詠み、この伝説が古からあったこととして今まで絶えず言い伝えてきたのだという。

これらの歌は、古から「言ひ（語り）継ぐ」内容が、伝えられてきた伝説であり、そのような伝説が残る場所（墓）を訪れたり地方の名所である土地を訪れたりした時の歌に、その土地や場所の言い伝えに基づいて歌われたものである。「言ひ（語り）継ぐ」という歌い方は、名高い伝説を語る語り口といえる。

また家持歌では、「山はしも　繁にあれども　川はしも　多に行けども」というように、多くの中から「〜あれど

（も）」といって、特に一つを取り上げる表現をとる。この歌い方は、

⑦大和には　群山あれど　とりよろふ　天の香具山　登り立ち　国見をすれば　国原は　煙立つ立つ　海原は　鷗立つ立つ　うまし国そ　蜻蛉島　大和の国は　（巻一・二）

⑧やすみしし　わご大君の　聞し食す　天の下に　国はしも　多にあれども　山川の　清き河内と　御心を　吉野の国の　花散らふ　秋津の野辺に…　（巻一・三六）

⑨皇神祖の　神の命の　敷きいます　国のことごと　湯はしも　多にあれども　島山の　宣しき国と　こごしき伊予の高嶺の　射狭庭の　岡に立たして　うち思ひ　辞思ひせし…　（巻三・三二二）

⑩鶏が鳴く　東の国に　高山は　多にあれども　明つ神の　貴き山の　並立ちの　見が欲し山と　神代より　人の言ひ継ぎ…　（巻三・三八二）

⑪現つ神　わご大君の　天の下　八島の中に　国はしも　多くあれども　里はしも　多にあれども　山並の　宣しき国と　川次の　たち合ふ郷と　山城の　鹿背山の際に　宮柱　太敷き奉り　高知らす　布当の宮は…　（巻六・一〇五〇）

のように類型の中にある。⑦は天の香具山、⑧は吉野、⑨は伊予の湯、⑩は筑波山、⑪は久邇の宮を讃美する歌である。これらの歌は、国土の中には多くの山や土地、湯、国があるが、その中でも特に素晴らしいものとしてこれらの物（土地）を褒め称えるという形式である。越中の国内で山や川はたくさんあるが、家持が特に選択したのは、「皇神の　領きいます　新川の　その立山」であった。家持はこうした物（土地）讃め歌の形式を踏襲することによって、立山という山を特別に讃美しようとしたのである。このような伝説と土地讃めの語り口によって、立山を特別な山として讃美したことが考えられるが、特別とされる立山の造形はいかに描かれたのか注目されよう。

　立山に雪が積もる姿には神聖性があり、山部赤人の富士山の歌が踏まえられていることが森斌氏によって指摘され

ている。富士山の歌は高橋虫麻呂歌集所出にもあり、次のように歌われている。[10]

⑫　山部宿禰赤人の不尽山を望める歌一首并せて短歌

天地の　分れし時ゆ　神さびて　高く貴き　駿河なる　布士の高嶺を　天の原　振り放け見れば　渡る日の　影も隠らひ　照る月の　光も見えず　白雲も　い行きはばかり　時じくぞ　雪は降りける　語り継ぎ　言ひ継ぎ行かむ　不尽の高嶺は　（巻三・三一七）

反歌

田児の浦ゆうち出でて見れば真白にそ不尽の高嶺に雪は降りける　（同・三一八）

⑬　不尽山を詠める歌一首并せて短歌

なまよみの　甲斐の国　うち寄する　駿河の国と　こちごちの　国のみ中ゆ　出で立てる　不尽の高嶺は　天雲も　い行きはばかり　飛ぶ鳥も　飛びも上らず　燃ゆる火を　雪もち消ち　降る雪を　火もち消ちつつ　言ひもえず　名づけも知らず　霊しくも　います神かも　石花の海と　名づけてあるも　その山の　つつめる海そ　不尽河と　人の渡るも　その山の　水の激ちそ　日の本の　大和の国の　鎮とも　座す神かも　宝とも　生れる山かも　駿河なる　不尽の高嶺は　見れど飽かぬかも　（巻三・三一九）

反歌

不尽の嶺に降り置く雪は六月の十五日に消ゆればその夜降りけり　（同・三二〇）

不尽の嶺を高み恐み天雲もい行きはばかりたなびくものを　（同・三二一）

右の一首は、高橋連虫麿の歌の中に出づ。類を以ちてここに載す。

⑫の山部赤人の歌では、世界が混沌とした中から天地が分かれたという神話的叙述から歌い始め、その頃より神々しく高く貴い富士の山なのだという。その高く神々しい富士は、太陽や月の光を遮り、白雲の流れを遮っていつも雪

が降っているという。また反歌においても雪が真っ白に降り積もった富士の姿が描かれている。⑬は高橋虫麻呂歌集所出の歌で、赤人の富士の描写よりも詳細である。赤人歌同様に雲を遮るほどの富士の高さが詠まれ、さらに飛ぶ鳥も富士の高さまでは上ることができないこと、「燃ゆる火」を雪で消し、降る雪を火でもって消し、その姿は言いようも名づけようもなく「霊しくもいます神」であるという。それはまた、「日の本の　大和の国の　鎮とも　座す神かも　宝とも　生れる山かも」とも詠まれており、富士は神の山として、また国の鎮護の山として描かれている。この富士山の描写は実景であるよりも、富士の神性を表現する方法によって描かれているのであり、その神性を保障する一つが常に雪が降り積もる山だということにある。

立山賦をみても「新川の　その立山に　常夏に　雪降りしきて」「立山に降り置ける雪を常夏に見れども飽かず神からならし」「冬夏と　分くこともなく　白栲に　雪は降り置きて　古ゆ　あり来にければ」「立山に降り置ける雪の常夏に消ずてわたるは神ながらとぞ」とあるように、くり返し神の山に雪が降り積もることが詠まれる。これら立山賦は旧暦の四月二十七、二十八日に作歌されており、立山の気候からするとまだ雪が残っている時期とも考えられるが、「常夏」に降る雪の造形は先述の富士の山の描写と同質のものであるといえるだろう。時を定めることなく雪が降ることが「霊し」き山の姿なのであるからこそ、「常夏」に雪が降ることによって「神からならし」「神ながらとぞ」と歌われたのである。時じくに降る雪は、超自然の現象であり、そのような現象を描くことによって山の霊異、神としての山の存在を語ろうとしたのである。

三　立山賦と中国山賦

このような山の賦が家持と池主に取り上げられたのは、中国文学にみる「山賦」を想定することができる。山を主題とする賦は、『文選』に「遊天台山賦」があるほか『藝文類聚』巻七、八に「山部」があり、「陽山賦」「登虎牢山賦」「巫咸山賦」「江上之山賦」「八公山賦」など、十首以上が収められている。また『初学記』第五巻にも「總載山」「泰山」「衡山」「華山」「恆山」「嵩高山」「終南山」が挙げられ、そこには「賦」が収められており、中国文学において「山賦」が大きなテーマとなっていることが知られる。ここでは中国山賦と立山賦とのモチーフの関連について考えてみたい。

⑭　巫咸山賦　郭璞

蓋巫咸者。實以鴻術。爲帝堯醫。生爲上公。死爲貴神。豈封斯山。而因以名之乎。伊巫咸之名山。崖孤停而嵥峙。體岑峭以隆頽。冠崇嶺以峻起。配華霍以助鎮。致靈潤乎百里。爾乃寒泉懸涌。浚湍流帶。林薄叢蘢。幽蔚隱藹。八風之所歸起。遊鳥之所喧會。潛瑕石。楊蘭茝。迴翔鴳集。淩鶖鷊翳。禽鳥栖陽以晨鳴。熊虎窟陰而夕嘷。

〔蓋し巫咸は、實に鴻術を以て、帝堯の醫と爲る。生きては上公と爲り、死しては貴神と爲る。豈に斯の山に封じて、因りて以て名づくるか。伊れ巫咸の名山は、崖として孤停して嵥峙す。岑峭を體して以て隆頽し、崇嶺を冠して以て峻起す。華霍を配して以て鎮を助け、靈潤を百里に致す。爾れ乃ち寒泉は懸涌し、浚湍は流帶す。林薄は叢蘢し、幽蔚は隱藹たり。八風の歸起する所、遊鳥の喧會する所なり。瑕石を潛め、蘭茝を楊ぐ。迴翔せる鴳は集まりて、鶖鷊を淩ぎて翳す。禽鳥は陽に栖みて以て晨に鳴き、熊虎は陰に窟して夕に嘷ゆ。〕

⑮　八公山賦　吳均

峻極之山。蓄聖表仙。南參差而望越。北邐迤而懷燕。爾其盤桓基固。含陽藏霧。絶壁嶮巘。層巖迴互。桂皎月而常團。雲望空而自布。袖以華閬。帶以潛淮。文星亂石。藻日流堦。若夫神基巨鎮。卓犖荊河。箕風畢雨。育嶺生峩。高岑直兮蔽景。脩坂出兮架天。似迎雲而就日。若從漢而迴山。露泫葉而原淨。花照磯而岫鮮。促嶂萬尋。平崖億絶。上被紫而煙生。傍帶花而來雪。維英王兮好仙。會八公兮小山。駕飛龍兮翩翩。高馳翔兮冲天。

〔峻極の山は、聖を蓄ひ仙を表はす。南は參差として越を望み、北は邐迤として燕を懷ふ。爾して其の盤桓たる基は固く、陽を含みて霧を藏す。絶壁は崄巇にして、層巖は迴互す。桂は月を皎かにして常に團く、雲は空を望みて自ら布く。袖するに華・閬を以てし、帶するに潛・淮を以てす。文星は石を亂すがごとく、藻日は堦に流るるがごとし。若夫れ神基巨鎮は、荊河を卓犖し、箕風畢雨は、嶺を育てて峩を生ず。高岑直にして景を蔽ひ、脩坂出でて天に架く。雲を迎へて日に就くが似く、漢に從ひて山を迴るが若し。露は葉に泫りて原淨く、花は磯に照りて岫鮮かなり。促嶂は萬尋、平崖は億絶。上は紫に被はれて煙の生ずるがごとく、傍らは花を帶びて雪を來くがごとし。維れ英王は仙を好み、八公を小山に會せしむ。飛龍に駕して翩翩たり、高く馳翔して天に沖る。〕

⑯　山賦　張正見

何神山之峻美。諒苞結之所成。東垂曰泰。南服稱衡。西戎所擅。北狄摽名。於是堯値洪流。滔天襄陵。禹敷水土。奠高槎木。衆川既導。羣岳自脩。潛通四瀆。鎮壓九川。森羅辰象。吐吸雲霧。深不可測。遠不可歩。於廓靈山。長爲作固。爾其爲狀也。則武當太和。武功太白。崑崙五門。扶寧三石。峯高一萬。峭峙三百。登而眺之。則千里無極。俯而臨之。則萬仞難測。映白鶴而同高。混青天而共色。

〔何ぞ神山の峻美なる、諒に苞結の成る所。東垂を泰と曰ひ、南服を衡と稱す。西戎の擅にする所、北狄の名を摽ぐ。是に於て堯は洪流の天に滔り陵に襄るに値ひ、禹は水土を敷きて、高を奠めて木を槎る。衆川既に導かれ、羣岳自から脩まる。四瀆を潛通し、九州を鎮壓す。森羅辰象は、雲霧を吐吸す。深きは測るべからず。遠きは歩むべからず。於廓なる靈山、長く爲に固と作らん。爾して其の狀爲るや、則ち武當の太和、武功の太白、崑崙の五門、扶寧の三石のごとく、峯の高さは一萬、峭峙するもの三百、登りて之を眺むれば、則ち千里極むること無く、俯して之に臨めば、則ち萬仞にして測り難し。白鶴に映りて高きを同じくし、青天に混りて色を共にす。〕

⑭は西晉、東晉の郭璞の「巫咸山賦」である。「巫咸」は殷の祈禱師でありこの山に籠もったことにより、「巫咸山」と名づけられたのだという。そこでは洞窟が口を大きく開け、岑は岩肌を見せ、崇高な嶺が険しく隆起した風景が描

かれている。⑮は梁の呉均の「八公山賦」である。「八公山」は聖人を養い、仙人を表す山であるという。その風景は絶壁がそそり立ち、重なり合う巌がごろごろしているという。周りには崋山、闔山を配し、漢水と淮水とが廻り、高い嶺はまっすぐに切り立って景を覆い、長い坂は天につながっているという。⑯は梁から陳にかけて活躍した張正見の「山賦」である。ここでは「神山」の様子が描かれている。尭や禹の時代に山が成った事情から述べ、四瀆が流れ、九州を鎮め治めたという。そして「峯の高さは一萬、峭崻するもの三百、登りて之を眺むれば、則ち千里極むること無く、俯して之に臨めば、則ち萬仞にして測り難し。」というように、聳え立つ山の姿が描かれている。

これら中国山賦と家持・池主の立山賦とを比較してみると、険しい山の様子を描くところに大きな類似点がある。それは高い嶺や行く手を阻む巌によって描かれている。池主も「こごしかも　巌の神さび　たまきはる　幾代経にけむ　立ちて居て　見れども あやし　峰高み　谷を深みと　落ち激つ　清き河内に　朝去らず　霧立ち渡り　夕されば　雲居たなびき」と歌っており、立山が聳え立つ風景として、巌が神さび、嶺が高く、谷が深いので朝には霧が立ち渡り、夕には雲居がたなびく景を詠んでいる。中国山賦にしても立山賦にしても、神山としての造形は、人を寄せ付けない崇高さによって描かれているといえよう。そのような山の成立が神代に求められる点も一致している。

また「八公山賦」では漢水と淮水とが山の廻りを廻っているというが、家持歌でも「帯ばせる　片貝川の　清き瀬に　朝夕ごとに　立つ霧の」といい、立山を廻る片貝川の景が描かれている。これは虫麻呂の富士山の歌も同様であり、神山とその山を廻る川という構図を見ることができる。

四　立山信仰の源流

このような高く聳え立つ山と、その山から激しく流れ落ちる水が大海に注がれる構図には須弥山のイメージがあることを辰巳正明氏が指摘している。(12) もちろん家持歌では、「皇神の　領きいます　新川の　その立山」とあり、池主歌では「神ながら　御名に帯ばせる　白雲の　千重を押し別け　天そそり　高き立山」といい、仏教的な須弥山と立山が直接接続するものではない。しかし、『日本書紀』の記録には、推古天皇二十年に、「是に、其の辭を聴きて棄てず。仍りて須彌山の形及び呉橋を南庭に構けと令す。時の人、其の人を號けて、路子工と曰ふ。」とあり、斉明天皇三年に「言さく、『臣等、初め海見嶋に漂ひ泊れり』とまうす。乃ち驛を以て召す。辛丑に、須彌山の像を飛鳥寺の西に作る。」[13]といい、以後にも須彌山を造り王権の力を示している。推古朝には、すでに須弥山造営技術がもたらされ、須弥山思想が伝来していたと考えるのが妥当であろう。辰巳氏がいう神山である立山が後世に修験道の山となってゆく状況を考えるならば（前掲論文）、そこには神仏が習合する立山の特性が見てとれるであろう。以下に須弥山としての立山の造形と、立山信仰の源流について検討してみたい。

立山開山については、『類聚既験抄』によれば文武天皇の時代の大宝元（七〇一）年に狩人が矢で熊を射たところ、その熊が阿弥陀如来であったということに求められている。[14]この伝承は『伊呂波字類抄』十巻本「立山大菩薩顕給本縁起」、『神道集』巻四「越中立山権現事」『和漢三才図絵』などにみることができる。また『今昔物語集』には、「越中国書生妻死堕立山地獄語第八」があり、立山地獄に堕ちた女人が『法華経』を書写供養することによって善所に転生する内容が記されている。[15]一方考古学的な研究においても、大野淳也氏によって発掘された遺跡から立山信仰が八世紀後半ころに始まることが指摘されている。[16]ここから遡ることができるかは不明であるものの、奈良朝頃には立山が仏教的信仰の対象として認識されていた可能性は十分に考えられる。

立山信仰の特徴は、修験道の山から次第に「立山曼荼羅」を通して、女人禁制ではあるものの一般に開かれたことにある。現存する「立山曼荼羅」は富山県立山博物館が確認したところによると四十九点に及ぶというが、それらの曼荼羅の基本は「立山開山縁起」をモチーフとして「立山連峰上空の天道や立山地獄谷の地獄道・餓鬼道・阿修羅道、立山山麓の人道など、いわゆる六道の表現（六道絵）と、阿弥陀聖衆来迎の表現といった二つのモチーフ」[17]が描かれ、絵解きが行われていたという。立山開山伝承は、『和漢三才図絵』を要約すると以下の通りである。

文武天皇は夢の中で阿弥陀如来から佐伯有若という人物を越中国司に任じれば国家は安泰であるとのお告げを得、有若を任じる。有若は白鷹を育てていたが飛び去ってしまったために探しに出かける。翌朝刀尾天神を名乗る老人と出会い白鷹の居場所を教えてもらう。山中に入った時に熊に出会い有若は矢を射る。逃げてゆく熊を追って洞窟に入るとそこには阿弥陀如来、観音菩薩、勢至菩薩の三尊が安置されていた。それらを拝んで見ると阿弥陀如来の胸に矢が刺さっていた。阿弥陀如来は、熊は私で白鷹は剣山刀尾天神であるといい、有若に出家を促す。これによって有若は僧侶となり、立山を開山した、という内容である。ここに剣山刀尾天神と阿弥陀如来という神仏習合の様子が見て取れるのであるが、この開山を契機として立山に地獄と浄土の世界が展開してゆくのである。

また「立山曼荼羅」の構図は、概ね雄山を中心として剣岳と浄土山を左右に配し、中央には称名滝が流れ落ち、空には日月が廻るという形がとられている。こうした造形は、

立山曼荼羅（西田美術館蔵）

須弥山が「仏教の世界観で、世界の中心に聳えるという高山。…（中略）…頂上には帝釈天、山腹には四天王が住し、日月がその周囲をめぐるとし、また、九山・八海がこれをとりまく」[18]という造形であることと類似するものであると言えよう。このような構図の中で、地獄と浄土とを併せ持つ立山曼荼羅に、まさに須弥山をモデルとした仏教的世界観の表出であったのである。

五　おわりに

家持と池主が描いた立山の景は、山が聳え立ち、その周りを廻る川や落ち激つ河内であった。そのように描かれる立山賦は、『万葉集』の伝説・土地讃めの語り口の中にあるが、さらには中国山賦の山岳造形に基づきながら、越中国の中心である立山を描いたものといえる。しかも、その思想的根拠を仏教的世界観である須弥山に求めたことが考えられるのである。もとより、立山は常に雪が降る神の山として伝えられていたものと思われる。その高く聳える雪山を目にして、家持はそれを特別な山として捉えたのであり、その思いを池主と共有したものと思われる。その山の素晴らしさをどのように都人たちに伝えるか。それが二人の立山賦の作歌契機となったものと思われる。中国の賦の表現に仏教的な須弥山の世界観を付与することで、立山の素晴らしさと神性を表現しようとした。これが二人の立山賦が複合的に成立した理由である。奈良朝以降、立山は仏教の山として信仰の対象となってゆく。その源流として家持と池主の「立山賦」は位置づけられるのであるが、それは同時に東アジアを取り巻く須弥山思想の枠組みにおいても捉えられるべき問題であると思われる。

注

（1）　山田孝雄『萬葉五賦』（一正堂書店、一九五〇年）。

（2）『文選』五（上海古籍出版社、一九八六年）。
（3）鄭玄『毛詩正義』（『十三経注疏』北京大學出版、二〇〇〇年）。
（4）『文選』二（上海古籍出版社、一九八六年）。
（5）注4に同じ。
（6）『文心雕龍』（新釈漢文大系、明治書院）による。以下同じ。
（7）鴻巣盛広『万葉集全釈』は「巻三に見えた赤人及び無名氏の富士山の歌などの影響も見え、一體に型に嵌つた感興の乏しい作」（四〇〇〇）といい、橋本達雄『万葉集全注』も「既成の人麻呂、赤人、福麻呂らの讃歌に多用された語句や型を比較的安易に踏襲して組立てている」と指摘する。
（8）『万葉集』の引用は中西進『万葉集　全訳注原文付』（講談社）による。以下同じ。
（9）注1に同じ。
（10）森斌「大伴家持立山賦の特質」（『広島女学院大学論集』第五十二集、二〇〇二年十二月）。
（11）本文は唐・歐陽詢『藝文類聚』（中文出版社）、書き下しは『藝文類聚（巻七）訓讀付索引』（大東文化大學東洋研究所、一九九七年）による。
（12）辰巳正明「蘇命路の雪―イメージの中の山岳造形―」（『上代文学』八六号、二〇〇一年四月）。
（13）『日本書紀』の引用は、日本古典文学大系『日本書紀』下（岩波書店）による。
（14）『類聚既験抄』は、『續群書類從』第三輯上（神祇部）による。
（15）『今昔物語集』は、新編日本古典文学全集『今昔物語集』（小学館）による。
（16）大野淳也「立山信仰の時代区分」（『芦峅寺室堂遺跡―立山信仰の考古学的研究―』立山町教育委員会・富山大学人文学部考古学研究室、一九九四年）。しかし時枝務（「立山信仰の諸段階―日光男体山・白山との比較のなかで―」『日本基層文化論叢』雄山閣、二〇一〇年）は、立山開山が八世紀後半であるという考えは下方修正せざるを得ないとし、九世紀に雄山山頂で九世紀の須恵器が採取されたことから、立山での山頂祭祀の開始は九世紀頃であるという。
（17）『綜覧　立山曼荼羅』（富山県［立山博物館］、二〇一一年）による。

(18)〝しゅみ‐せん【須弥山】〟『例文 仏教語大辞典』(石田瑞麿著、小学館。一九九七年)。

〈付記〉図版で使用した「立山曼荼羅」は、西田美術館より提供を受けた。記して厚く御礼申し上げる。

「達哉楽天行」の詩境
――『荘子』の「達生」及び馬祖禅の「達道」の「達」との関連――

波戸岡　旭

一　前言

白居易は、会昌二年（八四二）七十一歳の春、刑部尚書を致仕した。その折り詠んだものに（三五四七）「達哉楽天行」がある。この作品は「達哉達哉白楽天」にはじまり、「達哉達哉白楽天」で結ばれている。

この詩の内容は、周知のとおり、隠居暮らしの気儘を喜び、家族への財産分与などの俗事を詠んだもので、一読、通俗的な印象の濃いものである。白居易はこの詩のどこをもって「達哉」というのであろうか。そもそもこの詩の「達」とは、いかなる意味、いかなる境地をいうのであろうか。「達哉達哉白楽天」とあるからには、これは白居易自身の達成感を詠ったものには違いない。それも致仕の時であるから、この達成感は彼の生涯を総決算してのものに違いないのである。にもかかわらず詩中には高尚な思念はほとんど窺えない。それどころか、むしろ俗情いっぱいの感さえある。この詩の「達哉」とは、いかなるものであろうか。

先行の注釈書等では、この「達」の典拠として、たとえば田中克己氏は『論語』の「雍也篇」の「子曰く、賜は達なり。政に従ふに於て何かあらん」を掲げ、「真理に達した人だなあ、白楽天は」と通釈する（『漢詩大系』）。岡村繁氏は「達は、放達」とし、「この白楽天は、なんと超俗的な人物であることよ」と通釈する（『新釈漢文大系』）。田中氏のような儒家的な解釈ならば、『孟子』「尽心章句上」の「達」も『論語』と同様であろうし、岡村氏のような隠逸思想的な解釈ならば、嵇康「琴賦」の「放達」も典拠の一つとなろう。しかしながら、これらの典拠は、いずれもこの詩の通俗常凡の内容とは噛み合わないように思われる。その点、下定雅弘氏の近年の著『白楽天の愉悦』は、「白居易は自らの人生をふりかえり、よくやったと自らをほめあげています」と言い、「よくぞここまで来た、よくぞここまで来た、白楽天」と通釈して、「達」の語義を平易に捉えていて分かり良い。

言うまでもなく「達哉楽天行」は楽府体の作品である。楽府体であるということは、おおむね軽快豁達な歌い調子に詠まれたものと解釈していい。したがって「達哉達哉白楽天」を劈頭と掉尾に据えたことも、むしろ軽やかなユーモアをまじえてのリフレインとみなし得る。するとすなわち「達哉楽天行」は人生の真面目を高揚感溢れる如くに詠んでいながら、その実は、戯画的な意味合いをもたせての「よくやった、よくやった、白楽天」という自画自讃の詩であったと解釈し得ることになるであろう。

しかしながら、この詩は、単に戯画的なものという解釈に止まるべきものではないとも考える。それと言うのも、白居易は、この詩のような、今あるがままの己が境涯を淡々と詠める境地となるまでに、どれほど多くの紆余曲折を経てきたかを併せ考えると、やはり、この詩は、白居易が求め続けてきた「閑適」の境地の一つの到達点であったことに思い至るからである。

白居易の言う「閑適」とは、単に閑雅な悠々自適の暮らしを意味するものではなかった。白居易にとって「閑適」とは、有為転変の世の種々の苦難悲哀を乗り越えて、知足安分・平常心の境地を模索し希求し続けることであり、その希求の心を詠んだのが「閑適詩」なのであった。すなわち、「諷諭」が「兼済」という社会への働きかけであるのに等しく、「閑適」は「独善」という自己修養の道であって、老荘思想・浄土信仰・弥勒信仰、とりわけ禅の道を修め究め、知足安分・平常心の境地を希求しつづけることであった。この「達哉楽天行」もまた、そうした閑適詩の線上にある作品で、知足安分・平常心希求の末の、一つの到達点を詠んだものであると解するべきなのである。

そこで、改めてこの「達哉楽天行」の「達」の典拠について思い巡らすとき、まずは『荘子』の「達生篇」中の「達」であり、加えて馬祖禅の『江西馬祖道一禅師語録』に説くところの「達道」の「達」であったのではないかと考えられるのである。荘子の思想も馬祖禅も、ことに晩年の白居易がつねに心の拠り所とするところのものであった。

なお、繰り返しになるが、白居易は、「達哉達哉白楽天」と自ら歌ってはいるが、むろん、真実、人生を達観したのではなかった。すなわち、白居易は、その命終の際まで、「達生」の境地に近づこうとしつつある自らを、自らの詩語によって詠み続けた詩人だったのである。

以下、この詩を詠み解きながら、かつその背景となったと思われる『荘子』の「達生」及び馬祖禅の「達道」に言及したい。

二　「達哉楽天行」の構造

前述したように、会昌二年（八四二）白居易七十一歳の時、刑部尚書を以て致仕し、以後は、半俸を給せらることとなるが、その致仕した時に（三五四七）「達哉楽天行」を詠んだ。詩題が示すとおり、この作品は歌行体の作品である。

まず、以下に段落をきって詩内容を見てゆこう。

達哉達哉白楽天　　達なる哉　達なる哉　白楽天
分司東都十三年　　東都に分司たること　十三年

七旬纔満冠已挂　　七旬　纔かに満ちて　冠　已に挂け
半祿未及車先懸　　半祿　未だ及ばずして　車　先づ懸く

【口語訳】

達なる哉、達なる哉。白楽天。
洛陽の官僚になって十三年間。
七十歳が過ぎたらすぐに退職を決めて、
俸禄の半分ももらわないうちに官庁を去った。

晩年の十三年間を洛陽で太子賓客分司として勤めあげ、定年の七十歳を過ぎたので間もなく官職を辞したと、経歴を述べる。「七旬」は、七十歳。『礼記』「曲礼」に「大夫は七十にして致仕す」とあるのに従って、白居易も退官したのである。冒頭の「達哉達哉白楽天」は、この詩全体に冠した詠嘆であるが、それとともに、以下の三句に述べる、紆余曲折の人生ながら、どうにか定年まで無事に勤め上げ得たとある句意にも効かせたものである。
＊「七旬」「半禄」の二句が対偶表現である（以下、アミガケの句も同様）。

或伴遊客春行楽　　或いは遊客を伴ひて　春　行楽し
或随山僧夜坐禅　　或いは山僧に随ひて　夜　坐禅す
二年忘卻問家事　　二年　忘卻す　家事を問ふを
門庭多草廚少煙　　門庭　草多く　廚に煙少なし
庖童朝告鹽米盡　　庖童　朝に鹽米の盡きたるを告げ

侍婢暮訴衣裳穿　侍婢　暮に衣裳の穿てるを訴ふ
妻孥不悦甥姪悶　妻孥は悦ばず　甥姪は悶ふ
而我酔臥方陶然　而るに　我　酔臥して　方に陶然たり

【口語訳】
退官の後は、春には、遊び友だちと連れだって行楽したり、
夜は、山僧にならって座禅をしていた。
(そんなわけで）この二年の間は、すっかり家の事を忘れてしまっていて、
屋敷の中は草ぼうぼう、くりやからのぼる炊飯の煙もたたないほどだ。
朝には、調理の男が、塩も米も無くなったと告げ、
暮れには、下女が、衣服が破れ穴があいていると言いに来る。
妻子は不満顔、甥たちは口には出さないが心配顔。
だが、私は、酔っぱらっていい気持ちで寝ている。

つぎに、退職後は、行楽とか座禅とか、のどかな隠居暮らしをして、この二年間は家族のことさえ無関心であった、と、退官後の解放感を満喫したことを言う。ただし、家族が衣食にも事欠く不自由さを強いられていたという窮状ぶりは、おそらく、白居易自身の自己本位な無頓着ぶりを自虐的に強調して、滑稽味を出すための誇張表現であると思われる。なお、「山僧に従って座禅」したとあるが、「遊客を伴ひて行楽」の詩句と対偶することからも知られるとおり、ここの「坐禅」は、夕涼みがてらの軽い行を言う。周知のように、晩年の白居易の言う禅は、馬祖禅であり、「平常心」の境地をもとめるものであって、いわゆる結跏趺坐の禅行三昧のことではない。

この段には、気楽な隠居ぶりを喜ぶ凡庸な老人の心持ちが窺えるのみである。

起来与爾画生計　　起き来たりて　爾と生計を画《かく》す
薄産処置有後先　　薄産　処置に後先有り
先売南坊十畝園　　先づ南坊の十畝の園を売り
次売東都五頃田　　次に東都の五頃田を売る
然後兼売所居宅　　然る後　兼ねて居る所の宅を売らば
髣髴獲緡二三千　　緡を獲ること二三千に髣髴たらん
半与爾充衣食費　　半ばは爾に与へて衣食の費に充て
半与吾供酒肉銭　　半ばは吾に与へて酒肉の銭に供せん

【口語訳】
寝床から起きて、家族の者たちと生計の相談をする。
わずかな財産でも、いろいろ段取りがある。
まず南側の十畝の園を売り、
つぎに東側五頃の畑を売ろう。
それからずっと住んでいた家も売れば、
二三千ほどの金にはなるだろう。
その半分をそなたたちに与えて衣食の費用にあて、
残りの半分は私の酒肉の金としようと思う。

この段は、財産分けの話で、田畑・宅地の処分という、本来、詩にはなじまない極めて通俗的な内容である。白居易の拓いた新たな詩境は、その自照性・日常性の性格の強さにあり、これまでにもたとえば自身の俸禄の金額までも詩に詠んだのであったが、この段のように、今後の生計の立て方、および不動産分けといった通俗的なことまで詠んだ詩人は白居易以前にはいなかったのではあるまいか。風雅に遊ぶのも自分自身であるが、生計の俗事に煩うのも自分自身。したがって、俗なる自分を俗なるままの自分として肯定する。白居易にとっては、人生終焉のための後始末なのであろうが、こうした俗事を俗なるままに平々坦々と詠む境地。この平俗平淡の詩境こそが、これまで白居易が希求し続けてきた「閑適」の道の到達圏内のものなのであった。

ところで、この段の最後に「酒肉の銭に供せん」とある。老人に養生のために肉を勧めることは、古来、よく知られたところであるが、この詩句の「酒肉」は、『江西馬祖道一禅師語録』に、「洪州廉使問うて曰く、酒肉を喫すること即ち是なるか。祖曰く、若し喫せば、是れ中丞の禄、喫せずんば、是れ中丞の福（洪州の廉使が問うて言うことには、酒や肉を口にするのがよろしいか、口にしないのがよろしいか。馬祖、口にするのは中丞の報酬であり、口にしないのは中丞の福田です）」とあるのを彷彿させるものがある。すなわち、酒肉を口にするのもしないのもどちらも「良いこと」なのであって、要は、万事、些事に迷い拘泥することが痴愚。おのれの求むるまま、あるがままに生きようとするこの境地が、馬祖の言う平常心というものなのであろう。

吾今已年七十一　吾　今已に年七十一

眼昏鬚白頭風眩　眼昏み　鬚白く　頭　風眩す

但恐此銭用不尽　但だ恐る　此の銭　用ゐ尽さざるに

即先朝露帰夜泉　　即ち朝露に先だちて夜泉に帰らんことを
未帰且住亦不悪　　未だ帰せずして　且く住するも亦た悪しからず
飢餐楽飲安穏眠　　飢ゑては餐ひ　楽しんで飲み　安穏に眠る
死生無可無不可　　死生は　可も無く　不可も無し
達哉達哉白楽天　　達なる哉　達なる哉　白楽天

【口語訳】
私は今はもう七十一歳。
眼はよく見えないし髯も白く頭もぼけてきている
ただ気になるのは、この銭を使いきらないうちに、
朝露の降りる前にあの世に行くのではないかということだ。
死なないでもうしばらく生きているのも悪くない。
腹が減れば食い、楽しんで飲みながら、安らかに眠る。
だからもう生きるも死ぬるもどちらも悪くないのだ。
達なる哉、達なる哉、白楽天。

この掉尾の段は、まずいまの老衰の様子を述べるが、白居易はその老衰自体を嘆いているのではない。老いは老いとして肯定し受け入れているのである。それよりも、むしろ、このように老衰した身となったがゆえに、もはや後顧の憂いさえなくなったことを喜び、「安穏に眠る」という境地に浸っているというのである。詩中に、「銭を使いきらないうちに死ぬのが心残りだ」というのは、むろん余裕の諧謔であって、この段の結びの「死生は可も無く不可も無

し」こそが、この段の主意であり、さらには、この詩句こそが、この作品全体の主旨であることは言うまでもない。

三 「死生は可も無く不可も無し」について

詩末尾の「無可無不可」の語は、『論語』「微子篇」に「逸民には、伯夷・叔斉・虞仲・夷逸・朱張・柳下恵・少連。(中略)我は則ち是れに異なり。可も無く不可も無し」の用例があるが、この詩の「死生は可も無く不可も無し」という死生観自体は、後述するように『荘子』に拠るものであろう。白居易は、この死生観にたどりつくまでに、この境地を希求する心を、折りあるごとに詠み続けており、そうした詩は枚挙に暇がないのであるが、たとえば、大和四年(八三〇)五十九歳の時、洛陽において太子賓客分司に着任して詠んだ詩もその一つである。

(二八三二) 無夢

老眼花前闇　　老眼　花前に闇く
春衣雨後寒　　春衣　雨後に寒し
旧詩多忘卻　　旧詩　多くは忘卻せり
新酒且嘗看　　新酒　且く嘗めて看ん
拙定於身穏　　拙なれば定めて身に於いて穏やかならん
慵応趁伴難　　慵なれば応に伴を趁ふこと難かるべし
漸銷名利想　　漸く名利の想ひを銷し
無夢到長安　　夢の長安に到る無し

と、老いを受け入れ、拙にして慵の境地を是として、名利の欲が消えつつあることを詠む。同じく大和四年の作（二八五二）「秋池」にも、

（二八五二）秋池　　大和四年（同　上）

洗浪清風透水霜　　浪を洗ふ清風　水に透る霜
水辺閑坐一繩床　　水辺に閑坐す　一繩床
眼塵心垢見皆尽　　眼塵心垢　皆尽くるを見れば
不是秋池是道場　　是れ秋池ならずして　是れ道場なり

とある。秋池の清澄を自身の清浄への境地とみなすことは、すなわちそのままここが「道場」であると詠む。次に見る、大和五年の作（二八六九）「吾土」も同様である。

（二八六九）吾土　　大和五年（八三一）六〇歳。河南尹。

身心安處為吾土　　身心　安き處　吾が土たり
豈限長安與洛陽　　豈に長安と洛陽とに限らんや
水竹花前謀活計　　水竹花前に　活計を謀り
琴詩酒裏到家郷　　琴詩酒裏に　家郷に到る
榮先生老何妨楽　　榮先生は老いたるも何ぞ楽しみを妨げん
楚接輿歌未必狂　　楚接輿は歌ふも未だ必ずしも狂せず

不用將金買莊宅　　金を將て莊宅を買ふを用ゐず
城東無主是春光　　城東に主無し　是れ春光

さらに、会昌元年（八四二）七十歳の作（三五二八）「逸老」においては、

（三五二八）逸老　　莊子云、労我以生、逸我以老、息我以死也。

―（略）―

去何有顧恋　住亦無憂悩　　去るも何ぞ顧恋有らん　住まるも亦た憂悩無し
生死尚復然　其余安足道　　生死尚ほ復た然り　其の余は安くんぞ道ふに足らん
是故臨老心　冥然合玄造　　是の故に臨老の心　冥然として玄造に合ふ

と詠む。この詩の題注は、『莊子』「大宗師篇」の次の一文からの引用である。

夫大塊載　　夫れ大塊は我を載すに形を以てし、
労我以生　　我を労するに生を以てし
佚我以老、　我を佚するに老を以てし、
息我以死。　我を息はするに死を以てす。
故吾生善者、　故に吾が生を善くするは、
乃所以吾善死也。　乃ち吾が死を善くする所以なり。

【口語訳】

そもそも大地はわれわれに体を与えてくれている。
我々に生命を与えて苦労させ、年を取らせて楽にさせ、
死を与えて休息させてくれる。
それゆえ自分の生命を大事にするということは、
つまりは自分の死を大事にするということなのである。

「達哉楽天行」の「死生は可も無く不可も無し」の詩句は、この『荘子』「大宗師篇」の死生観を踏まえた右の「逸老」の「吾が生を善くするは、乃ち吾が死を善くする所以なり」の詩意に等しいと言えよう。

また、『荘子』と言えば「達生篇」という篇がある。以下に見える死生に対する達生観もまた白居易の深く自得するところのものであったであろう。

【原文】

達㆓生之情㆒者、
不㆑務㆓生之所㆑無㆓以為㆒。
達㆓命之情㆒者、
不㆑務㆓知之所㆑無㆓奈何㆒。
養㆑形必先㆑之以㆑物。
物有㆑余而形不㆑養者有㆑之矣。

【口語訳】

人間の真の生き方に通達している者は、
もはや生きられなくなったら無理に生きようとはしない。
人間の真の定めに通達している者は、
知力ではどうすることもできない事がらを無理に求めたりしない。
肉体を養うには必ず衣食を第一とする。
衣食が有り余っても肉体が養われないことがある。

有レ生先レ必無レ離レ形。
形不レ離而生亡者有レ之矣。
生之来不レ能レ卻、
其去不レ能レ止。
悲夫、世之人以為二、
養レ形足二以存一レ生。
而養レ形果不レ足二存一レ生、
則世奚足レ為哉。
雖レ不レ足レ為、而不レ可レ不レ為者、
其為レ不レ免矣。
夫欲レ免レ為レ形者、
莫レ如レ棄レ世。
棄レ世則無レ累。
無レ累則正平。
正平則与レ彼更生。
更生則幾矣。
事奚足レ棄、
而生奚足レ遺。
棄レ事則形不レ労、

生命は肉体から離れることはありえないが、
肉体がありながら生命の失われることはある。
生命が生まれでるのをしりぞけることはできないし、
生命が去ってゆくのを止めることもできないのである。
それなのに悲しいことだ、世の人々の思いは、
肉体さえ養えさえすれば生命を保てると思っている。
しかし、肉体を養っても結局生命を存え保つことができないならば、
世間の俗事はなすべき値うちはないのではないか。
なすに足らぬと思いながらなさざるをえないというのは、
肉体を養う俗念から離れられないからなのである。
そもそも肉体のために苦労することを免れたいならば、
世俗のことを棄てるがよい。
世俗のことを棄てれば、心にかかるわずらいが無くなる。
わずらいが無くなれば、心は正しくやすらかになる。
心正しくやすらかであれば、造化の自然とともに日々新たに生きられる。
日々に新たに生きられれば、それは至道に近い。
なぜ俗事を棄て去り、
生きながらえたい気持を忘れ去らなければならないかといえば、
俗事を棄て去れば、肉体は苦労しないのであるし、

遺レ生則精不レ虧。　　生命を忘れ去れば、精神は損なわれないからである。
夫形全精復、　　いったい肉体が完全に保たれ、精神が自然に復帰すれば、
与レ天為レ一。　　天地の造化と一体となるのである。
天地者万物之父母也。　　天地とは、万物を生育させる父母である。
合則成レ体、　　天地の二気が相合すれば、物の形体が作られ、
散則成レ始。　　二気が離散すれば、未明の原始に帰ることになる。
形精不レ虧、　　肉体と精神が損なわれずにあること、
是謂二能移一。　　それを自然とともによく推移するという。
精而又精、　　精に精を重ねてその局地に到れば、
反以相レ天。　　かえって天地の化育を助けることになるのである。

まず、「生の情に達せる者は、生の以て為す無き所に務めず。命の情に達せる者は、知の如何ともする無き所に務めず。（人間の真の生きかたに通達している者は、もはや生きられなくなったら無理に生きようとはしない。天命の実情に通達している者は、知力ではどうすることもできない事がらを求めたりしない）」とある。これを換言すれば、死生という天命を超脱することが、すなわち「達生」であると言うのである。すなわち、白居易の「達哉達哉白楽天」の「達」は、この『荘子』「達生篇」の死生観を典拠の一つとすると考えられる。ただし、『荘子』の「達生篇」は、世間の俗事を捨てることを説き、肉体のために苦労することを止めよ、とも説く。そして「俗事を棄て去れば、肉体は苦労しないのであるし、生命を忘れ去れば、精神は損なわれないからである」と言う。また「肉体が完全に保たれ、精神が自然に復帰すれば、天地の造化と一体となる」とも言う。

俗事を去って肉体を忘れよという荘子の説く境地を超越して、更なる不動の境地を示すのが、馬祖道一の禅の「達道」である。白居易は、荘子の思想を自得しながらも、さらにこの馬祖禅の平常心を求め続けた詩人であった。

四　『江西馬祖道―禅師語録』「達道」（入矢義高編『馬祖の語録』）

以下、馬祖禅については、もっぱら入矢義高氏編『馬祖の語録』に拠る。

同書の「生即不生」の章に次のようにある。


色の空なるを知るが故に、生は即ち不生なり。若し此の意を了せば、乃ち時に随ひて著衣喫飯し、聖胎を長養して、任運に時を過ごすべし。

知色空故、生即不生。若了此意、乃随時著衣喫飯、長養聖胎、任運過時。


【口語訳】

世の現象が空であることを知っているから、「生」はすなわち「不生」なのである。ここのところが解ったならば、ふだんのままに衣服を着たり食事をしたりしていて、長く真の修養をし、流れのままに暮らしてゆくことができる。


白居易が最晩年に至り得た境地というのは、俗事を厭わず、今の自身の置かれた境遇をあるがままに受け入れるというものであったが、それは右の馬祖禅の「生即不生」の真意を会得したことを意味するものであろう。すなわちそれは先の俗事を避け捨てることを説く荘子の「達生」の思想を超越し得ている境地なのである。

また「達道」の章には、次のくだりが見える。

何の見解を作せば、即ち道に達することを得るや。祖曰く、自性本来具足す。但だ善悪の事中に滞らざるを、喚んで修道の人と作す。善を取りて悪を捨て、空を観じて定に入るに、即ち造作に属す。更に若し外に馳求すれば、転よ疎にして転よ遠ざかる。但だ三界の心量を尽くすのみ。一念の妄心は、即ち是れ三界の生死の根本なり。但だ一念無くんば、即ち生死の根本を除き、即ち法王の無上の珍宝を得。

作何見解、即得達道。祖曰、自性本来具足。但於善悪事中不滞、喚作修道人。取善捨悪、観空入定、即属造作。更若向外馳求、転疎転遠。但尽三界心量。一念妄心、即是三界生死根本。但無一念、即除生死根本、即得法王無上珍宝。

【口語訳】

どのように了見すれば道に達することができますか」。馬祖曰く「自性はだれにも本来具わっているのだから、善悪の事象にかかずらいさえしなければ、修道の人といえるのだ。善を取って悪を捨て、空を観じて定に入ろうとするのは、無用の仕業だ。その上、あくせくと外に道を求め回れば、ますますそれと縁遠くなる。ただ妄心によって造作された三界の対象を断滅し尽くせばよいのだ。一念の妄心こそが三界生死の根本にほかならない。だから、その一念さえ無くすれば、生死の根本は除かれ、仏の無上の宝物を手に入れることができるのだ」。

「善悪の事象にかかずらいさえしなければ、修道の人といえるのだ。善を取って悪を捨て、空を観じて定に入ろうとするのは、無用の仕業だ。その上、あくせくと外に道を求め回れば、ますますそれと縁遠くなる」とある。すなわち善悪聖俗に拘泥する妄心を無くせよと説くこの馬祖禅の「達道」の説くところにこそ「達哉楽天行」の主旨があるのであり、「達なるかな」と喜悦する白居易の心がある。「閑適」を求め続けてきた白居易が、ついに、平俗なる自己を平俗なるがままに肯定し受け入れ、俗事を俗事と思わず、厭うことなく淡然とこれらを受け入れ、無理なく処理し、「飢ゑては餐ひ　楽しんで飲み　安穏に眠」って、死生の域を超えようとする自身を詠む。この老いを受け入れ老いを喜ぶ境地は、晩年に至るほど色濃くなるが、それは前述の『荘子』「大宗師篇」や「達生篇」の死生観に拠るところであり、引いては、生死に促われない境地を説く馬祖禅の「達道」に通じるところのものなのであった。

白居易の詩は晩年の作品になるほど詩的昂揚感が低くなり通俗化したというふうに看做されるむきがあるが、それはもっともなことで、とりもなおさず白居易自身が平易凡俗の暮らしを求め続けていたからなのである。平易凡俗のあるがまま、つまり、これこそが知足安分の境地であり、またこれこそが馬祖禅の平常心であるとして、長年かけて求め続けてきたものなのであった。

白居易は、七十一歳の春、致仕の時、その平易凡俗に通達した境地をこそ、（いささか滑稽味をまじえながら）「達哉楽天行」として詠み得たのであった。

なお、最晩年の会昌六年（八四六）、七十五歳の時の詩「自詠老身示初家属」も、「達哉楽天行」とほぼ同主旨にして、より明解に平俗の心境を吐露したものであることを付言しておきたい。

※関連拙稿・三篇（『奈良・平安朝漢詩文と中国文学』所収　笠間書院刊）
「白居易閑適詩考序説―初期作品に見える詩境を中心に―」（『國學院雑誌』百六巻十一号）
「白居易閑適詩について」（『國學院中國學會報』第五十一輯）
「白居易『閑適』詩と島田忠臣の詩境―島田忠臣詩に見える白居易詩境からの行禅の享受―」（『白居易研究年報』第十号）

菅原道真の対句・数詞表現について

――安倍興行との間に用いられた対句および数詞、故実のいくつかを通じて――

佐藤信一

はじめに

菅原道真の表現行為を交友関係から考察してみたい。今回は安倍興行を採り上げる。夙に滝川幸司氏による専論[1]がある。そこでは、「興行関連詩を取り上げるが、それは、「詩臣道真」とは異なる道真像を描く、ひとつの試み」と、新たな道真の在り方を考究している点で注目される。また、興行に言及した論として、後藤昭雄氏「紀長谷雄「延喜以後詩序」私注」[2]や、関口力氏「安倍興行」[3]、高平平「菅原道真の交友と源能有」[4]などがある。それらの研究史に導かれながら論を組み立ててゆくことにする。後藤氏は、「在京の諸儒によって演じられている無意味な論争を耳にして、自分と同じように国司として離京を余儀なくされている越前守巨勢文雄と上野介安倍興行とを想い、その感慨を在京する数少ない「詩人」嶋田忠臣に示したのである。ここで彼ら四人が、真の「詩人」たるものとして、一体感のもとにとらえられていることは明白である」[5]とした上で、道真の父是善の存在を重要視する。関口氏は、道真が「任国において善政を行い、讃岐介における治績」を挙げていることに力点を置く。[6]高氏は、安倍興行は、『菅家文草』の中で道真と詩を唱和した回数は、島田忠臣に次いで二番目に多く、そして、彼は道真が少年時代から壮年時代にか

けて、実に三十数年にわたってつねに交遊を続けた親密な友人なのである」としている。(7)

安倍興行は、『本朝文粋』巻六、大江匡衡の「請下殊蒙二天恩一。依拠二撿非違使労一。兼中任越前尾張等國守闕上状。」の「文章博士任二受領一例。」に「安倍興行任二肥後守一。」(8)と、肥後守に任じられたことが見えるが、『本朝文粋註釈』で柿村註が「興行事歴未レ詳。」とする通り、詳しい事跡はわからない。興行との関連で詠まれた道真の詩を見て行こう。

一

まず巻一に登場する。(9)

15、奉レ和下安秀才代二無名先生一、寄中矜伐公子上。次レ韻（安秀才の「無名先生に代りて、矜伐《きやうばつ》公子に寄する」といふに和し奉る。韻を次ぐ）。

迎來至道欲相仍
豈意龍門有李膺
乍見浮雲風處破
何嫌捕影日中昇
天時有運寒爲暖
世事無期負且乘
公子先生何善惡
縱雖知勸未知懲

迎へ來りて道に至りて相ひ仍《よ》らむと欲す
豈《あに》意はむや龍門に李膺有らむとは
乍《たちま》ちに見る浮雲の風處に破るることを
何ぞ嫌はむ影を捕へて日中に昇らむことを
天時運《めぐ》ること有り寒暖と爲す
世事期すること無し負ひて且《また》乗る
公子　先生　何れか善く惡しき
縱ひ勸むることを知ると雖も未だ懲しむることを知らず

「安秀才」というのが安倍興行のことである。「秀才」、文章得業生であった。対策に及第したことは、『三代実録』貞観元年四月二十三日条に父親である安倍安仁の薨伝に加えて「有二子男八人一。貞行。宗行。清行。興行。威知レ名。興行始擧二秀才一。」とある。このように、多くの兄弟の中でも興行は「名」の知られた者であった。「無名先生」は、匿名の表現であり、大系は「菅原是善をさすのであろうか。」とする。父であり、師でもあった是善の意であるとする。「矜伐公子」の「矜伐」は、自慢する、の意。「公子」は、公達、男性貴族、の意。我が儘な坊ちゃん、とでも言った意であろうか。これは道真を指すものではないだろうか。是善に代わって我が儘坊ちゃんである道真に詠じたものであろう。滝川氏に拠れば、「矜伐公子」とは、司馬相如が「子虚上林賦」[10]において「子虚」「烏有先生」「亡是公」の三人が設定され、問答体で賦が構成されていることに拠るものである。「ある種特異な作」が、興行から道真に送られているのである。

「李膺」は、後漢の人。字は元礼。『後漢書』に李膺の邸を「其堂者、皆以爲二登龍門一。」とあり、「登龍門」、つまり「龍門」の出典となっている。この故事は、巻二、一四二一「感二小蛇一、寄二田才子一、一絶。」初・二句に「縦未二鱗飛一石道蟠、如レ聞三早上二李膺門一（縦ひ未だ鱗飛せずして石道に蟠《わだかま》るとも、早《すみやか》に李膺の門に上らむことを聞くが如し）。」とある。

以下、「浮雲」が千々に乱れ、その光が「補レ影」へられて太陽に逆照射されているとし、天の運行、「天時」を寒暖に拠るものとして、世の中で期待するのは何も無いので、先生もどれがよいのかわからず、たとえ勧めることがあったとしても懲らしめることを知らない、としている。あたかも、戯曲の一節を見るが如くである。ただ、ここでは、「公子」、及び「先生」と対照させて描いているのである。「公子先生何善悪（公子　先生　何れか善く悪しき）」と、両者をどちらが優れているか劣っているのかを問題にしている。また、「縦雖レ知レ勸未レ知レ懲（縦ひ勧むることを知ると雖も未だ懲らしむることを知らず）」と、一句の中で「知」一字が繰り返されていることに注目したい。この句を川口氏は「こうしたらいいと勧めることができても、懲らしめ戒めるということはできそうもない」と訳す。(11)だが、この句の根幹にあるのは「知」と「未知」とを対照させる叙述である。ここでは「知」が鍵語として用いられているのである。

18、會三安秀才餞二舎兄防州一。探得二隅字一（安秀才の、舎兄防州を餞するに會す。探りて隅字を得たり）。

兄友弟恭不道無　　兄は友に弟は恭にして道無きにあらざれども

勤王自與恒親疎　　王に勤《つつし》むことは自《おのづか》らに恒《つね》に親しきひとと疎《おろそか》なるなり

一廻告別腸千斷　　一廻別れを告げて腸千たび斷ゆ

我助君情獨向隅　　我、君が情の獨り隅に向《むか》ふを助く

安倍興行の兄には貞行、宗行、清行などがいるが、その中の一人への餞の宴に際して詠じたものである。「兄友弟恭」とは兄弟の理想的な有様を語るもの。「勤王」とは「恒」に「親」しきひとと「疎」になることと言う。興行が一人、涙を抑えるのを助けようと言う（『文選』潘岳「笙賦」「衆滿レ堂而飲レ酒。獨向レ隅而掩レ涙」）。ところで、兄弟の叙述に関しては後述するが、二二一、「路遇二白頭翁一（路に白頭の翁に遇ふ）。」の「安爲レ氏者我兄義（安を氏と爲す者は我が兄の義あり）」、三五〇、「暮秋、送レ安鎭西赴任、各賦分字（暮秋、安鎭西の任に赴くを送る、各分字を賦す）。」の「無レ兄無レ弟身初老（兄無く弟無く身《われ》初めて老ゆ）」とあることに注目しておきたい。

滝川氏は「結句では、兄が赴任してしまい孤独となる興行の姿を描いている」として、結句の「向レ隅」を重視する。(12)しかし、それとともに「一廻告レ別腸千斷」、ひとたび別れたら腸を千回断つとする悲しみにも目を向けるべきではあるまいか。道真は「一」と「千」という数対を用いて、興行の悲しみを象るのである。

文章得業生としての興行に関しては、滝川氏の「道真の同僚」に言及がある。(13) そこでは「安倍興行は、父安仁の薨伝に「興行始めて秀才に挙げられ、対策及第」（『三代』貞観元年四月二十三日条）と秀才＝文章得業生であり対策及第したことだ見える。　道真に「会安秀才餞合兄防州。探得隅字」の作がある。」として、貞観七年一月以前～貞観十一年一月七日以前の条を挙げ、「興行の対策及第後、良香あるいは道真が文章得業生となったのであろう。」とする。ここでは、道真の学業に於ける興行の果たした役割が証されている。

47、哭二菅外史一、奉レ寄二安著作郎一（菅外史を哭して、安著作郎に寄せ奉る）。

酷悲穿眼復消魂　酷《はなは》だ悲しみて眼を穿ち復た魂を消す
皆道希顔是妄言　皆道ふ顔を希まむは是れ妄言なりと
少日垂帷疲蠹簡　少日《むかし》　帷を垂れて蠹簡《とかん》に疲る
當年對策落龍門　當年《そのかみ》　策に對へて龍門より落つ
青衫未換名無謚　青衫未だ換へず名に謚無し
白髮空生祭有孫　白髪空しく生じて祭に孫有り
命矣皇天相與奪　命なるかな皇天相ひ與へ奪ふ
高才不過傳先存　高才傳の先づ存するに過ぎず

「菅外史」とは本間洋一氏に拠れば菅野助道が該当する（「菅原道真の菊の詩」（『王朝漢文学表現論考』和泉書院・二〇〇二年・一九八五年初出）の注49〈「大系本注の菅外史を菅原氏とするのは非。『外記補任』によって大外記菅野助道（八一〇—八六八）と知れる」〉参照）。(14) その死を悼んで安倍興行に贈った詩である。「著作郎」は、内記の唐名。興行の上司が亡くなった際に詠じられた作である。興行の悲しみは「穿レ眼復消レ魂」と語られる。あるいは『うつほ物語』の藤英の「眼穿《うぐ》る」とされている有り様が該当するものかもしれない。(15)「希レ顔」とは、顔淵のようになりたいと望む、の意。皆、顔淵のように潔癖すぎるのは不吉であるとする。『晋書』虞溥伝の「希レ顔之徒、亦顔之倫」に基づく。「蠹簡」は、古い書籍の意。「龍門」とは、登科、官吏登用試験の喩であろう。先程見た一五「奉レ和下安秀才代二無名先生一、寄中矜伐公子上。次レ韻。」にも「豈意龍門有二李膺一。」とあった。そこでの表現との関係が想定できるのではあるまいか。ここにも、ことばを共有する道真と興行との心の交流が看取できるのではないだろうか。

「青衫」は、身分の低いものの衣装。元稹「閑二首（二）。」に「青衫經レ夏黕、白髪望レ郷稠。」とある。菅野助道は、その衣装が改まることなく、諡を与えられることもないままに、死んでしまった、の意であろう。その上、菅野助道は白髪が生えるまでに老い、葬祭には孫まで来ている。そのような「皇天」、神の「與奪」するのを、「命」、天命としか捉えられないとしている、ここには道真の学問上の友であった助道に対する深い同情が見て取れよう。菅野助道の「高才」、優れた才能を以てしても伝が遺るのみである、とする。同情と共に菅原野助道をそこまで困窮させた世間への公憤が見て取れよう。その詩が贈られているのが安倍興行なのである。

この箇所に、滝川氏は「道真の不安な心境と、それと共有するであろう興行という二人の関係性がここには表れている」(16)とするが、助道に対する深い共感もまた看取されるのではなかろうか。共通する語彙で表現を構築する営為が見られるのである。

この時、貞観十一年正月七日、及び同十二年十二月十七日にも、興行は大内記としての記録が見える。(17)大内記は、『官職要解』に「ダイナイキとよむ。二人あって、詔勅・宣命をつくり、位記を書く職であるから、儒者で文章の上手なものを選任した。『和名抄』には、ウチノシルスツカサとよんでいる。……」とあり、(18)学問の上でも重要な役職であったことが知られる。「儒者」で「文章」に優れていた興行に適職であったといえよう。

二

次に巻二での叙述を確認しておこう。

143、近日野州安別駕、製㆓一絶㆒寄㆓諸同志㆒。有㆘頻歴㆓外吏㆒、獨後㆓倫輩㆒之歎㆖。予不ㇾ勝ㇾ助ㇾ憂、聊依㆓本韻㆒酬
(近日、野州の安別駕、一絶を製《つく》りて、諸の同志に寄す。頻《しき》りに外吏を歴て、獨り倫輩《ともがら》に後《おく》るるの歎き有り。予憂へを助くるに勝へず、聊か本韻に依りて酬ゆ)。

君曾獻策立公車　　君曾《かつ》て策を獻じて公車に立ちぬ
政事當求孔子家　　政事當に求めむ孔子の家
請抱貞心能報國　　請はくは貞心を抱きて能く國に報ぜんことを
寒松不道遂無花　　寒松遂に花無しと道はじ

ここでの興行の嘆き、「有㆘頻歴㆓外吏㆒、獨後㆓倫輩㆒之歎㆖。」とは後年の道真が讃岐に於いて味わうものに他ならないものであった。道真も、その「憂」を救うことが出来なかった、としている。ところで、滝川氏に拠ると「興行は、地方官を歴任することに不遇感を持っていたらしい」のであり、さらに、興行が五十歳になろうとするところであるから、「興行の不満もよく理解できる」[19]のである。

道真は、安倍興行に彼が文章得業生から対策に及第し、大内記に任命されたことを想起させているのである。「公車」は、天下の上奏文を司る役所の意。『漢書』東方朔の伝に「自稱ㇾ待㆓詔公車㆒。」と在るのを踏まえての叙述である。その上で道真は「政事當ㇾ求孔子家」と、政事がきっと孔子の学問を継承する学風を求めるであろうとしている。

その上で興行を励ますように、「貞心」、正しい心で国に仕えよと勧め、寒さに耐える松にも何時か花が咲くであろうと、興行を慰めているのである。道真と興行との友情が、決して一方通行のものではなかったことを証し立てるものと言えよう。

150、七月七日、憶二野州安別駕一（七月七日、野州安別駕を憶ふ）。

非無遠信屢相聞　遠き信《つか》ひの屢《しばしば》相ひ聞ゆること無きに非ざれども
此夕殊思欲見君　此の夕は殊に君を見むと欲すと思ふ
珍重牽牛期暁漢　珍重す牽牛の暁《あ》くる漢《あまのかは》を期することを
悵然別駕隔秋雲　悵然たる別駕秋の雲を隔てり
定知靈匹同時拜　定めて知る靈匹同時に拜さむことを
唯恨詩情兩處分　唯だ恨むらくは詩情の兩つの處に分れぬることを
依乞平安帰洛日　依りて乞ふらくは平安に洛に帰る日
満庭香粉幾紛紛　満庭の香粉幾《ほとほど》紛紛たらむことを

ここでは、道真は七夕の故事を用いて恋人に贈るが如き詩を作っている。道真の住む都と、安倍興行の任地である上野の国との間で、たびたび手紙のやりとりがあったことが知られる。それを二重否定の形で語っていることに注意したい。ここでは強調の意味も籠められているのである。つまり、道真の含羞が見て取れるのではあるまいか。

七月七日、取り分け、彦星と織女が逢う日に「此夕殊思レ欲レ見レ君（此の夕は殊に君を見むと欲すと思ふ）」としているのである。「牽牛期二暁漢一（牽牛の暁くる漢を期することを）。」とは、牽牛、彦星が暁が訪れるのを待って天の川を渡ろうとする、の意であろうが、[20] ここから感じられるのは、牽牛と織女が天の川を介しても一年に一度は会えるのに、逢うこともままならない道真と興行との間に横たわる距離である。道真は、物寂しい秋の雲を興行との間を隔てるものと捉えている。であるから「靈匹」、ここでは牽牛と織女の配偶の意、『文選』にも収める謝恵連の「七月七日夜、詠二牛女一。」に「雲漢有二靈匹一、彌レ年闕二相従一。」とある。道真と興行との「詩情」が二箇所に分断されてしまうのが残念である、としている。尾聯、七、八句は、安倍興行の帰洛を何よりも願うものであろう。

滝川氏は「この詩で道真は、遠く離れた興行を思うのだが、興行という存在が詩情を共にする詩友であることが確認できる」として「七夕の日」に「詩を賦し」たとする。[21] ここから、興行と道真が作詩を通じて心の交流を果たしていたことが知られよう。ただ、この詩は結句「滿庭香粉幾紛紛（滿庭の香粉 幾《ほとほと》紛紛たらむことを）」と「紛」字が繰返されていることに注目したい。

ところで、大系の指摘するところであるが、この「兩處分」とある表現は、『菅家文草』に類例がある。巻二、八〇「喜二田少府罷レ官歸一レ京（喜田少府が官を罷め京に帰ることを喜ぶ）。」の初・二句「山郵水驛思紛紛、一種風光兩處分（山郵水驛 思ひ紛紛たり、一種の風光 兩處に分る）」というもの。[22] この詩は島田忠臣の帰京に際しての詠である。状況の類似した詠であり、道真にとってパターン化した表現である可能性もある。

三

道真が讃岐守に任じた巻三にも、安倍興行が登場する。

221、路遇二白頭翁一（路に白頭の翁に遇ふ）。

路遇白頭翁　　　　路に白頭の翁に遇ふ

白頭如雪面猶紅
自説行年九十八
無妻無子獨身窮
三間茅屋南山下
不農不商雲霧中
屋裏資財一柏匱
匱中有物一竹籠
白頭説竟我爲詰
老年紅面何方術
已無妻子又無財
容體魂魄具陳述
白頭抛杖拜馬前
慇懃請曰敍因縁
貞觀末年元慶始
政無慈愛法多偏
雖有旱災不言上
雖有疫死不哀憐
四万餘戸生荊棘
十有一縣無爨煙

白頭雪の如く面猶ほ紅なり
自ら説へらく「行年九十八
妻無く無子無く獨りの身窮《せま》れり
三間の茅屋南山の下
農せず商せず雲霧の中
屋の裏なる資財は一の柏の匱
匱の中に有る物は一の竹籠ならくのみ」と
白頭説き竟りて我れ爲に詰らく
「老年の紅の面は何なる方術ならむ
已に妻子無く又財無し
容體魂魄具《つぶさ》に陳述せよ」と
白頭杖を抛《なげうち》て馬前に拜す
慇懃に請けて曰く「因縁を敍べむ
貞觀の末年元慶の始
政に慈愛無く法に偏り多し
旱の災有りと雖も言上せず
疫《えやみ》の死有りと雖も哀しび憐れまず
四万餘戸荊棘《けいきょく》生ず
十有一縣爨煙《さむえん》無し

適逢明府安爲氏
　今之野州別駕。
弃波晝夜巡郷里
遠感名聲走者還
周施賑恤疲者起
吏民相對下尊上
老弱相携母知子
更得使君保在名
　今之豫州刺史。
臥聽如流境内清
春不行春春遍達
秋不省秋秋大成
二天五袴康衢頌
多黍兩岐道路聲
愚翁幸遇保安徳
無妻不農心自得
五保得衣身甚温
四隣共飯口常食
樂在其中斷憂憤

適《たまた》ま明府に逢ふ安を氏と爲す
　今の野州別駕なり。
晝夜に弃波して郷里を巡る
遠く名聲に感じて走《は》せし者も還れり
周く賑恤《しんじゅつ》を施して疲れし者も起ちぬ
吏民相ひ對して下は上を尊ぶ
老弱相ひ携へて母は子を知る
更に使君保の名在るを得たり
　今の豫州刺史なり。
臥して聽くこと流るるが如く境内清みぬ
春は春に行かずして春遍《あまね》く達る
秋は秋を省みずして秋大いに成る
二天五袴康衢《かうく》の頌《たたへごと》
多《た》黍《しよ》兩《りやう》岐《き》道路の聲
愚翁幸に保安の徳に遇へり
妻無く農《なりはひ》せざるも心自《おのづか》らに得る
五保衣を得て身甚だ温《あたたか》なり
四隣飯を共にして口常に食《は》む
樂しびは其の中に在りて憂憤を斷つ

心無他念增筋力　心に他念無く筋力を増す
不覺鬢邊霜氣侵　覺えず鬢邊に霜氣の侵すことを
自然面上桃花色　自然に面上に桃花の色あらむ」と
我聞白頭口陳詞　我れ聞く白頭口づから陳ぶる詞を
謝遣白頭反覆思　白頭を謝し遣りて反覆して思ふ
安爲氏者我兄義　安を氏と爲す者は我が兄の義あり
保在名者我父慈　保の名に在る者は我が父の慈《いつくしび》あり
已有父兄遺愛在　已に父兄の遺愛在ること有り
願因積善得能治　願はくは積善に因りて能く治むることを得む
就中何事難仍舊　就中《なかんづく》に何れの事か舊に仍ること難からむ
明月春風不遇時　明月春風時に遇はず
欲學奔波身最嬾　奔波を學ばんと欲すれども身最も嬾《ものう》し
將隨臥聽年未衰　將に臥聽に隨はむとすれども年未だ衰へず
自餘政理難無變　自餘の政理變無きこと難からむ
奔波之間我詠詩　奔波の間に我は詠詩を詠ぜむ

安倍興行は、地方政治に長けた能吏として描かれている。道真のあるべき先達として形象されていると言ってよかろう。

この「路遇二白頭翁一（路に白頭の翁に遇ふ）」は、数対、または数詞を多用しているところにその特徴があるのではないだろうか。「自説行年九十八」と白頭翁の年齢を明示した表現、「三間茅屋南山下（三間の茅屋南山の下）」と、間口の狭いあばら屋は、南山の麓にあり、「屋裏資財一柏匱、匱中有物一竹籠（屋の裏なる資財は一の柏の匱、匱の中に有る物は一の竹籠ならくのみ）」と一対になっていると思われる。「匹万餘戸生㆓荊棘㆒、十有一縣無㆓爨煙㆒（四万餘戸荊棘生ず、十有一縣爨煙無し）」と、茨が生じて炊事の煙もないとする。この箇所は道真が安倍興行に遇った時のことを物語る叙述（偶ま明府に逢ふ安を氏と爲す、今の野州別駕なり）に見合うものだろう。「二天五袴康衢《かうく》の頌《たたへごと》、多《た》黍《しよ》兩《りやう》岐《き》道路の聲」は、讃岐の民の生業の活写と言えよう。「二天」とは、『後漢書』六一、蘇章傳「人皆有㆓一天㆒、我獨有㆓二天㆒。」とある表現によるもの。恩義を受けた人の庇護のこと。「五袴」は、『後漢書』巻六一、廉范傳に「百姓爲㆑便乃歌之曰、廉叔度來何暮不㆑禁㆑火、民安作㆓平生無㆑襦、今五絝」とある叙述に基づく。次の句の「多黍兩岐」の「兩」も数詞と見られよう。これも数対と捉えられるであろう。

さらに、数対を見てゆこう。「五保得㆑衣身甚温、四隣共㆑飯口常食（五保衣を得て身甚だ温なり、四隣飯を共にして口常に食む）」とあるが、「五保」は、『令義解』「戸令」に「凡戸、皆五家相保。……凡戸逃走者、令㆓五保追訪㆒（凡そ戸は、皆五家相保れ。……凡そ戸は逃走せらば、五保をして追ひ訪《とぶら》はしめよ）」とあるように、五つの家、「五保」を表す。五つの家を「保」として、お互いに検察させる規定のこと。岩波思想大系『律令』補注に「唐の戸令では、四家を隣とし、五家を保としたが、保が五軒ずつを固定した人為的な区分であるのに対して、隣は自然的な相互のトナリアイの関係であった（宮崎市定説）[23]」であった。ここで道真は「四隣」、「五保」といった律令語[24]を用いて叙述しているのである。この数詞を用いた一連の叙述に重要な切っ掛けを与えるものではなかったか。

白頭翁の口を借りて「適逢㆓明府㆒安爲㆑氏、……奔波晝夜巡㆓郷里㆒。遠感㆓名聲㆒走者還、周施㆓賑恤㆒疲者起。吏民相對下尊㆑上、老弱相携母知㆑子。」とある箇所や「愚翁幸遇㆓保安徳㆒」とする箇所では、「愚翁」、白頭翁に藤原保則と共に、安倍興行の治世を言祝がせているのである。「安爲㆑氏者我兄義」との叙述がある。ここでは安倍興行の事跡を語るのに、白頭翁に語らせて、伝聞の形で叙述しているわけである。

また、「我兄義」と、道真にとっての「兄」とされていることにも注意しておく。「兄の義」には、高氏・滝川氏も注意している。高氏は「道真は興行を「兄義」つまり兄のような存在だといい、興行を手本にして、讃岐での政事に励んでいたのである」と、役割としての興行の意義を問題にしている。(25) 滝川氏は「兄の義」を他の贈答詩に見えた関係性と繋がるものと捉える。(26)「安爲氏者我兄義、保在名者我父慈（安を氏と爲す者は我が兄の義あり、保の名に在る者は我が父の慈《いつくしび》あり）」とある。「保」は、藤原保則を指す。讃岐守に任じられる。三善清行の藤原保則伝に「（元慶六年）二月、出でて讃岐守と為る。この国の庶《もろもろ》の民は、皆法律を学びて、論を執ること各《おのおの》異なりぬ。邑里畔を彊《かぎ》りて、動むずれば諍訟を成せり。公境《さかひ》に入りてより、人人相譲ること、虞芮の恥心あるがごとし」とされる。

四

同じく道真が讃岐守であった巻四にも安倍興行が登場する。

263、憶二諸詩友一、兼奉レ寄二前濃州田別駕一（諸の詩友を憶ふ、兼ねて前濃州田別駕に寄せ奉る）。

天下詩人少在京　　天下の詩人京に在るもの少なし
況皆疲倦論阿衡　　況むや皆阿衡を論ずるに疲れ倦みたらむや
傳聞、朝廷令二在京　　傳へ聞く、朝廷在京の
諸儒一、定二阿衡典職　　諸儒をして、阿衡典職
之論一。　　の論を定めしむと。
巨明府劇官將滿　　巨明府は劇官將に滿ちなむとす

安別駕煩代未行
南郡旱災無所與
東夷獷俗有何情
君先罷秩閑多暇
日月煙霞任使令

安別駕は煩代未だ行なはず
南郡の旱災與《あづか》る所無し
東夷の獷俗《くわうぞく》何なる情か有らむ
君先づ秩を罷めて閑にして暇多からむ
日月煙霞使令に任せなむ

初句で「天下詩人少レ在レ京。」としている。「少なし」と語られる。これに続く二句では対照させるように「皆」としているのである。数対に相当するものではないか。讃岐守である道真とともに京都から遠く離れた遠隔の地に赴任している学友たちの現状が語られる。ここでは、そこで例示されているように「巨明府」、越前守巨勢文雄とともに、安倍興行が挙げられている。安倍興行が行わないとする「煩代」は、語義未詳であるが、大系の説く「煩わしい国史代理の任の意」では、それを行わない興行の怠慢をなじるように取れるので、疑義が残る。滝川氏は「煩雑な交替政務がまだ行われていないこと」とする。(27) また、これも大系の説く「煩雑な交替雑務に追われているの意」(28)でも、行わないとしていることに矛盾していると思われる。ところで、興行は『三代実録』元慶八年三月九日条に「伊勢権守従五位上安倍朝臣興行爲二上野介一。」とある。「南郡旱災」は、讃岐に於ける干魃であるから道真自身に関わるものであろう。これと対になる「東夷獷俗」とは、東国地方の荒戎の意であろうから、ここで道真が念頭に置いているのは上野介に就任した興行であったのではないだろうか。ここでは、「巨明府」と「安別駕」とが対にされており、「南郡」と「東夷」とが対にされているのである。

尾聯の「君」「使令」は、島田忠臣であろう。「罷レ秩閑多レ暇（秩を罷めて閑にして暇多からむ）」とあるように、忠臣は美濃介の任期を終えてすぐの時期である。この詩に関して桑原朝子氏は、「詩人による政治―菅原道真の構想」(29)において「詩人」を鍵語にして、「天皇の側近にあって補佐するべきなのだ」、さらに、「自らのような文人貴族自身が積極的に政治に関わり」、また「之を主導してゆくという体制を構想し始めた」と「補佐」、「政治」、「構想」に着目する。ただ、この詩は、そのような政治や天皇の補佐といった具体的な事柄よりも、たとえば、「閑」と「暇」とを比較・対照させる特徴的な表現の方を問題にすべきではないだろうか。

286、訓下藤司馬詠二廳前櫻花一之作上。押韻（藤司馬が廳前の櫻花を詠ずる作に訓ゆ。押韻）。

紅櫻笑殺古甘棠　　紅櫻笑ひ殺す古の甘棠
　本韻、用レ櫻爲レ韻。　　本韻は、櫻を用ひて韻と爲す。
拙和、以レ棠代レ之。　　拙和するに、棠を以て之に代ふ。
安使君公遺愛芳　　安使が君公　遺愛の芳
此花、元慶始、安太　　此の花、元慶の始、安太
　守所レ種也。　　守が種ゑし所なり。
不レ用春庭無レ限色　　用ゐず春の庭の限り無き色を
欲レ看二秋畒有レ餘粮一　　秋の畒に餘り有る粮《かりて》を看むことを欲す

ここでは「櫻」という景物を媒介にして、安倍興行と道真との心の交流が語られていると思しい。藤司馬は、川口氏が二七七「訓二藤十六司馬對レ雪見レ寄之作一。次韻。」の藤十六司馬と同一人物とされる[30]。讃岐掾藤原氏で道真の下僚とされる。ただ、その中でも道真は藤司馬に関しては何も語らないのである。その上で、庁前に植えられた桜の木が、かつて安倍興行が植えたものであったことを道真は明らかにする。しかし、道真はその春に咲く桜の「無限色」

も、美しいには違いないが、「秋畝」に「餘粮」を見たいという。つまり、道真にとっては眼前の美しいのみの「櫻」よりも「粮」、かりて、収穫が重要だったのである。因みにこの詩における、「甘棠」とは、『毛子』国風・召南「甘棠」に基づく表現である。『文選』巻三六、傅《ふ》亮《りょう》「為二宋公一修二楚元王墓一教（宋公の爲に楚の元王の墓を修めしむる教《みことのり》）」の李善注に「夫愛レ人懐レ樹、甘棠且猶勿レ翦（夫れ人を愛し樹を懐《おも》へば、甘棠すら且《か》つ猶ほ翦《き》る勿《な》し）」の李善注に「毛詩曰、蔽芾甘棠、勿レ翦勿レ伐、召伯所レ茇。（毛詩曰く、蔽芾《へいはい》たる甘棠、翦る勿《なか》れ伐る勿れ、召伯の茇《やど》りし所。）」に拠るもの。それは国司の任期も終えようとしていた道真の、行政官としての自覚を語るものであろうか。

滝川氏は、初句で用いられている故事を問題にして「道真の詩では、その甘棠を笑い飛ばすほどの興行の「紅桜」だというのだから、暗に召伯よりも興行が優れていると詠んでいる」としている。(31)

ただ、むしろ尾聯で「無レ限色（限り無き色）」と「有レ餘粮（餘り有る粮）」とは、対句仕立てになっており、そこに興行との交遊によって可能たり得た表現の美が凝らされていると見られるのではないか。

五

巻五にも興行は登場する。道真の絶頂期である。ここで、道真は安倍興行と永遠に別れることになるのである。

350、暮秋、送二安鎮西赴一レ任、各賦二分字一（暮秋、安鎮西の任に赴くを送る、各分字を賦す）。

五十年前四送君　　五十の年の前に四たび君を送る
不堪西去此廻分　　堪へず西のかたに去る此の廻《たび》の分《わか》れ
無兄無弟身初老　　兄無く弟無く身《われ》初めて老ゆ
万事令誰子細聞　　万事誰にか子細に聞えしめむ

ここでは、道真の人生にとって、興行との別れが如何に深刻なものであったかが明らかにされる。道真はこの時は四十七歳であり、大系は「五十年というのは概数をいうのであろうか。前字やや不審。あるいは五十の年になる前にあっての意か。」とする。[32] 後者の説であろうか。ただ、ここでは興行との別離が今まで四度にも及んでいたことの重みを噛み締めるべきではあるまいか。それに対して今回の別れが最後の別れになるであろうことはほぼ確実であったろう。それを念頭に置いて今回の「分」れが道真にとって如何に重大なものであったのかを思いやらねばなるまい。また、「五十」、「四」と数詞を重ねる叙述を取り入れることで時間の経過を表す叙述となっていよう。

「無レ兄無レ弟」である道真にとっては、兄弟の多い興行が羨ましくもあったのではないか。或いは兄弟として興行と交わりたいという願望があったようにも見える。結句では反語の形で、「子細」を語る相手もいないことがかえって明瞭になっていると言えよう。滝川氏も指摘しているが、この結句は「道真にとって興行が万事話せる存在」であったことが証されよう。ただ、それがある故に一層、一人きりの心情が証される。これは道真の孤独な定めを物語るものであろう。

351、秋日、陪二源亞相第一、餞二安鎭西・藤陸州一、各分二一字一。探得レ紅（秋日、源亞相の第に陪りて、安鎭西・藤陸州に餞す、各一字を分つ。探りて紅を得たり）。

相送別西又別東　　相ひ送る西に別ると又東に別ると
二千五百里程中　　二千五百里程の中
秋情念念無他計　　秋の情念念として他の計《はかりごと》無し
只仰樽前面暫紅　　只《た》だ仰ぐ樽の前に面暫く紅なることを

これらの詩は安倍興行との交遊の中で詠ぜられた作。滝川氏に拠れば、この時の宴は、源能有の邸で開催されたもので、興行や佐世らの選別の宴も兼ねており、「第一句にまさにそのことを詠んでいる」ということである。(33) これに、安倍興行が太宰帥として赴任するのに際して送った作品である。この二首の詩で数詞と「西」という方位とが用いられていることに注意したい。三五〇番詩で検討したのは、「五十年」と「四」という時間軸と「二千五百里」という距離の数である。「送」と「分」、「去」と重ねられた「別」という表現にも注目すべきであろう。「無㆑兄無㆑弟」と「兄」も「弟」もないと対句仕立てにして叙述している。共に「無」とされているのである。

ここでは、「別㆑西」れ行く安倍興行と、「別㆑東」れる藤原佐世とが描かれていると思しい。「二千五百里」という距離が何に基づくのかは未詳であるが、自分のもとから遠く去ってしまう興行と佐世とただ一人都に残る道真との間の遥かな隔絶を象るものであろう。「秋情念念無㆓他計㆒。」と、「秋情」を一念一念ごとに思うたびに「他計」、その他の雑念は一切無い、としている。道真にとっては「秋」の悲しみと、安倍興行たちとの別離の悲しみが重なっていたのではあるまいか。ところで、ここで道真は珍しく「面暫紅」と、酒を詠じている。ただ、道真は自分で酒を味わっているというよりも、酒宴の中で自分以外のものに心を閉ざして、他人の顔が「面暫紅」であると語っているように見える。道真の孤独を物語るものではないだろうか。

終わりに

道真の生涯、人生に深く関わった人物の一人として、安倍興行を挙げることが出来ると思われる。興行は菅家廊下に学んだ、道真の父是善の教えを受けた学生出身であり、道真の人生に於ける先達の一人であった。ある意味では、道真は興行を始めとする多くの地方官との詩の交流によって自己の表現を磨き上げたと言えるのではあるまいか。

そして、道真の興行関係の詩文に対句や、数対などの技法が凝らされていることに注意したい。ここで道真は何を物語ろうとしているのか。均衡のとれた叙述に美を見いだしていたのではないか。あるいは、数に基づく「悲しみ」の表現であるとも見られよう。興行との交流によってもたらされた上述ということが出来るだろう。それらに着目して見てゆくことによって詩表現を通じて道真の志が明確になるのではないだろうか。

注

（1）滝川幸司氏「安倍興行考」（『菅原道真論』塙書房・二〇一四年刊、二〇〇八年初出）。
（2）後藤昭雄氏「紀長谷雄「延喜以後詩序」私注」（『平安朝文人誌』吉川弘文館・一九九三年刊）。
（3）関口力氏「安倍興行」（『平安時代史事典』角川書店・一九九四年四月刊）。
（4）高平平氏「菅原道真の交友と源能有」（『和漢比較文学』35号、二〇〇五年）。
（5）注2、後藤氏の論考を参照のこと。
（6）注3、関口氏の解説を参照のこと。
（7）注4、高氏の論考を参照のこと。
（8）柿村重松氏『本朝文粋註釈』（冨山房・一九六八年刊）。
（9）『菅家文草』の本文・詩番号は、川口久雄氏校注の『日本古典文学大系72　菅家文草　菅家後集』（岩波書店・一九六六年刊）に拠る。
（10）注1、滝川幸司氏の論考を参照のこと。
（11）注9、川口久雄氏の注釈、一五番詩注に拠る。一一九頁参照。
（12）注1を参照のこと。
（13）滝川幸司氏「道真の同僚」（『菅原道真論』塙書房・二〇一四年刊、二〇〇七年初出）。
（14）本間洋一氏「菅原道真の菊の詩」（『王朝漢文学表現論考』和泉書院・二〇〇二年刊、一九八五年初出）の注49参照。

(15)『うつほ物語』の藤原季英、藤英に関しては以前言及した。佐藤『うつほ物語』藤原季英の描かれ方について―漢文引用、とりわけ『菅家文草』引用から見た藤英像―」(『国文白百合』32号、二〇〇一年)。
(16)注1を参照のこと。
(17)注13、滝川幸司氏の考証を参照のこと。
(18)和田英松氏『官職要解』(初版一九〇二年刊、修訂版一九二六年刊、講談社学術文庫新訂版一九八三年一一月刊)。
(19)注1を参照のこと。
(20)中村喬氏『中国の年中行事』(平凡社・一九八八年刊)。
(21)注1を参照のこと。
(22)注9、八〇番詩の初句・二句を参照のこと。一七〇頁参照。
(23)井上光貞氏・関晃氏・土田直鎮氏・青木和夫氏『日本思想大系　律令』(岩波書店・一九七六年一二月刊)。
(24)道真の律令語を用いた表現に関しては、後藤昭雄氏「菅原道真の詩と律令語」(『中古文学』27号、一九八一年)、「菅原道真の詩と律令語・続稿」(『静岡大学教育学部研究報告(人文・社会)』33号、一九八三年)に詳しい。
(25)注4を参照のこと。
(26)注1を参照のこと。
(27)注1を参照のこと。
(28)注9、三一三頁、二六三番詩の「煩代」の注六、補注五を参照のこと。
(29)桑原朝子氏「詩人による政治―菅原道真の構想」『平安朝の漢詩と「法」―文人貴族の貴族制構想の成立と挫折』(東京大学出版会・二〇〇五年刊)。
(30)注9、二七七番詩の考証(藤十六司馬は、讃岐藤原某)による。三二七頁を参照のこと。
(31)注1を参照のこと。
(32)注9、三五〇番詩、注一を参照のこと。三八〇～三八一頁参照。
(33)注1を参照のこと。

本稿は、二〇一六年十一月三日に開催された大東文化会館Ｋ４０１教室に於ける第八回「東西文化の融合」国際シンポジウム　セッションＢ　王朝漢詩文の和漢比較に於ける口頭発表「菅原道真の表現について―安倍興行との交遊を通じて―」に基づく。その際には福盛貴弘氏に司会の労を忝なくした。また、布村浩一氏に他の人物の詩表現、及び『菅家後集』「叙意一百韻」の叙述を比較検討すべきではないかと教示された。今後の課題としたい。

象潟の風景
——芭蕉の西施の句をめぐって——

新間一美

一　象潟の雨と蘇軾詩・策彦周良詩

芭蕉の『奥の細道』の旅の目的の一つは、太平洋側の松島と日本海側の象潟《きさかた》の風景を見るところにあった。松島では芭蕉は句を詠まなかったが、象潟では、

象潟や雨に西施が合歓《ねぶ》の花（1）

と吟じた。元禄二年（一六八九）季夏六月中旬のことであった。（2）その多島の風景は文化元年（一八〇四）六月四日の地震で隆起し、失われて田圃となった。今はもう見ることができないその風景を芭蕉がいかに描いたかを検討したい。

ここで芭蕉が古代唐土の美女の西施を持ち出したことについては、多くの注釈書で北宋の詩人蘇軾（字《あざな》は東坡）の次の詩を挙げる。

飲湖上。初晴後雨。　湖上に飲む。初めは晴れ後《のち》は雨ふる。

水光瀲灩晴方好　水光瀲灩《れんえん》として晴れて方《まさ》に好く

山色空濛雨亦奇　山色空濛として雨も亦た奇なり

欲把西湖比西子　　西湖を把つて西子に比せんと欲すれば
淡粧濃抹総相宜　　淡粧濃抹総て相ひ宜し
（『蘇東坡詩集』[3]巻九）

西湖の晴れとそののちの雨の風景を西施（西子）に擬らえるとすれば、薄化粧であっても濃い化粧であってもどちらも良い、の意である。象潟に到着したところで右の蘇軾詩を引き、翌日それと呼応する形で「西施」の句を吟じたとされている。到着時の情景は次のように描かれている（傍点新間、以下同）。

江山水陸の風光数を尽して、今象潟に方寸を責む。酒田の湊より東北の方、山を越え磯を伝ひ、いさごをふみて、其の際十里、日影ややかたぶくころ、汐風真砂を吹き上げ、雨朦朧として鳥海の山かくる。闇中に莫《も》作して、「雨も又奇なり」とせば、雨後の晴色またたのもしきと、海士の苫屋に膝をいれて、雨の晴るるを待つ。

「雨も又奇なり」が蘇軾詩第二句の下三字に拠る。鳥海山が見えないことについて「朦朧」の語が用いられているが、麻生磯次氏の注釈[4]はその語に注目し、蘇軾詩の第二句の文字の違いについて、「詩句には「空濛」とあるが、「継尾集」には「朦朧」とあって、当時はこの形で知られていたようである」と述べる。蘇軾詩の「朦朧（雨）」を芭蕉の「（雨）朦朧」の典拠とするのである。『継尾集』は、酒田の医者の不玉（伊東淵庵、不玉は俳号）の著で、芭蕉は酒田で彼の家に泊まったことが前段に記されている。『継尾集』を見てみよう[5]。

水光瀲灔晴方好、山色朦朧雨亦奇
若把西湖比西子、淡粧濃抹両相宜　　蘇東坡
象潟の雨や西施が合歓花　　芭蕉

同じ蘇軾詩であるが、前掲の詩と比べると、「空濛」を「朦朧」に、「欲」を「若」に、「総」を「両」に作っている。

発句についても「象潟や雨に」が「象潟の雨や」となっている。(6)この「朦朧」であれば、麻生氏の言われるように、「雨朦朧として鳥海の山かくる」の典拠となり得る。この『継尾集』所載の蘇軾詩の本文はどこに由来するのであろうか。

仁枝忠氏は、「象潟」の句の典拠として『聯珠詩格』を挙げる。(7)その本文は左のように『継尾集』と同じく「朦朧」である。ただし「方」を「偏」に作るところが異なる。

西湖　　東坡

水光瀲灧晴偏好、山色朦朧雨亦奇

若把西湖比西子、淡粧濃抹両相宜

芭蕉も不玉も『聯珠詩格』系の本文で蘇軾詩を知っていたのであろう。(8)

麻生氏は、「闇中に莫作して」の注で明に渡った策彦《さくげん》周良の「晩に西湖を過ぎた時」に詠まれた詩を典拠として認めている。策彦は室町末期の五山の詩人で天龍寺の僧である。氏の訓点を付した引用を読み下し文に変えて示す。

余杭門外日将晡　　余杭門外日将《まさ》に晡《ほ》ならんとす

多景朦朧一景無　　多景朦朧として一景無し

暗得雨奇晴好句　　雨も奇晴れて好しの句を暗《そら》んじ得て

暗中摸索識西湖　　暗中に摸索して西湖を識る

（『策彦和尚詩集』）

「晡」は日暮れの意である。策彦は、日暮れで西湖の風景を見られなかったので、蘇軾の詩を諳んじて、「暗中に模索し」て西湖を知ったと詠んでいる。(9)芭蕉の「闇中に莫作して」は、策彦詩の第四句を典拠とするというのである。「莫作」は「模索」の宛字とする。

樋口功氏は、この典拠について早く昭和初年に言及している。(10)策彦の詩を載せる『海録』(11)と、それ以前に成立の清水春流『睡余操筆』[12]を挙げる。樋口氏の引用は誤植や一部省略があるので、もとの書から引用する。[13]

四三　雨奇晴好句　　東坡詩云、「水光瀲灎晴方好、山色空濛雨亦奇、欲下把二西湖一比中西子上、淡粧濃抹也相宜」、僧策彦の南遊稿に、「過二西湖一云、暗得二雨奇晴好句一、暗中摸索識二西湖一」といへるは、東坡の詩にとれる也、

（『海録』巻二）

近来五山の僧に。策彦の右《みぎり》に出るはなし。徳なり禅熟し詩聯句もすぐれしとかや。大明にわたりて西湖をよぎるとて。雨の日なれは即興の詩に。余杭門外日将《す》レ晡《まさにほならんと》　多景朦朧《として》　一景《も》無《し》。諳《そらんじえて》二得雨奇晴好句《を》一暗中《に》摸索《して》　識《る》二西湖一と吟じたりとそ。

（『睡余操筆』百三）

誤植は、『海録』の「空濛」が「空濁」に、『睡余操筆』の「諳得」が「暗得」になっているところである。[14]後者については、麻生氏の引用も「暗得」となっており、多くの注釈書がこの「暗得」の本文で引いている。後者は寛文十一年（一六七一）刊で芭蕉が読む機会はあった。

この後者の典拠について樋口氏著書に「雑誌同人藤井紫影先生の同随筆紹介による」とあり、『海録』が策彦詩の出典とする『南遊稿』の原書は未見としている。「紫影」は号で、京都帝国大学名誉教授の藤井乙男氏のことである。なお、樋口氏は「雨朦朧として」の「朦朧」についても「策彦の詩から取ったのであらう」と述べる。「雨朦朧として鳥海の山かくる」と続くのであるから、鳥海山が見えないことは策彦詩の、西湖では何も見えなかったという内容に由来すると見ているのである。

比較的新しく詳細な内容の尾形仂氏の注釈[15]では、「雨朦朧として」の典拠を『聯珠詩格』の蘇軾詩や策彦詩としている。この尾形説が現在の通説として認められていよう。ただし、尾形氏は一般の蘇軾の詩集に「空濛」とあることについては触れていない。

尾形氏は、策彦詩については、『三川随筆』[16]や『翁草』[17]等にも同詩が引かれていることを指摘し、策彦が西湖を訪

れたことについて詳細に記している。[18] ただし、『睡余操筆』からの同詩の引用は「暗得」となっており、樋口氏著書以来の誤りを踏襲している。『謙斎南遊集』[19]では、「参得」となっており、「参照し得た」の意味で、それがもとの形であるとも考えられるが、芭蕉が『睡余操筆』を読んだ可能性が高いので、『奥の細道』論としては、「諳得」で良いであろう。[20]

『聯珠詩格』の蘇軾詩と策彦詩は「朦朧」の語を共有するが、両者の関係をどのように考えれば良いであろうか。

策彦が西湖を訪れた時にはすでに夕暮れで「多景」[21]が「朦朧」としており、「一景」も見えなかった。蘇軾の「雨奇晴好」の句を「諳《そら》」んじ、「暗中に模索し」て見えない西湖を知ったのである。蘇軾の名句が幻の西湖を策彦の脳裏に出現させたとも言えよう。策彦は「朦朧」の語を用いており、その語を含む『聯珠詩格』系本文に近い蘇軾詩を諳んじたと考えられる。つまり、策彦はすでに暮れた西湖を訪れたが、見えない「朦朧」とした状況が蘇軾詩の雨の「山色朦朧」に近かったので、その詩の「雨奇晴好」の句、即ち「水光瀲灩として晴れて偏へ（方《まさ》）に好し、山色朦朧として雨も亦た奇なり」を「諳」んじたのである。それで詩作に「朦朧」の語を用いた。ただし、蘇軾の場合は山が雨で朦朧として「奇」なる風景となったのであり、策彦の場合は、暮れてしまって西湖は見えず、「闇中」に「模索」せざるを得なかったのである。蘇軾とは逆に「雨奇」を「晴好」の前に置いたのは平仄の関係もあろうし、暗い「朦朧」とした状況が蘇軾の雨の状況と近かったからであろう。

芭蕉は、策彦が西湖を訪れたのと同様に夕暮れに象潟を訪れた。しかも雨が降っていた。策彦の元の詩では雨の描写はなく、単に日が暮れているだけであるが、『睡余操筆』では「雨の日なれば」と付け加えている。おそらく「朦朧」の語が雨の風景を表わすと思って加えたのであろう。芭蕉はこの書から策彦詩を知り、日暮れで雨という状況も踏まえてそれを蘇軾詩と共に巧みに利用した。「雨朦朧として鳥海の山かくる」は、蘇軾の「山色朦朧雨亦奇」を基本的には踏まえているが、山が見えないとしているのは、「一景も無し」に拠ると考えられる。「闇中に莫作」するのは、策彦詩を引くが、そのあとの「雨も又奇なり」は蘇軾詩を引く。

ここで思い起こされるのは、芭蕉が白河の関で、わざわざ正装して関を通ったという『袋草紙』に見える竹田国行の故事を引いていることである。能因が名歌「都をば霞とともに立ちしかど秋風ぞ吹く白河の関」（後拾遺集・羇旅）を詠んだというのがその理由であった。これは能因の「数奇」を踏襲する行為であると考えられる。[22] 能因が女流歌人伊勢の旧宅を通り過ぎる時に、わざわざ牛車から下りて敬意を表わしたという故事が『袋草紙』の同所に見える。国行は能因に敬意を表わし、それを引く芭蕉も能因に敬意を表わした。曾良は「卯の花をかざしに関の晴れ着かな」の句を詠んで敬意を表わした。

尊敬する先人に類する行動を取ることが「数奇」の一つの在り方とすると、芭蕉はここで策彦の行動を踏襲したと考えられる。すなわち、策彦のように蘇軾の句を諳んじて、まだ見ぬ象潟の風景の美に期待したのである。そこには、蘇軾に対する敬意と蘇軾詩を諳んじた策彦に対する敬意がある。東北を旅し、象潟を訪問すること自体、先達の能因とそれを踏襲した西行に対する敬意があったことはもちろんである。前引の「海士の苫屋に膝を入れて」も、前掲歌に続く能因の「世の中はかくても経けり象潟の海士の苫屋をわが宿として」（後拾遺集・羇旅）に拠るとされる。

策彦は夕暮れで西湖を「一景」も見なかったが、芭蕉の状況はどうであったろうか。鳥海山が朦朧として見えないだけでなく、象潟も見えなかったと言いたいのではないだろうか。樋口氏は、「芭蕉は、雨中の暗中模索でもおもしろいというぐらゐだから、雨あがりの色を添へた鳥海山象潟の景色は尚更好いにちがひないと、大に期待をかけて、雨のあがるのを楽しんで待つた、といふわけであらう」と言う。尾形氏は雨中の夜景はすばらしいと解するが、芭蕉は実際に暗中に模索したと思われる。策彦と同じく芭蕉も鳥海山と共に象潟の風景も見なかった、それで晴れに期待するという樋口説を首肯したい。

蘇軾は、『蘇軾詩集』の詩題に「初晴後雨」（初めは晴れ後は雨ふる）とあって、初めは晴れの風景を賞し、後には雨の風景を賞していた。策彦はそれを雨を先にして「雨奇晴好」と引用した。芭蕉は雨の日に到着したために、まだ見ぬ晴れの風景に期待している点で策彦と同じく、蘇軾とは逆の順になっている。逆にしたところに面白みがある。また、「雨後の晴色またたのもしき」という語句からは、詩題そのものを知っていた可能性が感じられる。『聯珠詩格』では、詩題は「西湖」としか記されていないのであるから、その場合は『蘇東坡詩集』など「初晴後雨」の詩題を載せる典拠も考える必要がある。

二　象潟の「雨中の花」

雨の後は、「其のあした天よく晴れて、朝日花やかにさし出づるほどに、象潟に舟をうかぶ」とあるように晴天であった。能因島に能因の旧跡を訪い、その向かいの岸に西行の旧跡や神功皇后の墓のある干満珠寺を訪ねている。寺の方丈に座して象潟の風景を満喫し、その印象を松島と対比して描いている。

　江の縦横一里ばかり、おもかげ松島にかよひて、又異なり。松島は笑ふがごとく、象潟は恨むがごとし。寂しさに悲しみを加へて、地勢魂をなやますに似たり。

その後に「象潟や雨に西施が合歓の花」の句が続く。この時は「雨後の晴色」であるから、この句は雨後の花という設定であろう(23)。或いは晴天の中で雨中の花を思っているのかも知れない。

象潟に西施を持ち出したのは、すでに前聯を引いた蘇軾詩の後聯「若把西湖比西子、淡粧濃抹両相宜」を踏まえてのことである。また、後述するように松島の風景に美女の姿をすでに見ていた。蘇軾が晴景と雨景の西湖を「濃抹」と「淡粧」の西施に比した(24)ように、芭蕉は象潟の晴景を眼前にして、その美景が悩める美女の西施のように見えたという。その上で雨の合歓の花を美女西施が眠っている「淡粧」の姿に比したのである。

右の引用部では、「笑ふがごとく」の松島と、「恨むがごとき」象潟は対照的に描かれている。「寂しさ」「悲しみ」

「魂をなやます」という語句が重ねられて、その恨みが強調されている。西施については「顰《ひそ》みに倣う」の故事があり、悩みを持つ美女であった。

一方、松島の段で松島の風景も「美人」の容貌に喩えている。

松島は扶桑第一の好風にして、凡《およそ》洞庭西湖を恥ぢず。…其の気色窅然《えうぜん》として美人の顔《かんばせ》を粧《よそほ》ふ。ちやはぶる神のむかし、大山づみのなせるわざにや。造化の天工、いづれの人か筆をふるひ、詞を尽さむ。

洞庭湖と西湖に恥じないとあり、諸注はここも西湖を西施に喩えた蘇軾詩を踏まえているとする。そうすると「美人」は西施を指すような読み方になる。

その読み方に対して、松本寧至氏は異論をとなえている。(25) 氏の結論としては、「笑ふがごと」き松島は楊貴妃像、「恨むがごと」き象潟は西施像を基にしているとする。「長恨歌」に「回眸一笑百媚生」（眸を回らして一笑すれば百媚生ず）とあるように、楊貴妃には明るく笑う美女のイメージがあるというのである。

ただし、象潟の悩める西施像ももとは楊貴妃像と関わりがあるとし、松尾靖秋氏説(26)を引用している。

なお『下学集』によると「楊貴妃」の条に、「唐玄宗ノ皇帝所レ寵スル喩《タトフ》二睡《ネムル》海棠一者也」と見えるが、あるいは、「海棠」をねむとし、「楊貴妃」を「西施」にしておもしろさをねらったものかも知れない。

これは、楊貴妃を眠っている海棠の花に喩えた故事に倣い、その海棠の花を合歓の花に、楊貴妃を西施に置き換えた、という説である。「合歓《ねむ》」に「眠（る）」を掛けたことを説明しているのである。

また、松本氏は、『芭蕉翁発句評林集』（夏之部）を挙げる。(27)

象潟の雨や西施が合歓の花

松島は笑ふがごとく、象潟は眠るごとしと。扶桑第一の好風にして造化の天工狩野も筆を捨てたるべし。美人の笑るがごとしと。雨を帯たる梨花によそへて合歓の花を西施になぞらへたり。海棠の雨にねぶるを新しくやはり合歓の木にとり直されたる名人のうへなれば也。象潟の風景をよく云かなへたる妙意也。猶可尋。

「雨を帯たる梨花」は、「長恨歌」の「梨花一枝春帯雨」（梨花一枝春雨《あめ》を帯ぶ）であり、それを用いて、雨に濡れた梨の花に倣って（雨に濡れた）合歓の花を西施に擬したという説である。「美人の笑るがごとし」についても松本氏に、「長恨歌」の「回ㇾ眸一笑百媚生」を引いていると推測して楊貴妃の印象であるとする。

「海棠の雨にねぶる」を合歓の花に取り直しているというのは、松尾氏が引く『下学集』の楊貴妃が海棠に喩えられたという記事に関わる。結局、「象潟や」の句の西施について松本氏は、「楊貴妃伝承の、いわばイミテイションとも見られるといっているようである。換骨奪胎なのだといっているようである」と言われる。「象潟や」の句は、単純に蘇軾の西湖詩だけに拠ったのではなく、美女に関する複数の表現が深く関わっているようなのである。その点を考察する。

風景などを美女に喩えることについては、二通りの場合がある。一つは風景全体を喩える場合であり、蘇軾が西湖を西施に喩えているのがこれに当たる。芭蕉も蘇軾詩に拠っており、象潟全体を美女（すなわち西施）に喩えている。もう一つは花を美女に喩える場合である。「象潟や」の句では、合歓の花を西施に喩えている。

従って、象潟の風景描写と「象潟や」の句では、まず蘇軾詩と策彦詩を借りて象潟の雨景に暗中模索する。晴景から西施の「濃粧」を連想するようにし、そのあと雨の合歓の花に視点を移して、合歓の花があたかも西施が（淡粧で）眠っている姿のようだと言っている。二つの場合を組み合わせて「象潟や」の句が成り立っているのである。松本氏の論はそこを区別していないために分かりにくくなっている。

松本論文で言及する「長恨歌」の「梨花一枝春帯ㇾ雨」は、蓬萊山で玄宗の使いの方士と出会った仙女楊貴妃の涙を流す姿を梨の花に喩えているが、句そのものは、梨の花を詠んだものとも見える。その場合は、花を美女に喩えることになり、雨の中の花の美を表現していると詠み得るのである。

小島憲之氏は、「雨中の花」を詠んだ詩の表現に注目する。島田忠臣の「賦二雨中桜花一」（田氏家集・巻下）や菅原道真の「暮春尤物雨中花」（「上巳日、対レ雨翫レ花、応レ製」菅家文草・巻五）の句に関して、

「雨中」の語は、すでに初唐蘇頲や盛唐王維・杜甫などの詩に、二、三の例を見るものの、忠臣・道真の詩が雨に濡れた花の艶を美しく描写するところに新しい意義がある。

と、忠臣や道真の表現は中唐の白居易等の表現を受容したものと指摘する。(28)「梨花一枝」の句や同じ白居易の「和二雨中花一」（後集・巻二）を例として挙げ、(29)その上で「雨後」の花についても元稹の「賦得二雨後花一」の例を挙げている。一方、楊貴妃などの美貌を表わす「花顔」の語に検討を加え、道真の「賦二雨中花一」（菅家文草・巻二）の「花顔片々咲来多」（花顔片々咲《ゑ》み来《きた》ること多し）の例などは、花の擬人化にこの語が用いられていることを指摘している。(30)雨中の花に楊貴妃のような美女を連想することになっているのである。

「象潟や」の句も雨中の花を詠んでいることになる。ただし、「西施がねぶ」と続いていて、西施の眠る姿を想像している。この合歓の花の表現は、花を美女に喩える場合の二つの要素を組み合わせていると見られる。一つは雨の中の花を美女に喩えること、もう一つは花を美女の眠る姿に喩えることである。

松尾説では、『下学集』の眠そうな楊貴妃を海棠に喩えた例が挙がっており、これは後者の要素を持つ。松本氏は、さらにこの楊貴妃にまつわる「海棠」の説話として、『野客叢書』(31)の記事を挙げる。

花睡足

楊妃外伝載。明皇登二沈香亭一召二太真一。時太真卯酒酔未レ睡。侍児扶而至、明皇曰、是豈妃子酔邪、海棠睡未レ足耳。故東坡海棠詩曰、只恐夜深花睡去、高焼二銀燭一照二紅妝一、用二此事一也。（『野客叢書』巻十）

「楊妃外伝」(32)の記事は、玄宗が沈香亭に楊貴妃を召した時に貴妃は朝酒（卯酒）に酔っていたので、海棠の花の眠りが十分でないようだ、と玄宗が言ったという話である。蘇軾の「只恐夜深花睡去、高焼二銀燭一照二紅妝一」という海棠

の花の詩は、この逸話を用いて作られたと説明している。

松本氏は、蘇軾には他に同じ故事を引く「定恵院海棠」詩の「林深霧暗暁光遅、日暖風軽春睡足」の句があるという。また、謡曲「皇帝」に「げにや春雨の。風に随ふ海棠の眠れる花の如くなり」とあって、中世以降知られたものであったとする。

「皇帝」は、楊貴妃が病気の時に唐の高祖の御代の鍾馗《しょうき》が現われて悪鬼を退治するという筋であり、右の引用は病気の楊貴妃の描写である。「春雨」は「梨花一枝春帯ㇾ雨」の句から来ているのであろうが、「海棠」については『野客叢書』が引く記事に由来しよう。結果として、ここでは楊貴妃について雨中の花の喩えと、睡れる海棠花の喩えとが用いられており、芭蕉の「象潟」の句にかなり近い表現となっている。

三　蘇軾と海棠

松本論文が言及する蘇軾の海棠の詩二首を改めて『蘇東坡詩集』から引く。『野客叢書』所引詩の方は絶句である。

海棠

東風渺渺泛崇光　　東風渺渺として崇光泛ぶ
香霧空濛月転廊　　香霧空濛として月廊に転ず
只恐夜深花睡去　　只恐らくは夜深くして花睡り去ることを
高焼銀燭照紅妝　　高く銀燭を焼《た》きて紅妝を照らす

（『蘇東坡詩集』巻二十二）

次に定恵院海棠詩であるが、長編なので一部を略して引用する。

寓居定恵院之東、雑花満山。有海棠一株、土人不知貴也。

寓居定恵院の東、雑花山に満つ。海棠の一株有るも、土人貴きを知らざるなり。

江城地瘴蕃草木　江城地瘴なるも草木蕃す
只有名花苦幽独　只名花の幽独に苦しむ有り
嫣然一笑竹籬間　嫣然として一笑す竹籬の間
桃李漫山総麤俗　桃李漫山総て麤《そ》俗
也知造物有深意　也《また》知る造物の深意有るを
故遣佳人在空谷　故に佳人をして空谷に在らしむ
（四句略）
林深霧暗暁光遅　林深く霧暗くして暁光遅し
日暖風軽春睡足　日暖かに風軽くして春睡足る
雨中有涙亦悽愴　雨中涙有り亦悽愴たり
月下無人更清淑　月下に人無くして更に清淑たり
（十四句略）　（『蘇東坡詩集』巻二十）

この二詩は共に揚子江近い黄州の定恵院で詠まれたものという。松本氏が言うように、共に楊貴妃の睡れる海棠の故事を踏まえ、海棠を擬人化して詠んでいる。ただし、詠みぶりに違いがある。前者は海棠の花としての美に焦点が当てられており、後者は地元の俗人の知らない海棠の孤高の高潔さを描きつつ、海棠を借りて自身の孤高と不遇とを訴えていると言えよう。

後者の主題は、白居易の「和㆓雨中花㆒」と似るところがある。また雨の中の花の涙は楊貴妃を想起させる。睡れる海棠の故事も含めて白居易の詩に倣っているところがある。

海棠はもともと南方の花で、右の中略部分にも好事家が「西蜀」より移植したのではないか、との句がある。蘇軾は黄州でこの花と出逢い、その美と高潔さを賞したのである。それが右の両詩などを生み、海棠の名詩として喧伝されて行く。策彦も「海棠」詩を踏まえた詩を詠んでいる。(33)

　この蘇軾詩の流行は、和歌の世界にも及んでおり、中世末から近世初期に生きた藤原惺窩（一五六一～一六一九）に蘇軾の「海棠」詩を踏まえた詠が見える。

　海棠

あかぬ夜の春のともしびきゆる雨にねぶれる花よねられずを見む　（『惺窩集』(34)〔一一四〕）

「銀燭」を「春のともしび」のところに用い、雨の中の花も詠み込んでいる。芭蕉の時代には蘇軾詩に由来する雨の中の睡れる海棠の花はかなり知られていたことが分かる。

　これらの延長線上に芭蕉の「象潟や」の句はある。『芭蕉翁発句評林集』の「海棠の雨にねぶるを新しくやはり合歓の木にとり直されたる」という説は認めることができる。

　ただ、楊貴妃像を単純に西施に置き換えたわけではない。実は、松本氏が引かれる『野客叢書』「睡足」（睡り足れり）には以下のような続きがある。

　又観二李賀詩一、西施暁夢綃帳寒、香鬟墮髻半沈檀、轆轤咿啞転二鳴玉一、驚起芙蓉睡新足、以二芙蓉一睡足事、為二西施一用亦佳、唐詩亦有二一枝嬌臥酔芙蓉之語一。

ここで引かれる中唐の李賀詩は、「美人梳頭歌」である。また、「唐詩」の「一枝嬌臥酔芙蓉」とあるのは閻選の詞「虞美人」（『花間集』巻九）の句であり、「芙蓉」は蓮の花を指す。この二首については、楊貴妃の故事を古代の西施や虞美人に応用している。李賀詩については、「芙蓉を以つて睡り足れりといふ事、西施と為て用ゐるは亦た佳し」と楊貴妃の故事を西施に応用したことを評価している。芭蕉が『野客叢書』や李賀詩を知っていて眠る西施を詠んだ可能性もある。

風景を美女西施に喩える、ということについては白居易の詩友であった元稹の「春詞」(35)に、

山翠湖光似欲流　山翠《みどり》にして湖光流れんと欲するに似たり
蛙声鳥思却堪愁(36)　蛙声鳥思却りて愁ふるに堪へたり
西施顔色今何在　西施が顔色今何《いづ》くにか在る
応在春風百草頭　応に春風百草の頭《ほとり》に在るべし

とある。後聯は『和漢朗詠集』(草)に採られている。元稹は越州(今の紹興)刺史であった。この詩は山を背景とする湖の詩であり、西施を詠み込んでいるのであるから、西湖の詩と見られる。(37)湖の「光」を詠むところが蘇軾詩と共通しているので、蘇軾はこの詩を知っていたに違いない。「百草の頭」は、春風に開く百草の花のことであり、花の風景を西施に喩えた詩と読める。芭蕉は『和漢朗詠集』に通暁していたから、象潟では蘇軾詩と共に西施の姿を思い起こさせる花を配したこの詩の後聯も思い浮かべていたであろう。

以上をまとめてみる。西湖の風景に西施を思い浮かべることについては、元稹から蘇軾、蘇軾からわが国の策彦の詩があった。策彦の詩に西施は登場しないが、蘇軾詩を諳んじているのであるから、西施も含まれているのである。花を眠そうな美女に喩えることについては楊貴妃の故事に由来するが、李賀詩では西施にも応用されていた。花は海棠であり、李賀詩では芙蓉であった。雨中の花の美については、元稹や白居易に発し、蘇軾に継承された。花は梨花や海棠であった。中世末期から近世にかけては、雨の中の海棠の花を漢詩や和歌で詠むことが行なわれていた。芭蕉はそれらを大方知っており、象潟では夏の季節に応じた合歓の花を雨の中に置いて、そこに西施のおもかげを見たと考えられる。

注

（1）『奥の細道』の引用は、素龍清書本を底本とする萩原恭男氏『おくのほそ道』（岩波文庫・昭和五十四年〈一九七九〉）に拠る。ただし、表記は一部改めたところがある。

（2）『曾良日記』によれば六月十七日。

（3）以下、蘇軾詩の引用は『続国訳漢文大成　蘇東坡詩集』（昭和三年〈一九二八〉～六年）に拠る。訓は適宜改めた。

（4）麻生磯次氏『奥の細道講読』（明治書院・昭和三十六年〈一九六一〉）三七三頁。

（5）引用は、国文学研究資料館電子資料館に収める酒田市立光丘文庫蔵本の影印に拠る。

（6）初案は、この形であったという。尾形仂氏『おくのほそ道評釈』（角川書店・平成十三年〈二〇〇一〉）に詳しい。なお、本稿の尾形氏説はすべてこの書に拠る。

（7）仁枝忠氏『芭蕉に影響した漢詩文』（教育出版センター・昭和四十七年〈一九七二〉）二六三頁。『聯珠詩格』（二十巻）は元の于済撰、蔡正孫補。

（8）仁枝氏著書では、『聯珠詩格』を典拠として挙げるが、「朦朧」と「空濛」の違いに留意していない。なお、尾形氏は注6前掲書で、『説叢大全』に、越後国沼垂町真野氏蔵真蹟に「象潟一見、山色朦朧雨亦奇、淡粧濃沫《ママ》といひけむも、又奇なるべし」とあることを紹介されている（傍点新間）。

（9）五山の僧侶の間では、西湖の詩としてこの蘇軾詩がよく知られていた。楊舒淇・進士五十八両氏「日本における中国杭州西湖の風景イメージの定着化についての考察」（『ランドスケープ研究』六十二巻五号（平成十年〈一九九八〉三月）に、『五山文学全集』と『新集』に収録されている西湖関連の詩文のうちには「水光瀲灔」「濃抹淡粧」などの句が極めて高い頻度で登場することが指摘できる」とある。

（10）樋口功氏『奥の細道評釈』（麻田書店・昭和五年〈一九三〇〉）三四二頁。

（11）『海録』は、山崎美成著。文政三年（一八二〇）六月から天保八年（一八三七）二月までの随筆という。

（12）『睡余操筆』は清水春流著で別名『続徒然草』。寛文十一年（一六七一）刊。

（13）引用は、『海録』は国書刊行会の大正四年（一九一五）版、『睡余操筆』は東京大学附属図書館霞亭文庫画像に拠る。後者の振り仮名等は一部省略した。

(14)「諳」は下平声十三覃韻または去声二十八勘韻、「暗」は去声二十八勘韻であり、「そらんず」の意で両字通用するが、策彦詩では「くらい」の意で「暗」字が用いられているので、重複しない「諳」字の方が良いと考えられる。樋口氏著書では、『海録』の本文に引かれて誤ったと推測される。

(15)尾形氏注6前掲書。

(16)『二川随筆』は細川宗春・山川素石著。日本随筆大成所収。

(17)『翁草』は神沢貞幹著。巻六「策彦和尚西湖の詩」。日本随筆大成所収。また、尾形氏は、広瀬旭窓『九桂草堂随筆』に策彦詩に関する記述があることを紹介する。

(18)策彦の事蹟については、大日本仏教全書『遊方伝叢書　第四』所収の「策彦和尚入明記初度集三巻」、「同再度集二巻」に詳しい。また、研究書として、牧田諦亮氏『策彦入明記の研究　上・下』（法蔵館・昭和三十年〈一九五五〉・三十四年〈一九五九〉）があり、上巻には上記「入明記」や策彦の詩集の翻刻も具える。

(19)注18の牧田氏前掲書、上巻二七五頁。詩題は「晩過㆓西湖㆒」。『謙斎南遊集』と樋口氏著書が引く『南遊稿』は同書であろう。「謙斎」は策彦の号。

(20)『睡余操筆』の「諳」字は、『二川随筆』では同じく「諳」に作り、『翁草』では「請」に誤る。なお、「晡」字については両書とも「暮」に作る（「晡」の場合は韻字）。『翁草』は「模」字を「操」に誤る。

(21)西湖には名勝として「西湖十景」などがあり、索彦は多くの見所を「多景」と詠んだと思われる。注9の楊・進士両氏論文参照。

(22)拙稿「『奥の細道』と能因の「数奇」―白河の関で―」（『台大日本語文研究』第二九期・二〇一五年六月）

(23)曾良の『随行日記』によれば、実際には、六月十七日は朝は雨で夕方に晴れた。尾形氏は、「「雨奇」「晴好」を書き分けようとしたフィクションである」とされる（注6前掲書三二四頁）。

(24)『聯珠詩格』（早稲田大学古典籍総合データベース・文化元年〈一八〇四〉版本に拠った）の第一句「水光…」の注に「此是濃抹」、第二句「山色…」の注に「此是淡粧」とある。それに拠れば晴景が濃抹、雨景が淡粧である。尾形氏は、雨景を濃抹とする（注6前掲書三二九頁）。

(25) 松本寧至氏「松島は笑ふが如く—『奥の細道』の一考察」（『流離抄』勉誠出版・平成十三年〈二〇〇一〉、初出『二松』第十四集・平成十二年〈二〇〇〇〉三月）。

(26) 松尾靖秋氏『おくのほそ道』（中道館・昭和四十九年〈一九七四〉）。

(27) 松本氏は、岩田九郎氏『諸注評釈　芭蕉俳句大成』（明治書院・昭和三十六年〈一九六一〉）にもすでに掲げられているとして挙げる。本稿の引用は弘前市立弘前図書館蔵本（国文学研究資料館電子資料館の影印）に拠る。表記は適宜改めた。

(28) 小島憲之氏『古今集以前』（塙書房・昭和五十一年〈一九七六〉）二五二頁。

(29) 小島氏説では元稹に「雨中の花」の詩はない、とするが当たらない。「和㆓雨中花㆒」は、友人の元稹に唱和した「和㆓微之二十三首㆒」中にあって、元稹から贈られた二十三首に唱和したうちの一首である。もとの元稹詩は残らないが「雨中花」の題であった。白詩は雨中の花に託して才能ある士の不遇を描いており、元詩もそのような内容であったと推測される。

(30) 小島氏注28前掲書二〇六頁。

(31) 『野客叢書』は南宋の王楙著。引用は承応二年（一六五三）刊本（国文学研究資料館電子資料館の影印）に拠る。第三一六コマ。

(32) 「楊妃外伝」のこの記事は、現存の「楊太真外伝」等には見えず、それ以上の出典は追究できないという。

(33) 村木桂子氏「室町時代における玄宗・楊貴妃イメージ—南禅寺所蔵《扇面貼交屏風》を手がかりに—」（『同志社大学日本語・日本文化研究』第十二号・平成二十六年〈二〇一四〉三月）に、南禅寺の扇面屏風に「東坡暁燭照海棠図」があり、索彦周良の賛が付せられていることが紹介されている。賛文は、「春情熟興翰林芳、銀燭高㆑燈照㆓海棠㆒、嫋々崇光天帝賜、金蓮不㆑換此紅粧」（索彦和尚詩集）とある。同論文「別表三」参照。

(34) 『惺窩集』の引用は、『新編国歌大観　八』に拠る。

(35) 『元氏長慶集』巻二十一。引用は前聯が楊循吉書写本の影印（中文出版社・昭和四十七年〈一九七二〉）、後聯が『和漢朗詠集』に拠る。なお、後聯は『千載佳句』（春興）に見える。

（36）「蛙」字は、楊循吉書写本に拠る。他本は、「蜂」に作る。『古今集』の仮名序に「花に鳴く鶯、水に住むかはづの声を聞けば生きとし生けるもの、いづれか歌をよまざりける」とある鶯と蛙の組み合わせはこの詩に拠る可能性がある。

（37）白居易が杭州刺史、元稹が越州刺史であった時期があり、元稹は白居易と共に西湖（銭塘湖）に遊んだ。吉原浩人氏「銭塘湖孤山寺の元稹・白居易と平安文人」（『白居易研究年報』十六号・平成二十七年〈二〇一五〉十二月）参照。

近世俳諧と白居易諷諭詩
――『蠹集』第三歌仙発句考――

安保博史

はじめに

貞享元年（一六八四）、西上した其角は、京の伊藤信徳グループと一座した連句を纏め、同年七月、千春の序を添え、『蠹集』という風変わりな名を冠して上梓した。本集の俳風は、拙稿「蠹集の俳風」(1)において指摘したように、新風の萌芽を示しながらも機知滑稽の旧風を残すが、冒頭に色濃く窺える白居易趣味は、貞享期の俳諧史を考察する上で注視されねばならない。

『蠹集』は、「蠹集序」（原漢文）に「百八十句断メテ五歌仙ト為ス。法ハ通活ヲ崇ンデ字ハ杜撰ヲ避ク。其ノ大意ヲ挙ゲテ之ヲ篇首ニ標ハス。（中略）雕文必ズ規ニ帰ス。儆シテ蓋シ白香山ガ諷諭体ヲ倣フナリ」とある通り、序文に続く「標首」に、「白香山」すなわち白居易の「諷諭体ヲ倣フ」大意を指定して、各歌仙の発句が詠まれ、歌仙興行が始まるのである。この新奇の趣向には、延宝・天和期、京・江戸の東西において漢詩文調俳諧の最前線を牽引した其角・信徳に共通する白居易趣味(2)が顕現しており、見落とすことができないのである。

本稿の目的は、右の白居易趣味が、延宝九年、芭蕉の指揮によって、江戸蕉門人士が、白居易の「酒功讃」（『白香山集』巻六十二）に想を得て、『俳諧次韻』の二百五十句を、信徳グループの『誹諧七百五十韻』の巻尾から「継ぎ添」うように詠んで行く趣向と照応することを指摘するとも、白居易諷諭詩の「古社ニ和ス」に見える「社樹」なる詩句に基づく「社樹ニ和ス」の「大意」によって信徳が詠んだ第三歌仙の発句の「村愣いく世の狐女をなかだちけん」の新解釈を提出することにある。以て其角や信徳らの俳諧に頻用される「和ス」なる語の俳諧史的存在像にも迫りたい。

一　『蠹集』千春序・標首と白居易諷諭詩

一―一　『蠹集』千春序と白居易諷諭詩

延宝九年（一六八一）一月、京の信徳グループの八吟七百五十句を収載した『誹諧七百五十韻』が刊行された。芭蕉と其角は、同年七月に、その千句満尾を意図して、四吟二百五十句及び余興四句などを収載した『俳諧次韻』を刊行した。

芭蕉は、『俳諧次韻』冒頭の「表題」に、

晋ノ伯倫ノ酒徳、頌ヲ伝フ。楽天、継ニ酒功ノ讃ヲ以ス。青、之ニ酔ツテ信徳ガ七百五十韻ヲ続ク。二百五十句。（原漢文）

と記す通り、「楽天」（白居易）が「晋ノ伯倫」（劉伯倫）作の「酒徳頌」（『文選』巻二十四）を継いで、「酒功讃」（『白香山集』巻六十二）を以て綴ったという故事に基づいて、「青」（桃青）すなわち芭蕉が自らを白居易に擬し、『誹諧七百五十韻』の巻尾の、

挨拶を爰では仕たい花なれど　（正長）
　又かさねての春もあるべく　（常之）

から『俳諧次韻』の冒頭の付合の、

鷺の足雉脛長く継添て　　桃青

這句以₂荘子₁可レ見矣　　其角

に繋げていくのである。『俳諧次韻』は、東西俳壇の交流・連繋の証として注目され、宗因流俳諧を変革てゝる俳諧史的意義は、名古屋の荷兮が『橋守』（元禄十年刊）の中で、「雉脛長く続《(ママ)》そへてと付て、是より宗因流かはれるなり。第一、この二百五十韻の発起は、前句の心を付て、前のことを付けぬなり。又、古語古歌にかゝはらず」と評するほどであった。

其角編『蠹集』（貞享元年刊）において、後述の「標首」以外にも、千春序にも濃密な白居易趣味が示されるのは、『俳諧次韻』の「表題」において白居易「酒功讃」に基づいて言挙げした東西交流の共通の記憶の故であったろう。左に掲げた引用文は、［甲］は『蠹集』（貞享元年刊）千春序、［乙］は『白氏長慶集』（明暦三年刊・京都松栢堂林和泉掾覆明刊本）巻第三・諷諭・新楽府であるが、［甲］［乙］両書の各傍線部の①・②同士を比較してみると、甲①の「断為五歌仙」と乙①「断為五十篇」における「断為」の措辞の一致、甲②「挙其大意標之篇首」と乙②「首句標其目、卒章顕其志」における措辞の類似を見出せるのである。千春が序文撰文の際に『白氏長慶集』を参照した可能性は高いのではないか。このように、撰文の上で白詩に倣う姿勢は、其角編『みなしぐり』（天和三年〈一六八三〉刊）に収められた、「効《フ》₂白氏之《ノ》隣女《ニ》₁題」なる前書を付した其角句「二星私《（ヒソカ）ニ》憾《ム》となりの娘十五」とも通い、当時の東西俳壇の漢詩文調俳諧の最前線における白詩憧憬の雰囲気が知られ、注目されるのである。

［甲］『蠹集』（貞享元年刊）千春序

①百八十句断為五歌仙。法宗通活而字避杜撰。②挙其大意標之篇首。（中略）傚蓋倣白香山諷喩体也。

（百八十句断めて五歌仙と為す。法は通活を崇んで字は杜撰を避く。其の大意を挙げて之を篇首に漂はす。（中略）傚して蓋し白香山が諷喩体を倣ふなり）

〔乙〕『白氏長慶集』（明暦三年刊・京都松栢堂林和泉掾覆明刊本）巻第三・諷諭・新楽府
序曰、凡①九千二百五十二言、断為五十篇。篇無定句、句無定字。繫於意不繫於文、②首句標其目、卒章顕其志、詩三百之義也。（後略）
（序して曰く、凡て九千二百五十二言、断めて五十篇と為す。篇に定る句無く、句に定る字無し。意に繫けて文に繫けず、首めの句に其の目を標はし、卒はりの章に其の志を顕せることは詩の三百の義なり。）（後略）

一―二　『蠹集』標首「和二社《ス》樹一《ニ》」と白居易諷諭詩「和古社」

一方、千春序の後に掲げられた「標首」と、その「標首」に示された「大意」に基づいて詠まれた各発句は次に示す通りであるが、各標首の措辞も白居易諷諭詩の各詩題の下に付された諷諭の大意に拠った可能性が考えられる。

①疾《メリ》二貧人《ヲ》一（貧人を疾めり）第一歌仙発句：「視《ミレハ》二彼《ノ》蟬《ヲ》一貧者に衣をぬぐ事を」（其角）
②耐二閨怨《ニ》一（閨怨に耐えたり）第二歌仙発句：「行露《ミチノツユ》女《メ》百合の朝ゐきだなし」（只丸）
③和二社《ス》樹《ニ》一（社樹に和す）第三歌仙発句：「村樗いく世の狐女をなかだちけん」（信徳）
④戒《ム》レ懈《ルコトヲ》レ学《ヲ》（学を懈ることを戒しむ）第四歌仙発句：「灯に傍《ソフ》て蚊魔睡リを喰ヒけり」（虚中）
⑤憫亡秦（亡秦を憫しむ）第五歌仙発句：「傾あつて姫瓜をさく刀なし」（千春）

例えば、①「疾《メリ》二貧人《ヲ》一」は、左掲のA『白氏長慶集』巻第四・諷諭「黒潭龍　疾貪吏也」を、③「和二社《ス》樹《ニ》一」は、B『白氏長慶集』巻第二・諷諭「和古社」を、④「戒《ム》レ懈《ルコトヲ》レ学《ヲ》」は、C『白氏長慶集』巻第四・諷諭「古塚狐　戒艶色也」を、⑤「憫亡秦」は、D『白氏長慶集』巻第四・諷諭「隋堤柳　憫亡国也」を、それぞれ意識したものと推測されるのである。

A『白氏長慶集』巻第四・諷諭「黒潭龍　疾貪吏也」

黒潭龍○疾貪吏也　　黒潭龍○貪吏を疾めり。

黒潭水深色如墨　　黒潭水深くして色墨の如し。

伝有神龍人不識　　神龍有りと伝ふれども人識らず。

B『白氏長慶集』巻第二・諷諭「和古社」

和古社　　古社に和す

廃村多年樹生在古社隈　　廃村多年の樹、生ひて古社の隈に在り。

為作妖狐窟心空身未摧　　為に妖狐の窟と作り、心空しきも身未だ摧けず。

C『白氏長慶集』巻第四・諷諭「古塚狐　戒艶色也」

古塚狐○戒艶色也　　古塚狐○艶色を戒めり

古塚狐妖且老　　古き塚の狐、妖にして且つ老いたり。

化為婦人顔色好　　化して婦人と為つて顔色好し。

D『白氏長慶集』巻第四・諷諭「隋堤柳　憫亡国也」

隋堤柳○憫亡国也　　隋堤柳○亡国を憫しめり

隋堤柳　　隋堤の柳、

歳久年深尽衰朽　　歳久しく年深くして尽く衰へ朽ちたり。

右で特に注意すべきは、③「和《ス》二社樹《ニ》一」とB『白氏長慶集』巻第二・諷諭「和古社」との密接な関わりである。白居易諷諭詩「和古社」全体を見渡してみると、第三句目に「社樹」とあることに気づかされるのである。この事実は何を意味にするのか。

和古社　　古社に和す

廃村多年樹生在古社隈
為作妖狐窟心空身未摧
妖狐変美女社樹成楼台
黄昏行人過見者心徘徊
飢鵰竟不捉老犬反為媒
歳媚年少客十去九不廻
昨夜雲雨合烈風駆迅雷
風抜樹根出雷劈社壇開
飛電化為火妖狐焼作灰
天明至其所清広無氛埃
旧地葺村落新田闢荒萊
始知天降火不必常為災
勿謂神默默勿謂天恢恢
勿喜犬不捕勿誇鵰不猜
寄言狐媚者天火有時来

廃村多年の樹、生ひて古社の隈に在り。
為に妖狐の窟と作り、心空しきも身未だ摧けず。
妖狐 美女《カホヨキ》に変じ、社樹楼台と成る。
黄昏に行人過ぎて見る者心徘徊す。
飢鵰竟に捉へず、老犬も反つて媒を為す。
歳ごとに媚ぶ年少の客、十去つて九は廻らず。
昨夜雲雨合し、烈風迅雷を駆る。
風抜いて樹根出で、雷劈いて社壇開く。
飛電化して火と為り、妖狐焼けて灰と作る。
天明けて其の所に至れば、清広として氛埃無し。
旧地村落を葺き、新田荒萊を闢く。
始めて知る天火を降すことを、必ずしも常に災ひと為らざることを。
謂ふこと勿れ神默默たりと、謂ふこと勿れ天恢恢たりと。
喜ぶこと勿れ犬の捕へざるを、誇ること勿れ鵰の猜はざるを。
言を狐の媚ぶる者に寄す、天火時有つて来ると。

（『白氏長慶集』（明暦三年・京都松栢堂林和泉掾覆明刊本）巻第二・諷諭・和答詩十首（其ノ九）「和古社」）

白詩「和古社」は、荒廃した古い社の境内の木の穴に隠れ住み、美女に変じて若者を幻惑する妖狐の怪と、烈風迅雷、妖狐一掃後の村の再生を描き、狐の如く媚びて人を惑わす者には「天火時有ツテ来ル」と、「言ヲ狐ノ媚ブル者」の非を戒める。この詩は、親友の元稹が白居易に宛てて詠作した詩十七章の中の一つである「古社」と題する一篇に和した詩作（「和答詩十首」其ノ九）である。元稹「古社」詩の冒頭八句を、『元氏長慶集』から引けば、次の通りである。

古社　　古社
古社基阯在　　古社基阯在り。
人散社不神　　人散じて社に神あらず。
唯有空心樹　　唯だ空心の樹有り。
妖狐蔵魅人　　妖狐蔵《かく》れて人を魅す。
狐惑意顛倒　　狐惑せられて意顛倒し。
臊腥不復聞　　臊腥復た聞かず。

（『元氏長慶集』第一巻・古詩「古社」）

元稹の「古社」詩の大意は、こうである。古い社に聳えた神木の穴に棲む妖狐が人を惑わし、意気顛倒させる。妖魔の難を避けようと、神木を切り倒そうとするが、怪異のために手をこまねくばかり。とうとう神木に火を放って、妖狐は死ぬ。農業は振興し、新しく社の木も茂り、永く村の民の安寧を保つことになる。白居易「和古社」は、上述の元稹の「古社」の本旨を踏まえながら、「言ヲ狐ノ媚ブル者」の非を諷する視点から詠まれている。堀誠氏が、白詩の「天火」には「天罰としての意味」を持つとして、

「狐媚者」とは、退治られた妖狐に対していかなるものをいうのか。「狐媚」は狐の如き媚態をもってへつらうことをいうようだが、これはまた先に見た「稷狐」「城狐」の属に連なるようである。この結びはそうした「狐媚者」に向けての警鐘となっていよう。

と説かれる通りであろう。(3)このように、白居易「和古社」は、元稹の「古社」の作品世界を受け継ぎながらも、「妖狐」を人間界の恥ずべき「狐媚者」の比喩として用いたところに、独自性があったのである。

本章では、白居易が元稹の「古社」に和して「和古社」を詠じた経緯を辿ってみたが、『蠹集』の「標首」の「和二ス

社樹《ニ》一」に白詩の「和古社」の第三句目に見える「社樹」の語が見える事実は、白居易が元稹詩に和して詠作したように、貞享期の俳諧人士は、遠く時代と空間を隔てて、白詩の「和古社」の「社樹」なる語に和しつつ、独自の視点から句を詠もうとする意図を表明したものであると考えられるのではないか。その詠作の姿勢は、蘇東坡の「古人ノ詩ヲ追和スルコト」（『精選古今名賢叢話詩林広記』）に倣うものであった。佐藤勝明氏は、其角が『蠹集』上梓の一年前に刊行した『みなしぐり』（天和三年〈一六八三〉刊）に収められた、「和《ス》二古詩《ニ》一／瑟ヲ焼て水鶏ヲ煮ル夜酒淋し　其角」、「和《ス》二角《ガ》蓼蛍《ノ》句《ニ》一／あさがほに我は食くふおとこ哉　芭蕉」に見える「〇〇ニ和ス」の前書と発句の組み合わせが、蘇東坡らの詩題に多見される「〇〇ニ和ス」の形式を俳諧の前書に導入した事例と捉え、天和期の芭蕉や其角たちが、「古人を追和する東坡の姿勢に学び、その東坡らを追和する」とともに、「追和の精神をいかした詠作」を種々試行していたと説かれるが(4)、右の『蠹集』の「標首」の「和《ス》二社樹《ニ》一」も、白詩に追和する精神が発露した表記として認識すべきなのである。

二　『蠹集』第三歌仙発句と妖狐趣味

二―一　『蠹集』第三歌仙「村樗」発句に関する二つの注釈

伊藤信徳は、「標首」の「和《ス》二社樹《ニ》一」に従って、第三歌仙の発句を、

　村樗いく世の狐女をなかだちけん

と詠んだ。本句については、現在、二つの注釈が備わるところから、両注釈を比較しつつ参照してみたい。

［注釈1］野村一三氏『其角連句全注釈』（笠間書院・昭和五十一年刊）

　村樗とはむらがっているあふちの木のこと。狐女とは狐つきの女。なかだちとは、ここでは誘い出すぐらいの意か。このむらがっているあふちの木が、いく代の狐つきの女を誘い出したのだろうかという。あふちは獄門に

植えて首をさらし掛けた、そのいまわしい木の色が狐つきの女の背景にふさわしいからなのであろうか。狐女の狐で夏。

［注釈２］田中善信氏『元禄名家句集略注　伊藤信徳篇』（新典社・平成二十六年刊）

【句意】この村のオウチの木は、幾世代にもわたってキツネの嫁入りの世話をしたことだろう。夏「樗」。

【語釈】○村樗　村のオウチの木。神霊がやどると信じられていた大きなオウチの木なのであろう。この木の下でキツネの嫁入りが行われていたという言い伝えがあったのであろう。オウチはセンダンの古名。落葉する高木で夏に紫色の花を付ける。なお「村」には「群がる」の意味があり「村樗」は何本も群がって生えているオウチとも考えられるが、私は右のように考えた。　○なかだちけん「なかだつ」（とりもつ。仲介する）という動詞の連用形に過去のことがらを推量する助動詞「けん（けむ）」が付いた形。仲立ちをしたことだろう。

二―二「村樗」と「妖狐」

上五の「村樗」については、野村注が「むらがっているあふちの木」、田中注が「村のオウチの木」とし、「センダンの古名」とする。確かに中村惕斎『訓蒙図彙』（寛文六年〈一六六六〉序）巻十九「楝」の項に、「楝　れん　あふち、俗云せんだん　苦楝」と見える。「村」は両注釈の間で見解が異なるが、ここは「標首」に見える「社樹」の「廃、村多年ノ樹」としての景を日本的に具体化したものと考えて、誰もいない村の「社」（寺社）に聳え立つ一本のオウチの古木とするのが妥当か。オウチの古木の樹洞に「狐女」が隠れ棲むのである。高瀬梅盛が編んだ付合語辞典である『俳諧類船集』（延宝四年〈一六七六〉刊）巻七「梅檀」の項に、

梅檀《センダン》…嵯峨の釈迦　あしだ　寺地①　堤《ツヽミ》　絹　鵯《ヒヨトリ》

（中略）

五月雨の比、花ざかり也。②在郷に火葬をするに、大かたせんだんを集めてたく《（焚）》と也。

とあり、オウチ、別名「栴檀」が、傍線部②のように「在郷」（田舎）の地で「火葬をするに、大かたせんだんを集めてたく《（焚）》と也」とあることからすれば、傍線部①「寺地」、つまり、寺の敷地に植えられることがあったか。例えば、井原西鶴『好色一代男』（天和二年〈一六八二〉刊）巻四「形見の水櫛」には、

身に引あてゝ悲しく、其六七日も野を家となして尋けるに、霜月廿九の夜おのづからこゝろの闇路をたどり、①人家まれなる薄原にかゞり火の影ほのかに、②卒塔婆の数を見しは、いかなる人か世をさり、惜まるゝ身も有ぬべし。竹立て③ちいさき石塔なをあはれなり。さぞ此したたには疱瘡の嘆き、或は疳にてさきだち、母に思ひをさせしもと、④せんだんの木陰よりみるに、此所の百性らしき者のふたりして⑤埋し棺桶を掘返す。こゝろの程のすごくなりぬ。

とあり、「せんだん」（傍線部④）が植えられた場所が、「人家まれなる薄原」（傍線部①）、「卒塔婆」（傍線部②）、「ちいさき石塔」（傍線部③）、「埋し棺桶」（傍線部⑤）に徴すれば、人里離れた墓場であることは明かである。「寺地」、特に墓場・墓原が「狐女」が隠れる場として相応しいことは、次のように、『俳諧類船集』の「狐《キツネ》」の付合語に「古塚《ツカ》」・「墓原」の語が見え、同じく「墓原《ハカハラ》」の付合語に「狐」が見えることからも瞭然とする。

狐《キツネ》…古塚《ツカ》　草村　古社　蓬生《ヨモキフ》の宿　蘭菊　梟《フクロウ》　墓原　狂言　傾城　されかうべ　五条の内裏　幽王の后　なす野　蓮台野　格子《カウシ》　窓　綿　稲荷　信太《シノダノ》森　本地野　つばな

墓原《ハカハラ》…狐　狼《オホカミ》　鉢たゝき　女郎花《ヲミナヘシ》　鳴神《ナルカミ》　鳥辺《トリヘ》野　舟岡　蓮台《レンダイ》野　盂蘭盆《ウランボン》　高野《カウヤ》山　家作り　合《アヒノ》山　つるめさう　紫雲《シウン》山

実際、右の付合の事例は、維舟（重頼）編『時勢粧』（寛文十二年〈一六七二〉刊）第四下・寛文五年霜月十日「出立は」百韻に、

狐を見ればどれも顔白　　盛（親盛）
朝清雪かきのくる墓原に　　我（友我）

と見え、松意編『江戸俳諧談林十百韻』（延宝三年〈一六七五〉刊）に、

蔵主の名残見する古塚　　松意
すみ染の夕の月に化狐　　志計

と見える通りである。特に、信徳グループの墓原・廃墟・廃園などの木の穴に潜む狐への親近は、一門の連句集である『誹諧七百五十韻』（延宝九年〈一六八一〉刊）第八「八人や」五十韻に、

浅茅原瑠璃《ルリ》の礎《イシヅエ》のみ也けり　　之（常之）
狐が里の穴《アナ》のしのゝめ　　泉（如泉）

と見える付合に典型的に窺えて興味深い。「泉」（如泉）の「狐が里」句の付けについて、阿部正美氏は、

謡曲「隅田川」の詞章「面影も幻も見えつ隠れつするほどに、しのゝめの空もほの〲明け行けば跡絶えてわが子と見えしは塚の上の草茫々として唯しるしばかりの浅茅が原となるこそあはれなれ」によつた付けで『類船集』①が「浅茅」と「荒れたる里」、「狐」と「古塚」「墓原」「蓬生《ヨモギフ》の宿」等を付合としてゐるのも参照すべきであらう。②瑠璃の礎のみ残る荒れた浅茅原の夜明けに、所柄に相応しく狐の巣くふ穴を点出したのである。

と、「古塚」・「墓原」・「蓬生《ヨモギフ》の宿」が狐の付合語であること（傍線部①）、「瑠璃の礎のみ残る荒れた浅茅原の夜明け」に相応しく「狐の巣くふ穴」を点出したこと（傍線部②）を指摘するが、[5] それは、『蠹集』第三歌仙の信徳発句の上五「村樗」にも言える趣向であろう。

また、「村樗」が「なかだちけん」の主語となっている点も見落としてはならない。「なかだちけん」については、野村注は「（いく代の狐つきの女を）誘い出したのだろうか」とし、田中注は『なかだつ』（とりもつ。仲介する）という

動詞の連用形に過去のことがらを推量する助動詞『けん（けむ）』が付いた形。仲立ちをしたことだろう」と解説するが、ここで注意したいのは、「なかだち」という語が、白居易「和古社」詩の第五句目に見える「飢鵰竟ニ捉ヘズ、老犬モ反ツテ媒《なかだち》ヲ為ス」を踏まえていることである。信徳句の趣向は、白詩が、「鵰《くまだか》」も「犬」も妖狐の恋の邪魔をせず、むしろ仲を取り持つようにした、と詠んだのに唱和し、「村樗」を擬人化して、白詩の「飢鵰」や「老犬」ならず、「村樗」が妖狐の恋の仲立ちをしたのだろうと言い立てたところにあるのではないか。

二―二　妖狐としての「狐女」

一方、「狐女」についてはどうか。野村注は「狐つきの女」、田中注は「キツネの嫁入り」と捉えているが、ここは、「標首」の「和ス二社樹ニ一」に注目して、美女に化けて人を誑かす「妖狐」と考えるべきであろう。

狐が老いて美女に変じることは、『太平御覧』巻九〇九「獣部二十一」「狐」所引「玄中記」に、「玄中記曰。五十歳之狐。為淫婦。百歳狐。為美女。又為巫神」（玄中記に曰く、「五十歳の狐は淫婦と為り、百歳の狐は美女と為り、又巫神と為る」と）とあるが、例えば、堀誠氏は、『捜神記』巻十八所収の陳羨の話に引く『名山記』に、「狐者、先古之淫婦也。其名曰、阿紫。化而為狐。故其怪多自称阿紫」（狐は、先古の淫婦なり。其名を阿紫と曰《い》ふ。化して狐と為る。故に其の怪多く自ら阿紫と称す）を引き、

狐という動物は先古の淫婦が姿を変えたものという。その名は阿紫。怪異をなす狐は阿紫を称することが多いというが、祖先が淫婦だというなら、通常の女身への変身はおろか、その勝って知ったる婬婦に化けるのも御手の物であったろう。事実、『初学記』巻二十九「獣部狐第十三」所引の『郭氏玄中記』に、

千歳狐為淫婦。百歳之狐為美女道士。
（千歳の狐　淫婦為り。百歳の狐　美女　道士と為る。）

ともいう。百歳の狐が美女や道士に変じるのに対して、齢千歳にして淫婦となるという。ただ千歳ならずとも、そもそも狐変の妖婦が往々にして淫蕩であるのは、その「先古の淫婦」の血統の然らしむるところであったか。

（傍線稿者）

と説かれるのは、(6)参考となる。信徳の「村樗」句の「狐女」も、美女に変じた「百歳ノ狐」として造型されたものか。

ところで、上掲の『俳諧類船集』の「狐」の付合語に「蘭菊」「梟《フクロウ》」が見えるように、「狐」から「蘭菊」や「梟《フクロウ》」を連想する発想は、次に冒頭の数句を引く白居易の諷諭詩「凶宅」に拠るものである。

凶宅

長安多大宅列在街西東
往々朱門内房廊相対空
梟鳴松桂枝狐蔵蘭菊叢
蒼苔黄葉地日暮多旋風

凶宅

長安に大宅多し。列つて街の西東に在り。
往々に朱門の内、房廊相対して空し。
梟は松桂の枝に鳴き、狐は蘭菊の叢に蔵る。
蒼苔黄葉の地、日暮れて旋風多し。

（『白氏長慶集』巻第一・諷諭「凶宅」）

この白居易の諷諭詩由来の発想による詠作の事例は、既に重頼編『犬子集』（寛永十年〈一六三三〉刊）巻第四「蘭」に収められた「黄葉するらんぎくや実《げに》狐色」なる重頼句に見え、新日本古典文学大系69『初期俳諧集』（岩波書店・平成三年刊）に収載された『犬子集』（森川昭氏担当）九十頁・「黄葉する」句脚注も、「▽白楽天・凶宅に『狐ハ蘭菊ノ叢ニ蔵ル』とあるが、なるほど蘭菊の黄葉は狐色」と解する。同じ趣向による事例は、

①蘭菊の栄る庭や狐福　一武　（休安編『ゆめみ草』（明暦二年〈一六五六〉刊）巻第三秋「蘭」）
②蘭菊の火ともす花は狐哉　正村　（同右）
③蘭菊の淵やさながら則きつね川　義章　（湖春編『続山井』（寛文七年〈一六六七〉刊）秋之発句上）
④狐やらん菊の盃数献こむ　読人しらず　（維舟編『時勢粧』（寛文十二年〈一六七二〉刊）第二・秋部「蘭」）

⑤蘭に狐是も麝香の犬候か　　松浦重武　（同右）

⑥　かぎ鼻のあな珍しや蘭のかざ（濁ママ）
いろもよく似る狐の尾花　（同右・維舟「千句」追加）

などに見られるところから、俳諧常套の趣向と言える。この趣向は、見落とされがちだが、其角編『みなしぐり』（天和三年〈一六八三〉刊）「飽やことし」歌仙においても、其角句に事例を確認できる。

百ヲふる狐と秋を慰めし　同（李下）
傾《ケイ》婦を蘭の肆《イチクラ》にうる　角（其角）

李下の前句の「百ヲふる狐」を、老いて美女に変じた「妖狐」と見て、其角はその美女を「蘭燈の花やかな店、娼家」（『校本芭蕉全集』第三巻[7]）に売るさまを付けた。「狐―蘭菊・傾城」（『俳諧類船集』）。諸注、「百ヲふる狐」を、上掲の『太平御覧』巻九〇九「獣部二十一」「狐」所引「玄中記」に、「玄中記曰。五十歳之狐。為淫婦。百歳狐。為美女。又為巫神」とあるのに象徴されるような「美女」に変じた「百歳狐」として注釈を加えていないが、延宝・天和期、白詩の詩文を俳諧化する趣向への色濃い親近を示していた其角が「百ヲふる狐」を単に「百歳を経た老狐」として解するはずはないのである。

また、『俳諧類船集』の「狐」の付合語として「古塚《ツカ》」・「古社」なども登録されているが、発想の淵源を辿れば、「狐―古社」は先述の元稹詩「古社」、白居易の諷喩詩「和古社」に描かれた「妖狐」に由来し、「狐―古塚《ツカ》」は左に掲げた白居易の諷諭詩「古塚狐」に詠じられた、「化シテ婦人ト為ツテ」人に媚びて惑わす「古キ塚ノ狐」に由来する可能性がある。

古塚狐〇戒艶色也　　古塚狐〇艶色を戒めり
古塚狐妖且老　　古き塚の狐、妖にして且つ老いたり。

化為婦人顔色好
頭変雲鬢面変粧
大尾曳作長紅裳
徐徐行傍荒村路
日欲暮時人静処
或歌或舞或悲啼
翠眉不挙花顔低
忽然一笑千万態
見者十人八九迷
仮色迷人猶若是
真色迷人応過此
彼真此仮倶迷人
人心悪仮貴重真
狐仮女妖害猶浅
一朝一夕迷人眼
女為狐媚害却深
日増月長溺人心
何況褒姒之色善蠱惑
能喪人家覆人国

化して婦人と為つて顔色好し。
頭は雲鬢に変じ面は粧に変ず。
大なる尾に曳いて長き紅ひの裳と作る。
徐徐《ヤウヤウ》に行きて荒村の路に傍ふ。
日の暮れなんと欲する時、人の静なる処に。
或いは歌ひ、或いは舞ひ、或いは悲しび啼く。
翠りの眉の挙《モタ》げざるして、花顔低れり。
忽然として一たび笑めば千万の態《ワザ》あり。
見者の十人に八九は迷ひぬ。
仮の色の人を迷はすこと、猶ほ是くの若し。
真の色の人を迷はすことは、応に此れに過ぐべし。
彼れが真なるも此れが仮なるも倶に人を迷せども、
人の心仮を悪んで真を貴重す。
狐の女の妖を仮れるは害猶ほ浅し。
一朝一夕に人の眼を迷はす。
女の狐の媚を為すは害却つて深し。
日に増り月に長じて人の心を溺らす。
何ぞ況んや褒姒の色の善く蠱惑して、
能く人の家を喪し人の国を覆すをや。

君看為害浅深間　　君看よ害を為す浅深の間を。
豈将仮色同真色　　豈に仮色を将て真の色に同じうせんや。

（『白氏長慶集』巻第四・諷諭「古塚狐　戒艶色也」）

以上のように、『蠹集』第三歌仙の「村甹」信徳発句の「狐女」は、「狐つきの女」（野村注）や「キツネの嫁入り」（田中注）ではなく、白居易諷諭詩に散見される「妖狐」として捉えなければならないのである。

二―三　「なかだちけん」と昔をしのぶ詠法

『蠹集』第三歌仙の「村甹」信徳発句の詠作のあり方は、社の古いオウチ（梅檀）の木が幾世代にもわたたって、妖狐が人に媚びて誘惑する怪を取り持ったのだろうと、白居易諷諭詩の昔をしのぶ体を取るが、そのように白居易諷諭詩の「和古社」に和して、古人の白居易との間で応酬追和するところに、当時の最前線の俳諧としての新しさがあったと言える。

このように、漢詩の古人の昔をしのぶ詠法の事例には、其角編『みなしぐり』に収められた、「憶フ二李白ヲ一」の前書を付し、李白が湖の月を取ろうとして溺死したとされる「李白捉月伝説」と、雪中に蘇東坡が驢馬を乗り雪見に向かう「戴笠騎驢伝説」の昔をしのび、「月ヲ見て」李白は湖に身を投げたが、蘇東坡ならば、「月ヲ見て」湖ならず、雪に身投げしたことだろう、と風狂の先達の如き二人への憧憬を詠んだ才丸句「月ヲ見て東坡は雪に身投げけん」や、「芋名月」とも称し、里芋を供えて月見をする陰暦八月十五夜の風習に基づき、「李白捉月伝説」も念頭に置いて、「本日八月十五夜の名月は、芋名月とも称するので、酒に酔っても李白のように湖には身を投げず、芋を抱いて酒に身を投げよう」と興ずる体の桐橋句「芋を抱《だい》て酒に身なげんけふの淵」などと通う詠法も窺えて、注目されるのである。

おわりに

『蠹集』は、京俳壇の信徳グループの連句集『誹諧五百韻三歌仙』（貞享元年正月刊・如雲編）とともに、同じく貞享元年に成立した「蕉風確立の書」と称される『冬の日』（荷兮編）の新風の俳諧史的意味を闡明する上で注目しなければならないはずであるが、『蠹集』は八吟世吉一巻の友静発句「句を干《ほし》て世間の蠹《シミ》を払ひけり」が俳壇の「蠹《シミ》」（旧風）を一新しようとする決意や意気込みを表した句であり、『蠹集』という命名が本句に拠るとされること[8]、『蠹集』の装幀が、紗綾形地巻龍紋の表紙を用いた、「当時の俳書としては頗る斬新且つ奇抜なもの」（石川真弘氏『蕉風論考』）であること[9]などは指摘されても、「其角京五吟／追加よよし」（副題）の俳風については旧風一色の連句集として等閑に賦されているのである。

本稿では、『蠹集』が、千春序に「傚シテ蓋シ白香山ガ諷諭体ヲ傚フナリ」（千春序）とある通り、「標首」に、白居易の「諷諭体ヲ傚フ」大意が指定されて、各歌仙の発句が詠作されている事実を、第三歌仙の「村樗」信徳発句における白居易諷諭詩「和古社」摂取のあり方を確認しながら、信徳がいかに白詩の世界に追和して、「社樹」の日本的風景としての「村樗」の景を描出し得たかを検証してみた。今後は、『蠹集』の他の歌仙発句と白居易諷諭詩との関わりについての注釈を重ね、冒頭に、白居易趣味が溢れた「序」と「標首」を備えた『蠹集』の意匠に、白居易の「酒功讃」を軸にして、京の信徳門の『誹諧七百五十韻』から、江戸の芭蕉・其角らの『俳諧次韻』が繋がっていった東西交流・連帯の記憶を再評価し、京における新風樹立の意志を象徴する意図が働いていることを論証していきたい。この意匠については、別稿に譲ることにして、擱筆する。

注

（1）拙稿「蠹集の俳風」（群馬県立女子大学国語国文学会編『国文学研究』第二十二号〈平成十四年三月〉）。
（2）拙稿「近世俳諧と『琵琶行』―其角俳諧を中心として―」（『白居易年報』第十三号〈平成二十四年十二月〉）。
（3）堀誠氏『日中比較文学叢考』（平成二十七年・研文出版刊）。
（4）佐藤勝明氏「『古人の名』の詠み方―芭蕉句『世にふるも』の意図をめぐって―」（『連歌俳諧研究』第百十一号〈平成十八年九月〉）。
（5）阿部正美氏『芭蕉連句抄』第三篇（昭和四十九年・明治書院刊）三十頁。
（6）注3に同じ。
（7）『校本芭蕉全集』第三巻「連句篇（上）」（昭和三十八年・角川書店刊）二三三頁。
（8）田中善信氏『元禄の奇才　宝井其角』（平成十二年・新典社刊）五十九頁に、「この妙な題名は、世吉の友静の発句「句を干て世間の蠹を払ひけり」によるが、本書の書名は「世間の蠹」（古びた俳諧）を払うものだ、という意味の命名であろう」との指摘がある。
（9）石川真弘氏『蕉風論考』（平成二年・和泉書院刊）所収「天和期の蕉風俳諧」七～八頁に、「この表紙の使用は、当時の俳書としては頗る斬新且つ奇抜なものであり、書肆一存の仕業とは考えられず、其角の指示によったと見るのが妥当であろう」との指摘がある。

『嵯峨日記』の「夢」論をめぐって

塚越義幸

一　はじめに

『嵯峨日記』は、『俳文学大辞典』で、

俳諧日記。写、巻子一。芭蕉著。

【内容】本文冒頭に「元禄四（一六九一）辛未卯月十八日」とあり、この日（四月十八日）に洛西嵯峨の去来の別荘落柿舎に到着した芭蕉が、五月四日まで滞在した間の出来事や感想を日記風に記録したもの。前後一七日間、去来一族の手厚い保護を受けて、芭蕉は「我貧賤を忘れて、清閑に楽」日々を送った。その間、凡兆・羽紅・乙州・千那・史邦・丈草・李由・曾良ら門人の来訪も多かったが、閑寂な環境に恵まれて、本書には自身の内面のありようを見つめる作者の清澄な心の緊張が貫かれている。

【諸本】芭蕉自筆本は伝存未詳。その臨摸と見られる故野村胡堂本（山本安三郎旧蔵）と芭蕉翁記念館本（曾我忠兵衛旧蔵）の二種がある。名称は蕉門の人々の間で早くから「嵯峨日記」と呼ばれていたらしいが、後世刊行されるにあたって『はせを翁嵯峨日記』（宝暦3）、「落柿舎日記」（『蓬莱嶋《よもぎがしま》』所収）などとも呼ばれた。

と解説されているように、元禄四年の四月十八日から、五月四日までの落柿舎（去来の別荘）滞在中の日記である。ただ、芭蕉自筆本の存在は未詳で、現在はその写しが伝わっているだけである。その四月二十八日の項に、

夢に杜国が事をいひ出して、涕泣して覚ム。

心神相交時ハ夢をなす。陰尽テ火を夢見、陽衰テ水を夢ミル。飛鳥髪をふくむ時は飛るを夢見、帯を敷寝にする時は、虵を夢見るといへり。睡枕記・槐安国・荘周夢蝶皆其理有テ、妙をつくさず。我夢ハ聖人君子の夢にあらず。終日妄想散乱の気、夜陰夢又しかり。誠に此ものを夢見ること所謂念夢也……(1)

とある。ここでは、亡き弟子杜国のことを、夢に見て感窮まって涙をして目覚めたことを記し、その後に芭蕉がその夢に対して論じたのである。ここには、『列子』・『荘子』さらに「枕中記」などの中国古典も引用されている。

芭蕉の作品に見える夢は、

①蛸壺やはかなき夢を夏の月　（貞享五年）
②夏草や兵共がゆめの跡　（元禄二年）
③君やてふ我や荘子が夢心　（元禄三年）
④旅に病で夢は枯野をかけ廻る　（元禄七年）(2)

などがよく知られているが、彼が夢をここまで論じたものは見当たらない。

本稿では、芭蕉の『嵯峨日記』（四月二十八日）の夢に対する認識を、中国の夢との対比の観点から考察し、杜国への思いを示した「念夢」の真意を探ってみたい。

二　俳諧における「夢」

芭蕉はさまざまに「夢」を作品に取り上げているが、「夢」という語が、俳諧でどのように扱われているかを考え

てみたい。

まず、連歌においては、『連珠合璧集』（一条兼良　文明八年　一四七六）に、

夢トアラバ

みる　おどろく　さむる　かへる　あだなる　はかなき　かたる　あはする　昔古　世　身　面影　たゞち

浮橋　うき草　こてふ　もろこし　花　春秋　凡夜之詞可付之[3]　（傍線は筆者による）

とあり、主にはかなさを表す語が付合語として挙げられ、その中には「こてふ」（荘周の夢）や「もろこし」など中国のイメージを持つ語も含まれている。また夜のことばを付けることを指定している。

一方俳諧においては、『類船集』（高瀬梅盛　延宝四年　一六七六）の「夢」の項に、

思ひね　物おもふ枕　なき人　旅ね　待よはる夜　忍ふむかし　まれにあふせ　胡蝶　朝の雲　夕の雨　かしこき人　吉野　鹿　占　須磨　聖人　周公　浮世　節分　連歌　病人　懐妊　邯鄲の枕　神託　幽霊[4]

（傍線は筆者による）

とあり、付合語としての中国に関わることばは、「胡蝶」の他に「聖人（周公）」や「邯鄲の枕」などが加えられている。（後の解説に『論語』「復た夢にだも周公を見ず」が引用されている）

『山之井』（北村季吟　正保四年　一六四七）春部「胡蝶」には、

胡蝶　てふく　あけはのてふ　舞　夢　ねふる

…猶荘周が夢をよせて、こてふの夢百年めなどもいへり[5]

とあり、胡蝶の関連語として、「夢」や「ねふる」が、さらに「荘周の夢」も示されている。

また『俳諧無言抄』（梅翁　延宝二年　一六七四）では、

夢　七句去也。はいに五句去へし。無名の夢は恋也。夜分也。世は夢などは夜分にあらず。

と式目上の決まりを表している。それによると、「夢」は俳諧では五句去り、何もついていない夢が恋の句となり、時間帯は夜を表すが、「世は夢」のようにはかなさを表す時は、夜とはみなさないという。

以上、俳諧における「夢」の本意を追ってみたが、芭蕉俳諧においても「はじめに」で示した夢の四句（はかない夢や荘周の夢というテーマ）をはじめ、

①富士の雪廬生が夢をつかせたり（延宝五年）↓邯鄲の枕

②餅を夢に折むずぶ歯朶の草枕（延宝九年）↓旅ね

③馬に寐て残夢月遠し茶のけぶり（貞享元年）↓旅ね

④夢よりも現の鷹ぞ頼母しき（貞享四年）↓鷹（『類船集』に鷹の付合語に夢）

などを見ても、邯鄲の夢や旅寝、鷹など俳諧の夢の本意通りの作品が多いと言ってよいだろう。

三 『嵯峨日記』四月二十八日における「夢」

次に、『嵯峨日記』における芭蕉の「夢」論について考察してみたい。元禄四年四月二十八日の項を全文挙げてみる。（傍線は筆者による）

廿八日

ア夢にイ杜国が事をいひ出して、涕泣して覚ム。

ウ心神相交時ハ夢をなす。陰尽テ火を夢見、陽衰テ水を夢ミル。飛鳥髪をふくむ時は飛るを夢見、帯を敷寝にする時は、蛇を夢見るといへり。エ睡枕記・槐安国・荘周夢蝶、皆其理有テ、妙をつくさず。オ我夢ハ聖人君子の夢にあらず。終日妄想散乱の気、夜陰夢又しかり。誠に此ものを夢見ること所謂カ念夢也。我に志深く伊陽旧里迄したひ来りて、夜ハ床を同じう起臥、行脚の労をともにたすけて、百日が程かげのごとくにともなふ。ある時ハたはぶ

れ、ある時は悲しび、其志我心裏に染て、忘るゝ事なければなるべし。覚て又袂をしぼる。

〈現代語訳〉

夢に死んだ杜国のことを言い出して、泣いているうちに目がさめた。

心身相交わる時は夢を見るという。陰の気が尽きると火を夢見るし、陽の気が衰えると水を夢見る。飛ぶ鳥が髪を口にはさむと空を飛ぶ夢を見、帯を敷寝にして寝ると蛇の夢を見ると『列子』に説いてある。「睡枕記」（枕中記）の夢とか、南柯の夢とか、荘周の夢の蝶の話とか、それらは皆それぞれ道理を説いた夢であって、夢としてのあやしさを尽くしたものとはいえない。ところが、わたくしの夢は聖人君子の夢ではない。昼間は終日妄想をほしいままにし、あれこれと気が散り乱れているが、夜の夢もまた同様である。わたくしが夢に杜国を見るというのは、いわゆる念夢である。この杜国は、自分を深く慕って、伊賀国郷里まで訪ねてくれ、夜は床を同じにして起き臥し、行脚の労をともにいたわり合い、百日の旅行中、自分の影のように離れずついて来た。ある時はともにたわむれ、ある時はともに悲しみ、その志がわたくしの心中深くしみこんで、彼を忘れることがなかったから夢に見たものに相違ない。目がさめてからまた涙を流した。

ここでは、前年三月に亡くなった愛弟子の杜国のことを夢に見て涙を流していたことが話題となっている。『列子』の夢論・「枕中記」・「南柯の夢」・「荘周胡蝶の夢」などを引きつつ、自分の夢はそれらとは違う妙を尽くした不思議な「念夢」だと結論づけている。そのあとで、かつて旅を共にした懐かしくも切ない思い出をも書き加えて、痛恨の夢であったことを強調した。

まず、傍線部アの「夢」であるが、『日本国語大辞典（第二版）』には、

①睡眠中に、いろいろな物事を現実のことのように見たり聞いたり感じたりする現象。多くは視覚的性質をもち、覚醒時の刺激の残存や身体内部の感覚的刺激に影響されて起こるもの。仏教では、四果の聖者や縁覚は夢を見る

が、仏は夢を見ないとされる。

②覚醒中に視覚的な性質を帯びて現れる空想や想像で、それに引き入れられて放心状態になるようなものをいう。

また、非現実的な空想。白日夢。

とあるが、本文に「終日妄想散乱の気、夜陰夢又しかり」とあるので、芭蕉の夢もこの両方の性格をもつものであったと思われる。

傍線部イの「杜国」についてであるが、『俳文学大辞典』では、

?～元禄三年（一六九〇）・三・二〇。享年三〇余か。本名、坪井庄兵衛。尾張国名古屋御園町の町代を務めた富裕な米商。早くより先輩荷兮らと同じく一雪系の貞門俳諧や江戸談林俳諧に遊んだと思われるが、初期の俳歴は未詳。貞享元年（一六八四）冬、名古屋に立ち寄った芭蕉を迎え、野水・荷兮らとともに『冬の日』五歌仙を興行し蕉風草創に参画、初めてその名が顕れる。翌年八月、延米商いの罪に問われ領内追放となり、三河国保美村に隠棲。以後、南彦左衛門と改名し、野仁と号した。同四年一一月、芭蕉が来訪、翌年二月に伊勢国で再び芭蕉と落ち合い、五月初旬ごろまで旅に同行、旅中万菊丸と童子名を戯称する《『笈の小文』》。元禄二年九月、『おくのほそ道』の旅を終えた芭蕉を伊勢国に迎える。翌年一月一七日付書簡で芭蕉は杜国の無音を案じて伊賀国来訪を慫慂するが、予感は的中、まもなく没した。芭蕉の哀悼の念は『嵯峨日記』に痛切に述べられる。追善集、百回忌『十がへりの花』（子蔵ほか編）。

とあるように、尾張の富裕な米商であったが、延米商（米の先物取引）の罪に問われ、三河国保美村（現愛知県田原市保美町）に追放された。彼は『冬の日』の作者の一人で、『嵯峨日記』の芭蕉の夢の前年の元禄三年三月二十日に三十余歳の若さで他界している。芭蕉は貞享元年『野ざらし紀行』の旅の折に彼に出会い、

白げしにはねもぐ蝶の形見哉

の句を贈り、同四年十一月十二日『笈の小文』旅で彼の隠棲している保美を訪ね、

　　鷹一つ見付てうれしいらご崎

の句を残す。さらに同五年二月四日、伊勢で二人は再会しており、その後三月中旬まで、伊賀上野で同棲する。三月十九日に二人は吉野行脚に出かける。『笈の小文』には、

　　弥生半過る程、そゞろにうき立心の花の、我を道引枝折となりて、よしのゝ花おもひ立んとするに、かのいらご崎にてちぎり置きし人のい勢にて出むかひ、ともに旅寐のあはれをも見、且ハ我為に童子となりて道の便リにもならんと、自万菊丸と名をいふ。まことにわらべらしき名のさまいと興有。いでや門出のたはぶれ事せんと、笠のうちに落書ス。

　　　　乾坤無住同行二人

　　　よし野にて桜見せふぞ檜の木笠

　　　よし野にて我も見せふぞ檜の木笠　　万菊丸

と「万菊丸」と名乗り「童子」となった杜国と仲睦まじく、同行人として笠の内に句を書き合ったことが記されている。二人はその後吉野・高野山・和歌の浦・奈良・大坂・須磨・明石そして京都に入るまでの約一か月同行し、五月十日頃に別れた。二月四日に再会して以来、「百日が程」の出来事であった。そして元禄二年『おくのほそ道』の旅の最後に、伊勢でまた再会している。翌同三年正月十七日に杜国（万菊丸）宛に、

　　いかにしてか便も無二御座一候、若は渡海の船や打ちわれけむ、病変やふりわきけんなど、方寸を砕而已候。されども名古屋の文に、御無事之旨、推量に見え申候。拙者も霜月末、南都祭礼見物して、膳所へ出、越年……急便早々に候。正・二月之間、伊賀へ御越待存候。宗七も御噂申斗ニ候。(6)

と、安否を気遣って、この正月二月は伊賀上野に滞在するので、出かけて来て欲しい旨を伝えた。しかし、その二か

月後、万菊丸こと杜国は帰らぬ人となった。

そこまで情愛深き弟子を失った哀しみは想像を絶するものであったろう。その哀惜の心が『嵯峨日記』の四月二十八日の項の「夢」に表れているのである。

次に傍線部ウの「心神相交時ハ夢をなす……」であるが、この部分は、『列子』の周穆王第三に、

覺有八徵、夢有六候。奚謂八徵、一曰故、二曰為、三曰得、四曰喪、五曰哀、六曰樂、七曰生、八曰死。此者八徵、形所接也。[a]奚謂六候、一曰正夢、二曰蘁夢、三曰思夢、四曰寤夢、五曰喜夢、六曰懼夢。此六者、神所交也。不識感變之所起者、事至則惑其所由然、識感變之所起者、事至則知其所由然。知其所由然、則無所怛。一體之盈虚消息、皆通於天地、應於物類。[b]故陰氣壯則夢涉大水而恐懼、陽氣壯則夢涉大火而燔焫。陰陽俱壯則夢生殺。甚飽則夢與、甚飢則夢取。是以以浮虚爲疾者、則夢揚。以沈實爲疾者則夢溺。[c]藉帶而寢則夢蛇、飛鳥銜髮則夢飛。將陰夢火、將疾夢食。飲酒者憂、歌舞者哭。子列子曰、神遇爲夢、形接爲事。故晝想夜夢、神形所遇。故神凝者想夢自消。信覺不語、信夢不達。物化之往來者也。古之眞人、其覺自忘、其寢不夢。幾虚語哉。[7]

とあるのを踏まえている（傍線部）ことは従来から指摘されている。概略は以下のようになる。

意識がはっきりしている時には肉体的知覚を通して八つの現象が現れ、夢を見ている時は、精神的な作用として六つの現象「六夢（正夢＝いつも見る夢・蘁夢＝驚きの夢・思夢・寤夢＝目覚めながらの夢・喜夢・懼夢＝恐れる夢）」が現れる。夢は現実の事象と関連付けて見るものであって、天地の気と一体化しており、陰の気が強ければ大水の中を渉って水を驚異を感じ、逆に陽気が強くなると、大火事の中を抜けて焼かれてしまう夢を見、陰陽双方が盛んだと争って生死に関わる夢を見ることになる。そうこうして常に陰陽の過不足を調整するような夢を見る。例えば帯を枕の下に敷いて寝ると蛇の夢を見るし、空飛ぶ鳥に髪の毛を銜えられると空中を駆けめぐる夢を見るなどさまざまである。夢と現実の相違は、精神の現象か肉体の現象かの違いで、生という流れの中では変化の一相

に過ぎないので、道を究めた者は夢さえ見ない、つまり精神的な迷いがないということになる。

傍線部a「奚をか六候と謂ふや。一に曰く、正夢。二に曰く、噩（愕）夢。三に曰く、思夢。四に曰く、寤《ご》夢。五に曰く、喜夢。六に曰く、懼《く》夢。此の六つは、神の交はる所なり」が『嵯峨日記』の「心神相交時ハ夢をなす」に、傍線部bの「陰気壮んなれば、則ち夢に大水を渉らんとして恐懼し、陽気壮んなれば、則ち夢に大火を渉らんとして燔焫す」が「陰尽テ火を夢見、陽衰テ水を夢ミル」に、傍線部cの「帯を藉いて寝ぬれば、則ち蛇を夢み、飛鳥髪を銜めば、則ち飛ぶを夢む」が「飛鳥髪をふくむ時は飛るを夢見、帯を敷寝にする時は、蛇を夢見るといへり」にそれぞれ該当する。特に傍線部b・cは、『田舎の句合』（其角　延宝八年　一六八〇）二十一番の芭蕉判詞、

火燵うたゝねの夢は、列子に曰く「陽‐気壮んなる則（とき）ハ、夢に大火を渉つて燔焫す。又帯を藉いて寐ば則蛇を夢みる」云々。(8)

でも引用されており、『列子』の書名も示されているので、芭蕉はこの文が『列子』からの引用であることは認識していたであろう。とすると、『嵯峨日記』でも多少のアレンジは見受けられるが、『列子』の該当箇所を踏まえていたことは間違いあるまい。

傍線部エの「睡枕記・槐安国・荘周夢蝶」であるが、これらの話は『円機活法』巻十二人事門　夢に、

槐下　異聞集　淳于棼宅南有古槐。酔夢入槐安国、見王。王曰、吾南柯郡屈卿爲守。凡二十載后使者送出一穴。遂覺因尋古槐下穴。乃槐安国。又一穴直上南枝。即南柯郡也。

蝴蝶　荘子　荘周夢爲蝴蝶。栩栩然而胡蝶也。俄然覺則蘧蘧然周也。

炊黄粱　枕中記　開元中呂翁經邯鄲有盧生。同止于邸。主人方炊黄粱。翁取嚢中枕。以授盧曰枕此栄適如願。(9)

とあるのを踏まえていることが指摘されている。ただ同様の話が、『書言故事大全』夢寐類にもあるので、こちらを踏まえていた可能性もある。いずれにせよ、これらの夢の故事は、類書の類の夢の項に掲載されているもので、出典

を特定するまでもないと思われる。しかも、「胡蝶」や「邯鄲の夢」は、『類船集』（前出）でも付合語として立項されているもので、特殊な例ではない。

傍線部オの「我が夢は聖人君子の夢にあらず」であるが、ここでは『論語』述而扁の、

子曰、甚矣、吾衰也。久矣、吾不復夢周公。

を想起させるが、これも『類船集』に「聖人」・「周公」とあり、夢の関連語としては、俳諧では一般化されていたと言える。『字彙』（明　梅膺祚撰）の「夢」には『周礼』春官の、「占夢、以日月星辰、占六夢之吉凶」を引用しつつ、

思夢平時所思而夢、若孔子夢周公是也。(10)

と『列子』にも示された六夢の内の「思夢」を普段思っていることを見る夢とし、その例として、孔子が崇拝する聖人周公の夢を見ることを挙げており、芭蕉が参考にしてた可能性もある。

また『五雑組』巻十三　事部一にも、

孔子大聖、少時欲行道則夢見周公。及老而衰、遂不復夢。則夫子少時之夢亦不驗矣。蓋人有六夢。惟正夢可占吉凶。其它噩夢思夢寤夢喜夢懼夢、皆意有所感而魂不寧想像成境、非眞夢也……(11)

のような文が示され、孔子の周公の夢と六夢について述べられている。しかし、このような中国古代人の夢は、芭蕉は「妙を尽くさず」と言っており、自分の夢はそれとは異なる「念夢」だと述べている。

そこで傍線部オの「念夢」についてであるが、管見の範囲では熟語としての用例は他に見出し得ない。意味としては、『芭蕉語彙』では「期待通りの夢」、『日本国語大辞典（第二版）』では「思う心が深いために見る夢」（用例は『嵯峨日記』の当該個所のみ）となっており、『新芭蕉講座　第九巻―俳文篇―』（三省堂　一九九五）他の「念夢」の注釈では、

『周礼』にも六夢（『列子』に同じ）をあげている中に思夢がある。その注には「覚之所思念為夢」とある。念夢にあたるものであろう。

とあり、『周礼』の注の「覚めている間に思っていることが、念じられて夢になる」から、「念夢」を導き出したとする。仁枝忠氏は、

三日思夢の（『列子』）張湛注に云ふ。因思念而夢。とある。即ち覚めている時思念してゐたことを夢みる意で、思と念と同意混同したものであろう。[12]

と述べられているように、『列子』の注の「思夢」からその同意混同がなされたとされている。果たしてそれだけの意味なのであろうか。特に『字彙』に見られるように、「思夢」はまさに聖人の夢である。とすると、芭蕉の夢に違うことになる。そこには、敢えて「思夢」を用いず、芭蕉独自の見解を示す「念夢」があったはずである。[13]

そこで、「念」の意味について考えてみたい。『日本国語大辞典（第二版）』には、

①かんがえ。思慮。また心から離れにくい思い。
②心くばり。注意。また、確認。
③かねての望み。一念。また、執念。妄念。
④年月日などの二〇の意に用いる。
⑤仏語。きわめて短い時間をいう。刹那。一念。念念。
⑥仏語。心所の一つ。かつて経験したことを記憶して忘れられないこと。また単に思いの意にも用いる。
⑦仏語。観想・思念などの意で、対象に向かって想いを集中し、心を動揺させないこと。

とある。杜国への想いが「妄想散乱の気」となって表れているとすれば、③の執念となって表れていると捉えることができよう。⑤〜⑦のような仏語の意味も考えられるが、むしろ動揺を隠せない様子なので、それらとも違う強烈な夢であったことがうかがえる。

『本朝文鑑』（支考　享保二年　一七一七）の「庚午紀行」（風羅坊＝芭蕉）の注解の中で、

杜国ハ故翁ノ愛弟ナルニ、不幸短命ノ歎アリト故翁ノ笈文子に書玉ヘリ。[14]

とあり、芭蕉が杜国に対し「愛弟」と呼ぶほど、特別寵愛が深かったことが示されている。井本農一氏は、

この間三か月に及ぶ旅での二人の情愛は、単に俳諧の師弟の間を越えたものがあったと想像される。[15]

と述べられているように、二人は師弟を越え特別な愛情を抱いた仲であったことが窺い知れる。その結果「ある時ハたはぶれ、ある時は悲しび、其志我心裏に染て、忘るゝ事なければなるべし。覚て又袂をしぼる」に集約されるのである。

さらに岩田準一氏は、

杜国の少年、成年のいずれにかかわらずとも、芭蕉は彼に人知れぬ同性の愛を感じていたし、杜国もまたこれに感応してその愛情にむくいんと欲していたろうと断定するのである。[16]

と述べられているように、二人の間に衆道陰密の実態があったと断言されている。その真偽は想像を超えないが、もしそうだとすると芭蕉にとって杜国は同性愛の相手、すなわち「念者」であったということになる。「念者」は、『日本国語大辞典（第二版）』で、

衆道のちぎりを結ぶこと。男色関係を結ぶこと。またその相手。男色の相手。

とある通りであるが、『投盃《なげさかずき》』（一礼　延宝八年　一六八〇）には、

御器用な少年の春いや〳〵

念者の胡蝶夢になりとも　　一礼[17]

のような付句があり、念者の夢（胡蝶の夢）が「器用な少年の春」の付筋になっている。

芭蕉は、杜国を念者とし、その夢を見たので聖人の「思夢」とは異なる激しい不思議な「念」を込めた「念夢」と定義づけたのではないだろうか。そこに芭蕉の杜国を失った痛烈な思いが移入されていると思われる。

四　まとめ

『嵯峨日記』の四月二十八日の項に示された芭蕉の夢である「念夢」について考察してきた。芭蕉は嵯峨で来客の合間に閑を求めていたが（前日は「人不来、終日得閑」のみの記載）、そこに思いがけない辛辣な夢を登場させることになる。それが事実であったかは論ずるべきではないが、『嵯峨日記』の構成からすると変化を持たすべくそこに置いたことも否定できない。上野洋三氏は、

この一段は、悲運のうちに世を去った杜国を思う心情に托しながら、自虐的なまでに、自己の「妄想」「散乱の気」を言う。閑寂のときを得れば得るほど、わが心は、妄想に流れ、思いは千々に乱れるというのだ。それは逆に言うならば、芭蕉の心中に見ていた孤独・閑寂が、どれほどに厳しく辛いものであったかを、おのずから語ることになろう。(18)

と述べられているが、ここでは、求めていた閑寂を妨げるがごとくに突如現れた杜国への「念夢」に翻弄される姿が描かれていると言えよう。

芭蕉にとっての「念夢」は、中国古典に示されているような聖人の夢でも、胡蝶の夢でも邯鄲の夢でもない、俗人の見る「いわゆる念夢」である。『周礼』の六夢にある「思夢」ではない、言ってみれば「念夢」なのであるということになろう。時には「万菊丸」とも名乗り、「童子」にもなり、「夜は床を同じう起臥」、「ある時ハ戯れ、ある時は悲し」みながらも早逝してしまった杜国に対し、「其の志、我が心裏に染みて」忘れられないまさに寵愛と哀悼との入り混じった夢、それを念者としての思いを込めた「念夢」として表現したのではないだろうか。

星野洋介氏は、芭蕉の夢を無常観を伴った夢と『嵯峨日記』のこの本来の夢である「念夢」とに分けられている。「念夢」を「本来の夢」と解釈されているが、(19)この杜国への夢は無常観による儚い夢とも異なる夢、理屈ではない夢、

そこには中国古代の夢論は頼りにならない存在として捉えられ、それが人間本来の夢なのだとの芭蕉の主張が込められていたのであろう。

注

（1）『日本古典文学全集 71 松尾芭蕉集②』（小学館 一九九七年）による。以下同様。現代語訳もこれによる。
（2）『日本古典文学全集 70 松尾芭蕉集①』（小学館 一九九五年）による。以下同様。
（3）『連歌論集一 中世の文学』（三弥井書店 昭和四十七年）による。
（4）『近世文藝叢刊 俳諧類船集』（昭和四十八年）による。
（5）『近世前期歳時記十三種並びに本文集成総合索引』（勉誠社 昭和五十六年）による。
（6）『校本芭蕉全集 第八巻 書翰篇』（富士見書房 平成元年）による。
（7）『和刻本諸子大成 第十輯』（汲古書院 昭和五十一年）所収『列子鬳斎口義』による。（返り点・送り仮名は省略）
（8）『校本芭蕉全集 第七巻 俳論篇』（富士見書房 平成元年）による。
（9）寛文十三年刊による。（返り点・送り仮名は省略）
（10）寛文十二年刊による。（返り点・送り仮名は省略）
（11）『〔普及版〕和刻本漢籍随筆集 第一集』（汲古書院 平成二十二年）による。（返り点・送り仮名は省略）
（12）仁枝忠『芭蕉に影響した漢詩文』（教育出版センター 昭和四十七年）による。
（13）『嵯峨日記』の四月廿日の項に、

去年の夏、凡兆が宅に伏したるに、二畳の蚊屋に四国の人伏したり。思ふ事四つにして夢もまた四種と書き捨てたる事共云ひ出だして笑ひぬ。

とあり、この四種は、『諸経要集』巻二十の「夢有四種、一四大不和夢、二先見夢、三天人夢、四想夢」を指すと言われており、その「想夢」あたりをも意識していた可能性もある。

(14)『俳諧文庫　第十九編　俳諧文集』（博文堂　明治三十三年）による。
(15)『鑑賞日本の古典14　芭蕉集』（尚学図書　昭和五十七年）による。
(16)岩田準一『本朝男色考　男色文献書志（合本）』（原書房　二〇〇二年）所収「俳人芭蕉の司性愛」による。
(17)『古典俳文学大系3　談林俳諧集一』（集英社　昭和四十六年）による。
(18)『現代語訳付笺の小文・更科紀行・嵯峨日記』（和泉書院　二〇〇八年）による。
(19)星野洋介「芭蕉と夢」（「中世近世文学研究」十三　一九八〇年一月）による。

【付記】本稿は、去る平成二十三年六月十一日（土）日本支部大会において同題名で発表した内容に基づいている。その際、辰巳正明先生をはじめ多くの先生方にご教示いただいた。ここに深謝申し上げる。

二葉亭四迷の選択
――その選択を支えた漢学と外国語――

渡邊晴夫

はじめに

二葉亭四迷といえば日本の近代文学史の劈頭を飾る言文一致体の小説『浮雲』の作者、「片恋」、「あひびき」などのロシアの小説のすぐれた翻訳者、東京外国語学校教授という恵まれた職を惜しげもなく捨てて以後、ハルビンの一商会の顧問、京師警務学堂提調、朝日新聞社社員など多くの職業を転々とし、最後は朝日新聞の特派員として赴任したロシアのペテルブルグで病を得、帰国の途上インド洋のベンガル湾上で四十六歳で客死した、というようなことが頭に浮かぶ。二葉亭は生涯の岐路で多くの選択をした。その一生を通してみると、人にすぐれた才能をもちながらそれを生かしきったのかという疑問と何か痛ましいという感を深くする。

ある評伝は「長谷川辰之助ほどたくさんの顔を持った人物は同時代の人間の中でも少なかったのではないかと思われる。作家、翻訳者、編集員、大学教授、教頭、商社顧問、間諜、新聞記者、学者、実業家……これは顕著な事実なので、彼を知る多くの同時代人によって言及されているところである」と指摘している。[1] また、この評伝はこのように二葉亭が何足もの草鞋を履いたことが、彼を文学者として大成させなかったと多くの論者が見ているとして、「中村光夫の『文学者としてもたしかに惜しい素質を台無しにした失敗者のひとり』(2)と書いていること、桶谷秀昭は『誰が見ても文学者としかいひやうのない人間が、生涯、文学への根底からの懐疑に憑かれてゐた、そこから生まれた悲劇』(3)について語っている」ことを指摘する。

私の感ずる痛ましさも同じ根に由来すると思うが、その一方で二葉亭はその時々にやむを得ざる選択をしてその生涯を彼らしく見事に終えたのではないかとも思うのである。その彼の選択の根底には彼が幼時から学んだ漢学の素養とその一つの延長線上のものとしての外国語、ロシア語があったと考える。

本稿ではこれまで必ずしも十分に光が当てられたとはいえないその漢学の素養と彼の外国語の学習に着目し、その人生の岐路における選択について考えてみたい。以下で明らかにしたいのは次の点である。

一、漢学の素養——学習とそれによって培われたもの
二、外国語学習の体系性
三、時々の選択に見る姿勢
四、その生涯の語るもの

一　漢学の素養——学習とそれによって培われたもの

二葉亭四迷、本名長谷川辰之助は元治元年（一八六四年）江戸市ヶ谷合羽坂の尾張藩上屋敷に生まれた。父は下級の藩士長谷川吉数、母志津は後藤氏。一人っ子として祖母に溺愛されて育ったという。明治元年（一八六八年）十一月、五歳の時、母、祖母みつとともに名古屋に行き後藤家に身を寄せた。その翌年六歳の時叔父後藤有常について素読を修め、野村秋足の塾で漢学を学んだという。その学習内容は明らかでない。彼自身も次のように述べているだけである。

「尾州に至りて後に初めて學に就けり、組外れに漢學塾有りたりしかその門に入りて漢學を修めり、又余の叔父なる人にも就きて素読を修めり」(4)

明治八年（一八七五年）五月十二歳の時、島根県に赴任した父に従って松江に行き、六月内村友介（鱸香）の漢学塾相長舎に入り、明治十一年（一八七八年）三月十五歳で上京するまでの三年近く漢学を修めた。相長舎の学課は素読書目、会読輪講書目、講釈書目から成る。(5) 素読書目に上げられている書籍は四書、五経、万国公法、文章軌範、唐詩正声で、「四書五経を読む中で余力あれば他の書籍も読ましむ」とされている。会読輪講書目は国史略、皇朝史略、読史論略、稽古録、十八史略、東華録、明季異聞、清三朝実録、万国公法、瀛環志略、地理全志、史記、左伝、国語、戦国策、世説、小学書、四書、書経、詩経、易経、礼記、孔子家語、孝経、日本書紀、日本外史、政記、通語、逸史、綱鑑、易知録、令義解、職原抄、唐律疏義、明律、清律である。これらは「循環して不絶輪講会読せしむ」とある。「諸子の書は時に依り韓非子、管子、荀子の類、或会講すと雖時に臨み生徒の好みによれば必ずしも会講書目に入れず」ともある。また、「文詩を作るは其人の才と好みに依れば必すしも責めす然れとも序論の体裁風雅の趣は知らざるべからす故に自ら作らすと雖文章軌範唐詩選三体詩など会読せしめてその理を領解せしむ」ともある。教育の目標と方法を明らかにするもので興味深い。かなり高度な教育であったと考えられる。講釈書目は四書、詩経、書経、左伝、国語、小学書、孝経、世範、文章軌範、杜律、唐詩選、三体詩であり、これらは先生の講釈を受けるものである。

二葉亭がこれらの書目をどこまで学んだかは明らかでないが、本人は後に書いた履歴書には次のように書いている。

「同年（明治八年）六月十日ヨリ十一年二月廿六日マデ相長舎ニ入リ教師内村友輔ニ就キ漢學五経十八史畧文章軌範日本政記等素読文章軌範古文真賓左氏伝等聴講及席上復文席上作文ヲ學フ并松江変則中學校ニ入リ……皇朝史畧日本外史清史監要……等ヲ學フ」(6)

記憶に従って書いたもので、挙げられている典籍は等となっているので代表的なものを挙げたと思われる。また、松江変則中学でも他の学科とともに挙げられている典籍を学んでいる。必ずしも多いとは言えないが、少なくとも本人はここに挙げたものを確かに学んだのであろう。内村友輔は変則中学でも教育の中心を担っていたので、二葉亭は松江では漢学漬けの日々を送っていたと考えられる。

明治十一年三月上京した十五歳の長谷川辰之助は森川塾で代数を学び、陸軍士官学校を受験するも不合格となった。翌年二月辰之助は芝愛宕下の済美黌に入塾し、高谷龍洲についてさらに漢学を学んだ。この塾で学んだ内容についてついては次のように履歴書に書いている。

「十二年二月一日ヨリ十月三十日マテ済美黌ニ入リ高谷衷ニ就キ戰國策易經八家文萬国公法蠡管聽講左史傳大學論語十八史畧輪講席上散文席上敍事文并詩作等ヲ學フ(7)」

相長舎で学んだものと重なる書目もあるが、異なる典籍も含め、さらに高度な教育を受け、学んだと考えられる。つづいて翌十三年二月からは弘道學社でさらに漢学の研鑽に勉めた。

「同月十六日弘道學社ニ通學教師片岡古傳ニ就キ論語大學文章軌範聽講詩經家語孟子質問并佛學舎ニ通學一級生平田宗質に就キ羅馬史佛國史聽講ス(8)」

以上に見たように六歳の時名古屋での素読と漢学の学習は別としても、十二歳の時から十七歳まで足掛け五年に及ぶ漢学の学習はかなり高度な漢学の素養を培ったことが想像に難くない。

二葉亭にとっての漢学について柳田泉はまず次のように指摘している。

「彼を志士、国士、経世家という方面から見てみると、彼に対する漢学の影響というものは、余ほど大きなものであったと考えざるを得ない(9)」

柳田は続いて松江で学んだ漢籍と東京に出てきてから学んだ漢籍を確認したあと、次のように述べている。

「彼がその終生愛読した魏叔子文集を知ったのは、少し後（高谷塾時代）かとも思われるが、この魏叔子へ彼がいかに傾倒していたかということを考えただけでも、二葉亭に対する漢学、漢文学の思想的影響というものを、今すこし懇切丁寧に扱う必要があろう」[10]

魏叔子について二葉亭自身はどう述べているか確認しておく。「落葉のはきよせ」には漢文で書かれた「讀魏叔子文」と和文で書かれた「文章論」がある。「讀魏叔子文」は以下の通りである。

「余生平愛讀魏叔子之文云　凡文章之難不在能達意而在恢宏其志氣　長大其光焔　落々蓬勃　千載之下　令讀之者想見其為人、而其能至于此者　必非所謂積理錬識　藏五岳於胸中者則不可　若夫尋常碌々之輩　徒雕蟲篆刻　爭爲靡々之音者則不能至　然則叔子之文之氣力如此其盛者　豈非由其人有大過于人者乎哉、予嘗讀看之所謂大家之文類　皆所謂金玉其表　敗絮其中　雖一讀過　則有如春華絢爛者　一轉思則情味索然　如髑髏之横野草間者靡有足觀者　嗚呼是豈非由隆其辭而不顧其意乎哉　予較讀魏叔子文與當世諸賢之文　始知文章以理氣爲尚　如夫字句彫琢　蓋不足論」

（余生平より魏叔子の文を愛読して云ふ。凡そ文章の難きは能く意を達するに在らずして、而して其の志気を恢宏し、其の光焔を長大にし、落々蓬勃として、千載の下、之をを読む者をして其の為人を想見せしむるに在り。而して其の能く此に至る者は、必ず所謂理を積み識を錬り、五岳を胸中に蔵する者に非ざれば、則ち可ならず。若し夫れ尋常碌々の輩、徒だ雕蟲篆刻し、争ひて靡々の音を為す者ならば則ち至る能はず。然らば則ち叔子の文の気力此の如く其の盛んなるは、豈に其の人に大いに人に過ぐる者有るに由るに非ざらんや。予嘗て之を所謂大家の文の類を読看するに、みな所謂其の表を金玉として、其の中を敗絮とす。一たび読過すれば則ち春華絢爛の如き者有ると雖も、一たび転思すれば則ち情味索然として、髑髏の野草の間に横たわる者の如く、観るに足る者有る靡し。嗚呼、是れ豈に其の辞を隆くして其の意を顧みざるに由るに非ざらんや。予魏叔子の文と当世諸賢の文とを較べて読み、始めて文章は理気を以て尚しと爲し、夫の字句の彫琢の如きは、蓋し論ずるに足らざるを知る）[11]

二葉亭の書いたこの文章について小田切秀雄は「稚拙な漢文でつづられている」[12]と述べている。確かに「すなはち」と訓読される助辞はすべて「則」が用いられていたり、「豈非……乎哉」という構文が短い文中に二度用いられているなど、措辞は稚拙と言って言えなくもないが、しかし自分の思うところをきちんと述べた達意の文ともいえる。小田切自身はこういう漢文を書くことができたのであろうか。若年の二葉亭がこのように漢文を用いて自分の考えを述べていることを私は評価したいと思う。

「文章論」はこう書かれている。

「魏叔子曰文章之妙在于積理而錬識　之を解する者の説に曰く　理とは心の本體なり　之を山に譬ふ始終儼として變せす　識とは心の用を完ふする所以のものなり　又才能を切劘する所以のものなり　之を水に譬ふ　始終物に随ひて變化し曾つて定形あることなし　余曰く近し　文章は人の語言を筆したるもの也　而して人の語言は心の砕けて音にあらはれたるものなり　形歪みてその影直きものは未だ天下に之れ有るを聞かす　心浮虚定まらすして語言文章能く人を感動して萬世に師表たるもの未た天下に之れ有るを聞かす　若し其の影の歪めるを悪まは先す其形を直ふせんには如かす　若し語言文章の妙なるを欲せは先す其心を妙にせんには如かす　故に曰く文章は心の影なり　心は文章の體なり　學者本末する所を知れは則ち庶幾し　然らは則心を磨厲するの道は如何　曰く所謂積理と錬識とにあるのみ　心理にあらざれは則ち軽し　心識を得されば則ち滞る　蓋し識なきの理は真の理にあらす　その事實に中らされはなり　理なきの識は有りと雖も亡きに同し　その之を率ゆるものなけれはなり　理有り識有り而して後その用完たし　故に心を磨厲せんと欲する者は必すや此二者を兼ね具へさる可らす　嗚呼是れ四書六經の萬世に師表たる所以なり　只此事智者と道ふ可し　俗士狗儒と語る可らず」[13]

いずれも二葉亭が明治二十二年頃に書いたと推定される文である。理とは心の本体であり、識は心の働きを完全にするもので、ともに重要であり、この両者を具えることが文章を書くに当たって必要なことだと魏叔子は説いていると二葉亭は言う。魏叔子の文章を諸家の文章と較べて、文章にとって重要なのは理気であって、字句の彫琢は論ずるに値しないことがわかったと二葉亭は共感している。引用の末尾にある「四書六經の萬世に師表たる所以なり」に注目したい。心を磨こうとするなら理と識を具えなければならないが、四書六經はその手引きとなると二葉亭は考えているのである。後に二葉亭は自らに対する儒教の影響を次のように語っている。

「私は當時『正直』の二字を理想として、俯仰天地に愧じざる生活をしたいといふ考へを有っていた。その『正直』なる思想は露文学から養はれた點もあるが、もっと大關係のあるのは、私が受けた儒教の感化である。話は少し以前に遡るが、私は帝国主義の感化を受けたと同時に、儒教の感化をも余程蒙った。だから一方では孔子の實践躬行といふ思想がなかなか深く頭に入っている。……一寸、一例を挙げれば、先生の講義を聴く時に私は両手を突かないぢゃ聴かなんだものだ。これは先生の人格よりか「道」その物に対して敬意を拂ったので。かういふ宗教的傾向、哲学的傾向は私には早くからあった。つまり東洋の儒教的感化と、露文学やら西洋哲学やらの感化とが結合って、それに社会主義の影響もあって、ここに私の道徳的の中心観念、即ち俯仰天地に愧じざる『正直』が形づくられたのだった。[14]」

これは漢学、その中心であった儒教が二葉亭の思想、生きる姿勢に与えた影響の大きさを語ったものである。

魏叔子は本名魏禧、叔子は字の一つである。柳田泉は魏叔子を同時代だけでなく歴代においても抜きんでた文人と評価しており、桂湖村も「清朝の文を論ずる者大抵魏禧、侯方域を道ふ、方域は未だ雅馴なる能はず、魏禧は法度森厳にして而も議論に長ず、凌厲雄健尤も左傳、蘇洵に得るところ有り、清朝文家の文に在りては第一席を占むるに足る」と評価している[15]。

若年の二葉亭がこの文人の著作に着目して傾倒したことは、彼自身の見識が並々でなかったことを示していると考える。晩年の明治四十年「文談五則」でも「私の最も好む漢文は魏叔子である[16]」と述べ、そのよさを改めて確認している。

二葉亭の漢学に関わる文章には以下のものがある。いずれも青年時代の手記「くち葉集　ひとかごめ」「落葉のはきよせ　二籠め」に収められたものである。

「くち葉集　ひとかごめ」にある漢文で書かれたものは、「竹取物語」の冒頭を漢文に訳した「竹取物語反譯」、「與友人勸學書」、「水天遺事」、「與妓某」の四篇で、いずれも長いものではないが、漢文を書きなれていたことをうかがわせる。漢文、漢詩の和文への翻訳は「清粱玉縄不暇懶記反譯」、「明袁宏道晩遊六橋待月記反譯」の二篇がある。「落葉のはきよせ　二籠め」の漢文で書かれたものには先に引用した「讀魏叔子文」のほかに「題虞氏寫真」（イギリスの政治家グラッドストーンの写真に因んでその業績を偲んだ文）、「桑虞嘗行、……」「某家娶婦之夕、……」「陳季象傳栽蘭法、……」「呉道古嘗畫佛、……」で始まる四つの短文、「簡友人」、「題酒樽」、「冷雲文稿跋」と題する韻文などがある。

数は多くはないが、二葉亭の漢文への親近と素養の一端を示すものである。

二　外国語学習の体系性

（一）フランス語

二葉亭が最初に学んだ外国語はフランス語である。明治四年八月八歳の時に名古屋藩学校に入学、林正十郎とフランス人ムウリエについて学んだ。同じ学校で坪内逍遥が英語を学んだのと同じようにネイティヴによる直接教授法による学習であったと思われる。この時のフランス語の学習の成果について中村光夫は否定的だが、ある論者は直接法で学んだことを評価している。[17]

（二）英語

次に彼は松江で英語を学んでいる。「十年十二月ヨリ米人タムソンに就キ英語学ヲ修ス」と後に經歴書に記している。(18)

英語はさらに明治十九年イギリス人について学んでいる。「同年三月十日ヨリ英人ダンバー及博言博士イーストレーキニ就キ英文学ヲ修メ且ツ英書ニ由リ左ノ諸科ヲ研究ス」(19)としたあと、「哲学、心理学、倫理学、教育学、〈審美〉、論理学」を挙げている。当時の勉強ぶりについては同級生の証言がある。

「学校が廃校になって、私は高等商業へ移ってしまったが、長谷川君はその儘学校を止て神田猿楽町の、母屋と離れた土蔵の中に閉じ籠って勉強をして居ました。その頃、僕は少し英語をやって見やうと言って居ましたが、暫くして行って見ると、英文学書が山のやうに積んである。それでその本を悉く読破して居たのには更に一層驚きました。(20)」

英語を習得した二葉亭は明治二十二年内閣官報局に入り、英語とロシア語の翻訳に従事する。翻訳したのはタイムズ、コンテンポラリーレヴュー、ニューヨークトリビューン、ニューヨークヘラルドなどの新聞、雑誌である。

(三)ロシア語

二葉亭は三度陸軍士官学校を受験し、合格できなかったあと、ロシアの脅威を外交官になって防ごうという目的をもって、東京外国語学校に入り、ロシア語を専攻した。その勉強は徹底したもので成績優秀で奨学金を授与されただけでなく、首席を通した。当時のロシア語科ではロシアの中等学校の科目をロシア語で学ぶという課程になっており、二人のロシア人教師による授業はロシア語で行われていた。学年が進むと、ロシア文学史としてロシアの文学作品を学んでいる。二葉亭はツルゲーネフ、ゴーゴリ、ゴンチャロフ、ドストエフスキーなどの作品に触れ、図書館にあったベリンスキーの大部な評論を読破して身につけた。卒業の時点できわめて高度なロシア語の運用力を身につけていたと思われる。その学習ぶりの凄まじさとロシア語習得のレベルの高さを同級生は次のように回顧している。

「在学中の長谷川君は、非常に真面目に勉強したものでその読書力の強大なる事、理解力の鋭敏なる事、実に驚くばかりで、夜寝るのにも毛布をクルリと頭から被ふるだけで枕下へは常に本をはなさず眼が覚めれば何日でも読書をした位です。さういう風だから従って学問もよく出来る、非常な秀才として、同科のものは勿論、他科のものまで、長谷川君を尊敬して居ましたし、教員もゴスポヂーン長谷川（Mr. と同じ意味）といふと、他生徒同様には取扱かはなかったものです。」(21)

教師に提出するロシア語によるレポートも二葉亭は推敲を重ね、文章の修辞上、文法上、一点の非を打つ所もないものを提出したという。週一回の口頭試問も楽々とこなしていたという。

しかし、二葉亭は卒業しなかった。外国語学校が高等商業学校に吸収されることに納得できず、五年在学で退学したのである。

後年、明治三十二年九月から同三十五年五月まで新制東京外国語学校の教授としてロシア語を教えた。その教え方は懇切で学生の深い信頼を得ていたという。

（四）ドイツ語

二葉亭は人生の問題を解決するために哲学書を読み、さらに心理学を研究するようになって、その必要からドイツ語を独習している。ロシアの小説を翻訳するときは、英訳や獨逸訳も参照して忠実を期したと述べている。(22)

明治二十七年七月に書かれた内田魯庵宛ての手紙に「ションソン傳御手紙とともに落手致候　只今ロングフェローのエヴァンシェリンの獨譯を讀かけ居候が今一二枚と相成候へはこれを卒讀次第今晩にも拝見可致とたのしみ居申候」とある。すでにドイツ語を読みこなしていたことがわかる。(23)

また、明治二十九年年末の坪内逍遥宛ての手紙にはゲーテの『ウィルヘルム・マイステル』をカーライルの英訳を参考に訳す考えを持っていることが書かれている。英語もドイツ語も使いこなしていたと見てよいだろう。

(五)　世界語エスペラント

明治三十五年五月ウラジオストックに渡った二葉亭はエスペランティストの大会に出席した。明治三十九年七月エスペラント入門『世界語』、八月エスペラント入門『世界語読本』を刊行している。エスペラントを解説する文章も書いている。「世界語エスペラントの研究法」、「エスペラント講義」、「エスペラントの話」の三篇である。

(六)　中国語

二葉亭が中国語を学習したという記録は見当たらないし、彼も何も語っていない。明治三十五年十月ハルビンから北京に入った二葉亭は清国京師警務学堂の提調代理に就任、翌三十六年七月辞任して帰国するまで提調を勤めた。その間に同学堂の日本人、清国人との接触の中で二葉亭は中国語の習得を考えたのではないかと思われる。「手帳七備忘録」[24]に「这么看起来 比較之辞」という語句とその説明から始まって「可以瞧得了 観ルベキモノアリ」という句まで実に六三〇余りに及ぶ北京語の口語の語句と文を書き留めている。数の数え方、序数、時刻、曜日、年月日、季節、方向、天文、地理など学習書からの抜き書きと思われる部分もある。実際の場面で使われるかなり長い会話、挨拶の文も書き留められている。その体系性と周到さは驚くべきものがあり、彼は一つ一つの表現の意味を確かめながら記録したと推定される。優に初級から中級にかけてのテキストを編める内容と分量の北京語の表現が記録されている。二葉亭の外国語学習法の一端を垣間見たという感を深くする。

三　時々の選択に見る姿勢

二葉亭の最初の選択は東京外国語学校が東京商業高等学校に併合されるときの退学である。「商業学校が嫌だからではない。何でも官立の學校で、厭な政府のお世話になって勉強するのが氣に喰わなかったのだ」[25]と後にふり返っている。親からは専科でもよいから大学を卒業しておいた方がよいと勧められたが、「遂々最後には、親の世話になって勉強するのも、自分の自由を拘束せられることになるといふので、私は全々獨立獨行にて獨學するといふつもりになって仕舞った」と述べている。当時は『正直』二字を理想として俯仰天地に愧ぢざる生活をしようといふ考へを持って(26)」いた二葉亭はロシア語を通じて得たロシア文学への理解をもって、金を得るため文学の道に踏み出したのである。これは第二の選択である。

「小説総論」を書き、『浮雲』を発表して評価を受けたが、小説を書くことで「正直」が崩され、その他種々のことで「正直」が崩される、と感じた二葉亭は文学を離れて、生活のため内閣官報局の翻訳係として、英語とロシア語の新聞雑誌の記事を翻訳する仕事に入った。これは第三の選択である。

その後、明治三十年十二月内閣官報局を退職。翌三十一年一月サハリン行きを企てるが、実現せず、三月陸軍大学校露語科教授嘱託となるも、四月辞職。十一月海軍編修書記となる。北海道、沿海州行きを企てるも実現せず。明治三十二年七月海軍編修書記を辞任、九月東京外国語学校教授となる。翌三十三年一月海軍大学露語教授嘱託を兼ねた。翌三十五年海大嘱託を辞す。五月東京外国語学校教授を辞任、貿易商徳永茂太郎のハルビン支店顧問として出発。同月ウラジオストックのエスペランティストの会合に参加。六月ハルビン着。これが第四の大きな選択であった。官報局勤務から外国語学校辞任まで人生の問題研究をつづけたが、とうとう四海同胞（ユニヴァーサルブラザーフッド）という問題で苦しんだあげく、国際問題に興味を持ちウラジオストックからハルビンに入った、と後に回想している。(27)

ハルビン滞在中間諜のような仕事にも手を出したが、九月ハルビンを離れ、北京に入った。

蒙古に入ろうとしてしばらく北京で外国語学校同窓の川島浪速が監督を務める京師警務学堂の提調になった。しかし、思うような活動はできず、明治三十六年七月帰国した。

二葉亭の転身の選択を促したのは「経世家としてその志を果たす」という決意であった。維新の志士風の志であり、「正直」の二字を理想として俯仰天地に愧ぢざる生活をしたいという考えである。そしてその「正直」という理想は漢学を通じて学んだ儒教によって培われたものである。

翌明治三十七年二月日露戦争が始まり、二葉亭は三月ロシア問題の専門家として『大阪朝日新聞』の東京出張員となった。八、十、十一月の『大阪朝日新聞』にロシア側情報を訳載。翌年も『大阪朝日』に、やがて『東京朝日』にもロシア側情報を訳出。前年よりロシア文学の翻訳を各種文芸雑誌に載せる。明治三十九年十月から十二月まで小説「其面影」を『東京朝日』に連載。翻訳もひきつづき各種文芸雑誌に掲載する。明治四十年八月『其面影』を出版、十月から十二月まで「平凡」を『東京朝日』に連載。ひきつづき翻訳を各種文芸雑誌に掲載。二葉亭は文学の世界に戻ったかに見えたが、明治三十九年には亡命ポーランド革命家ピルスーツキーを援助、ロシア人革命家も援助した。四十年にはピルスーツキー、アレーヒエフ、ポドパフなどポーランドとロシアの革命家と連絡をとり、援助を与えている。これも二葉亭の志に基づく活動である。

明治四十一年二葉亭は最後の選択をする。交流のあったロシア人ネミーロビッチ・ダンチェンコの推薦で『東京朝日新聞』特派員としてペテルグルグへ赴任することになったのである。六月六日坪内逍遥、内田魯庵を発起人にして文壇人三十九人による壮行会が上野精養軒で開かれた。席上二葉亭は次のような挨拶をしたと伝えられている。

「どうも私は文学では――といっても文学ということが私の解釈では少し違うので、どうもいったい文学というものがよくわからない。で、自分一個の考えで文学を定めてみる。それは皆さんの文学の意味とは必ず違いましょう。で、全く私一個の解釈している文学についていうのですが、その文学は私にはどうも詰まらない。価値が乏しい。で、筆をとって紙に臨んでいるときには、なんだか体に隙があっていけない。どうも、こう決闘眼になって、死身になって、一生懸命に夢中になることができない。」

「で、国際問題――といっても、これがまたいわゆる外交や国際問題とは違って、やはり私一個の解釈による国際問題ですが、これならば私も決闘眼になって、死身になって、一生懸命に没頭してしまえそうである。そこならばどうも満足して死なれそうである。しかるに文学ではどうしてもそういう気になれない。これは自分に死場所でないというような気がする。自分のミッションでないと思う。なにしろ、どうしても筆をとっているときには妙に隙があっていけない。ただこの事実です。」(28)

この送別会の時の写真が残っている。この送別会には広津柳郎、島村抱月、小山内薫、田山花袋、岩野泡鳴、正宗白鳥、徳田秋声、川上眉山、蒲原有明、戸張竹風、小杉天外、小栗風葉などが出席している。

勇躍出発した二葉亭は七月ペテルブルグに到着。各新聞、雑誌の編集者と交わり、連日日本に向けて打電した。鷗外の「舞姫」、国木田独歩「牛肉と馬鈴薯」をロシア語に訳して発表した。水を得た魚のように活躍する二葉亭だったが、明治四十二年（一九〇九年）二月四日ウラジーミル大公の葬儀に列席し、酷寒の中長時間立ち尽くして風邪をこじらせ、高熱を発して寝込んだ。その生来の真面目さが災いしたのである。診断の結果は肺炎、後に進行した肺結核と判明する。病状の好転しない二葉亭は友人らの強い勧めを受けいれて海路帰国の途に就いたのは四月であった。病状は好転せず、五月十日ベンガル湾上で無念の最後を遂げた。

四　その生涯の語るもの

二葉亭はロシアを発つとき妻と母に宛てた遺言状と坪内逍遥に宛てた「遺族善後策」を認めている。遺族善後策はこう書かれていた。

「これは遺言でなけれど余死したる跡にて家族の者差し當り自分の處分に迷ふべし仍りて余の意見を左に記す

一　玄太郎せつの両人は即時學校をやめ奉公に出づべし

一　母上は後藤家の厄介にならせらるるを順當とす

一　玄太郎、せつの所得金は母上の保管を乞うべし

一　富繼健三の養育は柳子殿に頼む
一　柳子殿は両人を連れて實家に歸らるべし
一　富繼健三の所得金は柳子殿に於て保管あるべし
一　柳子殿は時機を見て再婚然るべし
一時の感情に任せ前後の考もなく薙髪などするは愚の極なり忘れてもさる輕擧を爲すべからず」(29)

自分亡き後の家族の経済状態を思いやってこういう指示をせざるを得なかった二葉亭の心情を思いやると、涙なしには読めない善後策である。周到であり、人間的であることに二葉亭という人物のやさしさが表れている。彼は人生の失敗者であったのか。

内田魯庵は「二葉亭は失敗の英雄」と言っている。

「二葉亭は失敗の英雄であった。小説家としては未成の巨人であった。事業家としてはドレほどの手腕があったかは疑問であるが、事を侶にした人の憶出を綜合して見ると相当の策もあり腕もあったらしく、万更な講釈屋ばかりでもなかったようだ。……二葉亭ばかりが志を得られなかったのではない。パデレフスキーも日本に生まれたら大統領は魯か文部の長官にだって選ばれそうもない。ダンヌンチオも日本だったら義兵を募る事も軍資を作る事も決して出来なかったろう。……

小説家としても『浮雲』は時勢に先んじ過ぎていた。相当に売れもし、評判にもなったが半ばは合著の名を仮した春廼舎の声望に由るので、二葉亭としては余りありがたくもなかった。数ある批評のどれもが感服しないのはなかったが、ドレもこれも窮所を外れて自分の思う坪に陥ったのがひとつもなかったのは褒められても淋しかった。……

結局二葉亭は日本には余り早く生れ過ぎた。もし欧羅巴だったら小説家としても相当に優遇され、二葉亭もまた文人たるを甘んずることが出来たであろう。[30]」

二葉亭に兄事し、彼をよく知る内田の言葉は彼の苦闘の生涯に対する餞であろう。二葉亭の可能性と本質を明らかにした言葉でもある。

二葉亭は『正直』という二字を理想として俯仰天地に愧ぢない生活をしたい」という志をもって明治の日本とアジア、欧州を精一杯の力で駆け抜けたのである。

注

（1）ヨコタ村上孝之『二葉亭四迷』ミネルヴァ書房、二〇一四年五月、三頁。
（2）中村光夫『二葉亭四迷伝』講談社、一九五八年十二月十日、九頁。
（3）桶谷秀昭『二葉亭四迷と明治日本』文藝春秋、昭和六十一年九月、八頁―九頁。
（4）「自傳第二」「落葉のはきよせ　二籠め」『二葉亭四迷全集』第五巻、筑摩書房、昭和六十一年四月、五十頁。
（5）池橋達雄「二葉亭四迷の松江時代」『日本文学』23、一九七四年十二月十日、日本文学協会、四十五頁。
（6）「履歴書（草稿1）」『二葉亭四迷全集』第七巻、筑摩書房、平成三年十一月、五一六頁。
（7）同前。
（8）同前。
（9）柳田泉「二葉亭とその周囲」日本文学研究資料叢書『坪内逍遥・二葉亭四迷』有精堂、昭和五十四年八月、一二五頁。
（10）「二葉亭とその周囲」前出、一二六頁。
（11）『二葉亭四迷全集』第五巻、昭和六十一年四月、五十三頁。
（12）小田切秀雄『二葉亭四迷――日本近代文学の成立――』岩波新書、一九七〇年七月、四十二頁。
（13）『二葉亭四迷全集』第五巻、昭和六十一年四月、五十七頁。
（14）「予が半生の懺悔」『二葉亭四迷全集』第四巻、筑摩書房、昭和六十年七月、二九一頁。

(15)　桂湖村『漢籍解題』明治書院、二〇〇五年五月、三一二―三一三頁。
(16)　「文談五則」『二葉亭四迷全集』第四巻、前出、二三四頁。
(17)　ヨコタ村上孝之『二葉亭四迷』前出、十頁。
(18)　「經歴書（提出之分寫）『二葉亭四迷全集』第七巻、前出、五一四頁。
(19)　同前、五一五頁。
(20)　太田黒重五郎「種々な思ひ出」明治の文学第五巻『二葉亭四迷』筑摩書房、二〇〇〇年九月、四六四頁。
(21)　太田黒重五郎「種々な思ひ出」前出、四六二頁。
(22)　「余の思想史」『二葉亭四迷全集』第四巻、昭和六十年七月、二六四頁―二六六頁。
(23)　「書簡　明治二十七年　五四」『二葉亭四迷全集』第七巻、平成三年一月、五十六頁。
(24)　『二葉亭四迷全集』第五巻、前出、四五七頁―四六一頁。
(25)　「余の思想史」『二葉亭四迷全集』第四巻、前出、二六〇頁。
(26)　「余の思想史」同前、二六一頁。
(27)　同前、二六五頁。
(28)　関川夏央『二葉亭四迷の明治四十一年』文藝春秋、平成八年十一月、三十四頁―三十五頁。
(29)　「遺族善後策」『二葉亭四迷全集』第七巻、前出、五二七頁。
(30)　内田魯庵「二葉亭追録」『新編　思い出す人々』内田魯庵著、紅野敏郎編、岩波文庫、一九九四年二月、一四一頁―一四二頁。

近現代日本作家の「仮名文学」としての漢詩
――夏目漱石・井伏鱒二・加藤周一の漢詩受容――

彭　佳　紅

はじめに

日本における最古の詩集『懐風藻』にも、最古の歴史書『古事記』にも、漢文によって記された序が付されている。『古今和歌集』の出現までは、それが基本型である。しかし『古今和歌集』になってからは、「真名序」と「仮名序」との二種類の序を付すケースが出現した。その時期から日本固有の表記をつよく意識しはじめた「仮名序」が生まれたというわけであるが、当時の文化の中心的存在である中国文化にも通用する、漢文で書かれた「真名序」と併記させる必要があった。なぜなら、二種類の序によって、「日本らしさ」を主張しながらも、「世界の先端」にも繋がっているると表現しなければならなかったからだ。つまり、二つの序は、ただの漢文和訳ではなく、意識的に異なる役割をもたせたのである。

そのような『古今和歌集』以降の事例をふまえても、日本古典文学における漢文は、「公」の場で発表される「正式」な文体である、ということになんらの変わりはない。

平安時代になってからも、政治の世界に身を置く男性貴族たちは、幼少時より漢文を必須科目として習得がもとめられた。当時の公文書はほとんど漢文で表した。それに対して、宮廷の女官などの女性たちは、流麗な「かな」を使って、身辺の些細なことや個人の心情を表していた。その女性たちと恋などで交流する男性貴族たちもまた、「かな」を日常的に使うようになったという。たとえば、紀貫之の『土佐日記』のような日記風作品がその一例である。一方、清少納言のような漢文素養が豊かな女官は、漢詩を巧みに「かな」文体に変貌させ、柔らかい感触の随筆『枕草子』を誕生させた。

ところが、明治以降の日本政府は「脱亜入欧」の政策をとり、列強の仲間入りをするために、強く英語教育を推奨すると同時に、漢文教育を抑制した。それゆえ、近代以降の日本の漢文教育が廃れ、専門家を除けば、一般人が漢詩文を楽しめるのは、明治生まれまでと言われている。昭和初期に生まれた知識人、たとえ漢文素養のある文学者でも、漢詩は読めるけれども作れる者は極めて稀である。

しかし、そのような歴史的状況下におかれているにもかかわらず、ひとつ興味深い事実がある。これが本論文の課題である——明治から昭和中期までの日本文学の代表的な作家（主に作家兼詩人）のなかに、本業の作品創作と違った次元で、好んで漢詩を「日記風」に作った人物がいたことだ。彼らは個人の心情吐露、すなわち私的な感情の表現手段として、まるで平安時代の女官が「かな」を愛用するかのように漢詩を愛用した。言い換えれば、彼らは自分の喜怒哀楽の感情を訴えようとしたとき、「最も適した叙述文体」として、日本固有の文体である和歌や短歌などだけではなく、漢詩を意識的に選んだ傾向がある。

この小論に取り上げるのは、近現代日本文学の代表的な作家の夏目漱石、「黒い雨」「遥拝隊長」などの名作で知られている作家の井伏鱒二、そして、近年まで活躍していた評論家・作家の加藤周一である。彼らの創作漢詩や漢詩和訳を解読しながら、「漢詩」という渡来文体の日本文学における役割について考えていきたい。

一　夏目漱石の小説『明暗』創作と「漢詩」作詩について

漱石の晩年、大正五年八月十四日から死の二十日前の十一月二十日まで約百日の間に、日課のようにして作られた漢詩は七五首ある。その作詩過程、推敲の跡を残した手帳が一冊ある（東北大学付属図書館漱石文庫蔵、この手帳を以下「ノート」と称する）。

漱石は、小説（仕事）と相対的に、「ノート」に漢詩を日課として日記（休憩）のように作っている。それによって、心情を吐露し、精神をリフレッシュして、心のバランスをとっている（傍線は筆者）。

> 僕は不相変「明暗」を午前中書いてゐます。心持は苦痛、快楽、器械的、此三つをかねてゐます。存外涼しいのが何より仕合せです。夫でも毎日百回近くもあんな事を書いてゐると大いに俗了された心持になりますので三四日前から午後の日課として漢詩を作ります。日に一つ位です。さうして七言律です。中々出来ません。厭になればすぐ已めるのだからいくつ出来るか分かりません　（大正五年八月二十一日付の久米正雄・芥川龍之介宛書簡より）

漱石晩年の漢詩から二首を引用して観ることにする。数字は漱石漢詩の番号である。

141〔無題〕大正五年八月二十一日

尋仙未向碧山行　　仙を尋ぬるも　未《いま》だ碧山に向かって行かず
住在人間足道情　　住みて人間《じんかん》に在りて　道情《どうじょう》足《た》る
明暗双双三万字　　明暗双双《そうそう》　三万字

撫摩石印自由成　　石印を撫摩《ぶま》して　自由に成る

七言絶句。下平八庚の韻（行・情・成）。中国文学者一海知義の訳注（『漱石全集　第十八巻　漢詩文』岩波書店、一九九五年）によると（p.346−347）、「ノート」に清書された詩の「あとがき」にいう。「「明暗」を草してゐる時、机上の石印を撫摩する癖を生じたる事を人に話した所、其人転地先より、自分も量に於ては石印を摩して作る位の作はやる積だと云つてくる。それで此詩を作つた」。**○尋仙**とは、仙界を訪ねてみようという興味はあるが、というほどの意。**○碧山**は、奥深い山。**○人間**（じんかん）とは、世間。人間世界。**○足道情**は、脚韻、平仄を合わせるために、「道情足」を転倒させたもの。「道情」は、脱俗の心情をいう。「足」は、たっぷりと十分にあること。**○明暗双双三万字**とは、明・暗の織りなす長篇の物語という意味。このとき『明暗』の連載は百回に近づいていた。**○撫摩**は、なでさすり、すりへらす。**○石印**は、石の印鑑。**○自由成**とは、勝手に気ままにできあがる。石のハンコをなでさすり、すりへらしているうちに、いつの間にか原稿が勝手にできあがってゆく。

207〔無題〕大正五年十一月十九日

大愚難到志難成　　大愚《たいぐ》　到《いた》り難《がた》く　志《こころざし》　成り難し
五十春秋瞬息程　　五十の春秋《しゅんじゅう》　瞬息《しゅんそく》の程《てい》
観道無言只入静　　道を観《み》るに　言《げん》無くして　只《た》だ静《せい》に入り
拈詩有句独求清　　詩を拈《ひね》るに　句有りて　独《ひと》り清《せい》を求む
迢迢天外去雲影　　迢迢《ちょうちょう》たる天外　去雲《きょうん》の影
籟籟風中落葉声　　籟籟《らいらい》たる風中　落葉《らくよう》の声

忽見閑窓虚白上
東山月出半江明

忽《たちま》ち見る　閑窓《かんそう》　虚白《きょはく》の上《うえ》
東山《とうざん》　月出《い》でて　半江《はんこう》　明らかなり

これは、絶筆の前の日の詩で、七言律詩。下平八庚の韻（成・程・清・声・明）。一海知義の訳注（p.474－475）によると、**〇大愚**の句は、「大愚」は、スケールの大きな愚者。この詩が書かれた四日前に富沢珪堂宛の書簡に「其道がいつ手に入るだらうと考へると大変な距離があるやうに思はれて吃驚してゐます」とあり、それが「大愚到り難く志成り難し」の内容の説明となるだろう。**〇五十春秋**は、五十年の歳月。この年漱石、数え年で五十歳。**〇瞬息程**は、ひと瞬き、短い道程。**〇観道**は、道を見きわめる。真理を探求する。**〇只入静**は、ひたすら静寂の境地に入り込むということか。**〇拈詩**とは、あれこれ工夫して詩を作る。**〇独求清**とは、世俗を脱したすがすがしさだけを追求する。**〇迢迢**は、はるかに遠いさま。**〇天外**は、空のかなた。**〇去雲影**は、去りゆく雲の姿。**〇籟籟**は、風のさやぐ音。**〇閑窓**は、ひとけのない静かな窓。**〇虚白**は、ひとけのない部屋の清潔な空間。**〇半江**は、川の中ほどまで。

漱石が小説の創作と並行して日記のように漢詩を作詩した様子を時間軸からも見ることができる。一海知義による漱石の漢詩訳注（同前の書）を参考に、「明暗」の連載日を漢詩作成日と対比しながら表（資料：表1）を作成した。

資料の表1をご覧になると分かるように、大正五年五月二六日から十二月四日まで、「朝日新聞」に『明暗』を連載していた。当時の新聞小説の連載は、土日も休まずに続けられていた。連載は全部で一八八回。漱石の死（十二月九日）で連載が中断となり、小説『明暗』は一八八回を最終回として未完である。

表1　「明暗」の「朝日新聞」連載と漢詩作詩の関係（大正5年）

連載日（明暗）／回数No.	漢詩作成日／漢詩No.	備考
5／26（金）		『朝日新聞』連載開始
8／13（日）／No.75		
8／14（月）／No.76	8／14（月）／No.134＃	漢詩作詩ノートが始まった
8／15（火）／No.77	8／15（火）／No.135＃・136＃	
8／16（水）／No.78	8／16（水）／No.137＃	
8／17（木）／No.79		
8／18（金）／No.80	8／18（金）／No.138＃	
8／19（土）／No.81	8／19（土）／No.139＃	
8／20（日）／No.82	8／20（日）／No.140＃	
8／21（月）／No.83	8／21（月）／No.141＃・142＃	
8／22（火）／No.84	8／22（火）／No.143＃	
8／23（水）／No.85	8／23（水）／No.144＃	
8／24（木）／No.86		
8／25（金）／No.87		
8／26（土）／No.88	8／26（土）／No.145＃	別系列（頼まれた題で作詩）
8／27（日）／No.89		
8／28（月）／No.90	8／28（月）／No.146＃	
8／29（火）／No.91	8／29（火）／No.147＃	
8／30（水）／No.92	8／30（水）／No.148＃・149＃	
8／31（木）／No.93		
9／01（金）／No.94	9／01（金）／No.150＃・151＃	
9／02（土）／No.95	9／02（土）／No.152＃・153＃	
9／03（日）／No.96	9／03（日）／No.154＃	

9／04（月）／No.97	9／04（月）／No.155＃・156＃	
9／05（火）／No.98	9／05（火）／No.157＃	
9／06（水）／No.99	9／06（水）／No.158＃	
9／07（木）／No.100		
9／08（金）／No.101		
9／09（土）／No.102	9／09（土）／No.159＃	
9／10（日）／No.103	9／10（日）／No.160＃	
9／11（月）／No.104	9／11（月）／No.161＃	
9／12（火）／No.105	9／12（火）／No.162＃	
9／13（水）／No.106	9／13（水）／No.163＃・164＃	
9／14（木）／No.107		
9／15（金）／No.108	9／15（金）／No.165＃	
9／16（土）／No.109	9／16（土）／No.166＃	
9／17（日）／No.110	9／17（日）／No.167＃	
9／18（月）／No.111	9／18（月）／No.168＃	
9／19（火）／No.112	9／19（火）／No.169＃	
9／20（水）／No.113	9／20（水）／No.170＃	
9／21（木）／No.114		
9／22（金）／No.115	9／22（金）／No.171＃	
9／23（土）／No.116	9／23（土）／No.172＃・173＃	
9／24（日）／No.117	9／24（日）／No.174＃	
9／25（月）／No.118	9／25（月）／No.175＃	
9／26（火）／No.119	9／26（火）／No.176＃	
9／27（水）／No.120	9／27（水）／No.177＃	
9／28（木）／No.121		

9／29（金）／No.122	9／29（金）／No.178#	
9／30（土）／No.123	9／30（土）／No.179#	
10／01（日）／No.124	10／01（日）／No.180#	
10／02（月）／No.125	10／02（月）／No.181#	
10／03（火）／No.126	10／03（火）／No.182#	
10／04（水）／No.127	10／04（水）／No.183#	
10／05（木）／No.128		
10／06（金）／No.129	10／06（金）／No.184#	
10／07（土）／No.130	10／07（土）／No.185#	
10／08（日）／No.131	10／08（日）／No.186#	
10／09（月）／No.132	10／09（月）／No.187#	
10／10（火）／No.133	10／10（火）／No.188#	
10／11（水）／No.134	10／11（水）／No.189#	
10／12（木）／No.135	10／12（木）／No.190#	
10／13（金）／No.136		
10／14（土）／No.137		
10／15（日）／No.138	10／15（日）／No.191#	
10／16（月）／No.139	10／16（月）／No.192#	
10／17（火）／No.140	10／17（火）／No.193#	
10／18（水）／No.141	10／18（水）／No.194#	
10／19（木）／No.142	10／19（木）／No.195#	
10／20（金）／No.143	10／20（金）／No.196#	
10／21（土）／No.144	10／21（土）／No.197#・198#・199#・200#	198#～203#は、別系列（「元是～」）
10／22（日）／No.145	10／22（日）／No.201#・202#・203#・204#・205#	204#～205#は、別系列（禅人との交流）
10／23（月）／No.146		10／23～11／12　漢詩無し

10/24(火)/No.147		
10/25(水)/No.148		
10/26(木)/No.149		
10/27(金)/No.150		
10/28(土)/No.151		
10/29(日)/No.152		
10/30(月)/No.153		
10/31(火)/No.154		
11/01(水)/No.155		
11/02(木)/No.156		
11/03(金)/No.157		
11/04(土)/No.158		
11/05(日)/No.159		
11/06(月)/No.160		
11/07(火)/No.161		
11/08(水)/No.162		
11/09(木)/No.163		
11/10(金)/No.164		
11/11(土)/No.165		
11/12(日)/No.166		
11/13(月)/No.167	11/13(月)/No.206＃	
11/14(火)/No.168		11/14〜18の5日間　漢詩無し
11/15(水)/No.169		
11/16(木)/No.170		
11/17(金)/No.171		

11／18（土）／No.172		
11／19（日）／No.173	11／19（日）／No.207＃	
11／20（月）／No.174	11／20（月）／No.208＃	漢詩絶筆（死の20日前）
11／21（火）／No.175		
11／22（水）／No.176		体調崩し
11／23（木）／No.177		
11／24（金）／No.178		
11／25（土）／No.179		
11／26（日）／No.180		
11／27（月）／No.181		
11／28（火）／No.182		入院
11／29（水）／No.183		
11／30（木）／No.184		
12／01（金）／No.185		
12／02（土）／No.186		
12／03（日）／No.187		
12／04（月）／No.188		連載最終回
12／05（火）／		
12／06（水）／		
12／07（木）／		
12／08（金）／		
12／09（土）／		死亡（享年50歳）

二　井伏鱒二の「漢詩和訳」について

井伏鱒二は、熱を出したわが子に不安を感じた自分の気持ちを抑えるためにと言って、漢詩を十七首和訳した(『厄除け詩集』)。ここでは、そのうちの二、三を例として挙げて考える(番号は訳詩の順番)。

i　地名を換えて訳す――原詩の「高陽」を「アサガヤアタリ」に。

⑫田家春望　　高適

出門何所見　　ウチヲデテミリヤアテドモナイガ
春色満平蕪　　正月キブンガドコニモミエタ
可嘆無知己　　トコロガ會ヒタイヒトモナク
高陽一酒徒　　アサガヤアタリデ大ザケノンダ

【原詩の書き下し】
門を出でて何の見る所ぞ
春色　平蕪に満つ
嘆ず可し　知己無きを
高陽の一酒徒

平蕪は雑草の茂った平原。知己は自分の真価がわかってくれる友。高陽一酒徒は、『史記』の「酈生陸賈傳」によると、巻の高祖（沛公）の軍師酈生（酈食其）は初めて沛公に会いに行ったとき、取次の者が儒者には会わないことになっているというと、憤然として剣の柄に手をかけて、「吾ハ高陽ノ酒徒也、儒生ニ非ザル也」と言った、という故事を踏まえたものである。原作者が自分を酈になぞらえてうたった詩である。

井伏が「高陽」を東京の「アサガヤアタリ」に改訳したのにはわけがあった。それは、「阿佐ヶ谷には井伏さんの借りのきく飲み屋があった」と、自称井伏の弟子の太宰治が言う（昭和23年筑摩書房版『井伏鱒二選集』後記）。また井伏自身が『鶏肋集』の文末に、昔、井伏のプロポーズを断ったある女性が、井伏を訪れてきたあと、井伏は「私は女人来訪の當座、しばらく、不眠症にかかっていた。そのころは阿佐ヶ谷あたりで大酒をのんだ」という言葉とほとんど同じであるのが面白い。もし、それが訳詩のネタになっていたならば、井伏は高適の「仕事」や「憤り」の詩を「恋」や「絶望」の詩に転換したことになる。

そのほかに、柳宗元の望郷の詩⑰「登柳州蛾山」にある「荒山」、「融州」を、「オンタケ」（木曽の御嶽）、「ヒダノヤマ」（飛騨の高山）に改訳し、井伏の「在所」を偲ぶ例や、孟浩然詩③「送朱大入秦」の中の「五陵」を「オ江戸」に、あるいは、孟郊の詩⑯「古別離」にある美人のいる「臨邛」を、日本の遊女の町「ヨシワラヘン」に改訳した例がある。

ii　人名を換えて訳す――原詩の「劇孟」を「文七」に。

⑧逢侠者　　銭起

燕趙悲歌士　　イヅレナダイノ顔ヤクタチガ
相逢劇孟家　　トモニカタラフ文七ガイヘ
寸心言不盡　　ダテナハナシノマダ最中に
前路日将斜　　マヘノチマタハ日ガクレル

【原詩の書き下し】
燕趙　悲歌の士
相逢ふ　劇孟の家
寸心　言ひ尽くさず
前路　日将に斜めならんとす

これは侠者に出逢って作った詩である。侠者は俗にいう男伊達のことで、中国には義を重んじ、正義の人を助け、邪悪を懲らしめる侠者の物語が昔から多い。燕趙悲歌士は侠者を指す。燕は今の河北省、趙は今の山西省、その間には悲歌慷慨たる男伊達が多いという。劇孟は、前漢の世に有名な侠者で、洛陽の人である。『史記』の「游侠傳」に「洛陽ニ劇孟有り。周ノ人ハ商買ヲ以テ資ト為ス。而シテ劇孟ハ任侠ヲ以テ諸侯ニ顕ル」とある。ここは劇孟を借りて出逢った侠者に比したのである。寸心は、心という義。ここでは侠者の赤心をいう意である。前路は、先の路で、途中で出逢ったからそういう。

ここで、井伏は中国漢代の有名な侠者「劇孟」を、日本江戸時代の戯作によく出てくる侠客「文七」に改訳した。その他に、⑬韋応物の詩「秋夜寄丘二十二員外」の中にある、丘丹という詩人の親友「君」を、後にマライで戦争体験も共にした訳者の友人中島健蔵「ケンチ」に書き換えた例もある。

以上を見てきたように、井伏鱒二は原詩にある中国の地名や人名を、日本の地名や人名に意識的に書き換えた。その改訳によってもたらされた結果は、詩に描かれた世界が「中国」から「日本」に、いや、「井伏」の世界に、しかも井伏の「仕事」ではなく、訳者の「私的」世界に変貌した。

そして、井伏の和訳した十七首の漢詩は、すべてが「五絶」である。その選詩の理由は、以下の三点にまとめる。
①簡潔さを好む詩人井伏は、簡潔の象徴である「五絶」を選んだ。
②訳詩が愛唱されたいという訳者井伏の願望から、愛唱性に最も適している「五絶」を選んだ。
③日本語の達人井伏は、対句を必須としない絶句を選んだ。しかも、選詩中対句の和訳は日本語として対になることを避けているようにさえ思える。
また、井伏和訳の手法について、次のように考えることができる。
①原詩にある地名や人名を日本のそれに置き換えて、自分の世界に変貌させる。
②漢字まじりの片仮名表記の効用。
片仮名表記の効用は、次のようなものである。
a．平仮名に対して男性的、公的なイメージがある。たとえば、つい最近までの詔勅や法律の文書など
b．音声を表す発音記号としての役割。たとえば、外国人の人名、地名、擬声語、擬音語など
c．漢字仮名まじりの文章のなかに片仮名表記が少ないため、片仮名で表記された部分が非常に目立つ効果がある。
③唄える「井伏調」を創り出した。
和歌など日本の「正式な」文学スタイルではなく、意識的に大衆的な都都逸や小唄調に訳す。昔から人々の口ずさんだ俗曲俗謡のような親しみやすいものに作り変えて、漢詩を大衆のものにした。井伏の願った通り、日本のサラリーマンたちは、帰りの一杯を楽しみながら、好んで井伏の訳詩『サヨナラ』ダケガ人生ダ」を愛誦する。ところが、その原作者（⑮「勧酒」―于武陵）の名を覚えている者は、殆どいない。

コノサカヅキヲ受ケテクレ　　勧君金屈巵
ドウゾナミナミツガシテオクレ　　満酌不須辞
ハナニアラシノタトヘモアルゾ　　花発多風雨
「サヨナラ」ダケガ人生ダ　　人生足別離

三　加藤周一の漢詩と漢詩要素の受容について

すでに公開された加藤周一のノート（鷲巣力『「加藤周一」という生き方』筑摩書房 二〇一二年十一月 P.79）に書かれた、下記のプライベートの恋愛詩が二首ある。加藤周一は漢詩を以ってのちに加藤夫人になった共同通信社のジャーナリスト矢島翠への恋情を直截に表現している。この二首を漢詩の作詩規則から確認しよう。

まず、この二首の恋愛詩は、漢詩の約束事が厳密には守られていないが、五言絶句と七言絶句の類として見て差支えない。表記の斜線⫽は大きい切目、／は文節で、数字はリズム、○●は平仄である。

【五絶】

Berlin 1 JULY 1972

翠⫽元来／小鳥　　みどりはもと小さな鳥　　1⫽＋2＋2
昨日⫽戯／翠浪　　昨日みどりの波に戯れ　　2⫽＋1＋2
今日⫽遊／翠巒　　今日みどりの山に遊ぶ　　2⫽＋1＋2
歓⫽不盡／翠帳　　歓びは尽きぬみどりの帳　　1⫽＋2＋2

「絶句」は、中国古典詩における近体詩の一種である。四文字あるいは七文字の四句で構成された詩形である。八句以上の「律詩」と違って、対句を必須としない。絶句独特の約束事といえば、すくなくとも一つある。それは句の構成において「起承転結」という約束である。そして、絶句のリズムは、「2＋3」である。その「3」には①「1＋2」または②「2＋1」という二つのパターンしかない。

それでは、加藤の五言絶句を確認してみよう。

この詩の第一句と第四句のリズムが「1∥＋2＋2」になっているので、普通の絶句リズムからはずれている。そして、基本は対句を必須としない絶句だが、加藤のこの詩は、第二、三句は「昨日」を「今日」と対比して対句になっている。また、句の構成上「起承転結」になっていないことから見て、厳密に絶句の約束事が守られていないが、絶句のような五言四行漢詩である。しかし、作者の恋情がリアルに伝わる描写になっていて、対句の手法も取り入れた創作漢詩として面白い。

【七絶】
「深夜憶昔海辺相思時、更愛信州居、慕心切々不已、因作戯詩託愁情」
（深夜　海辺で相思の時を憶い、信州のすまいをより愛しい、慕う心　切々と已まぬ、因って戯れに詩を作り愁いの情を託す）

2＋2∥＋2＋1
別●離○／鴛○鴦○|∥遠●来○／郷○　別れたおしどり　遠くより来たり

2＋2∥＋2＋1
艶●簡●／難○言○（盡）●|∥無○限●／情○　恋文では言へ（盡せ）ぬ深なさけ

●●　●○　●　○|●
万里／碧空∥一／飛去　　万里の青空を一たび飛び去り
2＋2∥＋1＋2

●●　○●　●　●○
翠黛／含咲∥在／我膝　　美人は咲ふ　わが膝に
2＋2∥＋1＋2

一方、七言絶句の方は、より漢詩らしくなった。まず七言絶句のリズムに合っていること。七絶のリズムは「4（2＋2）＋3」である。五絶と同様にその「3」には①「1＋2」または②「2＋1」がある。簡単に考えると、五絶のそれぞれの句に二文字ずつ加えた詩形が「七絶」である。この七絶の漢詩を見ればわかるように、「七絶」のリズムが守られている。では、句の構成はどうなっているか。その内容をもうすこし分かりやすく訳すとこうなる。

①離れ離れの恋人が遠方からやってくる　（起）
②恋文でも言い尽くせない深い恋情　（承）
③万里の青空をぴょんと飛び去っていく　（転）
④愛しき翠嬢がわが膝で笑っていた　（結）

艶簡は、恋文。**翠黛**とは美人のたとえ。ここでは矢島翠の「翠」にかけている。第二句は、「艶簡難言」にするか、それとも「艶簡難盡」にするかと、平仄か言葉の含意かの選択に迷う加藤。詩語に対する加藤の推敲が窺える。

この詩は、①②句には、作者の恋人が逢いに来た時の深い喜びが描かれ、③④句には、恋人が帰った後、その笑う姿が目から離れられないほど思念の愁情が描かれている。その内容を見て分かるように、「起承転結」になっている。

平仄については、「二四不同（二文字目と四文字目が違う平仄に）」や、「二六同じ（二文字目と六文字目の平仄は同じ）」の規則に対しても、加藤はかなり意識しているようにみえるが、完全に守られたものではない（傍線の付いた平仄記号）。

加藤のこの漢詩趣味が、ときには、氏の自由詩の詩形で創った恋愛詩にも、絶句の構成要素「起承転結」や、律詩の要素「対句」を意識的に取り入れていることが、たいへん興味深い。同じノート（立命館大学平井嘉一郎記念図書館・加藤周一文庫に所蔵）に書かれた次の創作詩三首（今回初公開）がその例である。

加藤の創作詩①「定義」

そのひとは　幸いを定義する　（起＝「幸」）
傍にいれば　世界を忘れさせる

そのひとは　虚しさを定義する　（承＝「虚」）
そこにいなければ　風景の色が消える

そのひとは　美しさを定義する　（転＝「美」）
眼の輝きと熱いからだのしなやかさ

そのひとは　時を定義する　（結＝「時」）
すべては過ぎ去るということ　この恍惚の時さえも

加藤の創作詩②「美しい人に」

その髪には　遠い南の海が匂ふ　（四句構成、押韻）
その眼には　から松の昨日の空が映る
その肩には　古都の築地の夕陽がある
その体には　シテの秘めたる花がある

顔を埋めれば　胸には　草の雨の音も聞こえ　（起）
口に含めば　指には　菊の花びらの味も漂い　（承）
その人のなかに　世界があり　（転）
流れ去った優しい時のすべてがある　（結）

その髪には　遠い南の海が匂ふ　（四句構成、押韻）
その眼には　から松の昨日の空が映る
その肩には　古都の築地の夕陽がある
その体には　シテの秘めたる花がある

顔を埋めれば　胸には　草の雨の音も聞こえ　（起）
口に含めば　指には　菊の花びらの味も漂い　（承）

その人のなかに　世界があり　　（転）
流れ去った優しい時のすべてがある　　（結）

加藤の創作詩③「無題」（一九七三年四月）
春四月柳のみどり
不忍の池をふちどり
枯蓮の映る水面に
宿縁の深きおしどり　　（絶句調）
枯蓮の　水に映れば　近東の
古代の文字を　誇る君かな
不忍の　池のさざ波　はるの風
江戸の艶詩の　甦るとき　　（絶句調→短歌）

まとめに

前述のように、平安朝の女官は流麗な「かな」文字を使って、身辺の些細なことや私的感情を表現していた。近現代になってから、日本の作家は明治期からの「脱亜入欧」の風潮の中に置かれているにもかかわらず、好んで漢詩を用いて自分の心情吐露に「最適な文体」とし、「日記風」に記した傾向がみられる。前章で述べてきたように、時代順で近現代を代表する三人の日本人作家・評論家の事例を振りかえってみる。

まず、夏目漱石の小説『明暗』の創作と「漢詩」の作詩について、晩年の漱石は小説（仕事）と相対的に、漢詩を日課（休憩）として作ることで、心情を吐露し、精神をリフレッシュして、自身の心のバランスをとっていた。（『漱石全集』第十八巻）

そして、井伏鱒二の「漢詩和訳」。井伏は、熱を出した子どもに不安を感じた自分の気持ちを抑えるために、漢詩を和訳したという（『厄除け詩集』）。その和訳は、井伏節になっていて翻案と言った方が正確であろう。また、井伏が訳詩に選んだ漢詩は全て二十文字の短詩形五言絶句である。その選詩から、「五絶」の簡潔さへの井伏の嗜好が窺える。

さらに、加藤周一の漢詩スタイルの「恋歌」。加藤周一も、井伏鱒二に共通して簡潔の象徴である「絶句」詩形を好んで選び、自分の私的な表現手法にした。ただし、井伏と違って、加藤は「五絶」のみならず、「七絶」も作った。また、加藤は、対句を好んで自分の詩作（漢詩と自由詩）のなかに取り入れた。対句への強い関心は、物事を対比して思索する加藤周一の文体に深くかかわっている。これについては、拙論「加藤周一の「否定形」論法――「二重の否定」と「対偶」の効用――」（『東アジア比較文化研究⑫』平成二十五年六月）を参照されたい。

「漢詩」という渡来の文体と、「不安」「恋情」などの「私的」で深層の情感との関係性について、たいへん興味深い問題であるが、また別稿に譲る。

以上見てきた日本作家の漢詩創作詩や和訳は、プライベートの時間に創作されたものだが、近現代日本文学を考える時、決して忘れてはならない貴重な作品である。

日本での漢詩文は、いまや学校教育においても衰退している。しかし、グローバル化によって世界規模で均一化が進むと、人々は逆に文化や価値観の多様化を求める方向へむかう。漢詩文の日本における将来を考えるときに、時代の潮流に流されるだけではなく、これからの世界に対応していくために、「漢字文化圏」の長い歴史のなかで産まれた東洋の文字文化とその価値観をいかに活かすかが、ますます重要な課題になってくるだろう。

韓国近代作家盧天命の作品「下宿」考察
――翻訳された日本語の作品との比較を中心として――

朴　美　子

一　序

一九三六年『大阪毎日』朝鮮版（京城支局）[1]に「朝鮮女流作家集」というタイトルで韓国女性作家の作品が連載されている。その内、盧天命の「下宿」は、『大阪毎日』一九三六年五月版、１９０５８号（第一回）から１９０６３号（第六回）まで連載されている。[2]一方、原文「下宿」は雑誌『新家庭』一九三五年十月號にハングルで掲載された短編小説である。本論文はこの二つの作品を比較し、原文と翻訳文がどのように違っているのか、その原因に何が考えられるのか、盧天命の作品の小品、女中と家を通して作家の意識世界を検討考察したものである。[3]この論は近代女性の生活ぶりの一面を伺うことが出来る。

両作品のタイトルが「下宿」と同じなので、便宜上『新家庭』にハングルで収録された「下宿」を「하숙」に、『大阪毎日』に日本語で連載された「下宿」はそのまま「下宿」に表記したい。なお、原文の韓国語は省略してある。原文の韓国語および日本語はともに改編した箇所がある。

二「하숙」と「下宿」両作品の相違点

『大阪毎日』の一九三六年四月十三日月曜日版と、一九三六年四月十五日水曜日版には字の大きさと濃さを変えながら朝鮮女流作家に関する宣伝記事が載ってある。

一九三六年四月十三日月曜日版には、『半島女流作家集』十五日紙上より連載」というタイトルで、「さきに『半島新人集』『朝鮮文化の将来について』『朝鮮作家傑作集』をはじめ、朝鮮八景八勝の選定、『実話朝鮮版』等々、最善の努力を傾けて、次々に芸術作品を通し、新人諸氏に語らしめ、わが半島の実情、風物を内外に紹介し、躍進朝鮮の文化向上に貢献して来た本社京城支局では、今まで、かつて試みられたことなき、待望の『半島女流作家集』を四月十五日から連続掲載することにした、半島文壇に活躍している女流作家九名が総動員、短篇小説に、詩に、随筆に、各自輝く珠玉篇をものせんと、いま腕によりをかけて執筆中である、刮目して待たれたい。作者氏名　盧天命、白信愛、朴花城、張徳祚、李善熙、崔貞熙、金末峰、姜敬愛、毛允淑」と紹介しており、作家の写真が掲載されている。

また、四月十五日水曜日版には、「廿一日紙上より連載、朝鮮女流作家集」というタイトルで、「さきに予告した『朝鮮女流作家集』がいづれも半島文壇の花形女流作家揃いのこととて早くも人気の焦点となり、読者のうちからは絶大な賛辞さへ寄せられてゐるが、作家の都合によりやむなく廿一日紙上より連載することとしました、新鮮味溢るる新作、珠玉篇必ずや皆さんの期待に副うことと信じます」との記事があり、朝鮮女流作家の作品掲載について宣伝をしていた。

「하숙」が『新家庭』に掲載されたのが一九三五年十月で、『大阪毎日』の「朝鮮女流作家集」紹介と宣伝が一九三六年四月十三・五日である。『大阪毎日』で「いま腕によりをかけて執筆中である」という表現はおかしな言い方で、今執筆ではなく、日本語に翻訳しているところであるという言い方が妥当であろう。

それでは両作品の特に目立つ相違点を具体的にみてみよう。

（1）文字の移動

하숙	下宿
主人公の名前　**ユンソノク**	主人公の名前　**崔蓉姫**（チェヨンイ）
この下宿に移ったのはつい三**か月**（**ソッタル**）**前**である	この家へ越して来たのはつい二**月前**である
薄らと**秋の陽**のさす縁先	もの憂げに**春の陽**のさす縁先
今日が何日なの、**十八日**（ヨリョドゥレ）だよね、じゃ厄神がない日に来るべきなので**二十日**（スムナル）に来なさい	**二十日**がいい日だ。どう二十日に来なさっては……ね、それでいいでせう
約束した**二十日**（スムナル）、薄暗い黄昏の時	約束の**二日**、いはゆる宵暗迫るというころ
ソノクはこの家に三**か月**（ソッタル）もいながら何のわだかまりもなく過して来たにも拘らず、この息子さんとは一度も口を利いたことができなかった	蓉姫はこの**二日の間**を何のわだかまりもなく過して来たに拘らず、この息子さんとは一度も口を利いたことも利く機会もなかった

右の表からみるように、名前、数字と季節が一致していない。「하숙」では主人公の名前がユンソノクに、「下宿」では崔蓉姫（チェヨンイ）になっている。姓までも違う。どうして姓と名前すべてを変えたのか、その理由は明らかではないが、推測できるのは、「하숙」のユンソノクは全部パッチム（終声子音。すなわち音節の最後に来る子音を表わす）があり、パッチムがない日本語から考えれば日本人には発音し難い。反面「下宿」のチェヨンイの姓と名前はパッチムがない分日本人には発音し易い。また、日本語には「よ」という発音があり、「ん」を用いれば日本人には簡単に発音できる。さらに「姫」は女性の名前によく用いられる。また、朝鮮では今の韓国に残る慣習であるが、引っ越しをする際に、日にちを重視する傾向がある。それは厄神がない日である。「하숙」では二十日を厄神がない日とする反面、「下宿」では何の日ともいわず、二日と断定している。さらに、ソノクがこの家に引っ越しをしてから三か

月になると表現しているのに対し、「下宿」には二日間だと表現されている。日本人にとって一二三という漢数字はわかりやすいが一つ二つ三つ、ソッタル、ヨリョドゥレ、スムなどの固有数字は理解し難くまた発音し難い。

以上の文字の移動から、原文通りに翻訳したのではなく、日本語で書いてある分、日本人に馴染みやすく理解しやすい意訳をもって仕上げていたことが分かる。

（2）挿画

「하숙」「下宿」両作品の作家は盧天命だが、「하숙」の挿画は鄭玄雄で、「下宿」の挿画は李承万である。鄭玄雄（一九一一〜一九七六）は一九二七年度に朝鮮美術展覧会で「古城」を出品して以降、出品した作品が入選したり特選したりと活躍をしたが、日本支配の下では新聞社で発刊する挿絵などにも携わっていた人物である。李承万についてはどういう人物か明らかではない。

それでは、「하숙」にある鄭玄雄の挿画三つ（第一番目と第二番目の画は二ページに跨っていたため二つの画に数えている）を具体的にみてみよう。

第一番目の画は、チマチョゴリを着た二人の女性が立っており、二人の頭髪のスタイルをみると髪を頭の後ろに結っており、二人のうちの一人は小さいパックを脇の下に挟んでいる。この女性がおそらく主人公ソノクであろう。

第二番目の画は、背景に家々と電柱があり、所々宣伝旗が揺ぐ姿が描かれる。この画からソノクが友と二人で歩いて家を見て回る様子が窺える。

第三番目の画は、大門の前に太った女主人と娘、女主人と向かい側にいるソノクの後ろ姿である。この画はソノクが気に入る家の前でうろついた時、その家から出てきた娘に話かけると娘が家の中に戻って自分の母親を連れて出て来た場面であると分かる。三人ともチマチョゴリを着ており、ソノクは小さいパックを脇の下に挟み、頭の髪は結ってピンを挿している。

今度は「下宿」にある画を見てみよう。最初の出だしの部分、すなわちタイトルの上に、カーテンがかかった窓が描かれている。その下に盧天命の写真とともに作者経歴が紹介されている。「下宿」には第一回から第六回まで回ごとに挿画がある。それは新聞の連載小説であるだけに、各回に挿画をいれることで文章の内容を補ったり、理解を深めたりするためであろう。ここでは各回の画をすべて紹介するのは省略をし、内容と挿画を比較し互いに一致しない部分を中心に紹介することにしよう。

一つ目は、「하숙」には主人公が「路地で遊ぶ子供たちに金数十銭を握らせながら家に送っては路地入り口でパラソルで顔を隠し立っていながら子供が出て来るのを待つ」という表現があり、パラソルという小道具が用いられている。一方、「下宿」には「露地であそんでいる子供達にお金をつかまして、心当たりの家に行って見させておいて自分は露地の入口の辺の物蔭にかくれてその返事を待つことにした」との表現があるだけで、小説全体においてパラソルという言葉が出てこない。なのに、第一回の挿画には主人公が開いたパラソルを手に握っている姿が描かれている。また、第一回の内容をみると、下宿から下宿へ、新しく移ったところでまた移らないといけない、地方者の寂しさが描かれ、大家さんとの会話があるだけで、出かけて歩き回る姿の描写はない。

二つ目は、「하숙」には「ソノクが薬指の先で前歯をぽんぽんと叩きながら横たわって」という表現があり、愛蘭詩人の詩で最後を飾る。一方、「下宿」第六回に「一人になると蓉姫はそうッと起きて枕だけを下して寝直ったが気のせいか四肢がふるえるようだった」とあり、「蓉姫にはあれほど苦情をいいひした女学校時代の寄宿舎が今は天国のように懐しく楽しいものに思われた。彼女の眼には涙のようなものが光った」と締めくくる。

以上のように、「하숙」にはパラソルという言葉が出て来るが、「下宿」にはそのような言葉は出てこないのにパラソルを握った主人公が描かれている点、「下宿」第六回の挿画には内容と関係のない、「하숙」の内容である、ヨンイが枕

に頭を当てて部屋に横たわって手を口元に当てて何かを考えている姿が描かれている点などから、「下宿」の挿画は「하숙」の挿画を真似て描いたと断定できる。つまり、「하숙」と「下宿」の挿画はそれぞれ違う人が描いているものの、「下宿」の挿画は「하숙」を読んでそこに合う挿画を入れているのである。日本語で掲載されながらなぜ朝鮮語の雑誌に載せてある内容を挿画にしたのかは知ることができない。しかし、李承万という名前から朝鮮の人と推測できる。李承万が『大阪毎日』に雇用されて勤務した人だったのかは知らないが、朝鮮人であるなら日本語よりも母国語の方がより理解しやすいことが原因だったたであろう。

（3）女中（オモニ）

女中は朝鮮では食母と言い、食事を作ったり家事をしたりする。年配の人に対してはオモム（かあちゃん）と言う。両作品には召使の女や男たちと仲良くすることが述べられる。「하숙」には、「外地生活をするためには仕方ないことで、主人よりもこのような人々と付き合っておくのが便利である」とあり、「下宿」には、「たとえば、その家の使用人に着物などをくれてやることである。……主人のおかみさんよりも女中のような下の者からまず近づいて行くのである」と、主人公は外地生活での経験を通して女中の存在が重要であると述べられている。

また、食母が主人に従って行動をしている様子を、「하숙」には「女主人がとりわけ大事にする客さんなのでスニかあちゃんもまたこの主人のお嬢さんと同様ソノクならすぐ様調えてくれた」と、「下宿」には「女主人が、これほど大事にするお客さんだから、自然食母もその家のお嬢さんに対するのと変わらない心得で蓉姫に仕えるのだった」との表現が見られる。すなわち、外地生活をするにあたって主人の機嫌を取るのも大事であるが、また女中の機嫌を取り合わせるのも大事であることがよく表されている。

ところで、「하숙」と「下宿」における女中の話す態度と行動には違いが見られる。少し長いが挙げてみよう。

「하숙」には『お客お嬢様お休み』、内側からのとびらを静かに開けてスニかあちゃんが入って来た。『どうしたんですのスニかあちゃんがこの離れ部屋にまで入って来るなんて、さぁ、どうぞ』『私だって入れないもんですか』、前掛けに水に濡れた手を拭きながら部屋の一隅に静かに座りながら部屋の中を見回す。『あ、いつの間にか部屋をこんなにきれいに飾ったのでしょう』……スニかあちゃんは両手のひらを同時に寝返りをうちながら、『こんなですよ、何かいい時には自分の肉でも切ってあげるようだが、移り気が起これぱいつ見たのかという行動をとる人なんです』『ほら、私も注意しないといけないね』『いいえ、お嬢さんはそんな心配は要りません。いつも誰かが来るとお客お嬢さんの自慢話にふけるのだから』『そんなことありはしないのよ、あら捜しごとばかりやたらにするのに』『まあ、このようにいろんな家を回っているので変なこともみるんです。まぁ笑うしかないのです、女主人が先日四柱を見てもらったことを聞きましたか』『いいえ、私は知らないわ、それ何のことですの』部屋の隅に置いてあった雑巾で綺麗な部屋のゆかをほぼ反射的にまさぐりながら、『ああ、これをちょっと見てください。奥様は本当に怖い人です。人は餅をくれようともしないのに、予めキムチの汁を飲むなんて、まさしくその通りです。ああ、この前……四柱を見てみるとお客お嬢さんとこの宅の息子さんと婚姻をすれば天が定めた因縁になりとてもいいんだそうです。それからお嬢さんがおいでになる前まではこの家に敷居が擦り減るほど仲人が忙しく出入りしたのをすべて止めたんですよ』スニかあちゃんは気まぐれに首を左右にひねりながら口の唾が乾くほど話をしながらたまに大門の音に耳を傾けて声を下げるのだった」と述べられる。

一方、「下宿」では、「『会社のお嬢さま、もうお休みで?』先ずこういって障子を開けたのである。這入れともいわないうちにオモニは何か話でもあるといったような顔で、のそのそはいって来た。珍しいことだっただけに蓉姫もつい調子を合せて『まあ食母が妾の部屋に……珍客だわ、さあどうぞ』『婆やも若い時がありましたもんな、はッははは……』前掛けに濡れた手を拭き拭き、心有りげに部屋の隅々を見廻すのだった」……「そしてわれらの善良な食母は両手のひらを返したり直したりして見せながら次のようなことをつけ加えるのだった。『機嫌のいい時は舌でも噛ませて呉れそうな振舞いやかと思うと、ちょいと機嫌が悪いというと、どこの馬の骨じゃったか、ちょう顔されますんでな！　つくづく情ないこすぜ……』婆やはいろんな訛りを使っていた。『じゃ妾も気を附けなきゃいけないわね』『なあに、あんたに限って心配ありゃしませんや。誰でも人さえ来たらあんたはんの評判ばかりいうですよ。あんな娘珍しい言うてな』『それはお世辞というものよ。だって妾なんかどっこも取り柄がないんですもの』『滅相な！　あんたはん位の人やったら褒めるのがあたり前やて』といって婆やさんは段々話を本筋に引き入れるのだった。『あ、そうやそうや、面白い話がありますで。あたしはな、長いこと人様の家をつぎつぎ奉公して歩く中にこないな婆やになって終ったけんどもが、今までこないな話きいたの初めじゃけん、おかしうて腹を抱えたぞなモシ。何かちょうとなモシ——あんたはん。ききましたかな？』『いいえ、なんにも！』蓉姫はじれッたかった。『こないだな——』婆さんはちょっと室外に気を配って『こないだな、うちのおかみさんが、ちんちきりんな、四柱見て来ましたぞえ！』『それで？』『それもこれもあったもんじゃおまえんで！　猫の皮算段いうけんど、それよりも話がめでた過ぎまッせ！』『……？』『はッははは……』『いやだわ、お婆さん、きみが悪いじゃないの、早くいわないでさ……』『棚にぼた餅ちょうのはこのことでッしゃろ。その四柱屋のいうことにゃ、あんたはんと此の家の息子さんは合性じゃよって、もう家の嫁はんと思うていてよろしい、といいましたとさ。ほほほ……』婆やが勿体つけると同じ程度に蓉姫はあきれた。彼女はこれ以上聴いていられない気持がした。しかし婆さんは、いま鬼の首でも取っているつもりの顔して続けるのだった。『それがなモシ、その四柱屋さんがほんまにそういうたかどうだか知れやしませなんだろうがモシ、それをさ、うちのおかみさんと来たらもうすっかりその積りでいますやろう。ほんで時々どこそこから縁談を持って来る人がいても、はっきりそないなことをいうて断りますのじゃ！　ホホホ、面白いお話ね』と述べられている。

以上のことを通して、食母を呼ぶ言い方では、「하숙」ではお客お嬢様と一貫した言い方をし、主人公ソノクに対

する態度にはある程度の礼儀をもって話が進められていく。一方、「下宿」では、初めは「会社のお嬢さま」と言ったが、その後は「あんた」「あたはん」と訛りを使って呼んでおり、「這入れともいわないうちにオモニは何か話でもあるといったような顔で、のそのそはいって来た」という表現、主人公を前にして嘲笑いをするような「あんた」「ホホホ面白いお話ね」という態度や言葉遣いからそこにいる女に話しているように感じ、さらに主人公を見下ろすような印象さえうける。つまり、「下宿」での女中の主人公に対する勝手な言葉使い、態度から翻訳者の当時の朝鮮時代の厳しい階級社会がよく分からない印象がぬぐえない。(4)

三　作品中相似点からみる作家の望み

盧天命は記者や作家の仕事で忙しく女中を雇ったことがあり、女中に関するエッセイを残している。また、タイトル「下宿」の如く、盧天命は実際に部屋を探して回っており、彼女の憧れる家、自分の住みたい家を彼女の作品に描いていた。盧天命の作家生活上、女中と家は特別な存在であるがために、盧天命の小説や散文の中からこの二つの小品、当時の女中の生活ぶり及び盧天命の家への関心について考察してみることにする。

(1)　サウォリ

女中の生活について、「하숙」には「一つの屋根の下にいながら朝夕のお膳を運ぶだけで、仕事に追われてそこから離れられなかった身なりもみずぼらしいこのスニかあちゃんは実際に入って来て部屋をゆっくりみる機会など持ってなかった」とあり、「下宿」では「一つの屋根の下に住みながら朝夕のお膳を運ぶ――それも、しきたりで縁下に立ったまま障子際のところまで運んで呉れるだけで、朝から夜中まで何かと用をしていなければならない彼女は、まだ一度も蓉姫の部屋へなど入って来て話し込むようなことはなかったのである」と述べられる。当時の女中の仕事

の厳しさが窺えるが、盧天命が女中の話を残している作品には、『盧天命全集２　蝶』の、一部『山イチゴ』「海に行く」、三部『そのほかの散文』「海」に、「とても安値で働くようだ」「人の機嫌をとるのは私には何となくとてもむずかしいことのようだ」と女口についての描写がある。また、五部『小説』「サウォリ（上）」には女中サウォリをタイトルにした作品を残しており、女中サウォリの生活が一部紹介されている。それによると、サウォリは「わが家のお嬢さまは殴ることも知らない。そして学校だけ通って悪口も習っていないので悪口も吐かない。皿をいくら落とし壊しても殴らない」「私はこの宅に今一番長くついているわけさ」「こんなにきれいに磨いて家の中をきちんとしたって何になるの、これがわが家でもないんだから」「いつでも私を追い出されれば他のところに行くのだから」……「綺麗に掃除をしたところで面白くなる」と言い、女中サウォリの生活についての苦労が述べられている。また、この作品には貧しい家で仕方なく女中生活をせざるを得ない様子やつらい経験などが紹介されており、女中は人間以下の待遇を受けている様子が歴として表現されている。そのためなのか、当時の多くの女性は工場で働くやら妓生になるのを選び好んだとも言う。盧天命はサウォリから女中生活の苦労話を聞いて雇いながらも痛ましい気持ちになったと述べている。当時の女中の生活がよく分かる部分である。盧天命は学校の寄宿舎を三年前に出てきた女学生なので女中を雇って操るのは似合わない、年をとった女中を雇うと若主人を見下げることやかえって立場が逆になることも気にしており、できるだけ操りやすい若い女の子を望んでいた、そしてついにはサウォリに出会うようになり、女中の生活を理解するようになったのである。

（２）　家

両作品に描かれた家の表現をみてみると、「하숙」には、「青いカーテン……綺麗に大事にしてきた白い壁紙」「新しく建てたように見えるこざっぱりした家」「清潔な家でかつ静かなところ」「品がある新築」「上品な瓦葺の家」「品

格がある新しい家」などとあり、「下宿」には「緑色のカーテン」「大事にして来た壁紙」「綺麗で静か」「ちょっと小綺麗な家」「それらしい家」「可愛い綺麗な部屋」などの表現がある。主人公はソウルに上京して間借をしながら、このように気に入るところで住みたいと強く望んでいた。

『盧天命全集 2　蝶』をみると、盧天命が気に入る家の話がある。一九四八年に書いた一部『山イチゴ』「家の話」に、盧天命が学校を卒業し寄宿舎から出た後下宿生活をした。その生活がなかなかうまくいかなくて、姉に送った手紙に部屋のことで困っていると訴えた。その秋、姉が田舎から上京して盧天命と一緒に家探しをし一軒買うことになった。「家とは何気なくなさけが移るものだ。慣れるとあらもなくなり、もっといいものがあっても滅多に心が移らない」と、情けが移る家はよい友達になってしまうと言う。また、二部『私の生活白書』「5月の構想」には、「日が当たらない一坪庭なので新緑を見る木一本、蘭一株植えられずに住んでいる」「日がよく入る二階、そして窓を開けると青い光が目に入るくらいの庭園――そうして私が構想をしながら歩けるような家を一つぜひ持ちたい」と家に関する希望が述べられており、自分だけでなく、青い光をみる市民たちの充血された目を水晶のように少しでも清くしてあげたいと、すべての人々を清らかにさせたいと述べる。また、二部『私の生活白書』「私の生活白書」にはついに願いだった部屋一つを持つ幸せを得たことが述べられている。窓には海を入れるために作った窓から海を見下ろす。後ろにもまた窓を作り、望み通りに松畑を見下ろすことができた。ここに移ってから月が松の木の枝に掛かっているのを見上げて、べらぼうに丸い月が松林の間から顔を出しているのも見たなどと、幸福感が述べられている。さらに、三部『そのほかの散文』「冬の夜」に「この山荘とは実に三間草家の粗末な家だがこれで十分だ。一つは私が出かけて執筆する部屋で、もう一つは山荘を守って私が出かける際にお茶を沸かしてくれる年寄が暮らす部屋、そして台所があれば申し分ない」と、四部『日記』「3月27日」には、「小さい洋館をぜひ一つ持ちたい、日がよく入る二階、花木を植える程度の庭園、そして私が瞑想をしながら夜と夜明けにぶらつける家が切実に望まれる」と述べられている。

盧天命が望む家を総合してみると、こざっぱりして清潔で静かな家、品があってこじんまりした家、日がよく当たる二階で庭園があるところ、また夢のバラックであっても海が見えて松畑があり、月が見上げることのできる窓がある家などである。盧天命はついに彼女の希望、自然を友にして過ごす家を持つことができた。

盧天命はなぜこれほど自分の部屋や家を望んだのか。

三部『そのほかの散文』「植木日」「散策」「海」には、盧天命の心の故郷が描かれている。「村に行って暮らしながら物置小屋茅葺屋根には瓢のつるを掛け、垣根にはカボチャがふさふさとなり、麻畑にはきゅうりを気ままに育ってとって食べる。また、広い庭には白、赤紫色のタチアオイ花をキビ畑のように蒔かれて、あらゆる花草を無作法に植えてその中でのんびりと暮らすことができるだろうか」、「綿畑が現れて畑頭に青豆が青くさい匂いを漂わせる村道で私は実に安らいでいる」、「私の楽しみは野原にでかけること……そこに私の広い庭園があり、そこに私の好きな気ままに伸びた花や草があり、私の心の故郷があるからだ」と、自然とともに安らかに生きる、のんびりとした生活を望む姿が述べられている。また「海はいつも私の恋しい故郷である」「灯台が白く見える海を眺めると私の息苦しい胸の中がすぐに爽快になりそうだ」と、海を眺めながら住みたいと望んでいる様子が描かれている。つまり、盧天命にとって自然に囲まれた家、これこそ心中の恋しい故郷だったのである。だからこそ盧天命は切に自分の部屋や家を望んでいたのである。

四　結

まず、「하숙」と「下宿」両作品の文字の移動と挿画について、ハングルで書かれた文と日本語での翻訳文についての比較を行い、翻訳文は意訳を行っていることが分かった。また、挿画はハングルの作品をベースにしたことも分かった。さらに、「下宿」は盧天命の自伝的作品であるだけに、作家の実生活の一面を窺うことができた。特に注目

すべき点は女中と家である。盧天命は新女性として忙しい日々を送っており、女中と一緒に生活をすることによって女中の生活の難しさ、悲惨さに気付く。そして、盧天命の下宿生活を通じて家あるいは部屋の貴重さに気付き、これらの小品を作品中に利用したのである。それらの小品などを通して誰にも干渉されない自分だけの空間の安息処、住みたい部屋や家を求める姿から盧天命の心の故郷、さらなる自由の心、生き方を窺うことができたが、これは当時の近代女性の生活史でもあろう。

注

（1）平壌支局も同様の内容である。

（2）『大阪毎日』朝鮮版に「朝鮮女流作家集」というタイトルで紹介されている。作家は白信愛（一九〇八〜一九三九）・崔貞熙（一九一二〜一九九〇）・張徳祚（一九一四〜二〇〇三）・盧天命（一九一三〜一九五七）・朴花城（一九〇四〜一九八八）・金末峰（一九〇一〜一九六二）・姜敬愛（一九〇七〜一九四三）の順である。また、『大阪毎日』朝鮮版に掲載された作品と月、号を紹介すると（大村益夫・布袋敏博編『近代朝鮮文学日本語作品集』緑蔭書房、二〇〇四年三月を参考にした）、白信愛の「顎富者」は四月、第一回１９０３７号から第六回１９０４２号まで、崔貞熙の「日蔭」は四・五月、第一回１９０４３号から第五回１９０４７号まで、張徳祚の「子守唄」は五月、第一回１９０４８号から第九回１９０５６号まで、盧天命の「下宿」は五月、第一回１９０５８号から第六回１９０６３号まで、朴花城の「洪水前後」は五月、第一回１９０６５号から第八回１９０７４号まで、金末峰の「苦行」は五・六月、第一回１９０７５号から第八回１９０８２号まで、姜敬愛の「長山串」は六月、第一回１９０８３号から第五回１９０８７号までに連載してある。

（3）結末において「하숙」には愛蘭詩人パードリク・コラムの詩‘An Old Woman on the Roads’が掲載されているが、「下宿」にはない、これに関する論文は、第13回東亜細亜比較文化国際会議（韓国の中央大学、二〇一六年八月五日から八月七日まで）にて「盧天命の『下宿』研究―パードリク・コラムの詩を中心として―」というタイトルで発表し、資料集に収録されている。

（4）鄭根植の「日本の支配下検閲機構と検閲官の変動」の論文で「新聞検閲には日本人通訳官だけ参与して朝鮮人検閲官は排除した点、また植民地検閲の特徴の一つである。判断の自律性を日本人だけに与えた。」（『大東文化研究』第51輯、二〇〇五年九月二五日、p35-36）とあり、通訳官、検閲が日本人であると述べており、翻訳者も日本人である可能性も排除できない。たとえ翻訳者が日本人でなくとも、結局は検閲で直されたことも考えられる。

■東アジア仏教文化

世間の無常を厭へる歌
―― 僧中の古歌をめぐって ――

大谷　歩

一　はじめに

古代日本における仏教の伝来は、『日本書紀』には欽明天皇十三年のこととして伝えられている。しかしその以前から、「仏」という新たな「神」は、渡来人たちをとおしてもたらされていたのであろう。飛鳥・奈良朝の仏教は、推古朝の聖徳太子の活躍や蘇我氏の仏教庇護、行基の衆生教化や聖武天皇の三宝への帰依などが主として取り上げられるが、それらは一過性の政治や文化の隆盛ではなく、仏教が古代日本の社会や思想に深く根を下ろしつつあることを示すものである。その潮流は、『万葉集』おいても、確かに見て取ることができるものと思われる。

『万葉集』には、「世間」にあることの悲しみや嘆きをテーマとする作品をみることができる。たとえば、柿本人麻呂歌集には「巻向の山辺とよみて行く水の水沫のごとし世の人われは」（巻七・一二六九）[1]と詠まれ、大伴旅人は「世の中は空しきものと知る時しいよよますますかなしかりけり」（巻五・七九三）と詠み、大伴家持は「悲世間無常」（巻十九・四一六〇―六二）をテーマとした歌を詠んでいる。これらの作品からは、『万葉集』においてすでに仏教における「世間無常」の思想が理解されていた形跡を認めることができる。しかし、これらの作品は仏教を信仰し、「世間無常」であるがゆえに仏教に帰依しようというものではない。これらの作品は、世間無常なる世界に生きる人間の悲しみや苦しみを捉えようとするものである。そのような中で、『万葉集』巻十六には「世間の無常を厭へる」と題される、作者未詳の歌が二首存する。

世間の無常を厭へる歌二首

生死の二つの海を厭はしみ潮干の山をしのひつるかも　（巻十六・三八四九）

世間の繁き仮廬に住み住みて至らむ国のたづき知らずも　（同・三八五〇）

右の歌二首は、河原寺の仏堂の裏に、倭琴の面にあり。

猒世間無常歌二首

生死之　二海乎　猒見　潮干乃山乎　之努比鶴鴨

世間之　繁借廬尒　住々而　将至国之　多附不知聞

右歌二首、河原寺之佛堂裏、在倭琴面之。

三八四九番歌は、生と死をくり返す輪廻を「生死の二つの海」に擬え、生死という潮の満ち引きの無い「潮干の山」を願ってやまないのだという。三八五〇番歌は、煩わしい仮の宿であるこの世間に住み続ける故に「至らむ国」へ向かいたいが、その方法がわからないのだという。「至らむ国」は、輪廻転生をくり返す世間を脱したところにある、あるべき理想の国を指すが、それが彼岸、あるいは浄土であろうことはすでに指摘されており、妥当な理解であると思われる。加えて、左注によれば、この二首は河原寺の仏堂の裏にある倭琴の面に記されていたという。この二首が倭琴に記された経緯は不明であるが、琴に記されていることから想像するならば、琴と関わりの深い歌であると思われ、仏教歌謡に特化した琴曲であったとも推測される。

このような二首の態度は、いわば三界の輪廻や仮としての世間から解脱し、仏の世界へ向かうことを願うものであり、その思想は仏教の立場に依拠するものであるといえる。この態度は、「世間無常」であるがゆえに「かなしかりけり」と嘆いた旅人や、家持の「悲世間無常」という態度とは異なり、「猒世間無常」という出世間を説く思想によるものである。このような思想が歌に詠まれることは、仏教への信仰に基づいた作品が極めて少ない『万葉集』においては異質なことであり、この二首が歌として成立する背景には、特別な事情の存することが想定される。それは、河原寺の仏堂の倭琴の面に記されたということにも関与する問題であろう。本稿では、「猒世間無常」という題詞と二首の歌に、いかなる成立事情が存するのかについて考察を加えたい。

二　「世間無常を厭う」ということ

「世間の無常を厭へる」という題詞は、仏教の「世間無常」の思想を受けたものである。「世間」とは、愛着や四苦八苦などのさまざまな欲望や苦しみが生起し渦巻く世界であり、仏教においては捨離すべきものでありながら、それを捨てられない者の居る場所として捉えられている。この「世間」にあることの苦しみを述べる経典は多くあるが、たとえば『佛所行讃』巻第五・分舎利品第二十八には、

生・老・病・死の苦は　世間苦中にて過ぐる無し。　死苦は苦の大にて　諸天の畏るゝ所、　永く二種の苦を離れたり。　云何に供養せざらんや　後有の楽を受けず、　世間楽は無上なり。　生苦の大を増し、　世間苦は無比なり。

（『国訳』印度・本縁五）

〔生老病死苦　世間苦無過　死苦苦之大　諸天之所畏　永離二種苦　云何不供養　不受後有楽　世間楽無上　増生苦之大　世間苦無比〕

（大正蔵五四b二三―五四c〇二）(2)

とあり、「生老病死」の四苦は世間における苦の中でもこれに過ぎるものはなく、死ぬことも生きることも苦しみの

中にあり、世間苦は比類の無い苦しみであると説かれている。また、『佛本行経』巻第五・昇忉利宮為母説法品第二十一には、

墜堕離別苦　生天有是患　貪求積聚死　是為世間苦　地獄焼炙煮　餓鬼渇乾燋　畜生相噉食　五情苦無安　在所受身処　衆苦輒追随　欲離衆苦悩　唯有滅無為　当覚三界苦　猶若瘡被毒　甚於焼鉄撘　無可解瘡処　世間苦如是　覚苦起之縁

（大正蔵八八c〇三―c十一）

ともあり、三界苦・世間苦は人間の生死のみならず、地獄・餓鬼・畜生の苦しみを受けることであるとも説かれている。このように、「世間」にあることの苦しみを述べ、そこから脱することを勧めるのが仏教の基本的な態度である。

当該作品の題詞にみえる「厭世間」は、たとえば『雑阿含経』巻第四十九には、「父の傷死及び宝物を失へるを見、世間の苦を厭ふが故に如来の法中に於て出家学道す。〔見父傷死及失宝物。厭世間苦故。於如来法中。出家学道。〕」（『国訳』印度・阿含三／大正蔵一六四a〇七―〇九）とあり、商人の子が、父が賊に襲われて殺され、宝物財産を奪われるのを見て「世間苦」を理解し、そこから逃れるために出家の道を志したのだという。また、蕭子良は「剋責身心門」において「若出家之人観空無常。厭離生死行出世法」（『広弘明集』第二十七巻／大正蔵三〇九a十四―十五）と説いており、もし出家者が空無常を観るならば、生死を厭い、世間から解脱するための出世の法の修行に向かうべきであると述べている。「厭世間」という態度は、仏教者や仏教に帰依しようとする者が、その苦しみから逃れるために願う、あるべき態度であるといえる。

「厭世間無常」は、そのような仏教信仰者の態度として認められるのであるが、『万葉集』に載る知識人たちの作品においても、仏教への深い理解をみることができる。たとえば、山上憶良は巻五の悼亡詩において「愛河波浪已先滅、苦海煩悩亦無結。従来猒離此穢土、本願託生彼浄刹。」と詠んでいる。これは、愛欲に溺れる者の迷妄は死によって消滅し、苦しみの海に煩悩が結ばれることはなく、かねてから穢土を厭離して、生を浄土に託すことが本願であった

という、仏教の教えに沿った理解を示している。仏典における「愛河」は、たとえば『大乗理趣六波羅蜜多経』巻第一に「流転生死沈溺愛河」（大正蔵八六五c〇二―〇三）とあり、「苦海」は『大般涅槃経』（小乗涅槃経）巻下には「一切衆生。沈淪苦海。」（大正蔵二〇五a二四―二五）とある。いずれも、生死輪廻の苦しみを述べるものであり、仏教ではこうした「愛河」や「苦海」、あるいは「欲海」のように、人間の愛着や煩悩などの諸苦を、河や海に譬えて表現する例が多くみられる。憶良が「厭離此穢土」といい、「託生彼浄刹」といったのは、仏教思想の本質に触れての言であった。第一首目の「生死の海」や「潮干の山」も、その系統に属する表現であるといえよう。

大伴家持の作品には「世間無常」をテーマとする歌があり、「世間の無常を悲しびたる歌一首并せて短歌」と題して次のように詠まれている。

天地の　遠き初めよ　世の中は　常なきものと　語り継ぎ　ながらへ来れ　天の原　ふり放け見れば　照る月も　満ち欠けしけり　あしひきの　山の木末も　春されば　花咲きにほひ　秋づけば　露霜負ひて　風交り　黄葉散りけり　うつせみも　かくのみならし　紅の　色も移ろひ　ぬばたまの　黒髪変はり　朝の咲み　暮変はらひ　吹く風の　見えぬが如く　逝く水の　留らぬ如く　常もなく　移ろふ見れば　にはたづみ　流るる涙　止みかねつも　（巻十九・四一六〇）

言問はぬ木すら春咲き秋づけば黄葉散らくは常を無みこそ（一は云はく、常無けむとそ）（同・四一六一）

うつせみの常無き見れば世の中に情つけずて思ふ日そ多き（一は云はく、嘆く日そ多き）（同・四一六二）

家持は、満ち欠けする月や季節の移ろいを捉え、人の世もかくの如きであり、紅顔の美しさも、黒髪も朝の笑顔もいずれは衰え、吹く風や流れゆく水のように常なるものはなく、そのことを見るにつけ、涙がとめどなく流れるのだという。短歌においても、一首目では春秋の季節が移ろってゆくのは、この世が無常なるがためであるという。二首目では、その無常なる様子を見れば、この世の何事にも熱中することはできず、物思いをするのだという。家持がくり返し述べる「常無き」ことや「移ろふ」ことは、「世間無常」を和語化し、その具体相を歌として展開したものである。さらに、ここでの「移ろふ見れば」「常無き見れば」という「見る」ことは、仏教でいうところの観想の目であろう。それは自然への賞美ではなく、仏教思想の理解の上から「観」として見つめられる自然であり、その時に自然は「移ろふ」ものとして観想されたのである。家持は、「世間無常」というこの世のあらゆる移ろいを捉え、それは人の世も同じであることを深く理解したのである。しかし、それを「流るる涙止みかねつも」と嘆くことによって、家持の仏教理解が仏への信仰と直線的ではないことが示されている。すなわち、「世間無常」であるがゆえに仏へ帰依するのではなく、ただただ涙が止まらないという悲嘆の情へと向かうのであり、題詞に「悲世間無常」という「悲」の語を選択させた所以がそこにあろう。家持は、「世間無常」であるがゆえに世間を厭うのではなく、「世間無常」であることの理解をとおして、むしろ人間の存在の悲しみを捉えようとしたのだといえる。

山上憶良を仏教信仰者とみることはできないが、憶良は「世間無常」の諸相を見つめ、生死輪廻という理解によって詩文や歌を創作した。憶良の作品に底流するのは、人の死を根拠とするものであり、また肉体的な苦悩であったと思われる。大伴家持は憶良と等しく「世間無常」を共通の理解としながらも、それを理解した人間の性情を重視したのである。いわば、家持の仏教理解は信仰ではなく観念的であったのである。一方、当該の二首が「世間無常」を詠みながらも、それを「厭へる」という信仰する立場から詠出する態度は、憶良や家持とは大きく乖離している。奈良朝の仏教は僧侶たちだけの専権的な知識ではなく、すでに広く知識階級にも受け入れられたことにより、『万葉集』においても仏教思想との対立や葛藤があらわれ始めたのである。

三　生死海と出三界外楽

当該作品の題詞にみる「猒世間無常」は、「世間無常」であるがゆえに世間を厭わしいものとし、世間から解脱することを願う思想であった。その「猒（厭）」も、『増一阿含経』巻第五十には「生死は長遠にして辺際有ること無く、衆生の恩愛縛著して生死に流転し、此に死し 彼に生じ、窮り已ること有ること無し。我其の中に於て生死を厭患す。〔生死長遠無有辺際。衆生恩愛縛著流転生死。死此生彼無有窮已。我於其中厭患生死。〕」（『国訳』印度・阿含九／大正蔵八二五b二四―二七）といい、『阿毘達磨大毘婆沙論』巻第二十では「復、世間に怨憎会苦・愛別離苦あり、在家の迫迮なること、猶、牢獄の如くなるを厭ひて、便ち出家し、（下略）〔復厭世間怨憎会苦愛別離苦。在家迫迮猶如牢獄。而便出家。既出家已。〕」（『国訳』印度・毘曇八／大正蔵一二八a十七―十八）というのであり、そのように世間を厭うのが、当該二首の立場である。第一首目では、生と死を海の満ち引きに擬え、そのような苦しみのない「潮干の山」を思慕するのだという。この「生死の海」について、契沖『万葉集代匠記』精撰本は次のように述べている。

生死ノ海ハ、華厳経云。云何能度生死海入佛智海。海ハ深クシテ底ナク、広クシテ限リナキ物ノ、能人ヲ溺ラス〈コト〉無辺ノ生死ノ衆生ヲ沈没セシムルニ相似タレハ喩フルナリ。[3]

契沖は『大方広佛華厳経』巻第六十二の「云何んが能く生死の海を度して佛智海に入らん〔云何能度生死海入佛智海。〕」（『国訳』印度・華厳三／大正蔵三三五a十五―十六）を指摘している。「生死の海」という表現は、衆生が生死輪廻をくり返す様を、広大な海で溺れることに譬えたものである。生死の輪廻を大海に譬える方法は、仏典においては他にもみることができる。たとえば、『正法念処経』巻第三十六・観天品第六之十五には、

一切の聖人に愛され、戒を讃へ、報ひは常に清涼にして次第に、乃至、涅槃に到るを得る。猶し善き親の如くにて、生死の海中にて能く渡すことは橋の如し。若し彼の持戒の橋に上る者あれば、是れ則ち能く生死の大海を渡りて彼岸に到る。

（『国訳』印度・経集九）

〔一切聖人所愛讃戒。報常清涼。次第乃至得到涅槃。猶如善親。生死海中。能渡如橋。若有上彼持戒橋者。是則能渡生死大海。到於彼岸。〕

（大正蔵二〇九a二五―二八）

とあり、聖人に愛され、戒を讃えた報いは清涼であり、やがて涅槃に至る者のだという。さらに、持戒する者は生死の大海を渡り彼岸に到るというのである。これは生死の輪廻から脱することができた者の例である。また同経の巻七十・身念処品第七之七には、

其の業の如くに行ひて活地獄・黒縄地獄・衆合地獄・叫喚地獄・大叫喚地獄・焦熱地獄に堕ち、五種の愛の故に、色・声・香・味・触を愛するが故に之れの縛る所と為りて、流転して生死の大海に在り。

（『国訳』印度・経集十一）

〔如其業行。墮活地獄。黒縄地獄。衆合地獄。叫喚地獄。大叫喚地獄。焦熱地獄。五種愛故。愛於色声香味触故。為之所縛。流転在於生死大海。〕

（大正蔵四一二a二五―二九）

とある。これは、自らの業に従って諸地獄に堕ち、愛着に縛られるがゆえに、生死の輪廻をくり返す大海を漂うことになった者の例である。さらに、『悲華経』巻第二には、「世間の生死数々苦を受け、而も更に甘楽して遂に諸苦をして転復増長せしむ。〔世間生死数数受苦。而更甘楽遂令諸苦転復増長。〕」（『国訳』印度・経集五／大正蔵一七八b〇七―〇八）とあり、世間にある者はあまたの生死の苦を身に受けるのだと説かれている。このように、第一首目の「生死の二つの海」は、生死流転、生死輪廻によって生と死をくり返す、三界・六道に漂流する者の運命を示しているのであり、そのような苦海の有り様を説いているのである。

その「生死の二つの海」と対置されるのが「潮干の山」であり、それは憶良の悼亡詩の「浄刹」と同質であろう。この「潮干の山」について、契沖『万葉集代匠記』精撰本は次のように述べている。

潮干乃山ハ、名所ニアラス。〈生死ヲ海ニ喩ヘタルニ付テ〉涅槃究竟ノ処ニハ生滅〈ノ動転〉モナケレハ涅槃山ト云故ニ海水ノ満ル時モ山ハサリケナキ如ク寂滅無為ノ処ニ強テ名付タリ。塩ノ満ヌ処ニハ干ルト云名モナケレト、生死ノ此岸ヲ指テ、仮ニ潮干ノ山ト云ナリ。

契沖は、「潮干の山」は涅槃山であるといい、涅槃の境地は流転も動転もない寂滅無為なるところであり、生死の此岸を指した名であろうという。この「此岸」は彼岸のことと思われ、『万葉考』も「彼岸にあてゝ云也」[4]とし、折口信夫『万葉集事典』の「しほひのやま」の項では、「生死・輪廻の境涯を脱却して入る円寂の境地を譬へて、涅槃山（涅槃経）・涅槃州（智度論）など言ふ処から、生死の海の潮の、干た処にある涅槃の山の意で、本集時代に、わかり易く、説経者などが、かく言ひ慣してゐたものと見える」[5]と述べている。また、新潮日本古典集成本が「須弥山。生死を解脱した涅槃の地」[6]といい、新日本古典文学大系本にも「涅槃の象徴とされる須弥山」[7]などと指摘されるように、須弥山とする説もある。第一首目は、生と死をくり返す苦海の輪廻から脱して静寂の世界を願うもので、三界・六道からの解脱を望む内容であると理解される。

第二首目は、「世間」は煩わしい仮の住まいであるといい、その「世間」を脱して「至らむ国」に行きたいのだが、その方法がわからないのだという。「世間の繁き仮廬」は、前歌からみれば、世間にあってくり返される生死流転の場を「仮廬」に擬えているのであり、そこからの厭離を願う内容である。それは山上憶良が「世俗に本より隠遁の室無く、原野には唯長夜の台有るのみなるを」（巻五「悲嘆俗道、仮合即離、易去難留詩序」）と述べているのと重なるものである。世俗には常住するべき家は存在しないのであり、そこから「至らむ国」が希求されているのである。これが前歌の「潮干の山」を受けているとするならば、諸説がすでに指摘するように、彼岸・浄土を指しており、無常である世間を脱し、常住を目指そうとする態度であろう。

「至らむ国」については、『万葉拾穂抄』が「浄土を云也」[8]、『万葉集略解』が「極楽をいへり」[9]、『万葉集古義』が「いはゆる極楽浄土をいふなり」[10]と述べて以降、現代諸注釈でも浄土を指すものとして説明されている。井村哲夫氏は日本上代における浄土教の普及状況を考察し、当該の「至らむ国」は『極楽』とのみ限定して解釈するのは適当ではなく、十方浄土・諸菩薩の世界や須弥山その他の諸天と考えておくのが穏当である」とし、『万葉集』の時代には阿弥陀・極楽の信仰はまったく無かったわけではないが、一般的な信仰ではなかったと述べており[11]、妥当な見解であるといえる。また、「たづき知らずも」は、『万葉集古義』に「いつか無念無心の極楽浄土に至らむといふ、てだて為方もしられず、さてもはやく、至らまほしや」とし、澤瀉久孝氏の『万葉集注釈』が「どうして浄土へ行きつく事が出来るか、その方便もわからないことよ、の意[12]」と述べるところの理解が通説である。ただし、佐伯梅友氏は「たづき（たどき）」が方法・手段から転じて様子や状態を示す場合もあり、「至らむ国の様子がわからないという心持で、極楽なのやら地獄なのやら、至らむ国がどんな様子なのか分らないという嘆きで、極楽浄土へのあこがれを表わしているというようになるのでは無かろうか[13]」と述べており、こちらの解釈も可能性があろう。

第二首目は、彼岸・浄土であるところの「至らむ国」を願いながらも、そこへ至る方法やその様子が知られないという内容である。しかし、第二首目の作者が仏教者であるならば、このようにうたうことは自らの智慧や知識の無能を露呈するものであり、仏教者としてふさわしい内容であるとは言い難い。したがって、第二首目の主体を仏教者として捉えることには、矛盾が生じることになろう。「至らむ国」へゆく方法やその国の様子をよく理解し、凡夫を教え導くべき立場の者が仏教者でなければならないからである。しかも、そのような内容を歌にしなければならない必然性は、この二首がある意図を持って詠まれたとみるならば、その成立事情がみえて来るように思われる。すなわち、第二首目の「至らむ国のたづき知らずも」という発言は、仏教者側の視点というよりも、むしろ世俗に身を置く立場からのものである。先に挙げた憶良の悼亡詩では、「従来猒離此穢土、本願託生彼浄刹。」というように、穢土を離れ、浄土に向かうことを本願とするのだというのであり、この憶良の言はまさに「厭離穢土、欣求浄土」の思想である。この「至らむ国」も、憶良の説くところの「託生浄刹」の「浄刹」と対応することは確かであろう。その本願である「浄土」とはいかなるものであるのか、それが解脱への本質的な問題となるのであるが、衆生の疑念は、まず「浄土」の存在の有無にあろう。このような疑念に対して答え、教え諭すのは、当然仏教者の教化によってであり、これはまさに三界外楽の教えに等しいものである。それを説いたのは、中国六朝期の蕭子良の「出三界外楽門」である。

蕭子良「出三界外楽門　第十五」

佛世尊説。三界世間総是苦聚。非惟一苦而已。又是無常無我不浄。終帰於空。出世之外。則有常楽我浄具八自在。而衆生長迷妄謂為楽。一何可悲。且説一苦随相有八。何謂八苦。所謂生苦老苦病苦死苦愛別離苦冤憎会苦求不得苦五盛陰苦。於一苦中更有諸苦。（中略）衆生猶自流転生死海中。豈非為顛倒惑纏之所致也。故当勤加精進修行此行。便出三界。

（『広弘明集』誡功篇第二十七巻／大正蔵三一三a十三—a二十、b二九—c〇二）

蕭子良は「出三界外楽門」において、「佛世尊説。三界世間総是苦聚。非惟一苦而已。又是無常無我不淨。終帰於空。」と述べており、これは三界世間苦を説くものである。三界は生死輪廻をくり返す欲界・色界・無色界のことであり、衆生が迷い流転する世界である。それゆえに、「出世之外。則有常楽我浄具八自在。」として、出世の外は移り変わることのない「常楽」の世界であり、「八自在」という八種の神秘の力が具わるのだという。これは無常なる世間から脱し、三界からの解脱を勧めるものである。それに対する三界の内実は、生苦・老苦・病苦・死苦・愛別離苦・冤憎会苦・求不得苦・五盛陰苦のような、尽きることのない諸苦に苛まれるのであるという。そのため、衆生は生死流転の海中にあって、顛倒（真理に反する誤った考え）して煩悩に惑うことになるのであり、修行に精進することで、三界から脱することができると説かれている。同じく蕭子良の「三界内苦門」においても「夫三界牢獄四囲輪転。在家出家未断我倒。無得免者。既為生死所纏。身心労累遷変無窮。無非是苦。」（『広弘明集』誡功篇第二十七巻／大正蔵三一二c〇三—〇五）と説かれるように、三界に漂流する限りは、尽きることのない苦しみをくり返すというのである。

このようにみると、「生死の二つの海」は、いわば三界内苦のことであり、「潮干の山」「至らむ国」は出三界外楽のことであると理解できよう。この二つの門の前では、「在家出家未断我倒」（「三界内苦門」）というように、在家者も出家者も我倒（迷妄）を絶つことがないのだという。そのような三界の外とは、蕭子良の「三界外楽門頌」によれば「朝遊浄国侶。暮集霊山群。」（『広弘明集』誡功篇第二十七巻／大正蔵三一三c〇五―〇六）であるといい、すなわちそれは「浄国」に遊ぶことである。「浄国」は浄国土のことであり、そこは仏国土である。「浄国」に遊ぶということは、『悲華経』巻第二に「諸の菩薩等願力を以ての故に清浄土を取り、五濁の悪を離る。〔諸菩薩等以願力故。取清淨土離五濁悪。〕」（『国訳』印度・経集五／大正蔵一七九a二四―二五）とあるように、五濁（邪悪な世界における劫濁・見濁・煩悩濁・衆生濁・命濁の五つの穢れ）を離れた世界へ行くことでもある。

このようにみると、「潮干の山」も「至らむ国」も、浄国を指していると捉えられる。ただし、その浄国へどのように至るべきか知られないというのは、仏の教えを前にした凡夫の迷妄の嘆きである。「生死の二つの海」を厭い願う先が「潮干の山」であれば、それは生死輪廻のない三界外楽の門への希求である。それを願いながらも、「至らむ国」が知られないという凡夫に答えるのは、当然のこと仏教者である。第一首目において、生死の大海や愛欲の河、苦海からの厭離という思想は、出世間・出三界の教えであり、そのことによって至ることができる彼岸、すなわち浄土の世界の存在を教えようとするのが第一首目の歌だということになる。もちろん、この歌によって凡夫がただちに仏の教えを理解できたということではない。むしろ、人々の生きるこの世が穢土であることを周知させるのが第一の目的である。それに対して、この穢土にある凡夫の迷妄が、第二首目の「至らむ国のたづき知らずも」の嘆きであろう。穢土を厭離するにも、そこへ行く手立ても知られないという迷える凡夫は、仏教者たちによって導かれることになる。いわば、第二首目は仏の道へと導くために、迷妄の凡夫の立場からうたわれた歌だということになる。したがって第二首目は、題詞にみるような仏教者の意図を持ちながらも、歌の立場は世俗に寄り添う形が採られているのだと思われる。当該作品は、厭離穢土を説いて欣求浄土への道を示そうとする、仏教者の教化のテキストとして存在した歌であったと考えられるのである。

四　おわりに

奈良朝の知識人たちの間には、すでに広く「世間無常」の思想が知られ、山上憶良や大伴家持はその思想から自らの作品を展開させていった。しかし、彼らは「世間無常」を理解したことによって仏に帰依するのではなく、世俗にある人間の本質や性情を捉えようという方向へと向かっていったのである。そのような中で、本稿に取り上げた二首の歌のように、仏の教えが説かれ、それに帰依しようとする態度を示す作品が登場するのは、『万葉集』にあっては極めて異質なことであった。

「生死の二つの海」はすでに契沖が指摘するように、仏典に多くみられる特有の表現内容であり、「潮干の山」及び「至らむ国」も、彼岸・浄土を指しているであろうことは、仏典の例に基づけば首肯されるものである。これらのことから、当該二首が仏教をよく理解し、仏の教えに従うべきであるという、仏教者の作であることは認められる。しかし、そのような仏教者が、彼岸・浄土である「至らむ国」へゆく方法がわからないとうたうことには矛盾があり、またこのような内容を仏教者が歌に仕立てて詠む必然性については、いまだ言及がなかったように思われる。

第一首目の目的は、この世間は三界皆苦の穢土であり、そこを出ればその先に「潮干の山」なる浄国があるという、凡夫に仏の真理を説くものであった。それに対する第二首目は、出世間の後に至る国にはどのように行けば良いのかわからないのだという嘆きが詠まれている。これは仏教者の立場であるよりも、凡夫という衆生の声の代弁であるといえる。「至らむ国のたづき知らずも」という嘆きや疑問によって、ここから「出三界外楽」という仏国土の教えが示されることになる。このことから考えるならば、第一首目は、「厭離穢土」を、第二首目は「欣求浄土」を歌として説くものであることが知られる。この二首の歌は、歌という方法に託して、凡夫を教化するテキストとして存在したのだと思われる。これらは凡夫たちへの布教の際に、僧侶たちがうたっていた僧中の古歌が、倭琴に書き残され、河原寺に伝えられたものと推測されるのである。それは、やがて興起する仏教歌謡の先駆けとして、この二首が存在したことを教えるものである。

注

（1）『万葉集』の引用は、中西進『万葉集　全訳注原文付』（講談社文庫）による。以下同じ。
（2）仏典の書き下しの引用は、『国訳一切経』（大東出版）により、仏典の本文の引用は、『大正新脩大蔵経』（大蔵出版）による。以下同じ。
（3）『契沖全集』第六巻（一九七五年、岩波書店）。以下、『万葉代匠記』の引用は同書による。引用中の〈　〉は朱書き部分である。
（4）『賀茂真淵全集』第五巻（一九八五年、続群書類従刊行会）。
（5）『折口信夫全集』第六巻（一九六六年、中央公論社）。
（6）新潮日本古典集成『万葉集　四』（一九八二年、新潮社）。
（7）新日本古典文学大系『万葉集　四』（二〇〇三年、岩波書店）。
（8）『万葉拾穂抄　Ⅳ』（二〇〇六年、古典索引刊行会）。
（9）『万葉集略解』下巻（一九二八年、文献書院）。
（10）『万葉集古義』第六巻（一九二八年、名著刊行会）。以下、『万葉集古義』の引用は同書による。
（11）井村哲夫「万葉びとの祈り―現世安穏・後生善処―」（『上代文学』第五十九号、一九八七年十一月）。なお、当該作品の「潮干の山」については、井村氏「潮干山と方便海」『赤ら小船　万葉作歌作品論』（一九八六年、和泉書院）にも言及がある。
（12）澤瀉久孝『万葉集注釈』巻第十六（一九六六年、中央公論社）。
（13）佐伯梅友「研究ノート　態・跡状」（『文学』第十七巻十一号、一九四九年十一月）。

日本における『金剛般若経』信仰と霊験記の普及
――『金剛般若経集験記』と古代日本――

山口敦史

一　はじめに

仏教伝来後の日本では、多くの漢訳仏典が将来され、書写、さらに読経されるなどされてきた。本稿では、それらの多くの漢訳仏典の中から、『金剛般若経』に注目して、その普及状況について考察してみたい。古代中国における『金剛般若経』普及と、それに影響されて成立した『金剛般若経』関連の〈霊験記〉流布の状況について考察し(1)、その影響を受けた古代日本の『金剛般若経』受容の状況と展開について概観したい。

奈良時代の日本では、天平勝宝六年（七五四）に帰国した入唐廻使が、中国・玄宗による『金剛般若経』重視の政策を日本の朝廷に伝え、その影響を受けた藤原仲麻呂が『金剛般若経』の書写を盛んに行った、という論がある（後述）。本稿では、前述のような奈良時代後期における『金剛般若経』信仰の状況を踏まえ、孟献忠撰述『金剛般若経集験記』が古代日本の仏教説話集―具体的には『日本霊異記』―に、どのような影響を与えているかについても考えを示したい。

二　『金剛般若経』の中国における展開

『金剛般若経』は『金剛般若波羅蜜多経』、または『金剛経』とも呼ばれ、主に鳩摩羅什の漢訳で知られている。中国では多数の注釈書が作られ、唐代までに限っても、智顗・吉蔵・智儼・基・義浄・宗密などのものがある。また、大正新修大蔵経第八十五巻には、鳩摩羅什訳の『金剛般若経』に注釈を施したもの八点が見える。それは『梁朝傅大士頌金剛経』、『金剛般若経集旨賛』、『金剛般若経依天親菩薩論略釈秦本義記巻上』、『金剛経疏』（二七三七）、『金剛経疏』（二七三八）、『金剛般若経挟註』、『金剛般若義記』、『金剛般若経疏』である。また、『御注金剛般若波羅蜜多経宣演』は玄宗皇帝作成の『御注金剛波羅蜜経』に道氤が「さらに意味を推し広げて説明したもの」(2)だという。また、『金剛暎巻上』は、その『御注金剛般若波羅蜜多経宣演』に宝達が注釈を施したものだという。(3)

また、教学普及のために〈霊験記〉のたぐいも作成され、そのうちのひとつが孟献忠撰述『金剛般若経集験記』である。(4)『金剛般若経集験記』については、序文で、開元六年（七一八）四月八日に完成した旨を記している。これは現存する『金剛般若経』の霊験記類の中では最古のものであるが、散逸した蕭瑀の『金剛般若経霊験記』から採取されている説話がある。(5)孟献忠については詳細不明。『金剛般若経集験記』は中国では散逸し、日本にのみ現存している。現存最古の写本は黒板勝美旧蔵本・石山寺蔵本とされ、両者は僚本で、「その書写年代は明かならざれども、書体甚古風にして、平安朝初期を下らざるものと思はる」(6)とされる。蕭瑀は貞観二十一年（六四七）に七十四歳で没とある（『旧唐書』巻六三）。『新唐書』では巻一〇一に伝がある。

『金剛般若経集験記』の構成は、

上巻	救護篇（序＋19＋賛）、延寿篇（序＋12＋賛）	計31話
中巻	滅罪篇（序＋3＋賛）、神力篇（序＋17＋賛）	計20話

下巻　功徳篇（序＋12＋賛）、誠応篇（序＋9＋賛）　計21話
合計72話

である。(7)

三　古代日本における『金剛般若経』読誦と怪異関係記事

日本の歴史書に『金剛般若経』が登場する最初は、『日本書紀』天武天皇十四年十月条である。そこには「是月、説㆓金剛般若經於宮中㆒」とある。そこで本稿では、『金剛般若経』が六国史にどのように登場するかにひとまず注目する。(8)

以下は、六国史で「金剛般若経」が登場する記事である。

①『日本書紀』
天武14・10・是月

②『続日本紀』
神亀4・2・18
天平7・8・12
天平宝字2・7・28

③『日本後紀』
大同元・3・17

④『続日本後紀』
天長10・6・8

承和元・4・6
承和元・4・26
承和4・6・21
承和6・5・11
承和7・6・14
承和8・4・2
承和8・6・朔
承和9・3・15
承和9・11・14
承和14・11・21
⑤『文徳天皇実録』
仁寿2・12・26
斉衡3・9・22
天安元・5・3
天安元・5・8
⑥『日本三代実録』
貞観7・正・4
貞観7・2・10
貞観7・7・12

貞観8・正・5
貞観8・正・23
貞観8・2・7
貞観8・2・14
貞観8・2・16
貞観8・3・5
貞観8・閏3・朔
貞観8・4・5
貞観8・4・25
貞観8・6・9
貞観8・7・16
貞観8・10・27
貞観9・7・12
貞観9・11・29
貞観10・4・16
貞観11・3・3
貞観11・12・25
貞観13・6・13
貞観14・3・23

貞観15・5・9
貞観17・12・13
元慶2・2・24
元慶8・3・3
仁和元・10・19
仁和3・3・14

このほか、『日本紀略』『類聚国史』など所収の『日本後紀』逸文には、以下の記事に『金剛般若経』読誦の記載がある。

延暦16・5・19
弘仁9・9・10
弘仁14・9・25
天長7・4・26
天長7・閏12・24
天長9・5・18

ここで注目されるのは、『金剛般若経』が「怪異」「災異」といった、異変の出現記事、または災厄関連の記事にしばしば登場していることである。それを例示する前に、ここでは六国史における「怪異」の語が見える記事を挙げる。さらに、参考までに、「災異」「霊異」など関連する語も併せて挙げる。

A　六国史における「怪（恠）異」

『日本後紀』　延暦16・5・19（逸文）……①　＊金剛般若経

『続日本後紀』
弘仁３・９・26……②
承和３・11・９……③
承和５・７・25……④　＊仁王経
承和５・９・29……⑤
承和７・９・23……⑥
『文徳天皇実録』
天安元・８・15……⑦
天安２・３・12……⑧
『日本三代実録』
貞観２・６・14……⑨
貞観８・４・17……⑩
貞観８・11・17……⑪
貞観11・12・５……⑫
貞観14・３・23……⑬　＊金剛般若経
元慶５・正・28……⑭

B　六国史における「災異」
『日本書紀』
神代上・宝剣出現・一書……①
欽明天皇２・７……②
『続日本紀』
大宝３・７・５……③
養老５・正・27……④

養老5・2・17……⑤
神亀2・閏正・17……⑥　＊大般若経
神亀2・9・22……⑦
神亀4・2・18……⑧　＊金剛般若経
天平7・5・23……⑨
天平12・8・29……⑩
天平19・11・7……⑪　＊金字金光明経
宝亀4・4・18……⑫
宝亀7・4・12……⑬
延暦元・7・29……⑭
『日本後紀』
大同元・3・23……⑮
『続日本後紀』
承和4・4・16……⑯
承和4・4・25……⑰　＊大般若経
承和7・2・26……⑱
『日本三代実録』
序文（延喜元・8・2）……⑲
貞観6・7・17……⑳
貞観8・8・22……㉑
貞観13・5・16……㉒
貞観18・9・9……㉓

貞観18・12・朔……㉔
元慶4・5・20……㉕
仁和3・8・18……㉖　＊大般若経

C　六国史における「霊異」

『日本書紀』　神代上・四神出生……①
神代下・天孫降臨……②
清寧天皇・即位前紀……③
『続日本紀』　天平勝宝元・2・2……④
宝亀11・12・22……⑤
『続日本後紀』　承和元・9・11……⑥

こうして見ると、A「怪異」・B「災異」はよくないこと、忌まわしいことの出現として認識されている。これに対してC「霊異」はよいことも悪いことも含む。A・BとCは明らかに異なる概念・用語だということがこれでわかる。

A「怪異」では、仏典と関連して登場するのは、A①の『日本後紀』（逸文）延暦十六年五月十九日条、A⑬の『日本三代実録』貞観十四年三月二十三日条である。

A①　甲辰。於禁中并東宮、転読金剛般若経。以有怪異也。

A⑬　今春以後。内外頻見恠異。由是。分遣使者諸神社奉幣。便於近社道場。毎社轉讀金剛般若經。以參議民部卿正四位下兼行春宮大夫南淵朝臣年名。爲賀茂兩社使。參議正四位下行右兵衛督兼近江守源朝臣勤爲松尾梅宮兩社使。參議正四位下行左大弁兼勘解由長官近江權守大江朝臣音人爲平野社使。參議右大弁從四位上兼行讃岐權守藤原朝臣家宗爲大原野社使。從五位上行少納言兼侍從和氣朝臣彝範爲石清水社使。神祇伯從四位下藤原朝臣廣基爲稲荷社使。石清水社告文曰云々。又辞別天申。去年陰陽寮占申久。就蕃客來天不祥之事可在止占申世利。今渤海客隨盈紀例天來朝世利。事不獲已。國憲止之天可召。大菩薩此状乎毛聞食天遠客參近止毛。神護之故尓。無事久矜賜倍止恐美恐美毛申賜波久止申。

自餘社文一准此例。

『続日本後紀』④の「仁王経」も、「恠異」の内実は不明である。

B「災異」では、神亀四年二月十八日条の記事に『金剛般若経』が出てくる。

B⑧　辛酉。請僧六百。尼三百於中宮。令轉讀金剛般若經。爲銷災異也。

C「霊異」では、特定の仏典は登場しない。

このほかにも、異変や災厄を防ぐために『金剛般若経』が使用されたという記事が散見される。

『続日本紀』

天平7・8・12「勅曰。如聞。比日大宰府疫死者多。思欲救療疫氣以濟民命。是以。奉幣彼部神祇。爲民禱祈焉。又府大寺及別國諸寺。讀金剛般若經。仍遣使賑給疫民。并加湯藥。又其長門以還諸國守若介。專齋戒道饗祭祀」

『日本後紀』(逸文)

天長7・4・26「太宰府管内、及陸奥奥羽等国、疫癘流行、夭死稍多、令五畿内七道諸国、簡精進僧廿已上、各於国分寺、三箇日転読金剛般若経、以除不祥、已事之間殺生禁断」

『日本後紀』(逸文)

天長7・閏12・24「請僧五口奉読金剛般若経、兼令神祇官解除、謝物怪也」

『続日本紀』天平七年の記事は、大宰府で疫病が流行したので、九州中の神社・寺院で祈禱し、『金剛般若経』を読んだ、というもの。またこのとき、道饗祭も行われたとある。(9)

疫病・鎮護国家などと結びつけて読誦される経典としては『仁王経』『金光明経』『大般若経』などが使用された例があるが、『金剛般若経』の持つ特異な性格には、改めて注目する必要があるのではないかと考える。

山本幸男氏の研究によると、正倉院文書に見られる大量の『金剛般若経』写経の記録は、天平勝宝六年に帰国した入唐廻使が唐での『金剛般若経』重視政策を伝えたためであるという。唐王朝の玄宗は『金剛般若経』に注釈を施すなどの重視政策を取り、その影響で法相宗では同経への信仰が高まり、孟献忠の『金剛般若経集験記』撰述などにつながったという。(10)

その玄宗であるが、勅命を発して、日本使と阿倍仲麻呂に「三教殿」を見学させたことがわかっている。このときの日本使とは、天平勝宝二年に任命、天平勝宝四年に出発した遣唐使である。藤原清河・大伴古麻呂・吉備真備・膳大丘などの人員である。

又勅命朝衡領日本使。於府庫一切処遍宥。至彼披三教殿。初礼君主教殿。御座如常荘飾。九経三史。架別積載厨龕。次至御披老君之教堂。閣少高顕。御座荘厳少勝。厨別龕函盈満四子太玄。後至御披釈典殿宇。顕教厳麗殊絶。龕函皆以雑宝厠塡。檀沈異香荘校御座。高広倍勝於前。以雑宝而為燭台。々下有巨鼇。載以蓬莱山。上列仙宮霊宇載宝樹地。琴々紅頗梨宝荘飾樹花中。一々花中各有一宝珠。地皆砌以文玉。其殿諸雑木尽鈷沈香。御座及案経架宝荘飾尽諸工巧。(11)

ここでの「三教殿」とは「君主教殿」「老君之教堂」「釈典殿宇」のことである。ここに膳大丘がいたかどうかはわからないが、(12)長安の国子監を観覧したことは『続日本紀』神護景雲二年七月三十日条に記されている。

大學助教正六位上膳臣大丘言。大丘天平勝寳四年。随使入唐。問先聖之遺風。覧膠庠之餘烈。國子監有兩門。題曰文宣王廟。時有國子學生程賢。告大丘曰。今主上大崇儒範。追改爲王。鳳徳之徴。于今至矣。然准舊典。猶稱前号。誠恐乖崇徳之情。失致敬之理。大丘庸闇。聞斯行諸。敢陳管見以請明斷。勅号文宣王。(13)

ここでは、膳大丘は「文宣王廟」を見学すると、程賢という学生から、「玄宗皇帝は儒家を尊重して孔子の名前を改めて文宣王とされた」と言われる。膳大丘は、日本でも唐に倣って「孔子」ではなく「文宣王」と言うことを天皇に進言し、天皇もそれに従っている。

これらの記事から何が言えるか。やはり、膳大丘の唐朝尊重の姿勢と、それに追随する奈良朝政権の態度ということであろう。その膳大丘は、唐から金剛蔵菩薩撰『金剛般若経注』を将来したことが知られている。そのことは淡海三船が戒明に宛てた書状「送戒明和尚状」によりわかる。(14)

三船真人送戒明和尚状云。

釈摩訶衍論十巻［馬鳴菩薩本論龍樹菩薩釈論］。

一昨使至。垂示従唐新来釈摩訶衍論。聞名之初喜見龍樹之妙釈。開巻後恨穢馬鳴之真宗。今検此論実非龍樹之旨。是愚人假菩薩高名而所作耳。但其本論者実馬鳴菩薩之起信論也。梁承聖三年甲戌真諦三蔵之所訳也。今此偽釈序云。廻天鳳威姚興皇帝製弘始三年歳次星紀［庚子］於大庄厳寺筏提摩多三蔵訳也。晋書云。後秦姚興生称大秦皇帝死称天桓皇帝。始終無廻天鳳威之号。又姚者姓也。興者名也。取皇帝姓名即為名未之有也。又自弘始三年至承聖三年相去一百五十五年。取後訳之本論今前訳之訳論同為一人訳。是大虚妄也。又検本論文雅義円。今此偽釈文鄙義昏。同巻異筆必非同訳理則明矣。今大徳当代智者。何労遠路持此偽文来。昔膳大丘従唐持来金剛蔵菩薩注金剛般若経亦同此論並偽妄作也。願早蔵匿不可流転。取笑於万代。真人三船白。

宝亀十年閏五月二十四日状。

戒明闍梨座下。(15)

この書状の主眼は、戒明が将来してきた『釈摩訶衍論』が偽書であるとして戒明を論難したものである。その中で、昔、膳大丘も金剛蔵菩薩撰の「注金剛般若経」を将来したが「偽妄の作」だったという主張をしている。三船の主張の真偽はともかくとして、膳大丘が『金剛般若経』の注釈を将来して、自国の仏教興隆に寄与しようという意欲を持っていたことは言えよう。そして、その意欲は唐朝における『金剛般若経』の隆盛に影響されたことがうかがえよう。

山本氏は、玄宗の『御注金剛波羅蜜経』に道氤が布演した『御注金剛般若波羅蜜多経宣演』の存在から、唐代の法相集団の間で関心が高かったという説を述べている(16)。そこからさらに推測すると、日本の法相宗でも『金剛般若経』を尊重する基盤が形成されていったと考えることは不自然ではなかろう。

四　『金剛般若経集験記』と『日本霊異記』

『日本霊異記』は周知の通り、上巻序文で「冥報記」「般若験記」の書名を出している。『冥報記』・『金剛般若経集験記』ともに、平安時代初期には日本に伝来していたと推測するとすれば、『日本霊異記』の撰述者・景戒が見ていた可能性は十分に考えられ、かつ、これらの書物から影響を受けたことは言えると思われる。それは、説話の素材・内容のみならず、説話集の形式、さらに説話集としての主題・理念などから影響を受けていたと想定できる。『冥報記』・『金剛般若経集験記』ともに序文を有し、制作動機や理念を語っている。詳述はしないが、『冥報記』では「因果応報の真実」であり、『金剛般若経集験記』では「般若の力の偉大さ」である(17)。

『日本霊異記』の研究には、先行文献である『冥報記』『金剛般若経集験記』両書の理解が必要、という観点から考察は行われなければならないが、本稿は『金剛般若経集験記』が中心になる。

『日本霊異記』上巻序文には、次のようにある。

　昔、漢地にして冥報記を造り、大唐国にして般若験記を作りき。何ぞ、唯し他国の伝録をのみ慎みて、自土の奇事を信じ恐りざらむや。粤《ココ》ニ起ちて自ら矚《み》るに、忍び寝《ヤ》ムコト得ず。居て心に思ふに、黙然《モダア》ルコト能はず。故に聊《いささ》かに側《ホノカ》ニ聞けることを注し、号けて日本国現報善悪霊異記と曰ふ。上・中・下の参巻と作し、以て季の葉に流フ。[18]

「般若験記」は孟献忠撰述の『金剛般若経集験記』であるとされている。『金剛般若経集験記』と『日本霊異記』を対比・比較すると、興味深い共通性や相違点が浮かび上がってくる。

『金剛般若経集験記』で目立つのは、「釈清虚」説話群である。中巻神力篇に七話、下巻誠応篇に五話見える。釈清虚は、宋・賛寧撰述『宋高僧伝』（九八八年成）巻第二十五・読誦篇第八之二に「唐梓州慧義寺清虚伝」（大正蔵五十、八六七a～b）がある。おそらくここでの人物と同一であろう。

『金剛般若経集験記』での釈清虚は、さまざまな奇蹟を披露したあと、最後、太平公主（則天武后の娘）の要請で、則天武后の臨終に立ち会う、という場面がある。清虚と権力者との親密ぶりが披露されている。

『霊異記』でいちばん登場するのは行基である（上5、中2、7、8、12、29、30）。行基は「文殊師利菩薩の反化なりけり」（上5）とあるように、文殊菩薩が仮に人間の姿として降臨したものである。また、「聖人の明眼」を持ち、「化身の聖」「隠身の聖」（中29）だという。そして、「聖武天皇、威徳に感ずるが故に、重みし信じたまふ」（中7）とあるように、聖武天皇からも尊敬されていた、とある。

また、善珠は下35と39に登場するが、39では、桓武天皇の子・大徳親王に生まれ変わる話が出てくる。また同話では、寂仙法師は桓武天皇の皇子・嵯峨天皇として転生するという話になっている。

両者における高僧のありかた、そして権力者との関係性には改めて注目する必要がある。

さらに、『冥報記』には明確に記されていないが、『金剛般若経集験記』に見られるものとして、浄土の思想がある。『冥報記』には中巻3「蕭璟」にあるように「西方」への信仰はあるが、「浄土」の語はない。『金剛般若経集験記』

には上巻・延寿5「魏旻」、10「呉思玄」、中巻・滅罪1「法蔵」(「浄土」)、3「任五娘」(「浄土寺」)がある。また下・功徳6「公于袒」の「西方浄境」もある。

一方、『日本霊異記』には、「浄土」の語は上22、23、30、下38(後半)にある。ただし、『日本霊異記』の「浄土」は「極楽浄土」(上22)、「西方無量寿浄土」「北方無量浄土」(上30)、「浄土万徳の因果」(下38・後半)、さらに「西方安楽国」(下巻末尾)といった語句もある。

「浄土」や「西方」への憧憬は、自己の悟りに向けての内省意識に関わることは別稿で論じた。[19]「浄土」への憧憬は中国の高僧伝類に頻出し、それらとの比較は重要な作業であるが、その自己省察のあり方を、『金剛般若経集験記』とも比較することは有効であろう。

五　おわりに

中国と日本における『金剛般若経』信仰と、その教えの普及のためにどのような関連文献が流通していたかについて考えた。そして、平安時代初期の仏教説話集『日本霊異記』に与えた影響関係についても論じた。六国史の記事の調査はまだまだ不十分であるが、他の使用された経典、また使用されていない経典[20]の調査なども視野に入れる必要があろう。

今回は一部の考察にとどまった。また考えていきたい。

注

(1)〈霊験記〉概念については、出雲路修「霊験記論」(『説話文学研究』第二十四号、一九八九年六月)参照。また、鎌田茂雄氏は、中国唐代の仏教信仰について、「霊験伝」「感応伝」が多く著された、と説く。鎌田茂雄「唐代の諸宗」(『中国

仏教史』（岩波全書、岩波書店、一九七八年）。

（2）『大蔵経全解説大事典』（雄山閣出版、一九九八年）。

（3）中村元・紀野一義訳註『般若心経・金剛般若経』（岩波文庫、一九六〇年）、山本幸男「天平宝字二年の『金剛般若経』書写―入唐廻使と唐風政策の様相―」（『奈良朝仏教史攷』法藏館、二〇一五年）参照。

（4）築島裕「輪王寺天海蔵金剛般若経集験記古点」（『書誌学』復刊六号、一九六六年十一月）、小林芳規「唐代説話の翻訳―『金剛般若経集験記』の訓読について」（『日本の説話7言葉と表現』東京美術、一九七四年）、呉光爀「『金剛般若経集験記』研究」（金知見・蔡印幻編『新羅佛教研究』山喜房佛書林、一九七三年）。

（5）橋本進吉「黒板勝美氏蔵古鈔本 金剛般若経集験記 解説」（『黒板勝美氏蔵古鈔本金剛般若経集験記』古典保存会、一九三五年）…a、同「石山寺蔵古鈔本 金剛般若経集験記解説」（『石山寺蔵古鈔本金剛般若経集験記』古典保存会、一九三八年）…b、勝崎裕彦「般若経の霊験記類―『金剛般若経』を中心として」（阿部慈園編『金剛般若経の思想的研究』春秋社、一九九九年）、鶴島俊一郎「蕭瑀『金剛般若経霊験記』について」（『明海大学外国語学部論集』第4集、一九九二年三月）参照。

（6）橋本前掲論文a。橋本前掲論文bにも「恐らくは平安朝初期を下らざるものなるべし」とある。

（7）『金剛般若経集験記』の構成・説話の区分などについては、山口敦史・今井秀和・迫田（呉）幸栄「校訂 金剛般若経集験記」（一）〜（五）（『大東文化大学紀要・人文科学』第五十一〜五十五号、二〇一三年〜二〇一七年）参照。

（8）六国史の本文については、『新訂増補国史大系』（吉川弘文館）を底本としつつ、『増補六国史』（全七巻、名著普及会、一九八二年）をも参照した。以下同じ。

（9）漢訳仏典と疫病の関係については、吉田一彦氏の論がある。「奈良・平安時代前期の病と仏教―鬼神と般若の思想史―」（『唐代史研究』第十九号、二〇一六年八月）。

（10）（3）山本前掲論文。

（11）本文は『東大寺要録』巻第一所収「延暦僧録」逸文「勝宝感神聖武皇帝菩薩伝」より。藏中しのぶ『『延暦僧録』注釈』（大東文化大学東洋研究所、二〇〇八年）参照。

(12) 松本信道氏はいたと推測している。松本信道「膳大丘による金剛蔵菩薩撰『金剛般若経注』将来の背景」(『駒沢史学』第七十七号、二〇一二年一月)。

(13) 解釈には『続日本紀 四』(新日本古典文学大系、岩波書店、一九九五年)を参照した。

(14) 藏中進「淡海三船『送戒明和尚状』考」(『万葉』第七十三号、一九七〇年二月)。

(15) 『宝冊鈔』巻第八(大正蔵七十七巻、八二〇c～八二一a)。

(16) (3)山本前掲論文。

(17) 拙稿「『日本霊異記』研究の文学史的位置づけと展望―上代文学会シンポジウムより―」(『上代文学』第一一六号、二〇一六年四月)。

(18) 中田祝夫校注『日本霊異記』(新編日本古典文学全集、小学館、一九九五年)。

(19) 拙稿「「極楽浄土」と個人の救済―上巻第二十二縁―」(『日本霊異記と東アジアの仏教』笠間書院、二〇一三年)。

(20) 例えば、『梵網経』は中国で大量の注釈書が作成され、日本に舶載されている。日本国内でも道璿・善珠・法進など、奈良時代以降、多くの注釈が作られたが、六国史には一切登場していない。理由は不明である。

附記

本稿は、二〇一六年度東アジア比較文化国際会議韓国大会(八月六日、韓国中央大学校)での口頭発表に加筆補正を加えたものである。当日、ご教示いただいた諸氏に深謝申し上げる。

奇異について

辰巳正明

一　はじめに

孔子が「怪力乱神を語らず」というのは、世俗に人を迷わす怪力乱心が横行していたからであろう。そのことによって神話や伝説の神話力が遠のいた時、新たな〈奇異〉が現れたように思われる。神話や伝説が民族の信仰圏や前近代的地誌の概念の中に存在したことは、その生成において知られるところである。民族の信仰圏における神の存在は、その民族の古伝であり今を語る事実として伝えられる。天地開闢やさまざまな事物の文化起源、あるいはその民族の英雄の歴史などを語るのは、神への信仰や祭祀を通して民族の統一や紐帯がはかられるからである。それが神に関するものであることによって、そこには多くの怪奇が語られていた。伝説にしても民族の生活環境への合理的理解によることを根拠としての地名などの起源であり、それは風土記や博物誌として成立するものであり、そこにも多くの怪奇が語られていたのである。

『芸文類聚』地部の引く『山海経』(1)によれば、「都広之野、后稷葬焉。爰有黍稷、百穀自生。鸞自歌、鳳自舞。霊寿宝華、草木所聚」という后稷の奇異を語るが、中国古代の地誌はこうした奇異に溢れている。この話は晋の郭璞の注に見える内容であるが、后稷は周の始祖であり、『史記』（巻四）の「周本紀」においては、「周后稷、名弃。其母有邰氏女、曰姜原。姜原為帝嚳元妃。姜原出野、見巨人跡、心忻然説、欲践之、践之而身動如孕者。居期而生子、以為不祥、棄之隘巷、馬牛過者皆辟不践。徙置之林中、適会山林多人、遷之。而棄渠中冰上、飛鳥以其翼覆薦之。姜原以為神、遂収養長之。初欲棄之、因名曰弃」[2]というのも、史書における偉人誕生の奇異の話である。このような異常出生は殷の契も同じで、同じく『史記』（巻三）殷本紀によれば「殷契、母簡狄、有娀氏之女。為帝嚳次妃。三人行浴、見玄鳥堕其卵、簡狄取呑之、因孕生契。」のような偉人誕生譚がみられる。そうした偉人誕生の奇異は、『三国遺事』の「古記」に「昔一冨人居光州北村。有一女子。容姿端正。謂父母。毎有一紫衣男到寝交婚。父謂曰。汝以長糸貫針其衣。従之。至明尋糸於北牆下。針刺於大蚯蚓之腰。因妊生男子。年十五。自称甄萱」[3]とあるのも、民族に共有された偉人誕生の奇異である。

一方、『水経注』には河伯の祭祀が見られ、そこには「魏文時、西門豹為鄴令。約諸三老曰。為河伯娶婦。幸来告知。吾欲送女。皆曰。諾。至時三老廷掾賦斂百姓、取銭百万。巫覡行里中。有好女子者。祝当為河伯婦。以銭三万聘女。沐浴脂粉如嫁状。豹往会之。三老巫掾与民。咸集赴観。巫嫗年七十。従十女弟子。豹呼婦視之。以為非妙。令巫嫗入報河伯。投巫於河中。云々」[4]とあるのは、生贄をめぐる淫祀のことであるが、これは古代日本の令の注釈書である「令集解」の戸令に「知百姓所患苦」とみえる「患苦」の注では、「仮如、為河伯娶婦女之類。是患苦也」（新訂増補版／吉川弘文館）と見えている。先の『博物誌』に「昔夏禹観河、見長人魚身。出曰吾河精河伯。馮夷華陰潼郷人也。得仙道化為河伯」と見える「長人魚身」は、『酉陽雑俎』には「河伯人面乗両龍」といい「亦曰、人面魚身」ともある。『水経注』によれば黄河の神であるところの河伯は「俗巫為河伯取婦、祭此陌」というのであり、河伯が妻を娶るというのは生贄を求めたことを指すのであろう。それをもって「知百姓所患苦」というのは、そのような淫祀によるものである。祭祀においても、世間では奇異が多く見られたのである。

奇異を語ることは、古代に限らずに人の世にはごく一般的なことである。その始めに神話や伝説の時代があり、その流れに神々に交替した偉人たちの奇異があり、やがて人の世の世界のあちこちにおどろしい奇異が見出されてゆく。そのような奇異は人が自然と接することで現れるものでもあった。『山海経』などの地誌類は超自然の話（自然誌）であるが、自然はそのようなものであったのであり、神や自然や人の営みも含めて、古代は奇異の世界に満ち溢れ、その奇異の中に人の成長があったのだといえる。

二　天地の感応と奇異について

中国六朝期は神仙伝や列仙伝などの仙人の話が横行するが、また志怪と呼ばれる物語りにも溢れている。漢代の儒教の時代からみると、六朝という時代は怪異の復権の時代であったのだろう。孔子によって閉じ込められた怪力乱神たちの復権である。むしろ、それらは何時でも世の中に顔を覗かせようとしていたのであった。神仙たちも身近にいて人を驚かせていた。人々はこの不思議な世界に驚きながらも、それらの不思議と付き合っていたのである。魏の曹丕の作といわれる『列異伝』にも不思議が多く見られるが、それらは神々の世界を離れて人間に起きる出来事へと向かっているように思われる。たとえば、次のような話がある。

南陽の人である宗定伯は、若い時に夜道で鬼に出逢った。宗定伯が「誰か」と問い掛けると、相手が答えるには「わたしは鬼である」という。鬼が「あなたは誰か」と聞いた。定伯は鬼を欺そうとして「わたしもまた鬼である」と答えた。鬼がいうには「どんな用事で何処へ行くのか」と聞いた。定伯が答えるには、「宛市に用事があり行くのだ」と答えた。鬼がいうには「わたしも宛市に行く」という。かなりの道のりを一緒に歩いてから、鬼が「歩くのにとても疲れたので、互いに背負いながら行こう」と提案した。定伯は「それは良い提案だ」といった。まず鬼が先に定伯を背負って幾里かを歩いた。鬼がいうには、「あなたはとても重い。あなたは鬼ではないのではないか」という。そこで定伯が答えるには、「わたしはつい先ほど死んだばかりなので、それで重いのだ」といった。続いて定伯が鬼を背負う番となり背負うと、その鬼は少しも重くなかった。このようにして交替で長い間を背負いあった。定伯がいうには、「わたしは死んだばかりなので、鬼はどんな害を与え、何を忌み嫌うものか知らない。」といった。鬼がいうには「ただ人の唾が恐ろしいのみだ」といった。そのようにして彼らはまた一緒に行くと、河に出逢った。そこで定伯は鬼を呼んで先に河を渡らせると、鬼が河を上って行くのに少しも水音がしなかった。定伯が河を渡る時には、ザブザブという音が響いた。鬼がまた「あなたが河を渡るのに、どうして音がするのか」と聞いた。定伯は「私は死んだばかりなので、水を渡る方法を知らない。だからどうか怪しまないで欲しい」と答えた。彼らはそうこうしているうちに宛市に到着した。定伯はそこで鬼の首を摑み頭の上に載せて、両手で素早く鬼をしっかりと摑むと、鬼は大いに叫んで「どうしたのだ」と声を発し、定伯に下に降ろすように要求したが、鬼のいうことを聞かなかった。真っ直ぐに鬼の背を摑み、宛市の市街に着いて、そこで鬼を地に置くと、鬼は一頭の羊に成った。定伯はその羊を売り払った。彼は鬼の変化を怖れて、唾を鬼に吐きかけた。定伯は羊を売った一千五百銭を持って宛市を離れた。当時この話は「定伯鬼を売り、銭一千五百を得た話」として伝えられていた。

この話は、東晋の干宝の『捜神記』(巻十六)に掲載されてもいて、広く伝わっていたものと思われる。ここの主人公である宗定伯を取り上げたのは、定伯が特殊能力を持つ人間ではなく、普通の俗人であるということにある。その定伯が旅中で鬼に出逢って鬼を欺す話である。この時代の鬼は、定伯が自分は死んだばかりだと繰り返すことからみると、「人死為鬼」といわれるように、死者の霊魂であろう。鬼は鬼神ともされ、或いは『周礼』の春官宗伯に「大宗伯之職。掌建邦之天神人鬼地示之礼」とあるように、天神とともに祀られる対象であった。その鬼神は「宋詩」(巻七)鮑照「松柏篇」に「鬼神来依我。生人永辞訣。」ということから、生命を取る恐ろしい化物とみられていたのである。しかし、定伯が鬼の嫌うものを聞き出すのは、定伯の知恵によるものであろう。宛市までの道中でも鬼を逆手に取り、また市でも鬼を欺して羊に変化させ、それを売って一千五百銭を得たという話も、ここには定伯が鬼を上回る知恵者であることを物語っているのである。そのように鬼を欺して銭を得たということがこの話の面白さとして伝承されたものと思われるが、しかし、そこに問題があるのではない。この話の趣旨を端的にいえば、これは鬼の堕落の話であり、人間の知恵の勝利の話だということになろう。長い歴史の中で人々は鬼の怖ろしさを十分に知り尽くして来たのであるが、魏晋の時代に宗定伯のような俗人でありながらも、鬼の怖ろしさに勝利する人間の知恵の登場は、多様な時代の様を見せる魏晋に、鬼が安定して人を驚かす能力を失ったことを意味するのであろう。

この話を載せる『捜神記』には、こうした多くの奇異が取り上げられていて、それは書名のように神を捜し求めた奇異の話である。しかし、この時代に現れる奇異は、『山海経』のような自然誌にみえる神異としてでは無く、人間の知恵と抗うことや同和が求められたから、安穏として俗人を驚かせては居られなくなったのである。その『捜神記』には、生き返った許嫁の話として類同した話が二話載る。一話は秦の始皇帝の時の話で、もう一話は晋の武帝の時の話である。ほぼ、同じ内容であるが概略を記すと以下のようである。第一話では、王道平という男が村の美しい女子をゆくゆくは妻にしようと固い約束を結んだが、戦役に行くこととなり九年間も帰ることが出来なかった。その間に娘は劉祥という男の嫁となってしまった。しかし、娘は道平を思い続けて、三年後に亡くなった。道平が帰り来て事情を知り、娘の墓を掘り起こすと、娘は生き返ったので家につれて帰った。そのことを聞いた元の婿は、娘は自分の妻だから返せと迫ったので役所に届け出ると、王は娘を道平の妻にするという判断を下した。娘はその後、百三十歳まで長生きをしたと伝えている（巻十五）。第二話も同じく展開し、朝廷に判断を願い出ると、これは常識的な法令で判断することは出来ないので、墓を暴いた男に返すのが良いという判決が下されたという話である（同上）。この二つの類同する話が伝わっているのは、このような奇異に対する強い関心があるからであろう。死んで数年もして墓に埋められた女子が生き返ったということで、それを聞いた人々は奇異なこととして悲しみから一転して喜びに転じたのである。そこには、男女の愛の力が優先されているように思われる。

この二つの話は、女子の蘇生という奇異によって悲しみから喜びへと転じて、愛する男女に幸福が訪れたことを主旨とするものである。しかし、この二つの話には、女子が生き返った事情について次のように語っているのは、そこにこそ奇異の本質を語る内実として注意すべきである。

其夫劉祥聞之惊怪、申訴于州県。検律断之、無条、乃録状奏王。王断帰道平為妻。寿一百三十歳。実謂精誠貫天地、而獲感応如此。（第一話）[5]

後夫聞、乃往求之。其人不還、曰、卿婦已死、天下豈聞死人可復活耶。此天賜我、非卿婦也。于是相訴。郡県不能決、以讞廷尉。秘書郎王導奏、以精誠之至、感于天地、故死而更生。此非常事、不得以常礼断之。請還開冢者。朝廷従其議。（第二話）

第一話では「実謂精誠貫天地、而獲感応如此。」とあり、第二話では「以精誠之至、感于天地、故死而更生。」とあるところに、この二つの奇異の起きた本質がある。つまり、二人は深い愛を約束し、それを守り通したことによって天地が感応したことがこの奇異の所以なのだというのである。いわば、男女の愛が天地を動かしたということである。天地が感応するというのは、神への祈りに起源があろう。『芸文類聚』（巻第十二）帝王部によれば「湯禱桑林賛曰。惟殷之世。炎旱七年。湯禱桑林。祈福于天。剪髪離爪。自以為牲。皇霊感応。時雨以零。」とある。旱天が続いて湯王が髪や爪を牲として天を祈ると皇霊が感応して雨を降らせたという奇異を語るのである。至誠が天の神に通じたのである。そうした王権の天地祭祀のみではない。儒教道徳の聖典である『孝経』の「感応章」によれば、そのような天地の感応は「子曰。昔者明王。事父孝。故事天明。事母孝。故事地察。長幼順。故上下治。天地明察。神明彰矣。故雖天子必有尊也。言有父也。必有先也。言有兄也。宗廟致敬。不忘親也。脩身慎行。恐辱先也。宗廟致敬。鬼神著矣。孝悌之至。通於神明。光于四海。無所不通。[6]」のように「孝悌之至。通於神明。」というのであり、人倫道徳の上に神が感応することにおいて、きわめて儒教的な教えの中にあるといえる。これは漢代の詩を説く『毛詩』の詩学においても、「動天地。感鬼神。莫近於詩」というように、正しい詩は天地を動かし、鬼神を感動させるのだという。男女の正しい愛によって天地が感応したというのは、まさにこの思想の中にあるといえる。

三　神仏の感応と奇異について

こうした天地の感応は、早くに奇瑞によって表されたようである。祥瑞の表れがそれである。「全後漢文」（巻七十四）にみる蔡邕の「祖徳頌」によれば「昔文王始受命。武王定禍乱。至于成王。太平乃洽。祥瑞畢降。」という。殷を平定して周の政治に祥瑞が表れたことをいうのである。この祥瑞の表れは『芸文類聚』祥瑞部によれば「白虎通曰。天下太平。符瑞所以来至者。以為王者承天順理。調和陰陽。」という。それは王者の「承天順理」によるのだというのである。あるいは緯書においても「孫氏瑞応図曰。景雲者。太平之応也。一曰慶雲。非気非煙。五色氛氳。謂之慶雲。孝経援神契曰。徳至山陵。則景雲出。[7]」という。慶雲を始めとして、植物も禽獣も日常とは異にして徳に応じて表れるのである。先の『孝経』によれば「天地明察。神明彰矣。」というのであり、それらの祥瑞は王者の徳によって表れるのであり、天神地祇や皇霊の感応によるものであるというのである。そのような祥瑞が、孝の思想をも導いているように思われる。二十四孝の孝子伝はそのような内容で知られる。虞舜も漢文帝も孝を尽くしたという。よく知られた孟宗の話は、次のように語られている。

孟宗は幼い時に父を亡くし、母親を養っていた。母親が病気になった時に、何かと食べ物を欲しがった。ある冬の季節に筍が食べたいというので、孟宗は竹林に行ったが、冬に筍があるはずもないが、涙ながらに天に祈り雪を掘っていると、とつぜん雪が融け、土の中から筍が出て来た。孟宗は喜び筍を掘って帰り、羹を作って母に与えると、病も癒えて天寿をまっとうした。これも深い孝行の思いが天に通じたことによるのである。

この孟宗の孝子に関する話は、『孝子伝』に「孟仁は江夏の人である。母親に事えて至孝であった。母親が笋を好むので、孟仁は常に笋を取って来ては食べさせていた。冬の月は笋の無い時であった。孟仁は竹園に行って、竹を取って泣いていた。そうすると精誠感あって、笋がこれによって生じた。孟仁はこれを採って食べさせた」（船橋本）という。「精誠有感」というのは、天なる神が孟仁の孝行に感応したということである。また『芸文類聚』（巻第八十九）木部に「楚国先賢伝」をあげて、「孟宗の母親は笥を好んだ。母親が亡くなるに及んで、冬の季節が来ると、笥はまだ生えていないが、竹林に入って悲しんでいたところ笥が生え出て来た。その笥を得て母親をお祭りした。至孝の感によるものである」という。「至孝之感也」というのも、孟宗が至誠動天であるほどの孝子として広く語られていたことによるのであろう。孝子もまた奇異と深く関わったのである。

このような奇異が仏教の霊験譚と結びつくことで、新たな奇異が生成されたものと思われる。新羅郷歌の「禱千手大悲歌」によれば、次のような霊験を語っている。

景徳王代。漢歧里女希明之児。生五稔而忽盲。一日其母抱児詣芬皇寺左殿北壁画千手大悲前。令児作歌禱之。遂得明。

其詞曰。

膝肹古召祢。二戸掌音毛乎支内良。千手観音叱前良中。祈以支白屋尸置内乎多。千隠手。叱千隠目肹。一等下叱放一等肹除悪支。二于万隠吾羅。一等沙隠賜以古　只内乎叱等邪阿邪也。吾良遺知支賜尸等焉。放冬矣用屋尸慈悲也根古。

讃曰。

竹馬葱笙戯陌塵。一朝双碧失瞳人。不因大士廻慈眼。虚度楊花幾社春。

（巻第三、塔像第四、芬皇寺千手大悲盲児得眼条）

この郷歌の説明によれば、以下のようであったという。景徳王（新羅三十五代王）の時代に、漢岐里に住む女の希明の子が、生まれて五歳にして失明した。ある日、その母は子を抱いて芬皇寺の左殿にある北壁の画像の千手観音の前に参詣して、その子に歌を作らせて祈らせたところ、ついに眼が見えるようになった。その歌というのは、「跪いて、両手を合わせながら、千手観音の前にお祈り申し上げます。千の手を、千の目を、一つ取り放して、一つ取り除いて、二つでは多いので、一つだけひそかに下さって、直してくださいよ。あぁ、私に下さるのでしたら、観音様の目を離して下さるなら、その施された慈悲はとても大きいことでしょう。讃に、次のようにいう。竹の馬で、葱の笛で巷に遊んでいたが、突然、二つの目は失われた。観音の大士の慈しみの目に因らなければ、空しく柳絮の飛ぶ幾年もの春を過ごすことだろう。」[8]というものである。この「禱千手大悲歌」は東アジアに広がった観音信仰の中に現れた霊験についての話である。観音菩薩は十一面観音、千手観音などの変化観音が信仰され、「妙法蓮華経」（巻第七によれば「若有無量百千万億衆生受諸苦悩。聞是観世音菩薩。一心称名。観世音菩薩即時観其音声皆得解脱。」というように、その身を自由に変化させて即座に救済するという能力にある。この女児が千手大悲の前で祈ったのも、その霊験への期待であるが、ただ、その祈りが郷歌という歌であることは、特に注目されることであろう。これは郷歌が呪と等しいものであったことを語るものである。本来は歌ではなく呪を唱えるのであり、「宋高僧伝」（巻第二十五）には「即念十一面観音呪」とある。呪に相当するのが郷歌であり、それが千手大悲の感応するところとなったのである。また、「千手千眼観世音菩薩大悲心陀羅尼」には「稽首観音大悲主、願力洪深相好身、千臂荘厳普護、千眼光明遍観照、真実語中宣密、無為心内起悲心、速令満足諸希求、永使滅除諸罪業」[9]とある。そのような千手千眼観世音菩薩の力量は『広異記』にも記されている。唐の李昕はよく「千手千眼呪」を持したという。ある人が瘧鬼に煩った時に、李昕は千手千眼呪を唱えたところ、その鬼が姿を現して、「我はもとより大困辱君であることを欲したが、李十四郎を懼れて敢えて近づかないのだ」といった。その李十四郎は李昕なのだという。その『広異記』の序によれば、「予欲観天人之際、察変化之兆、吉凶之源、聖有不知、神有不測。其有千元気汨五行、聖人所以示怪力乱神、礼楽行政、著名聖道以糾之。故許氏之説天文垂象、蓋以示人也。」とのべて、六朝以来の志怪類を挙げて評価し「固可輔於神明矣」というのであり、そのような奇異の表れを纏めたのだという。そこには志怪のみではなく、仏典の霊験もその範疇にあり、唐において奇異は儒教・道教・仏教の三教の中に語られて行くのである。

『広異記』には、また『金剛経』の霊験により賊からの命が助かった話が載る。

唐臨安陳哲者、家住余杭、精一練行、持金剛経。広徳初、武康草賊朱譚冦余杭、哲富於財、将搬移産避之。尋而賊至、哲謂是官軍、問賊今近遠、群賊大怒曰、何物老狗、敢辱我。争以剣之。毎下一剣、則有五色円光、徑五六尺、以蔽哲身、刺不能中。賊驚嘆、謂是聖人。莫不懺悔、捨之而去。

陳哲という者は『金剛経』を持す者で、ある時、賊に遇い殺されそうになったが、剣を振るうと五色に輝き陳哲の身を守ったという。それで賊はこれは聖人だと思い懺悔して去ったというのである。この危難を助けたのは、明らかに『金剛経』の霊験によるものであることが知られる。このような話は、新羅の『三国遺事』にもみることが出来る。

釈永才性滑稽。不累於物。善郷歌。暮歳将隠于南岳。至大峴嶺。遇賊六十余人。将加害。才臨刃無懼色。怡然当之。賊恠而問其名。曰永才。賊素聞其名。乃命□□□作歌。

其辞曰。

自矣心米。皃史毛達只将来呑隠日遠鳥逸□□過出知遣。今呑藪未去遣省如。但非乎隠　焉破□主次弗□史内於都還於尸朗也此兵物叱沙過乎好尸沙也乎呑尼。阿耶。唯只伊吾　音之叱恨隠繕陵隠安支尚宅都乎隠以多。

賊感其意贈之綾二端。才笑而前謝曰。知財賄之為地獄根本。将避於窮山。以餞一生。何敢受焉。乃投之地。賊又感其言。皆釈釼投戈。落髪為徒。同隠智異。不復蹈世。才年僅九十矣。在元聖大王之世。讃曰。

策杖帰山意転深。綺紈珠玉豈治心。縁林君子休相贈。地獄無根只寸金。

（巻第五、避隠第八、永才遇賊条）

釈永才が盗賊に遇った話である。その詳細は以下の通りである。「僧の永才は性が滑稽で、物に執着することなく、郷歌を良くした。晩年に南岳に隠棲しようとした。大峴嶺にさしかかった時に、盗賊六十人余りに出会った。まさに害を加えようとしたが、永才は刃を突きつけられても恐れる色は無く、泰然としていた。賊は怪しんで名前を聞くと、永才という者であると答えた。賊はもとよりその名を聞いていたので、そこで□□□（欠字）郷歌を作ることを命じた。その歌辞は、次のようである。自分の心の姿は、保ち続けることが出来ないままに、長い時間が掛り、日は暮れて鳥は姿を消した。今、南岳に行くために、林の中を歩いている。ただいたずらに隠れている破壊王よ。恐がる心を取り除き、道を取り戻そう。この武器も、誤りであろうか（誤りとはいえない）。良い日は、やがて現れることだろう。ああ、ただこの身は恨めしいほどの善業で、どこにも安住する場所はないのだ。讃には、次のようにある。杖をついて山に帰るならば、その心は深いものとなる。美しい綾や練り絹あるいは宝玉は心を治めることが出来ようか。縁林の君子よ、贈り物は要らない。地獄では寸金をも元とする事はないのだから。」という内容である。釈永才というから彼は僧侶であるが、「性滑稽」というのは知恵の働きをいうのである。永才の知恵は、郷歌を作ることにあった。賊はこの者が本当に永才か否かを、郷歌を詠ませることで確かめようとしたのである。永才は直ちに郷歌を詠んで賊を退散させたのである。

陳哲は「精一練行、持金剛経」ということで『金剛経』の霊験によって奇異が表れ賊を退散させたが、それは金剛呪によるものであろう。『法苑珠林』（巻五）によれば、「令在城南大山巖執金剛神所誦金剛呪。三年神授。」という。そのような『金剛経』の呪力に代替するのが新羅の郷歌である。おそらく、郷歌は古来の呪法の一つであったと思われ、その力によって奇異が表れたのである。『日本霊異記』にも信厳禅師が行基大徳よりも早世した時に、「大徳哭き詠ヒ、歌を作りて曰はく、烏といふ大をそ鳥の言をの〔み〕共にといひて先だち去ぬる」(10)と伝えている。それはもちろん禅師への悲しみの歌であるが、そこには歌の呪力が存在した名残が伝わっているように思われる。その『日本霊異記』には多くの奇異が語られている。もとより現報の話であることから、それらには異表、霊表、奇事、奇表といった奇異が仏への道を開いたのである。

四　おわりに

奇異という現象は、『山海経』などの博物誌に多く見られる。それらは自然誌のなかに現れた超自然の神の存在であった。奇異であることにより、それは恐れられたり、賞されたりもした。神話や伝説は、そのような奇異の中にこの世の表れを説明したのである。そうした奇異も人の世にあって人の知恵と対向することになり、やがて後退する。また、奇瑞や災異の表れは表裏の関係にあり、それは政治道徳と結びつくことで、王の道徳性を求めたのである。そうした超自然の現象に対する人の認識は、恐れと慎みにあったものといえる。そのような恐れと慎みは、自然が求めた道徳性であったが、やがて超自然に替わって天という概念と結びついた徳という道徳が生まれることで、その徳は人を制約する人倫道徳の観念として成立したのである。徳もまた恐れ慎むべきものとして語られたのである。この徳は儒教的な徳目となって、五常の教えのような規範を作り上げたことが知られる。その中でも親孝行を説く孝の思想は、国家的な教育規範となるが、その場合にも天による奇異の表れが孝行の判断基準となるのは、世俗という人間の存在を覚醒させるためであったのである。天と人とが感応するシステムが、一つの基準とされたのである。孝の反対に不孝が語られるのはそのためである。

このような徳という概念に替わるものとして、新たな奇異が語られ始めた。それは仏による奇異である。中国に仏教が浸潤することで、輪廻や地獄という思想を通して死後の世界が明らかになったのである。世俗の伝奇には蘇りの話が溢れていたから、仏教の奇異はこの死後の世界を説明する原理として広く流通したのである。死後をぼんやりとしか持たない民族にとって、仏教の奇異が語り始められることで、人々は新たな奇異に遭遇し、それに驚かされて恐れ慎み、覚醒を始めることになるのである。やがて、極東の大和にも仏による奇異が語られるのは、時の問題であった。

注

（1）『芸文類聚』（中文出版社）による。以下同じ。
（2）百衲本『史記』（台湾商務印書館）による。以下同じ。
（3）朝鮮史学会編『三国遺事　巻二』（図書刊行会）による。
（4）『水経注』「濁漳水条」（世界書局）による。
（5）『志怪小説賞析　上』（北京広播学院出版社）による。以下同じ。
（6）新釈漢文大系『孝経』（明治書院）による。
（7）安居香山・中村璋八輯『緯書集成』（河北人民出版社）による。
（8）本文および現代語訳は、中西進・辰巳正明編『郷歌　注解と研究』（新典社）による。以下同じ。
（9）大正蔵による。
（10）日本古典文学大系『日本霊異記』（岩波書店）による。

跋文

日本支部長　古田島洋介

東アジア比較文化国際会議の創立二十周年を記念して日本支部が企画した本論文集に対し、趣意に賛同してくださった方々から知的刺激にあふれる計二十三篇もの論考が寄せられた。まずは執筆者各位に対して深甚の謝意を呈したい。

想えば、平成八年（一九九六）、中西進先生の発議によって東アジア比較文化国際会議が創設されて以来、早くも二十年の歳月を閲した。本学会は、その名の如く、東アジアの日中韓三国の研究者が一堂に会し、種々の比較文化的視点から東アジア文化を考究せんとの趣旨を以て始まったものである。差し当たり立ちはだかるのは言語の壁だが、なまじ英語を学会の公用語とするような措置は避けた。話し手が「仁」を英語で〈benevolence〉と言い、それを聞き手が「〈善意〉、いや、ここでは〈仁〉のことか」などと置き換えているようでは、かえって意思疎通に多大な支障を来たす。三国にわたる会員の多くが三カ国語のうち少なくとも二カ国語には通じているため、国際大会でも自国語による研究発表を妨げない。それによって、各研究者が思うところを存分に述べることができる。むろん、たとえば日本人研究者が中国語または韓国語を得意とするのであれば、それによる発表も受け容れる。粗《あら》さは残しながらも、こうして言語の壁は取り除くことができた。

当初は、毎年、日中韓の三国で国際大会を持ち回りに開催していたが、あまりに準備期間が短くなってしまうため、中途からは隔年の開催となった。政治関係が悪化した影響を受け、数年にわたって国際大会が途絶する憂き目にも遭ったが、それを旧に復することができたのも、各国の学者たちの研究に対する熱意があればこそである。

そのような流れにおいて、日本支部は三国のなかでも突出して旺盛な研究活動を繰り広げてきた。日本で国際大会が開かれる年以外は必ず年一回の日本支部大会を催し、また年刊の機関誌《東アジア比較文化研究》をすでに第十六号まで世に送っている。さらには若手研究者の育成を図るべく、ここ数年は院生部会をも設けてきた。こうした活発な研究活動は、いずれも中国支部・韓国支部には見られないものであり、日本支部として自負を覚えても差し支えあるまい。もちろん、特定の学術雑誌に掲載された論文しか研究業績として一定の評価を受けない中国・韓国の国内事情をわきまえたうえでの話ではあるが。

もっとも、日本支部とて、すべてが順調というわけではない。学術研究を取り巻く環境が年々厳しさを増しているため、支部大会の開催校の選定も困難を増し、機関誌の発行にも種々の労苦が必要とされ、また諸般の事情から、現在、院生部会は中断せざるを得ない状況にも追い込まれている。しかし、こうした難事を乗り越えてゆく原動力は、他無し、やはり研究者たちの学術研究にかける情熱であろう。

なお、日本支部がここまで盛んに研究活動を続けて来られたのは、辰巳正明先生が日本支部事務局の中軸として各種の難題の解決にふるってきた手腕に負うところが大きい。辰巳先生微《なか》りせば、日本支部の活動がここまで隆盛に至ることはなかったはずだ。特筆して謝意を申し述べる。

東アジアの日中韓三国を俯瞰《ふかん》する比較文化研究の重要性は、如何なる事情があろうとも、決して揺らぐものではない。中西進先生の御教導の下《もと》、今後とも精彩に富む研究活動が継続できるよう、茲《ここ》に謹んで関係各位の一層のお力添えを仰ぐ次第である。

執筆者紹介（掲載順）

中西　進（なかにし　すすむ）
一般社団法人日本学基金理事長。
『中西進万葉論集』全八巻（講談社、一九九五―一九九六年）、『中西進著作集』全三六巻（四季社、二〇〇七―二〇一二年）。

古田島　洋介（こたじま　ようすけ）
明星大学教授。
『日本近代史を学ぶための文語文入門―漢文訓読体の地平―』（吉川弘文館、二〇一三年）、『これならわかる復文の要領―漢文学習の裏技―』（新典社、二〇一七年）。

井上　さやか（いのうえ　さやか）
奈良県立万葉文化館指導研究員。
『山部赤人と叙景』（新典社、二〇一〇年）、『万葉集からみる「世界」』（新典社、二〇一二年）。

曹　咏梅（そう　えいばい）
神奈川大学・國學院大學非常勤講師。
『歌垣と東アジアの古代歌謡』（笠間書院、二〇一一年）、「湯原王と娘子の贈答歌―侗族の歌掛けのシステムから考える―」（『國學院大學紀要』第五四巻、二〇一六年一月）。

西地　貴子（にしち　たかこ）
福岡女学院大学非常勤講師。
「花鳥陰翳―高橋虫麻呂の霍公鳥歌―」（梶川信行・東茂美編『天平万葉論』翰林書房、二〇〇三年）、「下級官僚高橋虫麻呂の志向―検税使大伴卿の筑波山に登る時の歌―」（『國學院雑誌』第一一五巻第一〇号、二〇一四年一〇月）

毛利　美穂（もうり　みほ）
関西大学東西学術研究所非常勤研究員。
「井戸の神話的意義」（『東アジア比較文化研究』一四号、二〇一五年六月）、「万葉宴歌「百合の花縵」と神事」（『親和國文』第四二号、二〇〇七年一二月）。

山田　直巳（やまだ　なおみ）
成城大学教授。
『古代文学の主題と構想』（おうふう、二〇〇〇年、高崎正秀博士記念賞）、『民俗と文化の形成』（新典社、二〇〇二年）。

王　凱（おう　がい）
南開大学副教授。
「『万葉集』と日本古代大陸移民―「東亜交往民」の概念提起について」（『國學院雑誌』第一一六巻第一号、二〇一五年一月）、「〃瑞雪兆豊年〃与中国農耕文化在日本的伝播問題」（『古代文明』第三四期、二〇一五年四月）。

王　暁平（おう　ぎょうへい）
天津師範大学教授。
『近代中日文学交流史稿』（湖南文芸出版社、一九八七年）、『中日文学経典の伝播と翻訳』（中華書局、二〇一四年）。

丹羽　博之（にわ　ひろゆき）
大手前大学教授。
「「鉄道唱歌」と漢詩とスコットランド民謡「ロッホ・ローモンド」（Loch Lomond）―十九世紀の和洋中折衷の文化―」（『東アジア比較文化研究』九号、二〇一〇年一〇月）、「蘇軾「澄邁駅通潮閣」詩の日韓漢詩への影響―李氏朝鮮徐居正「三田渡途中」詩と日本漢詩―」（『東アジア比較文化研究』一四号、二〇一五年六月）。

塩沢　一平（しおざわ　いっぺい）
二松學舍大学教授。
『万葉歌人田辺福麻呂論』（笠間書院、二〇一〇年）、「東アジアの恋愛詩」（辰巳正明編『『万葉集』と東アジア』竹林舎、二〇一七年）。

鈴木　道代（すずき　みちよ）
國學院大學助教。
『大伴家持と中国文学』（笠間書院、二〇一四年）、『古事記歌謡注釈　歌謡の理論から読み解く古代歌謡の全貌』（共著、新典社、二〇一四年）。

波戸岡　旭（はとおか　あきら）
元國學院大學教授。
『宮廷詩人菅原道真　『菅家文草』・『菅家後集』の世界』（笠間書院、二〇〇五年）、『奈良・平安朝漢詩文と中国文学』（笠間書院、二〇一六年）。

佐藤　信一（さとう　しんいち）
白百合女子大学教授。
「「うゑしうゑば」論―『古今集』秋下、業平歌・道真詠「夢㆓阿満㆒」・「九月盡日、題㆓残菊㆒」を巡って―」（『東アジア比較文化研究』一六号、二〇一七年六月）、「紀貫之『土左日記』と菅原道真『菅家文草』巻三「寒早十首」の表現について―「楫取」を軸として―」（東原伸明・ヨース・ジョエル編著『土左日記のコペルニクス的転回』武蔵野書院、二〇一六年）。

新間　一美（しんま　かずよし）
元京都女子大学教授、関西学院大学大学院非常勤講師。
『源氏物語と白居易の文学』（和泉書院、二〇〇三年）、『源氏物語の構想と漢詩文』（和泉書院、二〇〇九年）。

安保　博史（あぼう　ひろし）
群馬県立女子大学教授。

「蕪村と漢文学―『かなしさや釣の糸ふく秋の風』考―」（和漢比較文学会編、和漢比較文学叢書第一六巻『俳諧と漢文学』汲古書院、一九九四年）、「近世俳諧と『琵琶行』―其角俳諧を中心として―」（『白居易研究年報』第一三号、二〇一二年一二月）。

塚越　義幸（つかごし　よしゆき）
國學院大學栃木短期大学教授。
「各章段を読み込むためのガイド―研究史を踏まえ批評する」（楠元六男・深沢眞二編『おくのほそ道大全』笠間書院、二〇〇九年）、「『おくのほそ道鈔』と漢詩文」（『國學院雑誌』第一一七巻第一一号、二〇一六年一一月）。

渡邊　晴夫（わたなべ　はるお）
元國學院大學教授。
『超短編小説序論―中国の微型小説と日本の掌篇、ショートショート』（白帝社、二〇〇〇年）、『中国・朝鮮文学の魅力』（共著、ジャパン・プレス・フォト、二〇一〇年）。

彭　佳紅（ほう　かこう）
帝塚山学院大学教授。
加藤周一著・彭佳紅訳『21世紀与中国文化』（中華書局、二〇〇七年）、「加藤周一の「否定形」論法―「二重の否定」と「対偶」の効用―」（『東アジア比較文化研究』一二号、二〇一三年六月）。

朴　美子（ぱく　みじゃ）
熊本大学大学院教授。
『韓国高麗時代における「陶淵明」観』（白帝社、二〇〇〇年）、『中・日・韓比較対照　成語・ことわざ辞典』（ふくろう出版、二〇一一年）。

大谷　歩（おおたに　あゆみ）
奈良県立万葉文化館研究員。
『万葉集の恋と語りの文芸史』（笠間書院、二〇一六年）、『古事記歌謡注釈　歌謡の理論から読み解く古代歌謡の全貌』（共著、新典社、二〇一四年）。

山口　敦史（やまぐち　あつし）
大東文化大学教授。
『日本霊異記と東アジアの仏教』（笠間書院、二〇一三年）、『聖典と注釈―仏典注釈から見る古代―』（編著、武蔵野書院、二〇一一年）。

辰巳　正明（たつみ　まさあき）
國學院大學名誉教授。
『古事記歌謡注釈　歌謡の理論から読み解く古代歌謡の全貌』（監修、新典社、二〇一四年）、『王梵志詩集注釈―敦煌出土の仏教詩を読む』（笠間書院、二〇一五年）。

東アジア比較文化国際会議日本支部創立二十周年記念論集
東《ひがし》アジアの知《ち》 —— 文化研究の軌跡と展望 ——

2017年10月25日　初刷発行

編　者　中西　進
発行者　岡元学実

発行所　株式会社　新典社

〒101－0051　東京都千代田区神田神保町1－44－11
営業部　03－3233－8051　編集部　03－3233－8052
ＦＡＸ　03－3233－8053　振　替　00170－0－26932
検印省略・不許複製
印刷所　惠友印刷㈱　製本所　牧製本印刷㈱

ISBN 978-4-7879-5514-2 C3090
http://www.shintensha.co.jp/
E-Mail:info@shintensha.co.jp